MINETTE WALTERS

Anglaise, Minette Walters a été élevée à Salisbury. Au terme de ses études de français à l'université de Durham, elle travaille pour un magazine féminin dont elle devient rédactrice en chef, puis écrit dans divers journaux. Après avoir interrompu pendant sept ans son activité professionnelle pour se consacrer à l'éducation de ses deux fils, elle se lance dans l'écriture et choisit d'inscrire son premier livre dans la plus pure tradition du roman noir britannique : *Chambre froide* (1993) est immédiatement salué par la critique. *Cuisine sanglante* (1994), lauréat du Edgar Allan Poe Award aux États-Unis, et *La muselière* (1995), qui obtient le Gold Dagger Award, connaissent un très large succès. Dans son œuvre, qui se poursuit avec *Lumière noire* (1996), *Résonances...* (1997), *Lame de fond* (1999), *Ni chaud ni froid* (2000), *Un serpent dans l'ombre* (2001) et *Intime pulsion* (2002), Minette Walters fait reposer l'énigme sur un réseau enchevêtré de relations humaines, tout en levant le rideau sur les multiples facettes de la société anglaise. Projetant ainsi une lumière contrastée et insolite sur ses contemporains, elle apporte une contribution magistrale au genre du roman policier.

MINETTE WALTERS

Anglaise, Minette Walters s'essaie [illegible] à l'[illegible]
[illegible] de [illegible] romans [illegible]
[illegible] elle travaille pour [illegible] une [illegible]
dont elle [illegible] en [illegible]
[illegible] Après [illegible] pendant
[illegible] ans [illegible] activité professionnelle, pour se consa-
[illegible] de ses [illegible]
[illegible] Son premier [illegible] dans
la plus pure tradition du roman [illegible]
[illegible] (1993) est [illegible]
par la [illegible] 1994 [illegible]
[illegible]
[illegible] (1996) qui [illegible]
[illegible]
[illegible]
[illegible] (1996) [illegible]
[illegible] (2000) [illegible]
[illegible] Minette Walters [illegible]
[illegible]
[illegible]
[illegible]
[illegible]
[illegible]

INTIME PULSION

DU MÊME AUTEUR
CHEZ POCKET

CHAMBRE FROIDE
CUISINE SANGLANTE
LA MUSELIÈRE
LUMIÈRE NOIRE
RÉSONANCES...
LAME DE FOND
NI CHAUD NI FROID
UN SERPENT DANS L'OMBRE
LE SANG DU RENARD

MINETTE WALTERS

INTIME PULSION

Traduit de l'anglais
par Philippe Bonnet

STOCK

Titre original :

ACID ROW

(Macmillan)

ISBN : 2-266-13295-4

Pour Sheonag et Pat

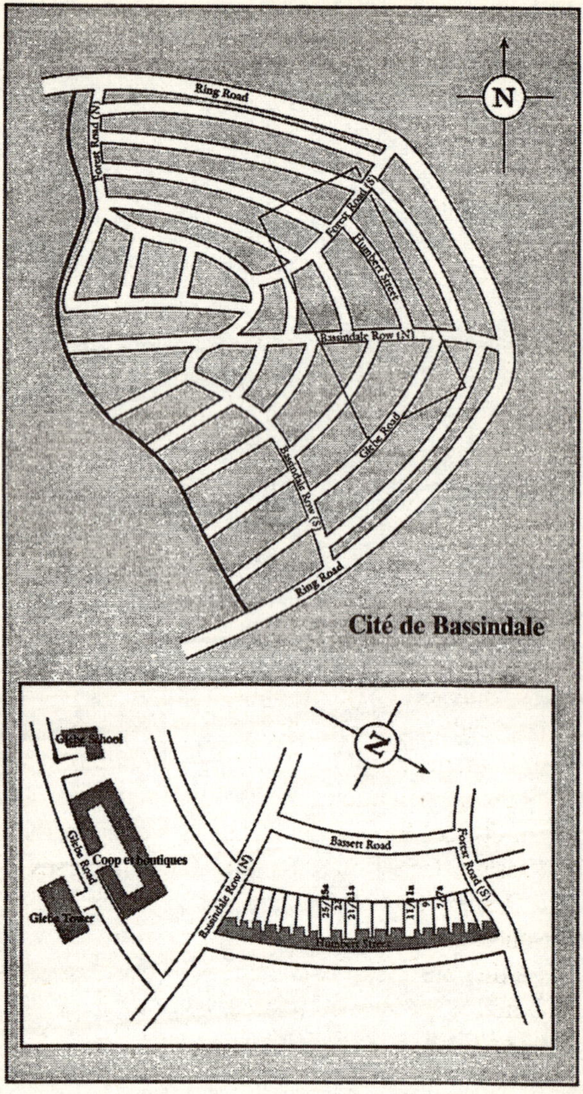
Ring Road
Forest Road (N)
N
Forest Road (S)
Humbert Street
Bassindale Row (N)
Glebe Road
Bassindale Row (S)
Ring Road
Cité de Bassindale
Glebe School
Glebe Road
Coop et boutiques
Glebe Tower
N
Bassett Road
Forest Road (S)
Bassindale Row (N)
Humbert Street

La violence de l'émeute s'émoussa à mesure que la nouvelle du carnage se répandait dans la cité. Les détails étaient vagues. On ne savait pas au juste combien de personnes avaient été tuées ni de quelle manière, mais on parlait de castration, de lynchage et d'attaque à la machette. Les rues commencèrent à se vider rapidement. Minés par un sentiment, inavoué, de culpabilité collective, les gens n'avaient aucune envie de faire face à une sanction pour meurtre.

Les jeunes qui avaient tenu la police en échec sur les barricades à coups de cocktails Molotov adoptèrent la même attitude. Ils déclareraient par la suite, non sans justification, qu'ils ignoraient ce qui se passait et que, lorsque leur était parvenue la rumeur de l'assaut frénétique, ils s'étaient dispersés eux aussi. Mener un combat honorable contre l'ennemi était une chose, mais tout à fait une autre de se voir accusé de complicité et d'incitation dans l'explosion de démence de Humbert Street.

Les gros titres le lendemain matin, 29 juillet, donnaient froid dans le dos : « *Des lyncheurs imbibés d'alcool se déchaînent* »... « *Un pervers sexuel massacré* »... « *Cinq heures de sauvagerie : 3 morts, 189 blessés* »... Le monde extérieur eut un frisson de dégoût. Les éditorialistes évoquèrent les suspects habituels. Gouvernement. Police. Travailleurs sociaux. Éducateurs. Dans tout le pays, le moral des services d'assistance publique tomba à son niveau le plus bas.

Mais, sur les deux mille émeutiers ayant joué des coudes pour assister à la kermesse sanglante, pas un n'admettrait avoir été là...

Du directeur des services sociaux,
mardi 10 juillet 2001

À l'intention des travailleurs sociaux et des professionnels de la santé

Hautement confidentiel – À ne pas divulguer

Relogement : Milosz Zelowski, 23 Humbert Street, Bassindale – précédemment Callum Road, Portisfield.

Motif de la mesure : Persécuté par les résidents de Portisfield à la suite de la publication d'une photographie dans un journal local.

Statut : Fiché comme pédophile. Condamné pour trois agressions sexuelles commises sur une période de plus de quinze ans. Libéré en mai 2001.

Menace pour la communauté : Minimale. La nature du délit suggère une simple surveillance.

Menace pour le sujet : Grave.

Selon la police, Zelowski pourrait faire l'objet de représailles si son identité et son statut venaient à être connus.

Un

19-20 juillet 2001

Seule une petite partie du personnel du centre de soins Nightingale avait lu la note de service concernant la présence d'un pédophile dans la cité de Bassindale. Elle avait disparu sous un tas de paperasses au service administratif pour être finalement classée par une secrétaire. Pour ceux qui l'avaient effectivement vue, ce n'était qu'un document banal, fournissant des renseignements sur un nouveau patient. Pour les autres, c'était sans intérêt puisque cela n'affecterait en rien — ou ne *devait pas* affecter — leur attitude à l'égard de l'individu en question.

Une des conseillères familiales essaya bien de soulever le problème lors d'une réunion de coordination, mais elle en fut empêchée par la responsable chargée de l'ordre du jour. L'hostilité de longue date entre les deux femmes — toutes deux persuadées de l'incompétence de l'autre — joua peut-être dans la façon dont l'affaire fut réglée. C'était l'été, et chacun voulait être rentré chez soi à une heure raisonnable. Du reste, quand bien même les médecins auraient reconnu qu'il était dangereux et irresponsable de loger un pédophile dans une cité bourrée d'enfants, ils ne pouvaient rien y faire. La décision de le déplacer avait été prise par la police.

La même conseillère familiale alla trouver le Dr Sophie Morrison dans le dessein évident d'embarrasser sa supérieure. Pour l'heure, elle songeait moins au pédophile qu'à marquer des points, et Sophie Morrison, en raison de sa naïveté et de son inexpérience des intrigues bureaucratiques, était facile à intimider. C'est du moins l'image que Fay Baldwin se faisait de la jeune femme souriante qui avait rejoint le dispensaire deux ans plus tôt.

Ayant attendu la fin des consultations de l'après-midi, Fay alla frapper à la porte de Sophie de sa manière typique : un toc-toc d'ongles cassants qui provoquait la même réaction chez tous ses collègues. « Vous avez un instant ? lança-t-elle d'un ton enjoué en passant la tête dans la pièce.

— Hélas non », répondit Sophie, qui se jeta précipitamment sur son clavier d'ordinateur et se mit à taper plusieurs fois de suite : « Portez ce vieux whisky au juge blond qui fume ». « Quelques dossiers à mettre à jour... et, après ça, je me sauve. Navrée, Fay. Vous ne pourriez pas revenir demain ? »

Mais cela ne marcha pas. Cela ne marchait jamais. L'horrible bonne femme se glissa tout de même à l'intérieur et posa son postérieur famélique sur le rebord du bureau. Comme de coutume, elle l'avait engoncé dans une jupe à la coupe impeccable et, comme de coutume, pas un de ses cheveux teints ne dépassait. Autant de signes visibles de sa certitude de représenter un modèle d'efficacité et de professionnalisme, si ce n'est que la vérité était diamétralement opposée à ses illusions. Une situation sans issue. Elle s'accrochait désespérément à la seule chose qui donnait un sens à sa vie : son boulot. Mais la haine que lui inspirait son entourage — patients comme professionnels — avait atteint des proportions catastrophiques.

Sophie avait fait valoir que la solution la plus charitable aurait été une mise à la retraite anticipée accompagnée d'un soutien psychologique pour l'aider à surmonter le vide de son existence. Mais le directeur adjoint — beaucoup moins indulgent vis-à-vis des vieilles filles frustrées n'ayant d'autre talent que d'exacerber les tensions — préférait ne pas prendre de risques. Encore deux mois, et ils seraient débarrassés d'elle une fois pour toutes, tel était son point de vue. Si encore elle avait compté parmi leurs patients, la situation eût été différente, mais elle avait eu la coquetterie de fuir les médecins de Nightingale au profit de la concurrence installée à l'autre bout de la ville. « Il me serait absolument impossible de me déshabiller devant des personnes que je connais », avait-elle proclamé.

Comme si cela intéressait qui que ce soit.

« Je n'en ai que pour une minute, roucoula Fay en prenant sa voix de petite fille. Vous avez bien soixante secondes à m'accorder, n'est-ce pas, Sophie ?

— Si cela ne vous gêne pas que je range mes

affaires en même temps », répondit le médecin avec un soupir intérieur. Elle éteignit l'ordinateur et recula son siège en se demandant lequel de ses patients avait eu son dossier parasité par ses exercices de frappe. C'était toujours pareil avec Fay. Vous en arriviez à faire des choses malgré vous simplement pour échapper à cette maudite créature. « J'ai rendez-vous avec Bob à huit heures.

— Alors c'est vrai, vous allez vous marier ?

— Oui, répondit Sophie, ravie de se retrouver en terrain sûr, j'ai fini par lui passer la corde au cou.

— Moi, jamais je n'épouserais un homme contre son gré.

— C'était une plaisanterie, Fay. » Son sourire s'effaça devant la grimace de son interlocutrice. « D'ailleurs, ça n'a rien d'une nouvelle fracassante. » Elle ramena de derrière son épaule la natte qui lui descendait jusqu'à la taille et se mit à la peigner avec ses doigts, attirant inconsciemment l'attention sur sa jeunesse sans artifice.

« C'est Melanie Patterson qui me l'a dit, fit observer Fay avec dépit. Je l'aurais mentionné la semaine dernière si elle ne m'avait pas fait promettre de garder le secret. »

Zut ! Zut ! Zut ! « Je ne voulais pas tenter le diable au cas où Bob changerait d'avis », expliqua Sophie, se concentrant sur sa natte. C'était une basse calomnie à l'encontre de son charmant fiancé, mais, si cela pouvait éviter une nouvelle dispute avec Fay à propos de Melanie Patterson, cela en valait la peine. Elles avaient failli en venir aux mains la semaine précédente, et elle n'avait pas envie que ça recommence.

« Il paraît que vous l'avez invitée à votre mariage. »

Zut! Zut! Et mille fois zut! Se levant brusquement, Sophie se dirigea vers le miroir fixé au mur opposé. N'importe quoi pour ne plus voir cette expression de reproche. « Ce n'est pas pour tout de suite, mentit-elle. Les invitations ne partiront pas avant un bon mois. » Dans la glace, l'expression de Fay s'adoucit légèrement. « De quoi vouliez-vous me parler ?

— À vrai dire, le nom de Melanie tombe à point dans la mesure où elle est concernée également, répondit Fay avec suffisance. Claire a carrément refusé de m'écouter... répétant qu'il n'y avait pas matière à discussion... mais j'ai bien peur de ne pas être d'accord. Premièrement, je prends mon travail beaucoup plus au sérieux qu'elle. Et, deuxièmement, quand on voit la manière dont Melanie laisse ses enfants traîner dans la rue... »

Sophie l'arrêta net. « Ça suffit, Fay ! dit-elle avec une rudesse inhabituelle. Vous avez exprimé très clairement votre opinion sur Melanie la semaine dernière.

— Oui, mais...

— Non. » La jeune femme pivota, de la colère dans les yeux. « Je ne discuterai pas à nouveau de Melanie avec vous. Ne voyez-vous pas que Claire essayait de vous rendre service ? »

Fay se rebiffa aussitôt. « Vous ne pouvez pas

vous enfouir la tête dans le sable. Elle est aussi sous ma responsabilité. »

Sophie fit mine de prendre sa trousse. « Plus maintenant. J'ai demandé à Claire de désigner une des jeunes conseillères pour s'occuper de Melanie. Elle devait vous en informer lundi. »

La retraite dut lui sembler encore plus proche car, sous l'épaisse couche de poudre, son visage devint livide. « Vous n'avez pas le droit de réduire ma liste simplement parce que je suis en désaccord avec vous ! s'écria-t-elle avec fureur.

— Traiter une de mes patientes de roulure et de morue, perdre votre sang-froid quand je vous en fais la remarque me paraît beaucoup plus qu'un simple désaccord, répondit sèchement Sophie. C'est un manquement aux devoirs de la profession, Fay.

— C'est pourtant ce qu'elle est, rétorqua son interlocutrice d'une voix sifflante. Vous qui venez d'une bonne famille... vous vous en êtes sûrement rendu compte. » Elle s'était mise à postillonner. « Elle couche avec tous les types qui lui font du gringue... le plus souvent quand elle est soûle... et après elle se promène avec des airs de marquise en racontant qu'elle est à nouveau enceinte... comme s'il y avait de quoi être fière. »

Sophie secoua la tête. Il était inutile de discuter. D'ailleurs, elle détestait les confrontations avec cette femme car elles prenaient invariablement une tournure personnelle. La vie de Fay avait fini par déformer sa vision des choses. Elle aurait dû travailler au temps où les bâtards suscitaient des froncements de sourcils et où les filles « que l'honnêteté n'étouffait pas » étaient expédiées dans des foyers et traitées avec mépris. Son personnage de modèle de vertu lui aurait alors valu l'estime générale au lieu de faire d'elle un objet de pitié et de dérision. La raison qui l'avait poussée à choisir ce métier restait un mystère, même si, comme se plaisait à le souligner le directeur adjoint, sermonner, réprimander et éduquer la populace constituait probablement l'essentiel de l'aide sociale à l'époque où elle avait débuté.

Sophie ouvrit la porte de son bureau. « Je rentre chez moi », annonça-t-elle d'une voix ferme en s'écartant pour inviter l'autre à sortir la première.

Fay se leva, les lèvres agitées d'un tremblement convulsif comme une vieille femme sénile. « Eh bien, je vous aurai prévenue, grommela-t-elle entre ses dents. Vous croyez qu'on peut employer les mêmes méthodes avec tout le monde... mais vous vous trompez. Je les connais, ces brutes... j'ai vu le genre de dégâts qu'ils font chez les pauvres petits qu'ils maltraitent. Toujours dans le plus grand secret... bien à l'abri... des hommes vicieux, répugnants... des femmes stupides fermant les yeux sur ce qui se passe réellement... et tout ça pour quoi ? Le sexe ! » Elle cracha le mot comme si elle avait un mauvais goût dans la bouche. « En tout cas... moi, au moins, j'ai la conscience tranquille. On ne pourra pas dire que je n'ai pas essayé. » Elle quitta le bureau d'un pas raide.

Sophie la regarda s'en aller avec un froncement soucieux. Doux Jésus ! *Des brutes... ? Des hommes vicieux, répugnants ?* Fay avait complètement perdu les pédales. Comme si ce n'était pas suffisant de traiter Melanie de roulure. Voilà qu'elle l'accusait à présent, elle et ses amants, de maltraitance à enfants.

Mais Sophie ignorait alors qu'on venait de loger un pédophile à tout juste une porte de Rosie, quatre ans, et Ben Patterson, deux ans.

L'expression de « cité-dépotoir » aurait pu être inventée pour Bassindale, qui se dressait tel un monument tentaculaire à la gloire de l'ingénierie sociale des années 1950 et 1960, quand les urbanistes avaient taillé dans la ceinture verte pour fournir des habitations bon marché aux économiquement faibles. En l'occurrence, deux cents hectares de feuillus le long de Bassindale Farm abattus et remplacés par du béton.

Cela aurait pu être idyllique. Un projet louable dans le mouvement en faveur de l'égalité des chances apparu après guerre. Un espoir de progrès. Un habitat de qualité en pleine campagne. Air pur et espace.

Mais les rues sur le périmètre bordant les champs étaient toutes des culs-de-sac. Tels des rayons de bicyclette, elles se heurtaient à une solide circonférence — des maisons aux murs de jardin épais — destinée à protéger récoltes et troupeaux de la négligence des habitants et de leurs chiens. Les deux seules artères, Bassindale Row et Forest Road, suivaient un tracé en boucle, dessinant un « W » renversé, sans connexion, pour offrir quatre points d'accès à travers l'enceinte de béton dissimulant la cité aux flots de véhicules de la grand-route. Vu du ciel, on aurait dit une toile d'araignée, avec tout un écheveau de rues et d'impasses figurant ses fils. Vu du sol — comme s'en apercevrait la police —, c'étaient des redoutes potentielles susceptibles de transformer Bassindale en forteresse. La cité était une bombe pressurisée recouverte de béton.

Quoi d'étonnant ?

À la suite du baby-boom, la demande de logements avait abouti à une architecture médiocre et à des constructions bâclées. Le résultat inévitable avait été des coûts d'entretien élevés, ne permettant de s'attaquer qu'aux problèmes les plus criants. La mauvaise santé était endémique, particulièrement chez les jeunes et les personnes âgées, à la constitution affaiblie par le climat froid et humide joint à une alimentation insuffisante. Les dépressions faisaient partie du lot quotidien, de même que la dépendance aux pilules délivrées sur ordonnance.

Comme le chemin de l'enfer, Bassindale avait commencé par de bonnes intentions, mais n'était plus guère à présent qu'un réceptacle pour les exclus de la société. Une hémorragie perpétuelle de deniers publics. Une source de mécontentement pour les contribuables, d'irritation pour la police, de désespoir absolu pour les enseignants, les travailleurs sociaux et les médecins censés y travailler. Aux yeux de la majorité des habitants, c'était une prison. Les vieillards frêles et apeurés se barricadaient dans leurs appartements ; les mères célibataires et les enfants sans père se garaient des ennuis en vivant toutes portes closes. Seule une jeunesse violente, déracinée, s'épanouissait brièvement dans ce paysage aride, imposant sa loi dans les rues et contrôlant le trafic de drogue et la prostitution. Avant de se retrouver elle-même en prison.

En 1954, un conseiller de gauche idéaliste avait fait planter un panneau au bout de Bassindale Row South, premier point d'entrée depuis la grand-route. On pouvait y lire cette inscription anodine : « Bienvenue à Bassindale ». Pendant des années, le panneau avait été régulièrement couvert de graffitis, pour être remplacé non moins régulièrement par le conseil municipal. Puis, en 1990, dans la dernière année du ministère de Margaret Thatcher, ce même conseil municipal, contraint de réduire ses dépenses, avait supprimé le budget pour le remplacement des panneaux. À partir de ce moment, les graffitis avaient été conservés avec soin par les habitants de Bassindale, qui y voyaient une description plus fidèle de leur cadre de vie.

BIENVENUE À ASSI D **Row**

Acid Row. Un lieu de dénuement où le taux d'alphabétisme était bas, la drogue un fléau et les bagarres monnaie courante.

Remâchant son limogeage par Sophie Morrison la veille, Fay Baldwin tira brutalement sur le bras de Rosie Patterson pour empêcher la fillette de quatre ans d'essuyer ses mains et son nez sales sur le tailleur qu'elle venait à peine de faire nettoyer. Elle l'avait rencontrée par hasard jouant avec son frère dans la rue, et l'occasion de dire ses quatre vérités à leur mère enceinte était trop belle, d'autant que Melanie n'aurait pas encore appris que Fay n'était plus sa conseillère familiale.

Elle se sentit pleinement justifiée en trouvant la jeune fille vautrée sur le canapé, une cigarette dans une main, une canette de bière dans l'autre, regardant *Voisins* à la télévision. C'était la preuve de ce qu'elle n'avait pas cessé de répéter quant à l'incapacité de Melanie à remplir des fonctions maternelles. Encore moins facile à corriger était la manière dont elle était vêtue : un haut ultracourt sur un short minuscule révélant de longues jambes brunes et un ventre légèrement arrondi par la bosse croissante du fœtus de six mois.

L'âme rongée par la jalousie, Fay feignit d'être scandalisée qu'on puisse parader avec autant d'effronterie. « Ça ne peut pas continuer, Melanie, la réprimanda-t-elle d'un ton sévère. Rosie et Ben sont beaucoup trop jeunes pour jouer tout seuls dehors. Vraiment, vous devriez faire preuve de plus de sens des responsabilités. »

Les yeux de Melanie restèrent scotchés au feuilleton. « Rosie sait ce qu'elle fait, n'est-ce pas, ma chérie ? Dis-le à la dame.

— Zoue pas près des vatures. Zoue pas avec les zéguiyes », scanda la gamine en assenant sans motif à son frère une tape sur la tête comme pour offrir une démonstration de la manière dont elle le surveillait.

« Qu'est-ce que je vous disais, déclara Melanie fièrement. Une brave fille qu'elle est, Rosie. »

Fay dut se retenir pour ne pas gifler l'impudente. Elle avait passé trente ans dans ce bouge à essayer d'inculquer des notions de santé, d'hygiène et de contraception à des générations entières, et la situation ne faisait qu'empirer. Celle-là avait eu son premier enfant à quatorze ans, son deuxième à seize, et était enceinte de son troisième alors qu'elle n'avait même pas vingt ans. Elle ne connaissait que très vaguement l'identité du père, s'en fichait éperdument et se déchargeait constamment de ses gosses sur sa mère — dont le dernier-né était plus jeune que Rosie — pour disparaître pendant plusieurs jours afin de « recharger ses batteries ».

Paresseuse et sans instruction, elle avait été logée dans ce duplex parce que les services sociaux pensaient qu'elle ferait peut-être une meilleure parente loin de l'influence « problématique » de sa mère. Vain espoir. Elle vivait dans des conditions inimaginables, était régulièrement défoncée ou ivre, et se montrait tour à tour débordante de tendresse avec ses enfants quand elle était de bonne humeur, et totalement indifférente quand elle ne l'était pas. On prétendait que « recharger ses batteries » était un euphémisme recouvrant une carrière intermittente de modèle, mais, comme elle ne tenait pas à ce que les allocations s'arrêtent, elle ne l'aurait avoué pour rien au monde.

« On vous les retirera si vous continuez à les négliger, l'avertit la femme.

— Ouais, ouais, bla, bla, bla. » Melanie lui jeta

un regard entendu. « Ça vous plairait, hein, Miss Baldwin ? Vous me les auriez pris en un clin d'œil si vous aviez découvert le moindre bleu. Je parie que ça vous rend malade de pas avoir eu cette chance. »

Exaspérée, la femme s'agenouilla devant l'enfant. « Sais-tu pourquoi tu ne dois pas jouer près des voitures, Rosie ?

— Maman, elle nous battrait. »

Melanie la regarda avec un grand sourire et tira une bouffée de sa cigarette. « Je t'ai jamais battue de ma vie, ma chérie. Et jamais je ferais une chose pareille, dit-elle, à son aise. Tu joues pas près des voitures parce que c'est dangereux. C'est ce que la dame voulait que tu répondes. » Elle lança un regard malicieux à Fay. « Pas vrai, Miss ? »

Fay l'ignora. « Tu dis que tu ne dois pas jouer avec des aiguilles, Rosie, mais sais-tu au moins à quoi ressemble une aiguille ?

— Bien sûr que oui. Un de mes papas, il en utilise. »

Avec une expression d'ennui, Melanie fit pivoter ses jambes sur le canapé, laissa tomber son mégot dans la canette de bière. « Fichez-lui la paix ! lança-t-elle à la femme. Vous êtes pas de la police, et vous êtes pas notre assistante sociale, alors vous avez pas à poser de questions à mes mômes sur leur père. Ils se portent comme un charme, ils ont eu leurs vaccins et ils sont pesés régulièrement tous les deux. Le reste, c'est pas votre rayon. Pigé ? Vous avez pas le droit de débarquer ici comme ça vous chante. Y a qu'une personne au centre autorisée à le faire... et c'est Sophie. »

Fay se redressa. Dans un coin de sa tête, une voix l'incita à la prudence, mais elle était trop irritée pour y prêter attention. « Vos enfants figurent dans le registre des “sujets à risque” depuis le jour de leur naissance, Melanie, riposta-t-elle. Ce qui veut dire que j'ai le droit, et même le devoir, de les inspecter chaque fois que je le juge nécessaire. Regardez-les ! Ils sont dégoûtants. Quand ont-ils pris un bain ou changé de vêtements pour la dernière fois ?

— Les services sociaux savent très bien que j'aime mes gosses, et c'est tout ce qui compte, bon Dieu !

— Si vous les aimiez, vous prendriez soin d'eux.

— Qu'est-ce que vous y connaissez ? Où qu'ils sont vos gosses à vous... Miss ?

— Vous savez très bien que je n'en ai pas.

— Sacrément vrai. » Elle attira sa fille plus près, mêlant ses splendides cheveux blonds à ceux de l'enfant. « Qui est-ce qui t'aime plus que tout, Rosie ?

— Maman.

— Et toi, qui est-ce que tu aimes, mon chou ? »

L'enfant posa un doigt sur les lèvres de sa mère. « Maman.

— Alors qu'est-ce que tu préfères, vivre avec maman ou avec la dame ? »

Les yeux de la gamine s'emplirent de larmes. « 'vec toi ! 'vec toi ! » hurla-t-elle en se jetant au cou de sa mère comme si elle s'attendait à lui être arrachée d'une minute à l'autre.

« Vous voyez bien, dit Melanie à la conseillère

familiale avec un petit sourire satisfait. Maintenant, répétez que je m'occupe pas de mes enfants. »

Quelque chose finit par céder à l'intérieur de Fay. Peut-être la nuit blanche qu'elle venait de passer l'avait-elle ébranlée. À moins que les sarcasmes visant son existence solitaire n'aient été tout bonnement la goutte d'eau qui fait déborder le vase. « Mon Dieu, vous êtes d'une telle ignorance, fulmina-t-elle. Croyez-vous qu'il soit difficile de manipuler l'affection d'un enfant ? » Elle fit un geste violent en direction de la fenêtre. « Il y a dans cette rue un pédophile qui pourrait vous enlever votre petite Rosie avec une poignée de bonbons parce qu'elle n'a jamais appris à reconnaître un témoignage d'amour sincère. Et sur qui la société rejettera-t-elle la faute, Melanie ? Sur vous ? » Elle eut un sourire méprisant. « Bien sûr que non... vous verserez des larmes de crocodile pendant que les personnes qui se souciaient réellement de Rosie... moi... votre assistante sociale... seront mises au pilori pour l'avoir laissée vivre avec quelqu'un d'aussi irresponsable. »

Les yeux de la fille se rétrécirent. « Je pense pas que vous auriez dû me dire ça.

— Pourquoi ? C'est la vérité.

— Bon, il est où ce pédophile ? Quel numéro ? »

Fay comprit, trop tard, qu'elle avait dépassé les bornes. C'était une information confidentielle, et elle lui avait échappé dans la colère. « Là n'est pas la question, répondit-elle d'un ton peu convaincant.

— Tu parles, oui ! S'il y a un cinglé qui crèche près de chez moi, je tiens à le savoir. » Elle se leva du canapé, dominant de très haut la vieille fille. « Je sais, vous pensez que je suis une mère nulle, mais je leur ai jamais fait de mal et je le ferai jamais. La crasse, ça tue personne, ni quelques gros mots de temps en temps. » Elle approcha son visage tout près de celui de la femme. « Mais les détraqués, c'est une autre paire de manches. Eh ben, où il est ? Comment il s'appelle ?

— Je ne suis pas autorisée à le dire. »

Melanie serra les poings. « Vous voulez que je vous casse la gueule ? »

Terrifiée, Fay battit en retraite vers la porte. « C'est un nom polonais », souffla-t-elle lâchement avant de prendre la fuite.

Elle tremblait en sortant dans Humbert Street. Comment avait-elle pu se conduire aussi bêtement ? Melanie la dénoncerait-elle ? Ferait-on une enquête ? Avait-elle compromis sa retraite ? Elle se mit en route, avide de se trouver des excuses. Ce n'était pas vraiment sa faute. Loger un pédophile dans Acid Row était une idée stupide. Il était impossible que cela ne finisse pas par se savoir. Pour les hommes de la cité, la prison était un second foyer. Quelqu'un avec qui il avait été détenu le reconnaîtrait fatalement. Sa peur diminuait déjà. Si on l'interrogeait, elle répondrait qu'elle l'avait appris par le bouche à oreille. Qui sait comment naissent les ragots dans un tel endroit ? Les rumeurs les plus ineptes se répandent comme une traînée de poudre. Ce n'était pas comme si elle avait donné un nom à Melanie...

Avec une confiance grandissante, elle lança un regard de côté en passant devant le numéro 23 et vit un homme âgé à la fenêtre. En l'apercevant il recula de crainte d'être remarqué, ce qui ne fit que la conforter davantage dans ses certitudes. Le teint blanchâtre, l'air maladif, il faisait penser à un asticot, et le frisson de dégoût qui la parcourut étouffa en elle toute idée de l'avertir, lui ou la police, que ses jours étaient en danger.

D'ailleurs, elle détestait les pédophiles de toutes ses forces. Elle avait trop souvent vu leur œuvre sur les esprits et les corps des enfants qui les appelaient papa.

Texte paru en mars 2001
sur le site web Enfants en danger

Victime de son innocence

Au terme d'un des procès criminels les plus terrifiants des dix dernières années, Marie-Thérèse Kouao, 44 ans, et son ami Carl Manning, 28 ans, ont été condamnés à la prison à perpétuité pour avoir torturé et provoqué la mort de la petite-nièce de Kouao, Anna Climbie, huit ans. Née et élevée en Côte-d'Ivoire, Anna avait été confiée à la garde de Kouao par des parents dévoués après que la redoutable tante, qui se décrivait à sa famille africaine comme « riche et ayant réussi », eut offert de procurer à l'enfant une vie meilleure en Angleterre. En réalité, menant une existence de parasite, elle avait besoin d'une « fille » pour escroquer la Sécurité sociale.

Forcée de vivre nue dans une baignoire, pieds et poings liés, avec un sac-poubelle en guise de couverture, la petite Anna est morte d'hypothermie et de malnutrition. Elle était attachée comme un chien et nourrie de déchets qu'elle devait manger à même le sol. Elle portait cent vingt-huit marques de coups, à propos desquelles Kouao, se présentant comme sa mère, réussit à convaincre les médecins et les assistantes sociales qu'elle se les était infligées. De même, elle persuada les autorités ecclésiastiques de pratiquer un exorcisme sur l'enfant traumatisée, affirmant que cette dernière était possédée par le démon.

Durant son procès, Kouao, qui arborait une bible pour se donner des airs de dévotion devant les jurés, déclara qu'elle avait été agressée par d'autres prisonnières alors qu'elle se trouvait en détention préventive à la maison d'arrêt de Holloway. C'était une démonstration éhontée du machiavélisme avec lequel opérait cette meurtrière. « Elles me frappent et cassent mes affaires, pleurnicha-t-elle.

C'est très dur à supporter. » En réponse, l'avocat de la partie civile lui demanda d'un ton courroucé : « Et Anna, ce n'était pas dur pour elle de supporter ce que vous lui faisiez ? »

Il serait tentant de considérer Kouao comme une monstrueuse anomalie, mais les statistiques de meurtres de mineurs au Royaume-Uni font apparaître un tableau alarmant. En moyenne, deux enfants meurent chaque semaine entre les mains de parents ou de personnes en charge, tandis que des milliers d'autres sont victimes de mauvais traitements ou de négligences au point que les dommages physiques et psychologiques sont irréparables. En revanche, moins de cinq enfants sont tués annuellement par des inconnus.

Lorsque *The News of the World*, le journal le plus vendu en Grande-Bretagne, lança l'année dernière sa campagne pour « dévoiler » les pédophiles, à l'instar de la loi Megan aux États-Unis, en publiant les noms, adresses et photos de délinquants sexuels connus, on s'interrogea sur l'efficacité d'une telle campagne. Bouleversée par le meurtre atroce d'un enfant commis peu auparavant par un pédophile présumé, l'opinion réagit favorablement. Policiers, contrôleurs judiciaires et avocats d'enfants violés prétendirent pour leur part que cela aurait un effet contraire au but recherché et contraindrait probablement les pédophiles à abandonner toute thérapie et à se cacher par peur des représailles.

Leurs craintes ne tardèrent pas à se vérifier. Selon un rapport rédigé par des contrôleurs judiciaires, les délinquants sexuels dans tout le pays avaient déjà déménagé, changé de nom et rompu tout contact avec la police, ou envisageaient de le faire. Plus inquiétant, après la publication de quatre-vingt-trois noms, adresses et photographies dans le tabloïd du dimanche, des groupes d'autodéfense attaquèrent le domicile de certains de ces pédophiles supposés, se livrant à de violentes manifestations dans la rue.

Dans presque chaque cas,

la cible était une personne innocente, soit parce que le journal avait imprimé une adresse fausse ou périmée, soit parce que les justiciers trouvaient que le propriétaire des lieux ressemblait à une des personnes photographiées. L'incident le plus bizarre et le plus troublant fut le saccage de la maison et du véhicule d'une pédiatre par une foule ignorante qui pensait que « pédiatre » — médecin spécialiste des maladies infantiles — était synonyme de « pédophile » — adulte éprouvant une attirance sexuelle pour les enfants.

À la suite de ces incidents, *The News of the World* mit fin à sa campagne, non sans avoir promis de « désigner et flétrir » chaque pédophile du Royaume-Uni. « Notre tâche consiste maintenant à forcer le gouvernement à la voter [*la loi Megan*], proclamait le belliqueux rédacteur en chef, et nous jetterons l'opprobre sur tout politicien qui nous barrera la route. »

Le débat sur les mesures à prendre à l'égard des pédophiles continue à faire rage, bien que, comme le montrent les chiffres, pour des milliers d'enfants les risques soient plus élevés dans leur propre foyer que dans la rue. À l'issue du récent procès de pédophiles échangeant des photos obscènes de mineurs sur le Net, un porte-parole de la police a déclaré : « Jusqu'ici, la pornographie infantile était filmée en studio, mais ces dernières images donnent l'impression d'avoir été prises au domicile même des enfants. On distingue des jouets à l'arrière-plan. Cela suppose qu'un ou plusieurs membres de la famille étaient impliqués dans ces abus. »

Si rassurante que soit l'idée que les enfants sont uniquement la proie d'inconnus sadiques, c'est à nos risques et périls que nous nous focalisons sur les pédophiles. La petite Anna Climbie a été brutalisée et tuée par ceux-là mêmes qui étaient censés veiller sur elle. Une multitude de bébés périssent, secoués à mort par un entourage exaspéré. SOS Enfance martyrisée reçoit chaque jour quinze mille appels d'enfants en détresse. La plupart des abus sexuels sont perpétrés au sein du foyer. La plupart des pédophiles ont été victimes d'abus sexuels dans leur propre enfance. Si la pornographie infantile existe, c'est parce que les parents y prennent part, vendent leurs petits ou les livrent à la corruption.

Sommes-nous prêts à « désigner et flétrir » les vrais coupables ?

Anne Cattrell

Deux

20-26 juillet 2001

Dans Humbert Street, les soupçons se portèrent sur le numéro 23, non pas parce que son occupant portait un nom polonais, mais parce qu'un mâle adulte venait d'y emménager. La maison avait été celle de Mary Fallon, jusqu'à ce qu'un de ses cinq enfants succombe à une pneumonie alors qu'il attendait de se faire opérer pour des problèmes cardiaques. Le conseil municipal avait nié toute responsabilité, avant d'envoyer la famille dans le climat plus sain de la récente cité de Portisfield, située à trente kilomètres de l'autre côté de la ville, et beaucoup plus attrayante car ayant profité des leçons tirées d'Acid Row.

À la suite de quoi le 23 était resté vide pendant des mois, des planches clouées en travers des fenêtres. Puis, par une belle journée de juillet, des employés municipaux avaient soudain fait leur apparition pour aérer les pièces et passer une couche de peinture sur les fentes et les moisissures du plâtre.

Peu après, le nouveau locataire avait emménagé. Ou les locataires ? Il semblait régner une certaine incertitude quant à leur nombre. Les voisins au 25 parlaient de deux hommes — ils entendaient le grondement de voix graves à travers les murs —, mais on n'en voyait jamais qu'un seul sortir faire des courses. Un individu entre deux âges, aux cheveux blond-roux, au teint pâle, souriant d'un air timide.

L'incertitude n'était pas moindre concernant la date de leur arrivée et le moyen de transport utilisé, personne ne se rappelant avoir vu un camion de déménagement dans la rue. On racontait que la police les avait conduits jusque-là, eux et leurs meubles, au beau milieu de la nuit, mais la vieille Mrs. Carthew au 9, qui était perpétuellement collée à sa fenêtre, prétendait qu'ils étaient venus en fourgonnette un lundi matin et avaient aidé le chauffeur à décharger. Personne ne la croyait parce que ses mauvais jours excédaient largement les bons et qu'il paraissait douteux qu'elle eût été assez lucide pour savoir qu'on était lundi ou même pour garder un souvenir clair de l'événement.

L'implication de la police avait davantage de quoi séduire car elle était logique. En particulier les jeunes, qui faisaient de la théorie du complot leur os à ronger. Pourquoi ces hommes avaient-ils été amenés sous le couvert des ténèbres ? Pourquoi le second ne se montrait-il jamais pendant la journée ? Pourquoi le faiseur de courses avait-il le teint si pâle ? La contamination. Une calamité tout droit sortie de *X-Files*. Des vampires pervers chassant en meute.

Mrs. Carthew disait que c'étaient le père et le fils, expliquant qu'elle avait ouvert sa fenêtre pour leur poser la question. Personne ne la croyait parce qu'il n'y avait pas une fenêtre dans tout Acid Row qu'une vieille gâteuse aurait eu la force d'ouvrir. Il fallait des marteaux et des ciseaux à bois pour les décoincer du châssis. Et, même dans ce cas, sa maison était trop loin du 23 pour ce genre de papotage.

La thèse favorite était qu'il s'agissait d'homosexuels — ce qui les rendait doublement tordus —, et les mères ayant des filles poussèrent en leur for intérieur des soupirs de soulagement tout en incitant leurs garçons à la prudence. Les jeunes rôdèrent devant la maison pendant deux ou trois jours, lançant des insultes et montrant leur cul, mais, comme il ne se passait rien et que personne n'apparaissait aux fenêtres, ils se lassèrent et retournèrent aux galeries de jeux.

Les femmes étaient moins faciles à décourager. Elles continuèrent à bavarder entre elles et à surveiller les allées et venues dans Humbert Street. Certaines des assistantes sociales se prêtaient à leurs questions, mais les réponses, vagues et sujettes à toutes les interprétations, ne satisfaisaient qu'un petit nombre d'entre elles.

« Bien sûr qu'ils ne vont pas vous balancer des pervers parce que c'est une cité-dépotoir. Croyez-moi, s'il y avait un pédophile dangereux dans les parages, je serais la première au courant... »

« Peut-être que c'est une manœuvre sournoise pour vous obliger à garder un œil sur vos gosses... »

« Écoutez, à l'heure actuelle, les pédophiles avé-

rés sont sous surveillance constante. Ce sont les cinglés en puissance venus de l'extérieur dont vous devriez vous méfier... »

Ces réponses étant répétées interminablement dans la communauté, personne ne savait dans quelle mesure la version rapportée était fiable. Cependant, le fait qu'aucun démenti formel n'eût été opposé fut pris comme une confirmation de ce que chacun avait toujours pensé.

Il existait des règles pour Acid Row et d'autres pour le commun des mortels.

Jeudi 26 juillet 2001 – 21 Humbert Street, cité de Bassindale

Melanie offrit une tasse de thé à Sophie Morrison après que le médecin eut laissé Rosie et Ben écouter les battements de cœur du bébé avec son stéthoscope. Allongée sur le canapé du salon, elle riait tandis que ses bambins pressaient son abdomen de leurs doigts menus pour tenter de sentir remuer leur frère ou leur sœur. « Ils sont pas mignons ? s'exclama-t-elle, embrassant leurs mèches blondes avant de pivoter pour se lever.

— Du thé ne serait pas de refus, déclara Sophie avec un sourire à la vue des deux garçons observant bouche bée à travers la vitre le ventre nu et gonflé de Melanie. Vous avez des admirateurs, fit-elle observer à voix basse.

— Comme d'habitude, répondit la fille en tirant

sur son haut. Ici, on ne peut pas faire un geste sans que tout le quartier soit au balcon. »

Melanie habitait une de ces maisons mitoyennes de Humbert Street qui avaient été divisées quelque trente ans plus tôt pour créer deux duplex, un à l'avant et un à l'arrière. Une solution plus avisée aurait été de convertir les propriétés en appartements, mais cela aurait nécessité de soulever les façades pour mettre de nouvelles portes d'entrée et d'installer une insonorisation coûteuse sous les planchers des étages. Un petit génie au bureau d'urbanisme avait eu une meilleure idée. Il était plus rapide, plus économique et moins dérangeant pour les actuels locataires, affirma-t-il, de scinder les maisons par le milieu à l'aide de murs en parpaing, de combler les vides de part et d'autre avec des portes d'entrée et des escaliers pour chaque duplex et d'utiliser les couloirs, les cages d'escalier et les paliers existants pour faire des cuisines et des salles de bains.

C'était une solution malencontreuse pour tout le monde car elle établissait trois catégories d'habitants dans la rue. Ceux qui, comme les hommes du 23, avaient la chance de disposer d'une maison et d'un jardin en totalité. Ceux qui, comme Mamie Howard, locataire du duplex situé derrière celui de Melanie, jouissaient d'un jardin entier. Et ceux qui, devant, n'avaient qu'un carré d'herbe avec un muret entre eux et la rue. Humbert Street avait pris l'allure d'une galerie de béton, et le ressentiment était considérable, surtout parmi ceux qui n'avaient aucun accès aux jardins à l'arrière.

« Vous avez toujours autant de problèmes avec Mamie Howard ? demanda Sophie en prenant le petit Ben dans ses bras pour le câliner tandis que sa mère se rendait dans la cuisine.

— Oh oui. Elle arrête pas de flanquer des coups de marteau dans le mur à cause du bruit que font les gosses, et pour le jardin on a laissé tomber. Elle les laissera jamais y jouer, même de temps en temps. Jimmy a bien essayé de la convaincre avant qu'on l'envoie en taule, mais elle l'a traité de sale nègre et lui a dit de foutre le camp. Si encore c'était pas que du chiendent dans ce bastringue, ça serait moins dur à digérer. Mais elle y va même pas. »

Sophie passa le dos de sa main sur la joue de Ben. Il lui semblait insensé que le service du logement maintienne à l'arrière une vieille femme qui ne mettait jamais le nez dehors, quand deux marmots qui mouraient d'envie de courir et de jouer tranquillement étaient confinés à l'avant. Mais il ne servait à rien de protester. Il était écrit en toutes lettres que Mamie Howard habitait le 21 depuis 1973 et que cela lui donnait le droit d'y rester jusqu'à sa mort. « Et pour la bouteille et les clopes ? Ça s'arrange ?

— J'crois, répondit la fille gaiement. J'ai réduit les sèches à cinq par jour, et la gnôle à deux bières, une à midi et une au dîner... parfois deux. Et plus de fiestas. Complètement fini. Je prends encore un joint de temps en temps, mais rien de bien méchant vu que je le supporte pas. »

Sophie en était impressionnée. Au début de sa grossesse, la fille fumait deux paquets par jour, et le clou de la semaine consistait à se bourrer d'alcool et de drogue dans les boîtes le samedi soir. Même en tenant compte de la tendance à l'exagération fréquente chez les intoxiqués, c'était un progrès énorme, qu'elle semblait avoir maintenu avec succès pendant ces deux derniers mois. « Bravo », dit-elle simplement en s'asseyant sur le canapé et en faisant de la place pour que Rosie la rejoigne.

Comme Fay, elle pensait que les deux enfants avaient bien besoin d'un bain, mais ils paraissaient pleins d'énergie et d'assurance, et elle n'était guère inquiète pour leur santé physique ou mentale. De fait, elle aurait souhaité que nombre de ses patients plus aisés s'inspirent quelque peu des méthodes d'éducation Patterson. Cela la rendait folle de voir combien de parents élevaient leurs enfants dans des environnements aseptisés, sans un microbe, puis réclamaient des tests d'allergie parce que leurs gosses toussaient et éternuaient sans arrêt. Comme si l'eau de Javel était un substitut des défenses naturelles.

« Ouais, eh ben, c'est dommage que ce chameau de Miss Baldwin soit pas du même avis, déclara Melanie d'une voix hargneuse en réapparaissant avec des tasses de thé. Elle m'a fusillée du regard parce que j'étais avec une sèche et une bière devant *Voisins.* Elle aurait demandé, je lui aurais dit que c'était ma première cigarette de la journée, mais elle est pas comme vous... elle pense toujours le pire sur les gens même si c'est pas nécessaire.

— Quand est-elle venue ? » interrogea Sophie en reposant Ben par terre et en prenant la tasse.

Melanie se laissa tomber à côté d'elle. « J'ai

oublié... un jour de la semaine dernière... jeudi... vendredi. Elle était d'une humeur massacrante. Sans cesse à me harceler comme un sale petit roquet. »

Fay savait déjà qu'elle allait être remplacée, pensa Sophie avec agacement. « Est-ce qu'elle a mentionné que j'avais demandé à une des jeunes conseillères familiales de prendre le relais ?

— Non. Elle m'a seulement fait la leçon, comme toujours. Alors elle est comment, cette nouvelle ?

— Loufdingue, répondit Sophie entre deux gorgées de thé. Cheveux roses... cuir noir... Doc Martens... roule à moto... adore les gamins. Vous vous entendrez comme larrons en foire.

— Ça changera de cette vieille bique. » La tasse dans les mains, le regard plongé dans les profondeurs laiteuses, Melanie se demandait comment formuler la question qui lui brûlait la langue. De manière détournée ou carrément ? Elle opta pour la seconde solution. « Vous en pensez quoi, vous, des pédophiles ?

— Que voulez-vous dire ?

— Vous accepteriez d'en soigner ?

— Oui.

— Même en sachant qu'ils ont fait des trucs à des mômes ?

— Hélas oui. » Devant son expression désapprobatrice, Sophie esquissa un sourire. « Je n'ai pas beaucoup le choix, Mel. C'est mon métier. Je n'ai pas le droit de faire de discrimination entre les patients. Pourquoi ?

— Je me demandais seulement si vous en aviez d'inscrits chez vous ?

— Pas à ma connaissance. Leur nom n'est pas marqué d'une croix noire. »

Melanie ne la crut pas. « Alors comment se fait-il que Miss Baldwin soit au courant qu'il y en a un dans la rue et pas vous ? »

Sophie fut sidérée.

« De quoi parlez-vous ?

— Je me disais comme ça que vous pourriez peut-être me donner son nom... enfin, celui qu'il utilise. Vous comprenez, tout le monde pense que c'est un nouveau venu, mais moi, je me demande s'il a pas toujours habité là. » Elle agita la main en direction de la fenêtre. « Il y a un vieux chnoque au 8 qui s'est éclipsé pendant six mois l'année dernière puis a raconté qu'il était allé voir sa famille en Australie. Ce serait lui que ça m'étonnerait pas. Il arrête pas de passer de la pommade à Rosie et de dire qu'elle est ravissante. »

Sophie n'en revenait pas. « Qu'est-ce que vous a dit exactement Fay Baldwin ?

— Qu'il y a un pédophile dans la rue et qu'il enlèvera Rosie dès que l'envie le démangera. »

Bon sang de bon sang ! « C'est venu comment ?

— Les salades habituelles. Sermon... sermon... sermon. Elle a essayé de questionner Rosie à propos de son père, puis elle m'a reproché d'être une mère indigne quand je lui ai dit ma façon de penser. Je l'ai plus ou moins envoyée sur les roses... et alors crac !... elle m'a lâché cette histoire de détraqué qui allait séduire Rosie avec des bonbons. Sûr qu'elle a réussi à me coller une sacrée frousse.

— Je suis navrée, dit Sophie d'un ton penaud, des visions de procès flottant devant ses yeux. Je venais de la virer, de sorte qu'elle était probablement plutôt énervée. Néanmoins, ce n'était pas une raison pour vous asticoter, surtout de cette manière-là. » Elle poussa un soupir. « Écoutez, Mel, ce n'est pas pour excuser son attitude, mais elle a des problèmes en ce moment. La retraite lui fait peur... elle a l'impression que sa vie est un peu vide. Ce genre de choses. Elle aurait aimé se marier et avoir elle-même des enfants... mais ça n'a pas marché dans son cas. Est-ce que vous pouvez comprendre ça ? »

Melanie eut un haussement d'épaules. « Elle m'avait emmerdé un max, alors je l'ai charriée sur le fait qu'elle avait pas de moutards. Ça l'a drôlement vexée. S'est mise à me cracher à la figure. »

Fay s'était mise aussi à postillonner lors de leur discussion, se souvint Sophie. « C'est un sujet délicat pour elle. » Elle se leva et posa sa tasse sur la table. En prenant bien soin de ne pas montrer sa colère. Elle imaginait la fureur du directeur adjoint si le cabinet se voyait condamner à des indemnités pour « préjudice moral ». *Cette maudite bonne femme aurait dû être enfermée depuis longtemps.* « Faites-moi plaisir, Mel. Oubliez ce qu'elle vous a dit. Elle a enfreint les règles... elle a eu tort. Vous avez trop de jugeote pour accorder de l'importance aux paroles de Fay Baldwin.

— Elle a eu l'air d'avoir salement les boules quand je lui ai répondu qu'elle devrait pas balancer des trucs pareils.

— Ça ne m'étonne pas. » Sophie consulta sa montre. « Il faut que je m'en aille. Je parlerai à la remplaçante de Fay, pour la mettre au courant de la situation et lui demander de passer dès que possible. Vous pouvez aborder tous les sujets — elle sait très bien écouter —, et elle ne vous fera pas de sermons, c'est promis. Qu'en dites-vous ? »

Melanie leva un pouce. « Super ! » Elle attendit que la porte se referme puis hissa sa fille sur son genou. « Tu vois, ma chérie. C'est un coup monté. Une grognasse dévoile le pot aux roses parce que c'est une pute frigide, et chacun fait semblant de rien savoir. » Elle repensait à la terreur de Fay en quittant la maison. « Mais c'est la pute frigide qui dit la vérité et les autres qui mentent comme des arracheurs de dents. »

Le message que laissa Sophie sur le téléphone de Fay en retournant à sa voiture avait de quoi glacer le sang.

« *Je me contrefiche que vous ayez des problèmes, Fay... personnellement, je pense que si le laitier vous baisait un bon coup demain matin, votre santé mentale s'en trouverait grandement améliorée... mais dites encore un seul mot à Melanie Patterson, et je vous conduis moi-même à l'asile le plus proche pour vous faire boucler. Qu'est-ce qui vous a pris, espèce de pauvre idiote ?* »

Une demi-heure plus tard et à huit kilomètres de là, au centre de soins Nightingale, Fay Baldwin avait la main qui tremblait en effaçant le message sur sa boîte vocale. Melanie l'avait trahie.

Trois

Vendredi 27 juillet 2001 – cité de Portisfield, midi

Cela faisait vingt minutes que la voiture était garée en face de l'église de Portisfield. Plusieurs personnes passèrent devant, mais sans lui prêter une attention particulière. L'une d'elles déclara par la suite qu'il s'agissait d'une Rover bleue, une autre d'une BMW noire. Une jeune mère poussant un landau avait remarqué un homme à l'intérieur, mais était incapable de donner son signalement. Interrogée par la police, elle changea d'avis, admettant que c'était peut-être une femme aux cheveux courts.

Au bout des vingt minutes, une enfant mince et brune ouvrit la portière de la voiture, se glissa sur le siège du passager puis se pencha pour embrasser le conducteur sur la joue. Personne ne fut témoin de la scène, encore que la jeune mère ait cru voir une fillette tournant le coin d'Allenby Road quelques minutes plus tôt. Au cours du même interrogatoire, elle hésita, disant que la fillette était peut-être blonde.

« Ça va ? » demanda le conducteur.

L'enfant hocha la tête. « Tu m'as acheté les vêtements ?

— Bien sûr. Depuis quand est-ce que je ne tiens pas mes promesses ? »

Ses yeux brillèrent d'excitation. « Ils sont beaux ?

— J'ai pris ce que tu m'as demandé. Haut Dolce & Gabbana. Jupe Gucci. Chaussures Prada.

— Génial !

— On y va ? »

L'enfant regarda ses mains, soudain indécise.

« Tu peux changer d'avis quand tu veux, mon ange. Tout ce que je désire, c'est que tu sois contente, tu sais. »

L'enfant hocha à nouveau la tête. « D'accord. »

Quatre

Vendredi 27 juillet 2001 – 14 Allenby Road, cité de Portisfield, 18 h 10

Le soleil était encore haut dans le ciel, et les humeurs s'envenimaient tandis que les magasins et les bureaux climatisés se vidaient dans la chaleur étouffante de cette soirée de juillet. Des employés exténués, impatients d'arriver chez eux, cuisaient dans les voitures et les bus surchauffés. Le long d'Allenby Road, Laura Biddulph ralentit son allure alors qu'elle se préparait à un nouveau round avec les enfants de Greg. Elle n'arrivait pas à savoir ce qui était le plus déprimant. Faire la nocturne du Sainsbury de Portisfield ou rentrer pour se retrouver avec Miss Piggy et Jabba the Hutt.

Elle caressa l'idée de leur dire la vérité. *Votre père est un être répugnant... pour rien au monde je ne voudrais devenir votre belle-mère...* Pendant un bref et glorieux instant, elle se représenta la scène, jusqu'à ce qu'elle retrouve le sens des réalités et se souvienne de ses moyens. *Ou de leur absence.* Toute relation est bâtie sur le mensonge, mais les hommes désespérés sont plus enclins à y croire. Quelle autre solution ont-ils s'ils ne veulent pas se retrouver seuls ?

À l'extérieur, le soleil donnait aux maisons uniformes un faux éclat. À l'intérieur, Miss Piggy et Jabba étaient cloîtrés dans la pièce de devant, les rideaux tirés, la télévision diffusant à plein volume une des chaînes musicales. À peine eut-elle franchi la porte d'entrée qu'une odeur de saucisses frites assaillit ses narines, et elle se demanda combien de descentes dans la cuisine ils avaient fait pendant la journée. Si cela n'avait tenu qu'à elle, elle les aurait enfermés dans un placard avec quelques rations de pain et d'eau jusqu'à ce qu'ils aient perdu du poids et appris les bonnes manières, mais Greg ne cessait de se reprocher ses carences à leur égard, de sorte qu'ils devenaient de plus en plus gros et de plus en plus mal élevés. Elle retira sa veste en coton, remplaça ses sandales de vendeuse par une paire de mules posée sous le portemanteau et troqua sa mine sinistre contre le joli sourire vide qui leur était familier. Au moins, si elle feignait la bienveillance, tout espoir de changement n'était pas perdu.

Elle ouvrit la porte du salon, pointa le nez dans l'air stagnant, chargé de miasmes juvéniles, et cria par-dessus le vacarme : « Vous vous êtes fait du thé ou vous voulez que je vous en prépare ? » C'était une question stupide — des assiettes graisseuses, maculées de ketchup, jonchaient le sol comme à l'accoutumée —, mais cela n'avait aucune importance. Quoi qu'elle dise, ils ne lui répondraient pas.

Jabba the Hutt, un garçon de treize ans dont le frottement du double menton couvrait d'eczéma son cou, s'empressa d'augmenter le son. Miss Piggy, quinze ans et des mamelles comme des dirigeables, lui tourna le dos. C'était le rituel du soir, destiné à glacer la maigrichonne belle-mère en puissance. Et cela marchait. Sans l'acceptation sereine de sa fille — *Quand on est seuls, ils sont très gentils, maman* —, elle aurait arrêté les frais depuis belle lurette. Elle attendit le « va te faire foutre » prononcé du bout des lèvres par Jabba — autre rituel immuable — avant de refermer la porte avec soulagement et de se diriger vers la cuisine.

Derrière elle, le son de la télévision baissa immédiatement. « J'suis rentrée, Amy, appela-t-elle en passant devant l'escalier. Qu'est-ce que tu veux, mon chou ? Des bâtonnets de poisson ou des saucisses ? » C'était l'amour qu'ils détestaient, pensa-t-elle, guettant des sarcasmes étouffés, du style « chouchounette... chouchounette... maman chérie... maman chérie », en provenance de la salle de séjour. Les marques d'affection les rendaient jaloux.

Mais, pour une fois, la séance de taquinerie n'eut pas lieu, et, subitement inquiète, elle regarda l'escalier, dans l'attente de la bruyante cavalcade de sa fille de dix ans dévalant les marches pour se jeter dans les bras maternels. Chaque fois que cela se produisait, elle était convaincue d'avoir fait le bon choix. Cependant, le doute ne la quittait jamais, et, comme il n'y avait pas de réponse, elle eut conscience de se bercer d'illusions. Elle rappela, plus fort cette fois, puis grimpa les marches quatre à quatre et ouvrit toute grande la porte de la chambre de la gamine.

Quelques secondes plus tard, elle faisait irruption dans la salle de séjour. « Où est Amy ? s'enquit-elle.

— Sais pas, répondit Barry avec insouciance en augmentant à nouveau le son d'une pression du doigt. Dehors j'suppose.

— Comment ça "dehors" ?

— Dehors... DEHORS... pas ici, merde. Bon sang ! T'es bouchée ou quoi ? »

Laura lui arracha la télécommande de la main et coupa l'image. « Où est Amy ? » répéta-t-elle à l'adresse de Kimberley.

La fille haussa les épaules. « Chez Patsy ? suggéra-t-elle avec une inflexion montante.

— Eh bien, elle y est ou pas ?

— Qu'est-ce que j'en sais ? Elle me téléphone pas toutes les heures pour me tenir au courant. » La panique sur le visage de son interlocutrice la persuada d'abandonner le persiflage. « Évidemment qu'elle y est. »

Barry remua poussivement sur le canapé, et Laura se tourna d'un bloc vers lui. « Quoi ?

— Rien. » Il eut un haussement d'épaules. « C'est pas notre faute si elle a pas envie d'être avec nous.

— Sauf que je paie Kimberley pour veiller sur elle, pas pour l'envoyer chaque jour chez une copine. »

La fille la regarda d'un air mauvais. « Ouais, ben, c'est pas tout à fait le petit ange que tu crois, et, à part la ligoter, je vois pas comment je pourrais la forcer à rester ici. Il était sacrément temps que tu t'en aperçoives. Depuis la fin du trimestre, elle est allée tous les jours chez Patsy, et en général elle revient le soir à peine quelques minutes avant toi. Alors, ça me fait franchement marrer d'entendre tes conneries. » Elle se lança dans une imitation du langage plus distingué de Laura. « Ôn a été saage, ma chéérie ? Ôn est allée à la daanse ? Ôn a aimé lire son liivre ? Mon cœur... ma colombe... le petit poussin à sa môman. » Elle pointa deux doigts vers sa bouche ouverte. « Y a de quoi gerber ! »

Elle devait avoir perdu la tête en leur confiant Amy... « N'empêche que, elle au moins, elle a une mère. Et toi, Kimberley, où est la tienne ?

— C'est pas tes oignons, bordel. »

La colère la rendait méchante. « Bien sûr que ce sont mes oignons. Je ne serais pas ici si elle ne vous avait pas abandonnés pour faire des moutards avec un autre. » Ses yeux lançaient des éclairs. « Non que je la blâme d'être partie. Tu crois que c'est agréable d'être la mère de Miss Piggy et de Jabba the Hutt ?

— Salope ! »

Laura eut un petit rire. « De même. Mais moi au moins, je suis une salope mince. Alors que toi...

— Fous-lui la paix, intervint Barry avec indignation. Elle y peut rien si elle est un peu forte. C'est pas poli de l'appeler Miss Piggy.

— Pas poli ! répéta-t-elle d'une voix incrédule. Seigneur Dieu, vous ne savez même pas ce que cela veut dire. La nourriture, vous ne connaissez rien d'autre. C'est pour ça que, Kimberley et toi, vous êtes *un peu forts.* » Elle appuya sur les mots de façon sarcastique. « Et naturellement que vous y pouvez quelque chose. Si vous utilisiez un peu de votre énergie pour nettoyer de temps en temps, vous auriez au moins ça pour vous » — elle pointa un doigt rageur vers les assiettes sales — « mais vous vous goinfrez du matin au soir, puis vous laissez traîner votre auge comme si une bonniche devait ranger derrière vous. Pour qui vous prenez-vous au juste ? »

Elle s'était juré de ne pas le faire. La critique ironique est corrosive : elle ronge l'amour-propre et détruit la confiance. Au cours d'un des rares moments d'entente entre son mari et elle — souvenirs désormais lointains —, Martin avait déclaré que c'était une maladie. La cruauté est dans le sang, avait-il dit. C'est comme le virus de l'herpès. Ça sommeille pendant une période, puis ça sort à la première occasion.

« Je suis chez moi. J'ai le droit de faire ce que je veux », rétorqua Barry, furieux, en battant des pieds contre la moquette pour se donner un appui afin de s'extirper du canapé.

Ses intentions n'étaient pas très claires, mais il avait l'air ridicule. Encore plus ridicule lorsqu'elle posa une main moqueuse sur son front et le poussa en arrière. « Regarde-toi, dit-elle avec dégoût tandis qu'il tombait en arrière sur les coussins, tu es tellement gras que tu n'arrives même pas à te lever.

— Tu l'as frappé ! l'accusa triomphalement Kimberley. J'appelle SOS Enfance martyrisée... ça t'apprendra.

— Allons, ne fais pas la gamine ! répondit Laura

d'un ton dédaigneux en se détournant. Je ne l'ai pas frappé, je l'ai poussé, et si on t'avait enseigné à parler correctement, tu comprendrais la différence. À savoir que "ça t'apprendra" n'a pas de sens, pas plus que Barry disant qu'il est chez lui. »

Il y eut un déplacement d'air perceptible quand Kimberley bondit de son siège et l'agrippa par son corsage.

Instinctivement, Laura la gifla à toute volée et se tortilla pour lui échapper. Pendant une fraction de seconde, elles se regardèrent avec une haine non dissimulée, jusqu'à ce que Laura ait la sagesse de prendre ses jambes à son cou.

« SALOPE ! SALOPE ! rugit l'adolescente, qui se mit à la poursuivre dans le couloir en direction de la cuisine. Bon Dieu, j'vais te TUER ! »

Laura claqua la porte et appuya avec son épaule pour empêcher Kimberley d'entrer, le cœur battant la chamade. *Était-elle devenue folle ?* Elle n'était pas de taille à rivaliser avec l'adolescente en termes de poids, mais elle profita de la solidité de sa prise pour immobiliser la poignée, pariant que les doigts de Miss Piggy seraient encore huileux à cause des chips dont elle s'était empiffrée. Cependant, c'était une guerre d'usure, qui ne prit fin que lorsque les panneaux du bas commencèrent à craquer sous les assauts des bottes de Kimberley et que Barry cria que leur père lui en voudrait à mort si elle la cassait encore une fois.

Lentement, Laura relâcha son effort à mesure que l'attaque diminuait d'intensité. Elle pressa son dos contre le bois et avala de grandes goulées d'air pour se calmer. « Barry a raison, prévint-elle, Greg vient juste de la repeindre après votre dernière bagarre.

— La ferme, espèce de garce ! brailla la fille, découragée, avec un ultime coup de son poing grassouillet. Si t'es tellement parfaite, comment ça se fait que ta fille te traite de “connasse” ? Penses-y la prochaine fois que tu pousseras des “ooh” et des “aah” quand mon père sortira son minable petit zizi. Merde alors, même ta fille sait que tu couches avec lui pour avoir un toit au-dessus de la tête ! »

Laura ferma les yeux, se souvenant du rire de Martin la première fois qu'Amy avait utilisé ce mot. La vérité sort de la bouche des enfants, avait-il répondu en plaisantant. « Les loyers sont de plus en plus chers, marmonna-t-elle. Le sexe ne coûte rien. Sinon, pourquoi serais-je ici ? »

Kimberley devait avoir l'oreille collée à la porte épaisse comme du papier à cigarette car chaque nuance de sa voix lui parvint de manière assourdie. « J'le dirai à papa que tu as dit ça.

— Vas-y. » Elle tendit le bras vers le téléphone mural, mais, avec son dos appuyé à la porte, il lui était impossible de l'atteindre. *Pourquoi Amy ne lui avait-elle pas dit qu'elle allait chez Patsy... Était-ce un refuge pour elle... ?* « Seulement, ce n'est pas contre moi qu'il sera en colère, c'est contre toi. Il se sentait tellement seul après le départ de votre mère qu'il aurait fourré une mamie édentée dans son lit. Qui soutiendra-t-il si tu essaies de me mettre dehors ?

— Moi et Barry, quand je lui raconterai que tu te sers de lui.

— Ne sois pas ridicule. C'est un homme. Pour quelle raison je couche avec lui, il s'en moque comme de sa première chemise pourvu que je continue.

— Tu voudrais bien ! railla la fille.

— Combien de femmes sont venues ici, Kimberley ?

— Des tonnes, répondit-elle d'un ton satisfait. S'il faut te supporter à présent, c'est uniquement parce que tu as baissé ta culotte pour lui.

— Et combien sont revenues ?

— Je m'en balance. Tout ce que je sais, c'est que toi, t'es revenue.

— Uniquement parce que j'étais au bout du rouleau, dit-elle lentement. Sans cela, rien au monde n'aurait pu me persuader de vivre ici. » Elle écouta la respiration bruyante de la fille. « Tu crois sérieusement que ton père ne le sait pas ? »

Il y eut une nette hésitation. « Ouais, ben, il aurait pu trouver mieux qu'une traînée, répondit la fille d'un ton maussade. Jamais il a essayé de savoir ce qu'on en pensait, Barry et moi. Il peut même pas... tu es toujours plantée là... à déblatérer sur ton boulot... à demander à Amy de montrer ses danses à la noix.

— Dans la cuisine peut-être... pas dans la salle de séjour. Vous m'avez bien fait comprendre que je n'y étais pas la bienvenue.

— Tu parles ! » Elle eut une sorte de sanglot étranglé. « Je suppose que t'as dit à papa qu'il était pas le bienvenu non plus.

— Je n'en ai pas eu besoin. Vous vous en êtes chargés avec succès.

— Comment ?

— En refusant de baisser le son... de lui dire bonjour quand il rentre... de prendre vos repas avec lui... de vous lever avant qu'il parte au travail... » Elle marqua une pause. « La vie n'est pas une rue à sens unique, vous savez.

— Ça veut dire quoi exactement ?

— Devine. » Laura plia ses doigts pour les détendre. « Je vais t'aider. Pourquoi votre mère n'a-t-elle pas voulu vous emmener avec elle ? »

Kimberley s'enflamma à nouveau. « Je te hais ! Tout ce que je souhaite, c'est que tu te barres et que tu nous fiches la paix. Papa serait peut-être pas content, mais pour nous ça serait le pied intégral. »

C'était vrai, pensa Laura avec un soupir intérieur, et, si Amy n'avait pas fait semblant d'être heureuse, elles seraient parties depuis longtemps. *Ne t'en fais pas, maman... je n'arrête pas de te le répéter, quand vous n'êtes pas là, Greg et toi, tout se passe très bien...* Laura l'avait crue parce que cela lui facilitait les choses, mais elle se maudissait à présent pour sa stupidité. « Pourquoi Amy va-t-elle chez Patsy ? demanda-t-elle.

— Parce que ça lui plaît.

— Ce n'est pas une réponse, Kimberley. Ce qui plaît à Amy n'est pas nécessairement bon pour elle.

— C'est sa vie, déclara la fille d'un ton rebelle. Elle fait ce qu'elle veut.

— Elle a dix ans, et elle suce encore son pouce. Elle n'arrive même pas à choisir entre des bâtonnets de poisson et des saucisses pour le repas du soir, comment pourrait-elle prendre des décisions importantes ?

— C'est pas pour ça qu'elle doit t'obéir au doigt et à l'œil... elle a pas demandé à naître... C'est pas ton esclave, bon sang !

— Ai-je prétendu le contraire ?

— On le croirait pas... T'es tout le temps à lui donner des ordres... à lui défendre de sortir.

— De sortir seule, corrigea Laura. Je n'ai jamais dit qu'elle ne pouvait pas aller avec Barry et toi pourvu que vous restiez ensemble. » Elle serra les poings avec colère. « Dieu sait si j'ai essayé de te l'expliquer afin d'éviter les problèmes. Cela fait à peine deux mois qu'Amy est ici, et elle a toujours du mal à se rappeler l'adresse et le numéro de téléphone. Si elle se perd, comment retrouvera-t-elle son chemin ?

— Elle peut pas se perdre en allant chez Patsy, rétorqua Kimberley d'un ton acerbe. C'est à peine à deux cents mètres d'ici !

— Elle ne devrait même pas y être.

— C'est une sale pleurnicharde, grommela Kimberley d'un ton renfrogné. Au bout d'un moment, ça finit par vous porter sur les nerfs. À mon avis, y a quelque chose qui ne tourne pas rond chez elle. Elle est tout le temps fourrée aux toilettes à se plaindre qu'elle a mal au ventre. »

Laura ouvrit brusquement la porte, forçant la fille à faire un pas en arrière. « En ce cas, je veux que tu me rendes mon argent, Kimberley, parce que j'aime mieux être pendue que de te récompenser pour ce que tu n'as pas fait. » Elle regarda sa montre. « Tu as cinq minutes pour ramener Amy dans cette maison et cinq autres pour réunir les cinquante livres que tu m'as extorquées en deux semaines de pseudo-baby-sitting. »

Quelque chose dans les yeux de Laura incita Kimberley à reculer à nouveau, plus près de son frère qui observait du seuil de la salle de séjour. « Je les ai dépensées.

— Alors, nous irons au distributeur le plus proche, et tu les prendras sur tes économies.

— Ah, ouais ? Et si je refuse ? »

Laura eut un haussement d'épaules indifférent. « On s'installera sur nos paquets en attendant le retour de ton père. »

Kimberley avait l'esprit lent, surtout quand on sautait du coq à l'âne.

« Quels paquets ? demanda-t-elle bêtement.

— Les bagages, répondit Laura d'un ton sarcastique. Les choses dans lesquelles on emballe les vêtements. » Elle abaissa ses mains le long de ses flancs, feignant de soulever des objets lourds. « Ce que les gens transportent quand ils ont envie d'aller voir ailleurs ce qui se passe.

— Ah, ce genre de paquets. » Son regard se mit soudain à étinceler. « Ça veut dire que tu t'en vas ?

— Dès que j'aurai récupéré mon argent. »

Kimberley adressa un claquement de doigts à son frère. « Où est le fric que papa t'a donné pour la nourriture ? interrogea-t-elle d'un ton péremptoire. Je sais que tu l'as encore, alors file-le-moi. »

Barry regarda nerveusement en direction de Laura. « Non. »

La fille le frappa avec rage. « Tu veux te retrouver avec un putain de bras cassé ? »

Barry s'avança dans le couloir, les poings serrés, prêt à se défendre. « Je veux pas qu'elle s'en aille... en tout cas, pas avant que papa soit rentré. C'est vraiment pas ma faute, alors j'ai pas envie que ça me retombe dessus. Papa s'est mis en pétard le jour où maman a fichu le camp... et toi, t'as fait qu'empirer les choses en disant que t'étais bien contente qu'elle ait déguerpi. T'es tellement débile que tu serais capable de recommencer... et si papa te flanque une raclée, tu l'auras pas volée, sauf qu'il fera pareil avec moi et que ça sera pas juste. » Les mots tombaient en cascade de la bouche du garçon habituellement taciturne. « Je te l'avais bien dit de surveiller Amy comme il faut, mais tu voulais pas m'écouter vu que t'es qu'une feignasse et une brute. Fais ci... fais ça... Cire-moi les pompes, Amy... mais si tu le répètes à ta mère, je te fous un taquet. Tu lui fais peur à cette gosse. D'accord, elle est casse-couilles, mais la manière que tu t'y prends, c'est pas étonnant qu'elle chiale sans arrêt. Ton problème, c'est que personne peut t'encaisser. Tu devrais essayer d'être plus gentille... tu te ferais des amis, et tu verrais les choses autrement.

— Ta gueule, fumier ! »

Il se faufila le long du couloir. « Je vais chercher Amy, annonça-t-il en ouvrant la porte d'entrée. Et j'espère bien rencontrer papa parce que je lui dirai que c'est ta faute.

— Connard ! Enculé ! cria Kimberley derrière lui en donnant un violent coup de pied dans le mur. Espèce de sale petite mauviette ! » Elle tourna vers Laura un visage rouge de colère, la tête rentrée dans les épaules à la manière d'un boxeur. Mais il y avait des larmes dans ses yeux, comme si elle savait qu'elle venait de perdre la seule personne sur qui elle ait jamais pu compter.

>Message à toutes les stations

>27.07.01

>18 h 53

>ACTION IMMÉDIATE

>Personne disparue

>Laura Biddulph/Rogerson, demeurant 14 Allenby Road, Portisfield, signale la disparition de sa fille de 10 ans

>Nom de l'enfant : Amy Rogerson (répond à celui de Biddulph)

>Taille : 1 m 45 env. Poids : 30 kg env.

>Signalement : mince, longs cheveux bruns, vêtue d'un tee-shirt bleu et d'un pantalon de survêtement noir

>Vue pour la dernière fois par un voisin alors qu'elle quittait le 14 Allenby Road à 10 h du matin

>Peut-être en route pour le domicile de son père, Sandbanks Road, Bournemouth

>Nom du père : Martin Rogerson

>Prévenir toutes les voitures/personnel îlotier

>Informations complémentaires suivront...

>Message à toutes les stations

>27.07.01

>21 h

>ACTUALISATION – Personne disparue – Amy Rogerson/Biddulph

>Peut-être en route pour The Larches, Hayes Avenue, Southampton

>A séjourné dans la villa avec sa mère pendant six mois jusqu'en mai

>Propriétaire/occupant : Edward Townsend, temporairement absent pour des vacances

>Prévenir toutes les voitures/personnel îlotier

>Informations complémentaires suivront...

Cinq

Samedi 28 juillet 2001 – 14 Allenby Road,
cité de Portisfield, 1 h 15

Les relations à l'intérieur du 14 Allenby Road s'étant complètement détériorées, la femme policier chargée de fournir aide et conseil suggéra de mettre Laura Biddulph « à l'abri » dans une maison vacante. Alors qu'il était clairement établi qu'Amy avait filé chaque jour au cours des deux dernières semaines pour ne rentrer que le soir, Laura s'était cramponnée de manière irrationnelle à l'espoir qu'elle était avec son père. Mais, informée qu'une perquisition chez Martin Rogerson n'avait rien donné et que la police avait acquis la certitude qu'il avait passé toute la journée à son bureau de Bournemouth, l'espoir le céda à la peur, et elle se retourna contre Gregory et ses enfants.

Elle les abreuva de piques venimeuses, ce qui ne fit qu'accroître la curiosité des policiers. Même les moins pointilleux pouvaient voir qu'il existait une disparité criante d'âge, de classe sociale, d'éducation et d'attirance physique entre Gregory et elle. On a beau dire que tous les goûts sont dans la nature, l'aversion qu'elle montrait ouvertement pour lui comme pour sa famille démentait tout sentiment de proximité entre eux. À mesure que la nuit s'écoulait, elle devint de plus en plus distante, blottie contre la porte de la cuisine, qu'elle refusait d'ouvrir excepté à des membres de la police. Les yeux rougis de fatigue, elle tenait une radio sur ses genoux et relevait brusquement la tête chaque fois que le nom d'Amy était mentionné. Lorsque la psychologue lui suggéra de monter prendre un repos des plus nécessaire, elle répondit avec un petit rire que ce ne serait pas prudent. À moins, bien sûr, que la police ne veuille la mort de Kimberley Logan.

Le raffut de la fille commençait à mettre tout le monde à cran. Avec une énergie apparemment inépuisable, elle n'avait cessé de brailler à une seconde femme policier que personne ne l'aimait, que sa vie était un enfer et qu'elle n'avait jamais voulu faire de mal à qui que ce soit. Elle refusait de quitter sa chambre, refusait de prendre des sédatifs et ne pouvait pas, ou ne voulait pas, donner le moindre renseignement sur l'endroit où Amy était allée pendant les deux dernières semaines, affirmant que ce n'était pas sa faute si la fillette avait menti en disant qu'elle était avec Patsy Trew.

Assis avec morosité devant la télévision, engloutissant les sandwichs apportés par la police, son frère prétendait que c'était Kimberley qui mentait. Selon lui, elle savait depuis mercredi qu'Amy n'était pas avec sa copine. Pasty était venue sonner à la porte

— fait confirmé par Patsy elle-même —, en disant que cela faisait plusieurs jours qu'elle n'avait pas vu Amy et qu'elle voulait savoir où elle était. Kimberley lui avait ordonné de « se casser » parce que ça ne la regardait pas. « Amy ne t'aime plus », avait-elle expliqué à l'enfant, avant de pouffer de rire lorsque Pasty avait détalé en larmes. « Bon Dieu, Amy n'est qu'une sale petite garce, avait-elle déclaré à Barry en rentrant dans la salle de séjour. Je te parie qu'elle se planque quelque part pour faire semblant d'avoir des copains. Pas étonnant qu'elle soit maigre comme un clou. Elle bouffe que quand l'autre pétasse est à la maison. »

Un inspecteur avait demandé à Barry pourquoi il n'en avait pas parlé à la mère d'Amy. Kimberley l'aurait rossé, ou, pire, lui aurait interdit l'accès à la cuisine. Kimberley rossait-elle Amy ? Il eut un haussement d'épaules. Une fois seulement. Après ça, Amy se débinait tous les jours. Pourquoi Kimberley l'avait-elle battue ? D'un air coupable, il tortilla ses épaules massives. « Parce que Amy se mettait à pleurer quand on traitait sa mère de connasse, avoua-t-il. Kimberley, ça lui tapait sur le système. »

Leur père, un chauffeur de bus de cinquante ans au ventre de buveur de bière et au teint grisâtre, s'efforçait, dans la faible mesure de ses moyens, de calmer le jeu. De temps en temps, il appelait Laura à travers la porte de la cuisine pour lui dire que la police avait fait venir d'autres sandwichs — comme si la nourriture était le langage du cœur. Il semblait incapable de faire preuve d'affection réelle, et la conseillère se demanda depuis quand il n'avait pas serré l'un des siens dans ses bras. Il ne posa que deux ou trois questions sur Amy — plus par crainte des réponses que par désintérêt —, préférant fulminer contre des forces de l'ordre qui perdaient leur temps à verbaliser les excès de vitesse au lieu de pourchasser les pédophiles. Si cela avait été lui, des salauds pareils, on les aurait « castrés et pendus les couilles dans la bouche » — supplice médiéval réservé aux hérétiques — « parce que les pervers, il faudrait qu'ils souffrent en mourant ». La femme policier le pria de parler plus bas, redoutant l'effet que pourraient avoir de telles paroles sur Laura Biddulph, mais, comme sa fille, il avait besoin de faire du boucan pour se sentir brave.

Une inspection de la chambre d'Amy ne fit qu'aggraver le problème pour la police, dans la mesure où rien ne paraissait manquer hormis le tee-shirt et le pantalon de survêtement qu'elle était censée porter. C'était une enfant soigneuse qui rangeait chaque chose à sa place, et une fugue semblait peu plausible car toutes les affaires auxquelles elle tenait — ours en peluche, bracelet favori, rubans de velours pour les cheveux — se trouvaient encore là. Même sa tirelire, contenant cinq livres, et le petit stock de bouquins caché sous le matelas. Pourquoi les rangeait-elle à cet endroit ? demanda la police à sa mère. Pour empêcher Kimberley de se venger en les abîmant, répondit Laura.

Gregory avait été soumis à un interrogatoire minutieux. Depuis combien de temps Laura vivait-elle là ? *Deux mois.* Où s'étaient-ils rencontrés ? *Elle prenait quelquefois son bus.* Qui avait fait le premier pas ? *Pas lui. Il ne pensait pas qu'elle lui accorderait le moindre intérêt.* Qui avait suggéré qu'elle s'installe chez lui ? *Il ne s'en souvenait plus. Cela avait surgi un jour dans la conversation.* Avait-il été surpris qu'elle dise oui ? *Pas vraiment. Cela faisait déjà pas mal de temps qu'ils se connaissaient.* Comment étaient ses relations avec Amy ? *Bonnes.* Et avec ses autres enfants ? *Même chose.* Amy avait-elle déjà voyagé dans son bus ? *Une fois ou deux, en compagnie de sa mère.* Qui avait-il rencontré en premier ? Laura ou Amy ? *Laura.* Connaissait-il le père d'Amy ? *Non.* Laura lui avait-elle dit où et comment Amy et elle vivaient auparavant ? *Seulement qu'elle avait eu une relation destructrice.* Savait-il que Kimberley brutalisait Amy ? *Non.* Lui était-il arrivé d'essayer de réconforter Amy ? *Il avait peut-être passé son bras autour de ses épaules une ou deux fois.* Est-ce qu'elle était contente ? *Elle n'avait pas dit le contraire.* La trouvait-il jolie ? *C'était une bonne petite danseuse.* Dansait-elle souvent pour lui ? *Elle dansait pour tout le monde... elle adorait se faire admirer.* Lui était-il arrivé d'inventer des prétextes pour être seul avec elle ? *Qu'est-ce que c'était que cette question à la con ?*

Les déclarations de Laura concordaient avec celles de Gregory excepté au sujet des relations avec les enfants. « Il ne peut pas les supporter, répondit-elle. Il a peur de Kimberley et méprise Barry pour sa lâcheté... sauf qu'il est lui-même un lâche, alors je suppose que ceci explique cela. Il est toujours très gentil avec Amy. Je pense qu'il la plaint. »

Elle était interrogée dans la cuisine par le même policier, l'inspecteur principal Tyler, qui l'avait questionnée six heures plus tôt pour obtenir des renseignements sur le père d'Amy. À présent, mieux informé, il était assis à la table en compagnie de la psychologue et posait des questions nettement plus insidieuses sur ses rapports avec son mari. Peut-être Laura avait-elle pressenti ce qui l'attendait car elle refusait de se lever ou de s'éloigner de la porte de la cuisine, et sa tête presque toujours baissée, d'où tombait un rideau de cheveux bruns, empêchait de lire la moindre émotion sur son visage. Ce qui donnait une impression d'indifférence, ou pire, de duplicité.

« Pourquoi plaint-il Amy ?

— Je lui ai dit que son père abusait d'elle.

— Est-ce vrai ? »

Elle eut un léger haussement d'épaules. « Tout dépend quel sens on donne au mot abuser.

— Et quel sens lui donnez-vous, Laura ?

— Exercer l'autorité sans amour.

— En étant brutal, par exemple ?

— Oui.

— Ce que vous accusez Kimberley de faire. »

Elle hésita avant de répondre, comme si elle

redoutait un piège. « Oui. Elle et Martin sont de la même espèce.

— Comment cela ?

— Les médiocres ont besoin de dominer. »

Tyler songea à ses premières impressions sur Martin Rogerson, lorsque l'homme avait ouvert la porte en bras de chemise et lui avait tendu une main cordiale. Surprise et dérobade étaient les deux réactions habituelles quand les policiers exhibaient leur carte — tout le monde a des motifs d'avoir peur ou de se sentir coupable —, mais Rogerson n'avait montré ni l'une ni l'autre. De vingt-cinq ans plus âgé que sa femme — la fin de la cinquantaine —, c'était un homme carré, un juriste sûr de lui, aux manières agréables et à la poignée de main ferme. Il ne faisait assurément pas l'effet de la brute épaisse décrite par son épouse. « De quelle manière Martin brutalisait-il Amy ?

— Vous ne comprendriez pas.

— Essayez tout de même. »

Nouvelle hésitation. « Il l'obligeait à mendier de l'affection, dit-elle, de sorte qu'elle pensait que son amour à lui avait plus de prix que le mien. »

C'était une réponse si surprenante que Tyler ne douta pas de sa sincérité. Il se rappelait avoir vu un jour un chien maltraité ramper sur le ventre vers le garçon qui le fouettait ; et aussi que, lorsqu'il s'était interposé, le chien l'avait mordu. « Et le vôtre était rejeté ? » suggéra-t-il.

Elle ne répondit pas.

Il tendit le piège sans enthousiasme. « Si vous

saviez que Kimberley était une brute, pourquoi avoir laissé Amy avec elle ? »

Du bout d'un doigt, Laura se mit à tracer des cercles sur le sol. Bien séparés les uns des autres. Indépendants. Tyler se demanda ce qu'ils représentaient. *Martin ? Elle-même ? Amy ? De la distance ?*

« J'ai mis de côté de quoi verser une caution pour un appartement, dit-elle d'une voix tremblante. C'est la seule issue... Amy le désire autant que moi. » Elle ouvrit son autre main, révélant un mouchoir humide qu'elle pressa contre ses yeux. « Elle n'arrêtait pas de me jurer ses grands dieux que Kimberley était différente quand ils n'avaient personne sur le dos. Je savais qu'elle mentait... mais je croyais réellement que le pire qui puisse arriver, ce serait qu'elle passe ses journées assise toute seule dans sa chambre. Et cela ne semblait pas si mal... pas après... » Elle s'interrompit, faisant disparaître à nouveau le mouchoir dans ses doigts comme du linge sale qu'il importait de cacher.

« Après quoi ? »

Elle mit un certain temps à répondre, et il eut l'impression qu'elle inventait une explication. « La vie tout simplement, répondit-elle d'une voix lasse. Elle n'a été facile pour aucune de nous deux. »

Tyler observa un instant la tête inclinée, avant de consulter des notes sur la table. « Selon votre mari, cela fait neuf mois qu'Amy et vous n'habitez plus avec lui. Il affirme que vous l'avez quitté pour un dénommé Edward Townsend, et que, à sa connaissance, vous étiez toujours ensemble.

— Il ment, répliqua-t-elle brutalement. Il sait parfaitement que nous avons rompu, Eddy et moi.

— Quelle raison aurait-il de mentir ?

— Il est avocat.

— Ce n'est guère une réponse, Laura. »

Elle écarta sa remarque d'un geste. « J'étais censée l'informer si notre situation changeait... mais je ne l'ai pas fait. Il s'agit d'un point technique. Martin peut prétendre que, comme il n'a pas eu de nouvelles, j'ai agi contre les intérêts d'Amy en lui dissimulant l'information.

— Qui l'aurait prévenu ?

— Eddy. Martin est toujours son homme de loi. Il parle à Eddy plus qu'il ne l'a jamais fait avec moi. » Elle eut un petit rire amer. « Il est le conseiller juridique de la société d'Eddy. Ils se téléphonent sans arrêt. »

Tyler abandonna provisoirement ce chapitre. Les caprices de la nature humaine avaient depuis longtemps cessé de le surprendre. À la place de Rogerson, il aurait collé son poing dans la figure de l'autre, en admettant bien sûr qu'il subsiste la moindre passion dans le couple. « Pourquoi ne pas avoir informé Martin que vous aviez quitté Eddy ?

— J'essayais de protéger Amy. »

Une formule plutôt radicale, pensa-t-il. « Y a-t-il d'autres abus dont vous ne m'avez pas parlé ?

— Non. »

Tyler laissa un silence s'installer tandis qu'il se référait une nouvelle fois à ses notes. C'était un non absolument catégorique, et il se demanda si elle s'était préparée à la question. Il se serait attendu à davantage de surprise, à un désir pressant d'expliquer pourquoi une telle hypothèse ne tenait pas debout. Cela faisait naître des doutes dans son esprit, d'autant plus que le mari avait réagi avec beaucoup d'irritation à une question semblable.

Il parcourut du doigt les lignes sur la page. « D'après votre mari, Mr. Townsend se trouve actuellement en vacances. Il est parti pour Majorque avec une petite amie. » Il releva la tête, mais Laura ne réagit pas. « Voilà plus de dix ans que Townsend est le client de votre mari, continua-t-il. Il est promoteur immobilier. Sa femme et lui ont divorcé il y a deux ans. Votre liaison a commencé peu après, et vous vous êtes installée chez lui en octobre dernier. Il habite Southampton. Votre mari a accepté de vous laisser la garde d'Amy pendant que vous viviez avec Townsend. Il n'a posé qu'une condition : dans le cas où la relation échouerait, il récupérerait Amy jusqu'au règlement de votre propre divorce. Il dit que vous lui avez retourné ses chèques de pension alimentaire alors que vous étiez avec Townsend et que votre situation ne vous permettait pas de subvenir seule aux besoins d'Amy. Est-ce exact ? »

Elle leva la main en un petit geste de protestation. « Martin n'a jamais été aussi » — elle chercha un terme — « raisonnable.

— Vous couchiez avec un de ses amis. Cela pouvait difficilement l'enchanter.

— Je n'y comptais pas.

— Eh bien, que s'est-il passé ?

— Ça n'a pas marché avec Eddy, alors je suis venue ici.

— Y a-t-il une raison précise à cet échec ? »

Elle se mit à tripoter les cheveux devant son visage. « C'était perdu d'avance. Nous attendions des choses différentes de cette relation.

— Que vouliez-vous ?

— Une évasion, dit-elle simplement.

— Pourquoi avoir retourné les chèques de pension alimentaire ?

— Cela n'aurait plus été une évasion.

— Que voulait Eddy ?

— Le sexe.

— Est-ce aussi ce que voulait Gregory ?

— Oui.

— Vous ne perdez pas de temps, fit observer Tyler d'un ton badin. Un jour vous êtes avec un promoteur immobilier de Southampton, le lendemain avec un chauffeur de bus de Portisfield. Comment est-ce arrivé exactement ?

— Nous avons passé cinq semaines à l'hôtel.

— Pour quelle raison ?

— C'était anonyme.

— Vous vous cachiez de Martin ? »

Elle eut un haussement d'épaules.

« Parce qu'il aurait repris Amy ?

— Oui.

— Qui payait ?

— Je me servais de mes économies. » Elle marqua un temps d'arrêt. « Il m'était impossible de travailler car je n'avais personne à qui la confier, et nous étions à bout de ressources. C'est pourquoi j'avais besoin d'autre chose. »

Il promena son regard à travers la cuisine. « Pourquoi un autre homme ? Pourquoi ne pas avoir fait une demande de logement et engagé une assistante maternelle ? »

Elle se remit à tracer des cercles. « Je ne pouvais pas courir le risque qu'Amy parle de son père à un employé du service du logement. On me l'aurait prise si on avait su qu'elle avait un autre endroit où habiter. » Un tout petit rire s'échappa de ses lèvres. « Dans tous les cas, Martin est un snob. Je savais qu'il ne viendrait jamais nous chercher ici. Il ne lui serait pas venu à l'esprit que je puisse accepter de vivre dans un logement social et de travailler dans un supermarché simplement pour être débarrassée de lui.

— Qu'est-ce qu'en pense Amy ? »

Même ta fille sait que tu couches avec lui pour avoir un toit au-dessus de la tête... « Je l'ignore. Je ne lui ai jamais demandé.

— Pourquoi ?

— Vous avez vu la maison de Martin. » Elle le toisa un bref instant. « Si vous étiez une gamine de dix ans, qu'est-ce que vous choisiriez ? »

Rogerson avait posé la même question en apprenant où se trouvait Amy depuis ces deux derniers mois. « Celle de votre mari, naturellement, mais si tel est son désir, vous auriez dû lui laisser le choix. Elle possède les mêmes droits que vous, Laura, et être l'otage de ses parents n'en fait pas partie.

— Si c'était le cas, rétorqua-t-elle, elle serait saine et sauve, enfermée à double tour dans sa chambre, et nous n'aurions pas cette conversation, vous et moi.

— Ce n'est pas ce que je voulais dire, Laura.

— Je sais ce que vous voulez dire, murmura-t-elle en tournant le volume de la radio pour obliger l'inspecteur à se taire. Mais vous parlez comme Martin, alors vous feriez peut-être bien de lui demander ce qu'il entend lui-même par là. »

« ... *deux cents habitants de la localité se sont joints aux agents pendant la nuit pour passer au peigne fin la campagne environnante...* »

« ... *pour la police, il est possible qu'Amy cherche à gagner le domicile de son père à Bournemouth...* »

« ... *les propriétaires vivant dans le Sud ont été priés de regarder dans les remises, les garages, les réfrigérateurs abandonnés, les bâtiments en ruine... toujours l'espoir qu'Amy se soit écroulée de fatigue...* »

« ... *un porte-parole de la Société pour la protection de l'enfance a déclaré que, même si la disparition d'une fillette constitue une tragédie effroyable, l'opinion ne doit pas oublier que, chaque semaine, deux enfants meurent victimes de sévices et de négligences dans leur propre foyer...* »

« ... *d'après un représentant de la police, tous les pédophiles fichés dans le Hampshire auraient été visités dans les huit heures ayant suivi la disparition d'Amy...* »

« ... *aucune piste...* »

Samedi 28 juillet 2001
10 h-19 h

Six

Samedi 28 juillet 2001 – Glebe Road,
cité de Bassindale

Melanie Patterson partageait une cigarette avec sa mère sur une banquette en face de la Coop de Glebe Road. Rituel immuable du samedi matin au cours duquel elles se racontaient les nouvelles avant de faire leurs courses ensemble. Cela leur rappelait le bon vieux temps, quand elles vivaient encore sous le même toit, que Gaynor s'allongeait sur le canapé, Melanie blottie contre elle, et qu'elles buvaient un verre de bière, brisaient une clope et refaisaient le monde. Elles avaient toujours été très proches l'une de l'autre et ne comprenaient pas pourquoi l'assistante sociale les enquiquinait à propos de leur famille en augmentation constante.

Gaynor était une version plus âgée de sa fille, nettement moins grande, mais avec des cheveux blonds aussi touffus et les mêmes yeux d'un bleu vif. Son cinquième enfant, un garçon, n'avait que six mois d'écart avec sa nièce, Rosie, mais pas un des Patterson ne trouvait cela particulièrement bizarre. Il n'y avait de logique chez aucune des générations. L'arrière-grand-mère de Melanie, elle-même mère de dix enfants, n'avait vu le jour que cinq ans après la mort de son frère aîné durant la Première Guerre mondiale, ce qui ne l'empêchait pas d'avoir sa photo sur sa table de chevet et de parler comme si elle était plus proche de lui que de n'importe lequel de ses frères encore en vie. Et peut-être était-ce vrai, car les Patterson mâles étaient réputés pour leur esprit querelleur — *C'est le sang irlandais qu'ils ont dans les veines, disait toujours grand-mamie, faisant allusion à un lien ténu avec un lointain ancêtre qui avait franchi l'Océan pour s'installer à Liverpool au* XIXe *siècle. Ils préfèrent se bagarrer que de coucher dans leur lit...* — et les femmes Patterson pour prendre des amants par peur de l'ennui —*... le Seigneur ne nous aurait pas donné des entrailles s'il n'avait pas voulu que nous les remplissions.*

C'était aussi le point de vue de Melanie et de sa mère. Les tyranniques assistantes sociales pouvaient bien dire ce qu'elles voulaient sur la contraception, la maternité répondait à un besoin fondamental chez chacune d'elles. Comme, d'ailleurs, chez la longue lignée de femmes qui les avaient précédées. Jamais une Patterson n'avait eu l'idée que l'épanouissement personnel pût résider dans le fait de prendre un travail régulier et de gagner de l'argent. Le rôle d'une femme consistait à faire des enfants, surtout si quelqu'un d'autre était prêt à payer. Assurément, la plus parfaite réussite de Gaynor en ce domaine était celle-ci, sa fille aînée, qui l'adorait et qu'elle adorait dans une égale mesure. Les hommes allaient et venaient dans leur vie, mais leur attachement mutuel demeurait inébranlable. Elles étaient d'accord sur tout. Amour, haine, croyances, préjugés, amis et ennemis.

En apprenant de Melanie le samedi précédent que des pédophiles avaient été logés à seulement une porte de ses petits-enfants, Gaynor avait piqué une crise, comme on pouvait le prévoir.

« C'est dégoûtant. L'Aide sociale a pas à coller des cinglés dans ta rue en te demandant de surveiller tes gosses vingt-quatre sur vingt-quatre. Ça voudrait dire que des tapettes sont plus importantes que Rosie, Ben et toi réunis... et c'est pas normal, ma chérie. Des types pareils, on devrait les enfermer jusqu'à la fin de leurs jours... c'est aussi simple que ça. » Elle tira une bouffée et passa la cigarette à sa fille. « Les mômes et toi, je veux pas que vous soyez en danger, dit-elle avec une soudaine détermination. Il faut que vous veniez ici. Vous prendrez la chambre de Colin, et il ira avec Bry et le petit Johnnie. »

Mais Melanie avait secoué la tête. « Jimmy doit sortir dans deux ou trois jours. Il veillera sur nous. Sans compter qu'à mon avis, c'est les tapettes qui devraient dégager, et pas nous... comme je l'ai envoyé à la peau de vache du service du logement — merde alors, que je lui ai fait, l'Aide sociale a le culot de nous assommer de grands discours sur » — elle dessina des guillemets dans l'air — « “les devoirs des parents”, et voilà qu'on nous balance des foutus pédophiles sans prévenir. Sur quoi elle m'a dit d'arrêter de jurer ou elle allait raccrocher.

— Pas possible !

— Comme je te le dis. Je lui ai répondu que si elle pensait que jurer était pire que de tuer des mioches, elle avait intérêt à aller se faire soigner. Le conseil municipal mettrait des détraqués sexuels à côté de chez vous, je suis sûre que ça vous plairait pas non plus, que j'ai ajouté. Là-dessus j'ai eu droit aux conneries habituelles... c'était pas de son ressort... je devais m'adresser à mon assistante sociale. J'étais furax, alors je lui ai dit que si elle se magnait pas de les virer elle-même, nous autres dans la rue, on allait s'en charger ! On peut pas faire un tel fromage au sujet de nos mômes et trouver très bien que de vieux cochons puissent les tringler à tout bout de champ... et c'est à ce moment-là qu'elle a raccroché... »

Une semaine plus tard, alimentée par les comptes rendus de la radio et de la télévision sur la disparition d'un enfant dans Portisfield, la vague d'animosité contre les pédophiles avait atteint son point culminant. On avait découvert, par un facteur ayant montré à une voisine une lettre réexpédiée, que l'adresse précédente de ces hommes était Callum Road, Portisfield, si bien que, tard dans la soirée du vendredi, la même voisine téléphona à l'ancienne occupante du 23, Mary Fallon, pour voir ce qu'elle savait.

Mary ne parlait que de ça. Portisfield grouillait de policiers qui frappaient aux portes, montraient le portrait de la gamine et demandaient si quelqu'un l'avait vue ou savait où elle avait passé les deux semaines écoulées. Ils parlaient d'un « ami » inconnu de la famille, mais même un crétin aurait deviné que l'ami en question était un féroce pédophile. Il y en avait eu deux d'expulsés de Portisfield environ un mois auparavant, l'un ayant été reconnu sur une photo, et Mary n'était pas la seule à avoir conseillé à la police de leur mettre le grappin dessus. La fillette avait vécu tout près de chez eux Dieu sait combien de temps, et les pédophiles étant ce qu'ils sont — à l'affût d'enfants solitaires et vulnérables —, il y avait fort à parier qu'ils l'avaient repérée comme proie éventuelle. Croire qu'elle s'était terrée dans son propre quartier était une idée absurde, alors qu'on était certainement passé tous les jours la prendre pour l'emmener quelque part. Mary resta sans voix pendant cinq bonnes secondes lorsque son amie lui dit que les pédophiles de Portisfield habitaient son ancienne maison. Elle n'arrivait pas à le croire. Sa maison à elle ! Abritant de maudits pédés. Quel bougre d'idiot avait pris la décision de les mettre dans cette rue ? Où il y avait plus d'enfants que d'adultes. C'était comme confier une pharmacie à un toxicomane. Comment les avait-on percés à jour ? Avaient-ils essayé avec un gosse ? Possédaient-ils une voiture ? Sortaient-ils quotidiennement ? Quelqu'un avait-il aperçu une fillette maigrichonne aux cheveux bruns dans les parages ?

Les réponses à ses questions étaient largement négatives, mais il y avait toujours place pour le doute. L'arrivée des deux hommes avait été nimbée d'un tel mystère qu'il allait de soi qu'ils pouvaient circuler comme bon leur semblait. Le plus jeune faisait parfois les courses, filant le long du trottoir en baissant la tête, mais qui pouvait dire où il allait après avoir tourné le coin de Bassindale Row et s'il n'avait pas une voiture garée quelque part en dehors de la cité ? Le plus vieux, le visage blême et les cheveux noirs, apparaissait de temps à autre derrière la fenêtre, tapi dans l'ombre, observant les passants d'un air renfrogné, mais qui sait où il allait la nuit alors que les honnêtes gens sont couchés ? Quant à la fillette... eh bien, ils n'étaient quand même pas assez bêtes pour la ramener chez eux en plein jour, pas vrai ?

Il avait été prévu au début de la semaine de converger sur Humbert Street le samedi après-midi pour obliger la police à les chasser, et l'on s'indignait que Portisfield n'ait pas eu à se livrer à une action aussi spectaculaire... ou aussi énergique. Cela mettait en relief la manière dont étaient perçues les deux cités : l'une moderne et à mobilité sociale ascendante, l'autre un ghetto délabré pour le quart-monde. La mobilité sociale ascendante se plaignait. Le quart-monde manifestait.

Bien entendu, personne dans Bassindale ne prit la peine d'informer la police de ses intentions. L'idée était de lui donner un choc tel qu'elle fasse partir les tapettes, pas de lui laisser une chance d'interdire la manifestation ni d'arrêter ceux qui tenteraient de s'y associer. De fait, il y avait dans Acid Row tellement de jeunes purgeant des peines d'intérêt général le week-end que, si les flics flairaient la moindre entourloupe, la moitié des fantassins se retrouveraient en maison de correction jusqu'à la fin des troubles. C'était une protestation de masse. Plus il y aurait de participants, plus fort serait le message... et moins il risquerait de passer inaperçu.

À juste titre, Gaynor et Melanie se targuaient d'être à la tête du mouvement. C'étaient elles qui avaient attiré l'attention de la cité sur les pervers. Elles dont la résolution avait provoqué l'engagement de leurs voisins. Elles dont les efforts avaient permis de traduire les paroles en actes. De plus, leur motivation était facile à comprendre. Elles pensaient que le conseil municipal mettait les enfants en danger en introduisant des pédophiles dans la cité. C'était l'évidence même. Il fallait forcer les autorités à se défaire des détraqués sexuels, et les gosses seraient en sécurité.

Seule leur manquait l'imagination, car pas un instant l'idée ne les effleura que leur prestige serait détourné en sous-main ni qu'une manifestation puisse conduire à la guerre. Surtout dans la lumière éclatante d'un des jours les plus chauds de l'année.

Mais, comme aurait pu le leur indiquer la police, c'est toujours quand la chaleur échauffe les esprits qu'éclatent les émeutes.

Ce samedi-là, sur la banquette en face de la Coop, Melanie mettait sa mère au courant de l'endroit et de l'heure du rendez-vous pour le départ de la manif de l'après-midi. « Il y aura surtout des femmes et des gosses, mais je pense qu'on sera à peu près une centaine. C'est suffisant pour faire réfléchir les flics. Jimmy y sera aussi, et, pourvu que nous arrivions en premier toi et moi pour mettre un peu d'ordre, tout devrait bien se passer. » Elle se rendit compte que Gaynor n'écoutait que d'une oreille. « C'est important, m'man, dit-elle d'un ton grave. Si toi et moi, nous ne sommes pas à l'heure devant l'école pour organiser ce bazar, ça finira en eau de boudin. Tu sais comment ils sont par ici. S'il n'y a pas quelqu'un pour leur dire quoi faire, ils se tireront au pub.

— Ouais, ouais. J'y serai, ma chérie. » Elle soupira. « Le problème, c'est que je me fais du souci pour Colin. Ce Wesley Barber recommence à traîner dans le coin, et Col sait que je ne peux pas le voir en peinture.

— Jimmy le déteste aussi... prétend que c'est un débile... qu'il fait honte aux Noirs parce qu'il arrête pas de se shooter aux amphés. Tu ferais bien de mettre les pieds dans le plat. Jimmy pense qu'il prend de l'acide par-dessus le marché et, si Col s'y met à son tour, il va complètement se bousiller.

— Oh, Seigneur ! » Gaynor passa une main inquiète dans ses cheveux. « Qu'est-ce que je dois faire, ma chérie ? Il est resté dehors jusqu'à trois heures du matin avec ce petit vaurien de Kevin Charteris. Ils manigancent quelque chose, et je ne sais pas ce que c'est.

— Comme toujours le vendredi soir, répondit Melanie. Faire la tournée des boîtes et se prendre une cuite. Kev n'est pas aussi taré que Wesley. »

Gaynor secoua la tête. « Col était parfaitement à

jeun. J'en étais tellement malade que je suis restée à l'attendre — il sait qu'il ira en centre de détention si on le surprend encore une fois à voler —, mais il a refusé de dire où il était... s'est seulement fichu en rogne en me traitant d'emmerdeuse. »

Melanie songea à son frère de quatorze ans. « Peut-être qu'il s'est envoyé en l'air, suggéra-t-elle avec des gloussements. C'est pas le genre de truc qu'un mec raconte à sa mère. »

Mais il n'y eut aucun rire en retour du côté de Gaynor. « Je pense qu'il fait des rodéos, murmura-t-elle d'un ton désolé. Comme il puait l'essence, il était sûrement en voiture. Je lui ai sonné les cloches... dit qu'un de ces jours il se tuerait... ou se ferait tuer... alors il a filé dans sa chambre en me criant de m'occuper de mes oignons.

— Je devrais peut-être lui parler.

— Tu veux bien, ma chérie ? Tu sais que toi, il t'écoute. Dis-lui simplement que j'ai pas envie qu'il y reste... Je préfère le savoir en taule qu'enroulé autour d'un lampadaire. Au moins, comme ça, il a une chance de grandir et d'arriver à quelque chose dans la vie.

— Je m'en occuperai demain, promit Melanie, dès que nous en aurons fini avec les détraqués. »

Pinder Street, cité de Bassindale

La femme policier Hanson aurait difficilement pu rater les graffitis en tournant dans Pinder Street. Tracé à la bombe sur un mur blanc à l'extrémité de la rangée de maisons, s'étalait dans des jaunes et roses fluo : « *Mort aux flics* », avec en dessous un dessin de porc en forme de croix gammée. Il ne s'y trouvait pas la veille, et elle se força à le contempler avec détachement. *Il n'était quand même pas possible que ce fût elle qui fût visée.*

Elle s'arrêta devant le 121 où elle devait interroger à nouveau Wesley Barber, quinze ans, à propos d'un vol à la tire qui avait eu lieu dans le centre-ville. Cela ne servirait probablement à rien. La méthode correspondait en tout point — la victime était une vieille femme sortant du bureau de poste par une porte latérale, son portefeuille, bourré de l'argent de sa retraite, à la main —, mais le signalement donné par le témoin, *une sale brute de grand Noir au regard fixe,* ne pouvait guère convaincre un magistrat que le coupable était ce Wesley au visage angélique.

C'était un attardé mental — un jeune psychopathe se droguant au LSD et à la méthédrine, d'après son professeur principal, qui fermait les yeux sur son absentéisme pour le tenir éloigné de l'école —, sauf qu'on lui aurait donné le bon Dieu sans confession. Il faisait le désespoir de tous, y compris de sa mère, qui passait le plus clair de son temps agenouillée à l'église à implorer un miracle. De plus, il n'était jamais chez lui quand la police se présentait, de sorte que les chances de l'interroger étaient des plus minces.

En entendant des hurlements à l'autre bout de la rue, Hanson leva la tête et vit surgir un groupe de jeunes se bousculant et se lançant des insultes. Elle baissa aussitôt les yeux de peur de provoquer un accrochage, mais les garçons battirent prestement en retraite à la vue de la voiture de police. Néanmoins, ils crièrent suffisamment fort pour qu'elle entende distinctement : « C'est une pétasse toute seule, putain de merde ! On n'aurait pas de mal à se la faire ! »

Une main posée sur la portière pour se calmer, elle braqua à dessein son regard vers le groupe comme si elle hésitait entre plusieurs options. Elle était terrifiée par Acid Row et l'avait toujours été. Elle assimilait cela à la peur des chiens. On avait beau suivre toutes les règles sur la conduite à tenir, si la peur était la seule chose qu'on ressentait, ce que percevait une bête féroce, c'était cette peur. Elle avait essayé un jour de l'expliquer à son chef, qui l'avait engueulée.

« Vous y passerez plus de temps que n'importe où ailleurs, lui avait-il répondu. C'est le boulot qui veut ça. Alors, si vous n'êtes pas à la hauteur, vous feriez mieux de donner votre démission tout de suite, parce que la prochaine fois que vous traiterez ces gens de “bêtes féroces”, c'est moi qui aurai votre peau. »

Elle ne l'avait pas dit dans ce sens-là. La peur des chiens lui servait de point de comparaison, mais son chef ne pouvait ou ne voulait pas comprendre. Elle avait besoin d'aide, et la seule aide qu'il lui avait fournie avait été de l'obliger chaque jour à surmonter sa phobie. En trois mois, elle avait passé tellement de temps dans Bassindale Row que sa peur s'était transformée en paranoïa. Toutes les fois qu'elle y venait, elle avait l'impression d'être suivie, épiée. Que les jeunes ne se déplaçaient en bandes que dans l'intention de lui tomber dessus au moment où elle s'y attendrait le moins et se trouverait sans défense. Elle pensait également, comme une paranoïaque typique, que son chef avait ourdi le complot visant à la détruire. Il l'envoyait toujours seule...

« Voilà encore cette femme flic, dit la mère de Wesley en lorgnant à travers les rideaux en tulle. Est-ce que tu vas lui parler cette fois-ci ? »

Elle était sûre qu'il avait fait quelque chose de mal. Elle le sentait chaque fois. Malgré ses prières, elle savait au fond d'elle-même qu'il n'y avait pas de salut pour son fils. Le pasteur lui avait dit qu'il se droguait, mais elle ne l'avait pas cru. C'était le démon qui avait pris possession de Wesley, comme il avait pris possession de son père.

« Des clous ! Elle essaie de me coller une agression sur le dos. »

Mrs. Barber lança un regard furieux à son fils. « C'est toi qui as fait ce coup ?

— Bien sûr que non, gémit-il.

— Sale petit menteur ! s'exclama-t-elle en le giflant d'une main charnue. Combien de fois est-ce que je t'ai averti ? Recommence à faucher l'argent d'une vieille dame, et je te ramènerai moi-même au commissariat par la peau des fesses.

— Arrête, brailla-t-il. C'est pas moi, maman. Pourquoi tu me crois jamais ?

— Parce que tu es le fils de ton père », répondit-elle avec dégoût. Elle se tourna à nouveau vers la fenêtre et vit les articulations de l'agent Hanson blanchir en serrant la porte de la voiture. « On dirait qu'elle a la pétoche, murmura-t-elle. Vous ne maniganceriez pas quelque chose, tes copains et toi ? Qu'est-ce que c'était que tous ces cris ?

— Rien à voir avec moi », bluffa-t-il, avant de se diriger à pas de loup vers le couloir en essayant d'imaginer sa réaction si elle découvrait qu'il avait rempli des bouteilles avec de l'essence. « Dis à la keuf que tu sais pas où je suis. » Il courut à la porte de derrière. « À plus tard, Ma. »

Mais Mrs. Barber était plus intéressée par le visage couleur de cendre de la femme policier. Avec un serrement de cœur, elle se demanda ce qu'avait encore fabriqué Wesley pour que cette femme ait si peur de lui parler.

>Message à toutes les stations

>28.07.01
>12 h 32
>Cité de Bassindale
>Milosz Zelowski, 23 Humbert Street, signale des jeunes faisant du tapage dans la rue depuis interrogatoire ce matin concernant la fillette disparue
>Voiture de patrouille 031 se rend sur les lieux

>28.07.01
>12 h 35
>Cité de Bassindale
>Mrs. J. MacDonald, 84 Forest Row South, déclare avoir vu Amy Biddulph dans Bassindale Row à 22 h hier
>Aurait essayé de téléphoner vingt-cinq fois
>Lignes de la police perpétuellement occupées

>28.07.01
>12 h 46
>Cité de Bassindale
>Voiture de patrouille 031 détournée pour questionner Mrs. J. MacDonald sur son témoignage concernant Amy Biddulph

Sept

Samedi 28 juillet 2001 – 21 Humbert Street, cité de Bassindale

Jimmy James fit mine de saisir Melanie par la taille tandis qu'elle posait une assiette pleine sur la table, mais, d'une gracieuse pirouette, elle se dégagea du bras qui l'entourait. Rosie pouffa de rire à l'autre bout de la table. « Tu vois, mon chou, fit observer sa mère, je te l'avais bien dit qu'il aurait plus qu'une idée en tête une fois dehors.

— Tu devrais pas lui raconter des trucs pareils, dit Jimmy. Elle est trop jeune.

— Il est nécessaire qu'elle sache de quoi les mecs sont capables, répondit Melanie gravement en tapant avec une cuillère sur le bord de l'assiette. Finis de déjeuner et amène-toi en bas de la rue. T'es quand même pas ivre au point de pas avoir compris ce qui se goupille. »

C'était un beau Noir à la taille de colosse, au crâne rasé, qui venait de passer cinq mois en prison pour une série de délits mineurs, et qui n'avait nullement l'intention d'y retourner. Il avait expliqué à Melanie que c'était à cause de l'enfant qu'elle portait, mais la vérité (qu'il n'avouait qu'à lui-même), c'était qu'il supportait de moins en moins d'être à l'ombre. « Ouais, eh ben, ne compte pas sur moi, Mel, dit-il d'un ton irrité en écartant la cuillère avec son doigt. Il y avait une sale ambiance ce matin dans la rue, et j'ai pas envie d'être là quand les flics rappliqueront.

— Ils vont pas t'arrêter parce que tu défiles. On est dans un pays libre. Les manifs sont autorisées.

— Ça dépend lesquelles. Gaynor et toi, vous vous fourrez le doigt dans l'œil si vous croyez que cette bande de défoncés fera ce que vous lui direz. Vous pourriez vous retrouver au beau milieu d'une émeute. Y a de quoi avoir les jetons, Mel.

— Et la gosse ? Elle a été vue dans Bassindale Row hier soir. Tout le monde pense que les tapettes l'ont kidnappée.

— Sois pas ridicule, répondit-il d'un ton sarcastique. Qu'est-ce que des tantes feraient d'une fillette ? Dis-moi.

— Les pervers sont des pervers.

— Tu parles. À ce compte-là, je me serais farci des mecs en taule parce qu'il y avait pas de nanas disponibles. On a les goûts qu'on a, et on n'y peut rien. C'est la même chose pour les pédophiles.

— Qu'est-ce que t'en sais ?

— J'ai une cervelle et je m'en sers. » Il se tapota le côté de la tête. « Gaynor et toi, vous vous ferez coffrer pour incitation à la violence si vous continuez à répandre ces ragots à la noix et que des gens sont blessés.

— T'en sais peut-être pas autant que tu crois. »

Il haussa les épaules et inclina sa chaise pour la regarder. « Très bien. Qui est-ce qui a vu cette gamine et à quoi il carburait ? Ne me dis pas que c'est ce débile de Wesley Barber, qui a passé cinq heures à bord d'un vaisseau spatial, défoncé à l'acide, pendant qu'on prélevait son sperme pour créer une race supérieure ! » Il rit devant sa grimace. « Réfléchis un peu, poupée, et laisse-moi manger tranquillement. J'ai pas envie de me faire emballer pour je ne sais quelle gosse blanche de petits-bourges qui est presque sûrement clamsée à l'heure qu'il est. »

Elle lui donna un coup de poing sur le bras. « Il faut que tu y sois, Jimmy. Le rendez-vous est à l'école de Glebe Road, et si tu ne viens pas avec moi, les gens vont se mettre à jaser.

— Tu veux dire les femmes, rectifia-t-il avec cynisme. Comme d'habitude, quoi. Elles n'ont rien d'autre à foutre que de rester assises sur leur cul à déblatérer sur leurs bonshommes.

— Tu n'es qu'une lavette, lança-t-elle, s'efforçant de le mettre en boule. Tu joues les Mike Tyson, et à la moindre embrouille tu files te faire voir ailleurs.

— Ouais, ben, je peux pas me permettre d'avoir des ennuis en ce moment. » Il reposa les pieds de la chaise sur le sol et poussa sa fourchette dans ses aliments d'un air maussade. « J'ai plusieurs affaires à régler, et virer deux tapettes de leur bicoque ne fait pas partie du programme.

— Tout le monde pensera que tu as un faible pour eux. » Elle songeait à sa réputation. Que dirait-on si son homme n'était pas au rassemblement après qu'elle avait raconté partout que c'était un dur de dur ? « On croira que vous avez un peu trop copiné en taule et que tu as pitié d'eux. »

Jimmy mâcha en silence pendant un moment en se demandant si elle se doutait combien elle était proche de la vérité. Il s'était bel et bien fait astiquer par son premier compagnon de cellule, et il ne tenait pas à ce qu'on le lui rappelle. Le type était un prof de musique en fin de peine, qui avait appris à Jimmy la notation pendant les trois semaines qu'ils avaient passées ensemble. Une sorte de petit génie, sachant tout sur le jazz et capable d'imiter les instruments avec sa voix. Au bout de la troisième semaine, il accompagnait les raps de Jimmy, et celui-ci commençait à envisager sérieusement une carrière dans la musique. Ils avaient même entrepris de faire une cassette de démo. Tout allait pour le mieux, quand le bruit s'était répandu que son compagnon était sous les verrous pour avoir taillé une pipe à plusieurs élèves de son école. Deux jours plus tard, il avait eu les doigts cassés dans les douches.

Jimmy avait mis un moment à s'en remettre. Le fils de pute avait essayé de tenir le coup en régime de semi-liberté après avoir été transféré d'une maison centrale sur l'île de Wight. Il prétendait avoir été condamné pour chèque sans provision, ce qui cadrait parfaitement avec son personnage d'homme instruit, mais quelqu'un avait mouchardé — probablement un gardien —, et il avait atterri dans l'unité des prisonniers vulnérables. Jimmy ne l'avait plus revu, même s'il pensait à lui de temps en temps. C'était le seul individu réellement sympathique qu'il eût jamais rencontré en prison, et il trouvait plutôt triste qu'il ait besoin de tailler des pipes pour se donner du plaisir quand la plupart des mecs préféraient être à l'autre bout.

« Laisse-les penser ce qu'ils veulent, dit-il à Melanie en repoussant l'assiette qu'il avait à peine touchée. J'ai mieux à faire que de crier des insultes à des tantouses. »

École de Glebe Road, cité de Bassindale

Des groupes de jeunes éméchés remplissaient déjà l'avant-cour de l'école, vidant des canettes de bière et se préparant mentalement à affronter les pervers. Parmi eux, Wesley Barber se pavanait comme un idiot, racontant à qui voulait bien l'entendre qu'il allait faire rôtir les tapettes... incendier l'école... piller le Coop... saigner les poulets. Il tremblait d'excitation comme un chien flairant une femelle en chaleur, et les autres garçons se moquaient de lui tandis qu'il fendait l'air de coups de karaté, à l'instar de Wesley Snipes dans *Demolition Man* et dans *Blade*.

« Bon sang, t'es vraiment un taré, Wesley !

— Qu'est-ce que t'as bouffé, espèce d'abruti ? »

Colin Patterson et Kevin Charteris l'attirèrent à l'écart. « Calme-toi, bordel ! s'exclama Colin d'un ton furieux. Ma mère risque de se mettre en pétard à t'entendre parler comme ça. Si elle pense que tu vas faire une connerie, elle appellera les flics. C'est censé être une manif, tête de nœud. » Il se sentait brave parce qu'il avait bu, et peu importait que cet idiot fût chargé à bloc par toutes les saletés que vendaient les dealers. Même dans ses meilleurs jours, Wesley était complètement taré, et Colin l'évitait la plupart du temps. Mais aujourd'hui, c'était autre chose. Aujourd'hui, comme l'avait déclaré Kev, ils avaient besoin d'un schizo qui fasse le boulot pour Melanie.

Wesley tenta de les faire tomber pour se libérer. « Z'avez dit qu'on allait foutre une peignée à ces vampires pervers, brama-t-il comme un enfant piquant une crise de rage, donner une bonne leçon à ces enculés. C'étaient des bobards ?

— Merde, cette fois il a complètement pété les plombs, dit Colin. Regarde ses yeux. On dirait un zombie. »

Kevin, le seul de ses amis à avoir la moindre influence sur Wesley, passa un bras autour du cou du garçon et lui tordit le poignet derrière le dos. « Tu vas pas la boucler, espèce de connard ? Sans quoi, jamais t'en approcheras des perv. Et nous non plus. Col a raison. Si jamais sa mère flaire une embrouille, y aura ni manif ni peignée. Tu piges ? La fête sera finie... et tu te feras démolir le portrait parce que t'auras gâché la journée à tout le monde. »

La lueur de folie disparut dans les yeux de Wesley aussi vite qu'elle était apparue. Un sourire paisible se peignit peu à peu sur son visage. « Ça va. T'as pas besoin de me traiter de connard, Kev. J'ai pigé. C'est juste une manif. » Ses traits prirent cette douceur qui avait abusé bon nombre de magistrats. « On fait simplement savoir aux vampires qu'on a saisi leur manège, pas vrai ?

— Exactement », répondit Kevin. Il lâcha Wesley et l'obligea à tendre la main. « Allons, Col, tope là ! ordonna-t-il à l'adolescent. On est copains, non ?

— Je suppose », dit Colin en se faisant taper violemment sur la paume. Mais il n'était pas soûl au point de ne pas avoir remarqué le couteau à cran d'arrêt que Wesley faisait tourner dans son autre main.

Appartement 506, Glebe Tower, cité de Bassindale

« À présent, il faut que je m'en aille, dit l'agent Hanson au vieillard sénile habitant le cinquième étage miteux d'une des tours de Bassindale. Je regrette de ne pas avoir pu vous aider. » Le découragement l'écrasait comme le rocher de Sisyphe. Cela avait été une visite infructueuse, comme toutes celles qu'elle avait faites dans la journée. Rien de ce qu'elle entreprenait ne servait à quoi que ce soit. Elle était un zéro... un fonctionnaire de police sans autorité.

L'appartement sentait affreusement le renfermé, comme si fenêtres et portes n'étaient jamais ouvertes. Mr. Derry vivait en permanence dans la pénombre, les rideaux tirés pour empêcher le soleil d'entrer, les yeux rivés sur les images tremblotantes de la télévision assourdie, comme si les personnages de feuilleton étaient son seul contact avec la réalité dans un monde en plein chaos. Lui parler n'avait fait qu'accroître le découragement de Hanson, car, si une étincelle de lucidité l'avait poussé à téléphoner à la police ce matin-là, elle s'était éteinte à la minute où il avait raccroché.

Il tripota son audiophone. « Qu'est-ce que vous dites ? »

Elle éleva la voix. « Il faut que je m'en aille.

— Vous les avez retrouvés ? »

Cela faisait une demi-heure qu'elle répondait patiemment à la même question, mais, cette fois-ci, elle fit semblant de ne pas avoir entendu. Toute discussion était inutile. Il avait déclaré qu'on lui avait volé deux cents livres en liquide enfermées dans une boîte à thé dans la cuisine, sauf qu'il n'avait pas la moindre idée du moment ni de l'identité des coupables. Tout ce qu'il pouvait dire, c'est que trois garçons avaient sonné un jour à sa porte, et que, comme leurs têtes ne lui revenaient pas, il avait refusé de les laisser entrer. Elle souligna la contradiction — s'il n'avait pas ouvert, ils ne pouvaient pas avoir volé l'argent —, mais le vieil homme n'en démordait pas. Il était capable de reconnaître un gredin à un kilomètre à la ronde.

Elle fit mine d'enquêter, furetant dans la cuisine immonde. Mais il n'y avait pas l'ombre d'une boîte à thé — juste un paquet de sachets dont la date de péremption était largement dépassée — ni le plus petit indice que de l'argent se fût trouvé là ou que quelqu'un d'autre eût dérangé la poussière depuis des mois. L'incident aurait pu survenir la veille... ou cinquante ans auparavant... car il avait un sérieux grain, et sa mémoire, emmurée dans un gâtisme assommant, lui faisait rabâcher perpétuellement les mêmes choses.

Comment se débrouillait-il ? Qui s'occupait de lui ? Le dégoût la submergea à la vue de la graisse accumulée au fil des ans sur la cuisinière et de la ligne dessinée par la crasse dans l'évier. Elle aurait voulu se laver les mains, mais l'odeur montant du trou de vidange lui donnait la nausée. C'était plein de microbes. Elle les sentait grouiller sous sa peau, grignoter sa cervelle, saper ses forces. À quoi servait-il de vivre ainsi ? *À quoi servait-il de vivre tout bonnement ?*

Cette pensée lui avait trotté dans la tête tout au long de leur conversation, et elle crut un instant l'avoir exprimée à haute voix car il pivota avec agacement. « Qu'est-ce que vous dites ? demanda-t-il de nouveau, un filet de salive coulant de sa bouche. Parlez plus fort, ma petite, je ne vous entends pas.

— Il faut que je parte », répéta-t-elle en articulant les mots avec une méticulosité d'ivrogne.

Il fronça les sourcils. « Qui êtes-vous ? Qu'est-ce que vous faites ici ? »

Combien de fois lui avait-il posé la question ? Combien de fois avait-elle répondu ? « Je suis de la police, monsieur Derry.

— Vous les avez retrouvés ? »

C'était comme écouter un disque rayé. Elle secoua la tête. « Je demanderai qu'on envoie une assistante sociale pour discuter avec vous, dit-elle.

Elle évaluera votre situation et conseillera probablement une admission dans un foyer où vous bénéficierez de davantage de soins et de protection que vous n'en avez ici. »

Il se tourna vers la télévision. « Ils auraient dû envoyer un homme, grommela-t-il d'un ton acerbe.

— Je vous demande pardon ?

— J'aurais préféré un vrai flic... pas une espèce de chiffe molle ayant peur de son ombre. Pas étonnant qu'il y ait autant de délits dans le quartier. »

C'était la goutte d'eau qui fait déborder le vase. Elle avait atrocement mal à la tête depuis son arrivée dans la cité, et hurler aux oreilles de Mr. Derry n'avait fait que rendre la douleur plus aiguë. Elle faillit l'injurier, lui dire ce qu'elle pensait réellement, mais elle était trop inhibée pour faire quoi que ce soit d'aussi spectaculaire. « Un homme n'aurait même pas pris la peine de vous écouter, dit-elle sèchement tandis qu'elle s'apprêtait à partir.

— Vous croyez ça, hein ? Eh ben, peut-être que j'en ai autant pour les petites morveuses qui préfèrent rester assises sur leur cul plutôt que de faire leur boulot. Qu'est-ce que vous en dites ? »

Elle le détestait profondément. Il était sénile, grossier et sale. Tout ce qu'elle avait touché dans cette porcherie avait laissé des marques sur elle. « Que voulez-vous que je fasse ? Que j'arrête les trois premiers garçons que je croise en sortant, simplement parce que vous prétendez qu'on vous a volé de l'argent. Il n'y a même pas de preuves que vous en aviez. » Elle balaya la pièce d'un bras tremblant.

« Si vous aviez eu deux cents livres dans une boîte à thé, vous ne vivriez pas de cette manière. »

Son mouvement brusque l'effraya. Il saisit le lourd téléphone démodé posé sur la table à côté de son fauteuil et brandit le combiné dans sa direction. « Ne vous approchez pas, cria-t-il. J'appelle la police. Qui êtes-vous ? Que faites-vous ici ? »

Elle sentit qu'elle allait s'évanouir. Dans un éclair de lucidité, elle se rendit compte de l'aspect comique de la situation. « La police, c'est moi », s'entendit-elle murmurer avec un rire dans la voix avant que ses genoux ne fléchissent et qu'elle s'écroule vers lui.

Appartement 406, Glebe Tower, cité de Bassindale

La vieille dame vivant en dessous de Mr. Derry s'interrompit au beau milieu de son coup de téléphone en entendant le choc violent provenant de l'étage supérieur. « Voilà que le vieux gâteux recommence, dit-elle à son amie d'un ton contrarié. S'il continue comme ça, le plafond va me tomber sur la tête. Qu'est-ce qu'il peut bien fabriquer, à ton avis ? Jeter ses meubles quand il perd la boule ? »

L'amie n'était nullement intéressée. « Pour l'amour du ciel, Eileen ! s'exclama-t-elle d'une voix anxieuse cinq étages plus haut. Tu ne peux donc pas m'écouter ? Il se passe quelque chose de terrible. J'ai pris les jumelles de Wally. Il y a des jeunes partout. Tu crois qu'ils ont bu ?

— Comment veux-tu que je le sache ?

— Tu devrais regarder par ta fenêtre. Ils sont des centaines. Ils retournent les voitures à l'entrée de Bassindale Row. »

Eileen Hinkley fut suffisamment intriguée pour écarter le rideau, mais son champ de vision était obstrué par les toits. « Tu as prévenu la police ?

— Impossible. Les lignes sont encombrées.

— Alors essaie le 999.

— C'est ce que j'ai fait, naturellement, protesta son amie, mais chaque fois on me transfère au commissariat, avec un message disant qu'ils sont au courant de l'agitation dans Bassindale et que ce n'est pas la peine d'appeler pour ça.

— Grand Dieu !

— Exactement. Sauf que je ne vois pas un seul policier, même avec les jumelles. » Sa voix devint plus stridente sous l'effet de la peur. « On va tous être tués. Qu'est-ce qu'on devrait faire d'après toi ? »

Eileen leva la tête vers le plafond tandis qu'un claquement de porte faisait tinter ses porcelaines. « S'enfermer à double tour jusqu'à la fin du grabuge, répondit-elle avec fermeté en croisant les doigts pour se porter chance. On ne sait jamais... on pourrait gagner le jackpot. Ces voyous se tueront peut-être entre eux... et ils nous ficheront un peu la paix. »

>Message à toutes les stations

>28.07.01
>13 h 55
>Cité de Bassindale
>Milosz Zelowski (connu sous le nom de Nicholas Hollis), 23 Humbert Street, réclame protection ou relogement dans une maison sûre
>Informé qu'aucun agent n'était disponible

>LIGNES POLICE SECOURS SATURÉES

>28.07.01
>14 h 01
>Cité de Bassindale
>Appel anonyme : barricades dressées dans Bassindale Row
>Objectif présumé : interdire accès aux voitures de patrouille

>LIGNES POLICE SECOURS SATURÉES

>28.07.01
>14 h 08
>Cité de Bassindale
>URGENT
>Voiture de patrouille 031 signale toute voie d'accès à Bassindale bloquée

LIGNES POLICE SECOURS SATURÉES

Huit

Samedi 28 juillet 2001 – cité de Bassindale

Les deux policiers à bord de la voiture de patrouille 31 observaient l'édification du blocus à une distance raisonnable. Ils étaient sortis de la cité par Forest Road South dans l'intention d'emprunter la grand-route et de remonter Bassindale Row North pour aller jeter un coup d'œil chez Zelowski dans Humbert Street. Mais il était trop tard. Bassindale était désormais infranchissable, et un voyage en sens inverse leur permit de constater que les quatre points d'entrée de la cité avaient été bloqués.

« Ça leur fera les pieds, déclara le plus vieux en allumant la radio pour recevoir d'autres nouvelles. Je les avais prévenus que ça deviendrait une vraie forteresse pour peu que ces salauds se fichent vraiment en colère. » Il baissa la vitre et cracha en direction du bas-côté herbeux. « Pour moi, c'est la faute des urbanistes. Ils auraient dû demander l'avis de la police avant de construire une jungle de béton et de la remplir de loubards.

— Ouais, ouais », répondit son coéquipier, qui avait déjà entendu ce discours cent fois. Il observait la scène à la jumelle. « C'est bien organisé..., ça doit faire un moment qu'ils préparent leur coup. » Il siffla entre ses dents. « M'est avis qu'on a eu chaud... cinq minutes de plus avec la MacDonald, et on se retrouvait piégés. » Il abaissa les jumelles. « Qu'est-ce qui peut bien se tramer ? interrogea-t-il. Je veux dire : si Amy se trouve là-dedans, pourquoi est-ce que ces imbéciles essaient de nous empêcher d'entrer ? »

Son camarade poussa un soupir exaspéré. « Elle n'y est pas. La bonne femme aurait été capable de dire quelque chose sur le style de tee-shirt, ça m'aurait peut-être convaincu... » — il eut un haussement d'épaules — « mais est-ce que c'est une réponse : bleu ? Elle nous ressortait ce qu'elle avait entendu à la télé. »

Ils avaient déjà discuté de ça. « Le problème, George, ce n'est pas ce que nous, nous pensons, c'est ce qu'ils pensent » — il indiqua d'un signe de tête les jeunes dressant la barricade — « eux. À supposer qu'ils soient capables de penser, bien entendu. » Il leva à nouveau ses jumelles. « Merde ! Contacte le patron, et dis-lui de se remuer le cul s'il ne veut pas que toute la cité flambe. Ces abrutis sont en train de siphonner de l'essence pour remplir des bouteilles, et la moitié d'entre eux ont des clopes au bec. Nom... d'un chien ! » Il vit un gamin — d'une douzaine d'années tout au plus — lancer une bouteille en direction de son copain. « Mais qu'est-ce qui leur prend, bordel ? »

Sophie Morrison se fit la même réflexion en freinant brutalement pour éviter une bande de jeunes pris de boisson dans Glebe Road. L'un d'eux lui fit un bras d'honneur comme si c'était sa faute à elle s'il était trop ivre pour marcher droit, et elle le traita silencieusement de connard à travers le pare-brise. Elle s'attendait qu'il donne un coup de poing sur le capot pour se venger — réaction classique dans Acid Row —, mais un de ses amis le tira vers le trottoir, et elle repartit en agitant deux doigts à son tour. Dans le rétroviseur, elle vit l'ami en question lui sourire aimablement, et elle transforma son geste en salut tandis qu'elle reconnaissait un de ses patients.

Elle avait pour les habitants du quartier un respect légitime — comme tous les professionnels de santé —, mais ils ne lui faisaient pas peur. Bien sûr, elle prenait des précautions. Elle conduisait vitres et portes fermées, rangeait son téléphone portable dans une trousse médicale, faisait clairement comprendre à ses patients qu'elle ne transportait jamais de drogues, ni de cartes de crédit, ni de sommes importantes, se garait dans des endroits bien éclairés et s'abstenait de circuler à pied dans les ruelles la nuit. Elle avait en outre un aérosol de gaz irritant dans sa poche de pantalon dont, jusque-là, elle n'avait pas eu besoin de se servir.

Curieusement, depuis deux ans qu'elle avait obtenu son diplôme et qu'elle pratiquait, elle était devenue fière d'Acid Row. Ici au moins, les gens étaient ouverts et n'avaient pas honte de leurs maladies — liées en général à la dépression, la solitude, l'alcool, la drogue ou la prostitution —, alors que la partie la plus riche du secteur s'obstinait à mettre son alcoolisme, sa dépendance à l'égard du Valium et ses MST sur le compte du « stress ». Elle trouvait à la fois ennuyeux et exaspérant d'avoir à les écouter parler de leur respectabilité et préférait l'approche plus directe de la population de la cité.

Donnez-nous du Prozac, docteur, mon homme est en taule, et les gosses me rendent maboule...

Ils n'étaient pas plus faciles à soigner pour autant. Comme avec tous ses patients, elle s'efforçait surtout de les convaincre qu'un changement de mode de vie valait mieux que des médicaments, mais les réactions positives dans Acid Row étaient plus gratifiantes parce qu'elles exigeaient davantage de sacrifices de leurs auteurs.

La vie étant ce qu'elle est, l'essentiel de sa clientèle âgée était composé de femmes, et, lors de sa première visite, toutes lui avaient dit la même chose. Leur mari était mort. Leurs amies vivaient en maison de retraite. Elles ne sortaient jamais parce qu'elles étaient infirmes ou qu'elles avaient peur. Ou les deux. Les seules conversations qu'elles avaient, c'était avec des travailleurs sociaux trop jeunes pour savoir de quoi elles parlaient ou trop impatients pour les écouter.

Elle s'était très vite rendu compte que tout ce qu'elles désiraient, c'était de faire un brin de causette de temps à autre avec des personnes de leur âge, et, en persuadant trois des plus actives de constituer une liste de numéros de téléphone bien gardés, elle avait mis sur pied un réseau croissant de lignes de communication baptisé le Téléphone de l'amitié, et le système avait maintenant franchi l'Atlantique depuis l'arrivée récente d'une demande de participation provenant d'une communauté de personnes âgées en Floride.

Son portable sonna à deux reprises, et elle se rangea sur le côté de la route avec une moue agacée. Deux fois, c'était le cabinet, trois son fiancé. Elle composa le code de verrouillage, ouvrit l'appareil et pressa le bouton « 1 ». « J'espère que ça vaut le coup, dit-elle à la standardiste. J'ai promis à Bob d'être à Londres à six heures.

— Tout dépend si vous êtes encore dans Bassindale, répondit Jenny Monroe à l'autre bout. Sinon, je demanderai à John de faire un crochet. Le type semblait plutôt désespéré.

— Qu'est-ce qu'il a ?

— C'est son père, paraît qu'il n'arrive plus à respirer. Il a de l'asthme et est en train de devenir bleu. Mr. Hollis, 23 Humbert Street. De nouveaux patients, inscrits depuis à peine quinze jours, ce qui fait que nous n'avons pas encore de dossier. D'après le fils, il a soixante et onze ans et n'est pas en très bonne santé. Je lui ai conseillé d'appeler une ambulance, mais il a déjà essayé, et personne n'est venu. Il panique visiblement. Vous pouvez vous en occuper ? »

Sophie jeta un coup d'œil à sa montre. Elle avait déjà fait deux heures de plus que son service normal, mais Humbert Street se trouvait juste après le carrefour. C'était une des rues transversales reliant les deux grands axes, Bassindale Row et Forest Road. Elle se traça mentalement un itinéraire. Aller jusqu'au bout de Glebe et tourner à gauche dans Bassindale North, puis à droite dans Humbert et enfin prendre à gauche dans Forest Road. Elle serait à mi-chemin de chez elle. Cela ne la retarderait guère, à condition que la visite ne dure pas trop longtemps. « Où est John ?

— Western Avenue. À vingt minutes.

— D'accord. » Elle coinça le téléphone sous son menton et prit un stylo. « Redonnez-moi le nom et l'adresse. » Elle les nota sur son carnet. « Pourquoi est-ce que l'ambulance n'est pas venue, à votre avis ?

— Trop de travail, je présume. Ils sont de plus en plus lents à réagir. »

Distraitement, Sophie fouilla dans sa poche de pantalon et en tira la bombe aérosol collée contre sa cuisse. « Je me demandais s'il n'y avait pas eu un accident ou quelque chose, dit-elle en fourrant l'aérosol dans sa trousse. Il y avait un tas de gens autour de l'école tout à l'heure.

— Pas que je sache.

— OK. Si je suis en retard et que Bob me fait une scène, c'est sur vous que ça retombera.

— Comme d'habitude », répondit Jenny d'un ton allègre avant de raccrocher.

>Message à toutes les stations

>28.07.01
>14 h 15
>Cité de Bassindale

>LIGNES POLICE SECOURS SATURÉES

>Occupants du 105 Carpenter Road signalent attroupement dans la cour de Glebe School
>D'après rumeurs, une enfant répondant au signalement d'Amy aurait été vue dans Humbert Street hier soir
>Cible possible : Milosz Zelowski, 23 Humbert Street
>Zelowski ne répond pas au téléphone
>Situation instable

>LIGNES POLICE SECOURS SATURÉES

>28.07.01
>14 h 17
>Cité de Bassindale
>EXTRÊME URGENCE
>Agent Hanson serait dans Bassindale
>NE RÉPOND PAS

>LIGNES POLICE SECOURS SATURÉES

>28.07.01
>14 h 23
>Hélicoptère prêt à intervenir

Neuf

Samedi 28 juillet 2001 – 23 Humbert Street, cité de Bassindale

S'abritant derrière la porte à moitié ouverte, l'homme marmonna des excuses pour avoir dérangé le docteur un samedi après-midi. Son père avait du mal à respirer, expliqua-t-il en indiquant d'un signe de tête l'intérieur de la maison. Il s'exprimait à voix basse, ce qui obligeait la jeune femme à se pencher en avant. Elle crut l'entendre parler de « minute d'affolement » et d'« asthmatique adorant faire des drames ». Appliquée à un homme, c'était une description assez peu flatteuse, et Sophie comprit que le chuchotement était destiné à empêcher le père d'entendre ce qu'ils disaient.

Dans la rue ensoleillée derrière elle, une voix juvénile hurla : « Hé, allez vous faire foutre, espèces d'ordures ! » mais un tel langage était monnaie courante dans Acid Row, particulièrement dans la bouche des gosses. Sophie n'y fit pas attention. À part quelques gamins sur le trottoir d'en face, la rue était déserte au moment de son arrivée, et elle ne songeait qu'à en finir le plus vite possible avec ce dernier appel. Elle franchit le seuil et attendit le claquement de la porte.

L'homme était d'une pâleur malsaine dans la pénombre de l'entrée, où son visage flottait comme une lune au milieu des ténèbres. Ne voulant pas le regarder en face, elle observait le couloir et n'avait donc pas conscience de la manière dont il la jaugeait. Elle lui semblait aussi petite et mince qu'une adolescente de quinze ans, et il se recroquevilla contre la porte, tentant fébrilement d'éviter tout contact. Pourquoi avait-on envoyé une femme ? Elle lui tournait le dos, attendant qu'on la dirige, mais l'étroitesse de ses hanches et la tresse luisante pendant entre ses omoplates le rendaient muet. On aurait facilement pu la prendre pour une enfant sans son attitude assurée et l'expression adulte de son regard lorsqu'elle se retourna avec impatience et le pria de lui indiquer le chemin.

« Vous êtes de nouveaux patients, lui rappela-t-elle. J'ignore dans quelle pièce se trouve votre père. »

Il ouvrit une porte à droite. Les rideaux y étaient tirés et une lampe de table répandait une lumière peu abondante dans la pièce. L'air empestait l'odeur corporelle de l'homme âgé et corpulent qui haletait étendu sur le canapé, la gorge serrée aspirant de l'air bruyamment, les yeux exorbités par la peur que chaque bouffée soit la dernière. Grand Dieu ! pensa Sophie avec irritation. Le fils était-il un demeuré ? ou un parricide ? Il n'y avait pas besoin d'être Einstein pour deviner que forcer un asthmatique à respirer dans un four n'était pas une bonne idée.

Elle s'accroupit près du canapé. « Je suis ici pour vous aider, monsieur Hollis, dit-elle d'un ton encourageant en posant sa trousse par terre et en faisant jouer les fermoirs. Je suis le Dr Sophie Morrison. Ça va aller. » Elle avait parlé pour lui ôter sa peur et pour mettre un peu de normalité dans une situation anormale. D'un geste brusque, elle fit signe au fils d'écarter les rideaux. « J'ai besoin de lumière, monsieur Hollis. Et vous pourriez peut-être aussi ouvrir les fenêtres pour laisser entrer un peu d'air frais. »

Le père leva une main inquiète pour protester.

« Il n'aime pas que les gens regardent à l'intérieur, répondit le fils avant d'allumer le plafonnier. C'est ce qui a provoqué cette crise... il a aperçu un visage à la fenêtre. » Il parlait de manière hésitante, comme s'il craignait d'en dire trop. « Il a un inhalateur, précisa-t-il au médecin en désignant un tube en plastique bleu dans le poing de son père, mais ça ne sert strictement à rien quand il est dans ce genre d'état. Il n'arrive pas à retenir son souffle assez longtemps pour que les produits fassent de l'effet. » Par-dessus la puanteur de son père mal lavé lui parvenait l'odeur de la peau de la jeune femme. Une odeur d'abricot, se dit-il.

« Cela s'est passé il y a combien de temps ? » demanda Sophie. Elle toucha le visage du vieil homme. Malgré la chaleur de la pièce, il était moite et froid. Elle s'agenouilla à côté du canapé, prit son stéthoscope dans sa trousse.

« Environ une heure. Ça commençait à se calmer,

puis les gosses se sont mis à crier... » Il s'interrompit.

« S'est-il plaint de douleurs dans la poitrine ou dans le bras gauche ?

— Non.

— Quand s'est-il servi de l'inhalateur pour la dernière fois ?

— Quand il était plus détendu. Il y a une demi-heure, je dirais.

— D'autres médicaments ? Somnifères ? Tranquillisants ? Antidépresseurs ? »

Il secoua la tête.

Le vieil homme portait une chemise blanche flottante que quelqu'un — probablement son fils — avait eu le bon sens de déboutonner, révélant un torse gras et velu. Non sans une pensée ironique pour des effleurements douteux, Sophie défit la ceinture du pantalon afin de libérer le diaphragme, puis plaqua le stéthoscope au milieu des poils de la poitrine. Autant écouter le pouls près d'un marteau-piqueur. Tout ce qu'elle arrivait à distinguer, c'était le concert de râles dans la gorge. Elle répondit à son expression de panique par un sourire. « Quel est son prénom ?

— Franek. Il est polonais.

— Est-ce qu'il comprend l'anglais ?

— Oui. »

Elle plaça les mains sous les mâchoires de l'homme et commença à lui masser doucement la nuque, respirant profondément par le nez et l'incitant à faire de même. En même temps, elle lui parlait tout bas, l'appelant par son petit nom, chassant la peur, instillant la confiance, et, peu à peu mais de façon perceptible, la respiration affolée, pantelante, commença à ralentir pour prendre un rythme plus paisible. C'était un vrai numéro de pantomime, une technique éprouvée pour relaxer un patient, mais il n'en coula pas moins une larme de l'œil droit de Mr. Hollis, comme si la gentillesse était une rareté dans sa vie.

« Ce n'est pas avec moi qu'il ferait ça, dit son fils d'un ton amer. Tout ce qu'il veut, c'est un docteur. Je suppose qu'il n'a pas assez confiance en moi. »

Sophie lui adressa un sourire de sympathie tout en réchauffant l'extrémité du stéthoscope dans ses mains avant de la placer sur le cœur du vieil homme. Elle écouta avec soulagement le pouls devenu plus régulier, puis s'assit sur ses talons. « Ce n'est pas qu'il n'a pas confiance en vous, dit-elle en regardant son patient harassé sombrer dans le sommeil comme un nourrisson après une colère, simplement il sait que les médecins ont d'autres remèdes si la relaxation échoue. » Elle plia le stéthoscope et le rangea dans sa trousse. « Il a souvent des crises comme celle-là ?

— De temps à autre. D'habitude, il arrive à en venir à bout grâce à l'inhalateur, mais quand il commence à s'affoler... » Il eut un haussement d'épaules impuissant. « Je dois alors appeler un médecin.

— Vous dites que c'est un visage à la fenêtre qui a déclenché la crise, lui rappela-t-elle. Pourquoi ? Il a peur d'être cambriolé ? »

Il hésita un bref instant avant d'acquiescer.

Sophie se releva et jeta un coup d'œil furtif à sa montre. Il lui fallait être rentrée à 15 h 30 pour avoir une chance raisonnable de retrouver Bob à Londres à 18 heures. « Vous avez déjà été cambriolés ?

— Non, mais tout l'effraie. C'est un quartier dur. »

Il était difficile de prétendre le contraire, pensa Sophie avec une ironie désabusée. Même son vieux tacot tout cabossé était une cible quand elle ne se trouvait pas à l'intérieur. Pendant la journée, elle se garait devant le domicile de ses patientes âgées, membres du Téléphone de l'amitié, en espérant qu'elles seraient suffisamment curieuses pour chercher à savoir chez qui elle allait et surveiller en même temps sa voiture. Il y avait bien une gardienne aujourd'hui — Mrs. Carthew, démence bénigne et arthrite rhumatismale —, mais Humbert Street, en général bordée d'une haie d'adolescents mauvais coucheurs, était étrangement calme, au point qu'elle avait été fortement tentée de se garer devant la porte des Hollis. Seule une prudence née de la pratique l'avait retenue.

« Y a-t-il un endroit où l'on puisse parler sans le déranger ? demanda-t-elle en attrapant sa trousse. Je vais lui prescrire des somnifères légers qui l'aideront à passer le week-end, mais je vous conseille de l'amener lundi à la consultation pour revoir son traitement. Je lui montrerai également quelques techniques respiratoires pouvant lui servir. »

Le fils paraissait résigné, comme s'il avait déjà entendu tout cela. « Dans la cuisine. »

Elle le suivit le long du couloir et s'assit à la

table. « Depuis quand habitez-vous ici ? demanda-t-elle en rouvrant sa trousse pour prendre son bloc d'ordonnances.

— Deux semaines.

— Où étiez-vous avant ?

— Portisfield », répondit-il à contrecœur.

Sophie fut immédiatement intriguée. « Vous connaissiez cette pauvre gamine qui a disparu — Amy Biddulph ? Ils n'ont pas cessé d'en parler aux informations. Il paraît qu'elle habitait Allenby Road.

— Non. » Sa pomme d'Adam bondissait sans arrêt dans sa gorge. « Nous étions dans Callum Road... à presque un kilomètre de là.

— Certains parents sont tellement irresponsables, fit observer froidement Sophie tout en rédigeant l'ordonnance. D'après la radio, elle a disparu hier matin, mais la police n'a été alertée que lorsque la mère est rentrée chez elle. Ça me rend malade. Comment peut-on laisser une fillette de dix ans traîner dans les rues ces temps-ci ? »

Il y eut une seconde de silence. « Son père est passé à la télévision tout à l'heure. Il était en larmes, suppliait les ravisseurs d'Amy de la relâcher. » La pomme d'Adam fit une nouvelle embardée. « Ce n'est pas toujours la faute des parents, s'empressa-t-il d'ajouter. On ne peut pas surveiller un gosse vingt-quatre heures sur vingt-quatre. »

Il avait l'air de savoir de quoi il parlait, et Sophie se demanda s'il avait lui-même des enfants. Dans ce cas, où étaient-ils ? « Qu'est-ce qui vous a poussés à venir à Bassindale ? »

Nouvelle hésitation. « À Portisfield, on se tapait

sur les nerfs mutuellement, et la municipalité nous a dit que, si nous acceptions de venir ici, nous aurions plus d'espace.

— Encore une chance qu'on ne vous ait pas donné un duplex. Ils sont affreux. »

Son regard erra vers la fenêtre. « Nous avions prévenu que nous ne déménagerions pas pour un logement plus petit. Mais on est bien ici. »

Elle ne le crut qu'à moitié. Le ton de sa voix suggérait au contraire que l'endroit n'avait rien de « bien ». Bassindale n'était assurément pas le genre de cité où l'on va s'installer de gaieté de cœur. « Je suis navrée, murmura-t-elle avec un apitoiement sincère. Les hommes seuls ne font guère le poids sur les listes d'attribution de logements. Je suppose que vous vous êtes fait évincer par une famille ayant des enfants d'âge scolaire. »

Il lui fut reconnaissant de sa naïveté. « Quelque chose comme ça.

— Alors je comprends que votre père ait des moments de panique. Cela ne doit être facile ni pour l'un ni pour l'autre. »

La gentillesse de la jeune femme le mettait mal à l'aise. « Ce n'est pas si mal, dit-il, sur la défensive. Au moins ici, nous avons un jardin. »

Elle acquiesça, l'examinant réellement pour la première fois. C'était un de ces individus banals sans la moindre particularité pour accrocher le regard — hormis l'agitation de la pomme d'Adam —, au point qu'elle doutait de pouvoir le reconnaître dans la rue. Ses cheveux eux-mêmes semblaient manquer de couleur, un roux éteint n'offrant aucune ressemblance avec l'épaisse toison sombre qui couvrait le crâne de son père. « Et vous-même, comment vous appelez-vous ?

— Nicholas. »

Elle lui sourit amicalement. « Je me serais attendue à quelque chose de polonais.

— Mon nom de baptême est Milosz.

— Ce qui signifie Nicholas en polonais ? »

Il hocha la tête.

« Et Hollis, cela vient d'où ?

— De ma mère. C'était son nom de jeune fille. » Il parlait d'un ton cassant comme s'il trouvait sa curiosité importune, et Sophie resta un moment à se demander pourquoi son père et lui avaient troqué leur nom de famille polonais contre un nom anglais. Peut-être parce que c'était plus facile à prononcer pour des gens comme elle ?

Elle arracha l'ordonnance et la lui tendit en lui conseillant de laisser son père dormir le plus longtemps possible. « Si vous pouviez le convaincre d'ouvrir quelques fenêtres, cela l'aiderait. L'air frais lui ferait plus de bien que l'étuve dans laquelle il est enfermé en ce moment. » Elle était sur le point de se lever. « Lorsqu'il se réveillera, songez éventuellement à le mettre dans une des pièces du fond. »

Il jeta un coup d'œil à l'ordonnance, puis la posa sur la table. « Vous n'avez donc pas de médicaments dans votre trousse ?

— Jamais en allant dans Acid Row. On se ferait sauter dessus chaque fois qu'on ouvre la porte de sa voiture. » Elle le vit lancer des regards nerveux dans le couloir. « Qu'y a-t-il ?

— Vous ne les entendez pas ? »

Elle écouta les voix lointaines au-dehors. « C'est un peu bruyant, reconnut-elle, mais c'est généralement comme ça par ici. Les jeunes n'ont rien de mieux à faire que de se crier après, surtout le samedi après-midi, où ils se mettent à boire dès le milieu de journée. »

Il ne dit rien.

« C'est les vacances scolaires, lui rappela Sophie. Ils s'ennuient. »

Il ouvrit la bouche pour répondre, mais se contenta de secouer la tête avec abattement avant de ramasser l'ordonnance sur la table et de la fourrer dans sa poche de pantalon. Il était inutile de la retenir plus longtemps. « Je vous raccompagne. »

Elle referma sa trousse et se leva. « Un de mes collègues sera de service toute la soirée. Cependant, si votre père avait une nouvelle crise, il vaudrait mieux que vous appeliez une ambulance. En temps normal, ils sont plus rapides que nous pour réagir. Si j'ai pu venir aussi vite, c'est uniquement parce que j'étais au coin de la rue. » Elle eut soudain pitié de lui. « Mais je ne crois pas que vous ayez de souci à vous faire. L'émotion l'a épuisé. Il dormira probablement toute la nuit et, demain matin, quand la rue aura retrouvé son calme, il se dira qu'il n'y avait pas de quoi s'affoler.

— Vous avez sans doute raison.

— S'il prend un somnifère avant de se coucher, je pense sincèrement que vous n'aurez pas de problème », l'assura-t-elle en sortant de la pièce. Elle regarda à nouveau sa montre. « La pharmacie de

Trinity Street est ouverte jusqu'à 18 heures, vous avez donc tout le temps d'y aller. » D'un geste impulsif, elle s'arrêta devant la porte d'entrée pour lui serrer la main.

C'était comme un petit oiseau posé dans sa paume, et Nicholas la contempla avec une étrange fascination. Il aurait voulu s'y cramponner, remplir ses narines de l'odeur de quelqu'un de propre, mais sa main tremblait sous la sienne, et il la retira. « Merci d'être venue, docteur Morrison », dit-il en tendant le bras pour lui ouvrir.

Il s'écoula un instant, ne cesserait de se répéter Sophie par la suite, pendant lequel elle aurait pu ressortir de cette maison aussi pure et indemne qu'elle y était entrée. Mais elle eut si peu le temps de réfléchir — un simple battement de cœur — pour prendre une décision qu'elle ignorait devoir prendre. Une fraction de silence, alors que la porte s'ouvrait, où elle aurait dû sortir mais ne le fit pas... parce que le fils d'un patient lui avait dit merci et qu'elle s'était immobilisée pour lui sourire.

>Message à toutes les stations

>LIGNES POLICE SECOURS SATURÉES

>28.07.01
>14 h 35
>Cité de Bassindale
>EXTRÊME URGENCE
>Appel anonyme — téléphone portable — signale une foule de plus de 200 personnes pénétrant dans Humbert Street
>Armées de pierres et de bouteilles
>Peut-être cocktails Molotov
>AUCUN ACCÈS
>SITUATION INCONTRÔLABLE

>LIGNES POLICE SECOURS SATURÉES

>28.07.01
>14 h 37
>Hélicoptère a décollé

Dix

Samedi 28 juillet 2001 – 23 Humbert Street, cité de Bassindale

Ce qui se passa ensuite les prit au dépourvu. Sans défense contre le vacarme qui les submergea comme un raz de marée tandis qu'une centaine de gorges poussaient un hurlement de triomphe. Sans protection contre le silex aux arêtes tranchantes qui faucha l'air, éraflant le bras gauche de Sophie. C'était si inattendu, si surprenant, que sa réaction immédiate fut de refermer brutalement la porte et de s'emprisonner elle-même.

Elle s'entendit jurer, mais les mots furent noyés par un déluge de pierres qui s'abattit avec un bruit de tonnerre sur les panneaux en bois, l'obligeant à s'accroupir en même temps qu'elle reculait pour s'éloigner du danger. Elle vit la porte trembler sous l'assaut et cria à Nicholas de se sauver. Il la regarda fixement, ses lèvres remuant comme s'il essayait de dire quelque chose. Pendant un instant atroce, elle crut qu'il allait s'évanouir, puis, reprenant le dessus, il rampa à quatre pattes vers elle. Obéissant à l'instinct de survie, ils se recroquevillèrent comme des animaux afin d'offrir la cible la plus réduite possible, tête penchée, faisant face au prédateur de l'autre côté de la porte. Quand bien même ils auraient eu le temps de chercher des explications, le crépitement des projectiles leur emplissait les oreilles, engourdissant leur cerveau.

Sophie vit dans la porte ouverte du salon un refuge, sans penser que le couloir dépourvu de fenêtre était mille fois plus sûr. Le cœur battant, elle se releva et se rua dans la pièce, prête à claquer la porte derrière Nicholas. Elle avait conscience que Franek était debout, elle lui tendait même une main secourable quand la fenêtre éclata et que des morceaux de verre déchirèrent les fins rideaux, laissant pénétrer des rayons de soleil. Cela ne dura qu'une fraction de seconde, mais elle le vit avec une telle netteté que le tableau se grava de façon indélébile dans son esprit. Magnifique dans la manière dont la lumière inonda la pièce. Tragique dans l'inexorabilité de ce qui allait suivre. Le meurtre d'un vieillard.

Dans ses rêves, il prendrait une teinte rouge sang. L'appréhension crée une image plus forte que la réalité. Mais une image infidèle. Alors même qu'elle lui criait d'une voix perçante : « Fichez le camp ! Fichez le camp ! » et que Franek se tournait vers elle, les dagues de verre tombaient inoffensives sur le sol, amorties par le tissu des rideaux. Il devait être visible de la foule massée à l'extérieur car elle se remit à s'égosiller, et cette fois on reconnaissait chaque mot.

« Brute... ! »
« Enculé... ! »
« Pervers... ! »

Nicholas le saisit par le bras et le poussa dans le couloir, criant à Sophie de refermer la porte. « La cuisine, lui dit-il en escortant son père de l'autre côté de l'escalier. Il y a un téléphone. »

Tout allait trop vite. Son bon sens lui clamait qu'ils se jetaient dans un piège, mais l'impulsion des deux hommes entraîna Sophie vers la cuisine. Franek s'écroula sous l'évier. Avec des gestes furieux en direction de Sophie, il hurla à son fils quelque chose en polonais. Nicholas répondit par des phrases brèves et sèches en faisant signe au vieil homme de ne pas s'approcher d'elle. Saisissant le téléphone, il agita le support du combiné pour obtenir la tonalité puis renonça afin de barricader la porte de la cuisine avec la table.

« Qu'est-ce que vous faites ? » La voix de Sophie tremblait d'énervement.

« Le téléphone ne marche pas. »

Elle indiqua la porte. « Soit, mais je ne comprends rien à ce qui se passe. Qui sont ces gens dehors ? Pourquoi crient-ils après votre père ? »

Nouveaux glapissements de Franek en polonais.

« Qu'est-ce qu'il dit ?

— Qu'il n'est plus temps de discuter, répondit Nicholas en posant un petit four à micro-ondes sur la table pour donner plus de poids au fragile rempart. Il faut absolument consolider la barricade. »

Recroquevillé sur le sol, Franek parla en anglais cette fois. « On sera à l'abri en attendant du secours, oui ?

— Je n'en suis pas persuadée. » Elle s'efforça de maîtriser sa voix. « Pourquoi sont-ils là ? Pourquoi est-ce que le téléphone ne fonctionne pas ? »

Nicholas eut un vague haussement d'épaules. « Je suppose qu'on a coupé la ligne.

— Pourquoi ? » Elle décrocha à son tour le combiné, le pressa contre son oreille. « Pourquoi faire ça ?

— Pourquoi ? Pourquoi ? Pourquoi ? dit le vieux par terre. Vous posez trop de questions. Rendez-vous utile. Aidez Milosz à bloquer la porte.

— Mais... » Elle se força à réfléchir. « Peut-être que je devrais essayer de leur parler ? En retournant dans le salon et en criant par la fenêtre, je pourrais leur dire qui je suis. La plupart me connaissent probablement. J'ai plusieurs patients dans Humbert Street. L'un d'entre eux habite juste à côté. Il est possible qu'il y ait un policier dehors.

— Non. » Le gros homme posa une main sur sa poitrine et avala bruyamment une goulée d'air. « Vous restez. » Il ajouta quelque chose en polonais.

Son fils haussa les épaules d'un air piteux. « Il a peur de mourir.

— Il n'est pas le seul, répliqua Sophie avec fougue, et, franchement, je ne pense pas que se cacher ici soit une solution. S'ils enfoncent la porte d'entrée, nous sommes faits comme des rats.

— Il dit qu'il sent venir une nouvelle crise. »

Elle secoua la tête avec irritation. « Il n'a rien, répliqua-t-elle sèchement. Il a couru jusqu'ici comme un enfant de deux ans. D'ailleurs, j'ai laissé tomber ma trousse dans le vestibule. »

Si Nicholas fut surpris de son manque de générosité, il n'en laissa rien paraître. « La police sera bientôt là. Alors nous serons hors de danger. »

Sophie guetta des sons dans le couloir, mais tout ce qu'elle distinguait, c'était une clameur sporadique et lointaine qui semblait venir de la fenêtre. « Est-ce qu'ils peuvent faire le tour ? »

Nerveusement, il suivit son regard. « Ce sont les jardins. Pour arriver jusqu'à nous, il leur faudrait démolir les palissades. » Il s'interrompit pour écouter. « C'est le bruit de la route. »

Sophie empoigna le bord de la table et l'écarta de la porte. « Oui, eh bien, je n'en mettrais pas ma main au feu... et ces cochonneries n'empêcheraient pas un gamin d'entrer. » Avec un geste agacé vers Franek pour lui dire de se lever, elle tourna la poignée et regarda par l'entrebâillement. De manière inquiétante, les cris dans la rue semblaient s'être calmés, mais les portes étaient toujours closes, et il n'y avait personne dans l'entrée. « Emmenez votre père en haut pendant que je vais chercher ma trousse. Je jetterai un coup d'œil par la fente de la boîte aux lettres pour voir ce qui se passe. »

Nouvelle intervention de Franek en polonais, suivie par la main de Nicholas sur son bras, la tirant en arrière. « Je prendrai la trousse. Occupez-vous de mon père. »

Elle se débattit. « Bas les pattes ! »

Il la lâcha aussitôt en marmonnant des excuses, mais son père plaqua soudain une main crasseuse sur la bouche de Sophie, lui serrant la taille de l'autre. Il la força à monter les marches, sa poitrine nue et chaude collée contre les omoplates de la jeune femme. « Soyez bien sage, fillette, lui chuchota-t-il à l'oreille, ou je vous brise la nuque comme une brindille. Vous nous gardez sains et saufs jusqu'à l'arrivée de la police. Oui ? »

Onze

Samedi 28 juillet 2001 – cellule de crise, salle paroissiale, Portisfield

Cela faisait plus de vingt-quatre heures qu'Amy avait disparu, et les téléphones dans la cellule de crise n'avaient pas cessé de sonner depuis que sa photo avait été diffusée aux actualités télévisées. Elle avait été vue dans toute la Grande-Bretagne, de Land's End à John O'Goats, et chaque témoignage devait être soigneusement contrôlé. Les plus prometteurs étaient ceux qui parlaient d'une petite fille accompagnée d'un homme, mais, en pleine période de vacances, cela n'avait rien d'exceptionnel. Bien des pères allaient avec leurs filles acheter à manger dans les stations-service ou attendaient devant les toilettes pour dames tandis qu'elles y entraient. Chaque fois qu'une nouvelle piste tournait court, le sentiment de frustration augmentait d'autant.

À l'opposé de cette approche tous azimuts qu'engendrent invariablement de telles enquêtes, l'inspecteur Tyler et son équipe faisaient de leur mieux pour découvrir où Amy avait passé son temps pendant les deux dernières semaines. Le schéma qui se dégageait était des plus étranges. D'après Barry, elle partait tous les matins à dix heures — le claquement de la porte le réveillait à chaque fois — pour rentrer tous les soirs à six heures moins le quart en disant qu'elle était avec Patsy. Mais, lorsque Kimberley l'avait accusée de mentir le mercredi soir, Amy s'était conduite comme une « vraie petite garce ».

Le garçon avait l'air perplexe en racontant la scène. « D'habitude, elle était plutôt nunuche... chialait sans arrêt... détestait la télé... sur ce, Kim la traite de menteuse et voilà qu'elle devient complètement hystéro. Elle s'est mise à donner des coups de poing et des coups de pied, et il a fallu que Kim lui promette de pas le dire à sa mère pour qu'elle s'arrête. Le marché était qu'elle devait rentrer avant Laura, autrement Kim perdrait l'argent du baby-sitting.

— Cela se passait mercredi ? » Barry hocha la tête. « Et elle a tenu parole le jeudi soir ? » Nouveau hochement de tête. « Avez-vous essayé de savoir où elle allait ?

— Si on veut. Kim arrêtait pas de lui balancer qu'elle se planquait dans un trou parce qu'elle avait pas de copains.

— Que répondait-elle ?

— Simplement que, si on savait, on serait jaloux. »

Les parents de Laura Biddulph et de Martin Rogerson avaient été interrogés au cours de la nuit, sans succès. Ceux de Rogerson vivaient dans une maison de retraite à Brighton et n'avaient pas vu leur petite-fille depuis près de deux ans. « *C'est la seule fois où elle est venue. Martin cherchait à se réconcilier... nous ne nous étions pas parlé depuis son divorce... mais Amy était très pénible... pleurnichait continuellement. On a pensé qu'elle n'était pas dans son assiette... n'arrêtait pas d'aller aux toilettes avec mal au ventre, mais refusait qu'on l'aide. Une drôle de gosse... agaçante au possible, tout le portrait de sa mère, selon nous... Elle exaspérait à coup sûr Martin. Nous lui avons demandé de ne pas la ramener. Non, nous ne savions absolument pas que Laura et lui étaient séparés.* » Les fils qu'il avait eus de son premier mariage ne l'avaient jamais rencontrée. « *On l'avait prévenu avant qu'il se remarie qu'on se rangerait du côté de maman...* » Quel genre de père était-il ? « *Lointain... indifférent... Il ne nous a jamais donné l'impression de nous aimer beaucoup.* » Est-ce qu'il vous battait quand vous étiez désobéissants ? « *Certainement pas... Il ne rentrait à la maison que tard le soir... c'était le boulot de maman...* »

Les parents Biddulph, des retraités habitant le comté d'Oxford, près de leur fille aînée, n'avaient vu Amy qu'une seule fois eux aussi, lorsque Laura leur avait fait une visite surprise l'été précédent. Comme les Rogerson, ils donnaient une impression d'éloignement vis-à-vis de leur enfant, qui avait déçu leurs attentes par son mariage. C'était surtout Mr. Biddulph qui parlait.

Laura leur avait-elle fait part de problèmes de

couple ? *Elle s'en serait bien gardée... trop peur des « on te l'avait bien dit »...* Ils n'aimaient pas Martin ? *Bien sûr que non... une espèce de pédophile ou peu s'en faut... prenant une femme-enfant comme un trophée de chasse...* Savaient-ils que Laura envisageait de le quitter ? *Non... on l'a appris par hasard. Lorsqu'elle a téléphoné pour dire qu'elle était avec quelqu'un d'autre...* Avaient-ils rencontré Townsend ? *Non...* Laura parlait-elle de lui ? *Il me semble l'avoir entendue dire qu'il était promoteur...* Amy avait-elle parlé de Martin quand elle était chez eux ? *Non... C'était un sujet de conversation qu'il valait mieux éviter...* Laura avait-elle de l'affection pour sa fille ? *Si vous voulez dire : étaient-elles tout le temps à se faire des mamours, alors non... Nous ne sommes pas une famille démonstrative...* Avaient-ils des raisons de penser qu'Amy était maltraitée ? *Par qui... Martin ou Laura ?* L'un ou l'autre. *Laura sûrement pas... elle ne ferait pas de mal à une mouche... Pour ce qui est de Martin... cet individu est capable de tout...*

La sœur de Laura fournit un commentaire quelque peu différent. « Ma mère avait quarante-huit ans à la naissance de Laura. Elle se croyait ménopausée, et voilà qu'il lui tombe du ciel un gros bébé de fille. J'avais dix-huit ans et mon frère seize. On pensait que c'était l'embonpoint... à quarante-huit ans, vous savez, on commence à prendre drôlement de la brioche... et au lieu de ça on nous présente une Shirley Temple gazouillant, gesticulant, et trois fois plus mignonne que nous ne l'avions jamais été. Elle a été horriblement gâtée. Alors qu'il approchait de la retraite, voilà que papa découvrait soudain les joies de la paternité, tandis que la pauvre maman se voyait reléguée au second rang. Papa ne peut s'en prendre qu'à lui-même si elle a épousé Martin. C'est lui qui lui a appris combien il était facile pour une jolie fille de mener un vieux chnoque par le bout du nez.

— Vous vous entendez bien avec elle ?

— Je la connais à peine. C'est plutôt comme une cousine éloignée.

— Vous êtes jalouse d'elle ? »

La sœur était une solide femme de fermier aux joues brûlées par le vent, aux mains calleuses. « À l'époque, avoua-t-elle, plus maintenant. Elle a perdu son aura en épousant Martin.

— Avez-vous vu Amy quand elles sont venues ?

— Oui. Laura nous l'a amenée un soir.

— Comment l'avez-vous trouvée ? »

Elle eut un sourire un tantinet ironique. « C'est sa mère tout craché. Se donnant en spectacle si elle pense que son numéro peut lui rapporter quelque chose... aussi silencieuse qu'une souris dans le cas contraire. Elle a séduit mon mari en deux coups de cuillère à pot. À l'entendre, il n'avait jamais vu d'enfant aussi adorable.

— Et vous ? Avez-vous été séduite ? »

Elle réfléchit un instant. « En un sens, je suppose que oui. On aurait dit un petit singe de cirque... toujours pendu à votre cou que ça vous plaise ou non. Elle tient ça de Laura, évidemment. Chez nous, on se fait juste la bise de temps à autre, mais Laura adore les papouilles. Pour ça, elle est tout le contraire des Biddulph. » Elle marqua un temps d'arrêt. « Ou du moins, elle l'était, corrigea-t-elle avec une pointe d'étonnement dans la voix. Quand j'y repense, elle n'était pas spécialement expansive l'été dernier. »

Les voisins à Portisfield avaient très envie d'aider — trop dans certains cas —, mais ce qu'ils savaient se résumait à bien peu de chose. Ceux qui connaissaient Amy ne l'avaient pas vue pendant les quinze jours ; ceux qui ne la connaissaient pas envoyèrent la police sur de fausses pistes.

« Vous devriez fouiller la maison au bout de Trinity Street... Il y a là un type qui n'arrête pas de tournicoter autour des terrains de jeux... mériterait qu'on lui botte les fesses si vous voulez mon avis... »

« J'ai aperçu la mère plusieurs fois... Comme je l'ai dit à mon amie : "Qu'est-ce qu'espère ce crétin de Gregory avec une femme à moitié plus jeune que lui ? — Un vieux cochon, qu'elle m'a répondu. Kimberley va être folle de jalousie. Attends un peu. Elles vont s'entre-tuer en moins de deux." »

« J'ai effectivement vu une gamine qui ressemblait comme deux gouttes d'eau à cette photo... une petite mignonne avec de longs cheveux bruns... Elle était avec un homme dans une voiture... ils se sont arrêtés près de moi au feu... une voiture noire, me semble-t-il... pas une Mini ni une Rolls... ce sont les seules que je reconnaisse... »

La police avait pris possession de la salle paroissiale à côté de l'église de Portisfield pour y installer une cellule de crise. Dans un coin, l'inspecteur Tyler faisait son rapport à son chef le samedi en début d'après-midi. « Il se passe quelque chose de drôlement bizarre... Mais je n'arrive pas à mettre le doigt dessus. La Biddulph est visiblement déboussolée... elle oscille entre pousser des hurlements, s'en prendre à Kimberley Logan, et rester prostrée sur une chaise, mais refuse de quitter la maison ou de lancer un appel pour retrouver Amy. Rogerson est l'opposé... pondéré, aimable, calme, prêt à faire tout ce que nous lui demandons... puis voilà qu'il éclate en sanglots à la minute où les caméras sont pointées dans sa direction.

— Qu'est-ce que cela a de surprenant ?

— Il n'arrêtait pas de blaguer avant la conférence de presse. À propos des femmes en général. » Il retourna la main pour solliciter une réponse. « Que faut-il faire quand un lave-vaisselle tombe en panne ?

— Je l'ignore.

— Lui passer un savon.

— Mmm. » Le commissaire se frotta pensivement la nuque. « C'est peut-être sa façon de pester contre la Logan. On ne peut pas toujours dire ou faire ce qu'il faut au moment où il faut. » Il marqua un temps d'arrêt. « Vous dites que les parents se détestent. »

Tyler hocha la tête. « Rogerson est tout à fait franc sur ce point. Déclare qu'ils n'avaient rien en commun du fait de la barrière de l'âge... qu'il a été stupide de l'épouser... qu'il aurait dû se douter de ce qui arriverait. L'histoire avec Townsend devait fatalement se produire. Il admet que c'est en partie sa faute parce qu'il consacrait trop de temps à son travail, mais il n'a aucune rancune, donne même à entendre qu'il était plutôt ravi d'être débarrassé d'elle. » Il eut un sourire ironique. « En tout cas, c'est ce qu'il prétend.

— Vous ne le croyez pas ? »

Tyler réfléchit. « Je n'en sais rien. Il se plaît à répéter qu'il n'a comme seul souci en tête que le bien-être d'Amy, alors que, de son propre aveu, il ne subvient pas à ses besoins et que cela fait neuf mois qu'il ne l'a pas vue. Il se justifie en reprochant à Laura de lui avoir renvoyé les chèques quand elle était avec Townsend, avant de disparaître dans la nature. D'après lui, elle manipule les sentiments de la gamine pour avoir un atout au moment du divorce. Tu n'as rien payé pour elle, elle ne t'aime pas, ne veut pas habiter avec toi... ce genre de choses.

— Cela arrive. Dans les situations semblables, les enfants deviennent souvent des balles de ping-pong. C'est triste, mais pas exceptionnel.

— Sauf que ça ne tient pas debout. Il n'y a pas de situation, d'après ce que je peux en juger. Il est rare qu'un père se voie accorder la garde, surtout s'il passe autant d'heures au bureau que Rogerson. Alors pourquoi Laura est-elle persuadée qu'on va lui retirer sa fille ? Ça ne colle pas. Il leur suffirait de réclamer une garde conjointe, et tout le monde serait content. » Il s'interrompit pour étayer ses idées. « Une autre chose qui ne colle pas, c'est la maison de Rogerson. On n'imaginerait pas une seconde qu'une gamine a grandi là. Il n'y a pas de jouets... la télé fait quinze centimètres carrés... pas de magnétoscope... pas de balançoire dans le jardin... de précieux bibelots en porcelaine un peu partout. Amy devait avoir peur de casser quelque chose chaque fois qu'elle pénétrait dans une pièce. » Il haussa les épaules. « Je me demande s'il a même jamais voulu un enfant, sans parler de la garde dans le cas où l'épouse mettrait les voiles. »

Nouveau « mmm » prolongé. Ceux qui ne connaissaient pas très bien le chef pensaient qu'il se chantonnait un petit air. Les autres étaient accoutumés à ces ellipses verbales par lesquelles il se donnait le temps de réfléchir. La plupart de ses subordonnés avaient eux-mêmes attrapé cette manie, encore qu'ils prenaient bien soin de ne pas l'imiter en sa présence. « Intéressant. Vous en avez touché un mot à Rogerson ? »

Tyler acquiesça. « Avant la conférence de presse. Je lui ai demandé pourquoi ils se disputaient Amy alors qu'une garde conjointe aurait réglé le problème, et il m'a répondu qu'il était bien d'accord, mais que, sa femme refusant de lui parler, il n'y pouvait rien.

— Quelle a été la réaction de Laura ?

— Il est convaincant donc il est avocat. Et vice versa.

— Elle a raison. Ce sont tous de fichus requins. »

L'inspecteur sourit. « Il n'y a sûrement pas que ça. L'un des deux doit tenir l'autre à la gorge, mais j'ignore lequel et comment. Mon intuition me dit que Rogerson doit savoir un sale truc sur sa femme — peut-être en rapport avec Townsend —, sinon elle ne se serait pas vendue à Logan pour avoir un toit au-dessus de la tête.

— Que sait-on de Townsend ?

— Pas grand-chose. Il est en vacances à Majorque avec sa nouvelle petite amie. Rogerson continue à le représenter, ce qui semble un peu bizarre. On se serait plutôt attendu à ce qu'il l'expédie en touche pour lui avoir piqué sa femme. » Il leva les sourcils d'un air incrédule.

« À quel titre ? Vie privée ? Affaires ?

— Les deux. D'après Laura, ils n'arrêtent pas de se téléphoner. »

Le commissaire paraissait songeur. « Vous devriez peut-être retourner la question et vous demander pourquoi Townsend voudrait d'un homme qu'il a trahi pour avocat. C'est plus intéressant, vous ne croyez pas ? On dirait qu'ils ont d'autres choses en commun qu'Amy et sa mère.

— Comme quoi ?

— Des secrets ? Ce sont peut-être eux qui se tiennent à la gorge. Où se trouve son bureau ? De quel genre d'affaires s'agit-il ?

— À Southampton. Une société immobilière nommée Etstone. Rogerson nous a communiqué les adresses du domicile et du bureau. Une voiture stationne devant chez Townsend depuis 21 heures hier soir au cas où la gamine se pointerait, et nous avons parlé aux voisins. Quelques-uns se souviennent de Laura et d'Amy, mais aucun n'était particulièrement intime avec elles. Tous décrivent Townsend comme un chaud lapin — “assez bel homme”, estime une femme — et affirment qu’il est souvent absent. Il a été marié deux fois. La première épouse a tenu trois ans, la seconde à peine un an. Il a eu une multitude d’aventures, mais seule Laura a été autorisée à emménager chez lui. Selon la même femme, il est beaucoup plus intéressé par des liaisons sans lendemain que par une relation stable. Gary Butler, qui l’a interrogée, dit qu’elle a sans doute fait partie de ces liaisons sans lendemain, et qu’elle n’a pas dû apprécier.

— Un bel enfoiré, hein ?

— Ça en a tout l’air. Nous n’avons pas pu parler à ses collègues de travail. Le bureau est fermé pour le week-end, et les répondeurs ne donnent aucun numéro à contacter. Comme il a laissé l’adresse de son hôtel à Majorque à son voisin immédiat en cas d’urgence, nous nous efforçons de le joindre là-bas. D’après le directeur, il dispose d’une voiture de location et disparaît sur une plage de nudistes un peu plus loin le long de la côte. Il devrait être de retour ce soir. On ressaiera à ce moment-là.

— Vous pensez qu’il est dans le coup ? »

Tyler secoua la tête. « Je ne vois pas comment. Il est à l’étranger depuis mardi, et Amy s’éclipsait tous les jours. Il manque encore pas mal de détails. Il pourrait nous aider à comprendre ce qui se passe entre les parents.

— Mmm. » Le commissaire l’observa un moment avec attention. « Vous courez après la lune, fiston. Rogerson a passé la journée à son bureau, Biddulph était à sa caisse de supermarché, et Logan conduisait son bus. Rogerson aurait pu payer quelqu'un pour l'enlever et la séquestrer jusqu'à ce que les choses se calment... sauf qu'il n'a rien à y gagner. Ce n'est pas comme s'il pouvait la faire réapparaître après une semaine ou deux et dire que tout ça n'était qu'un malentendu. Il n'y a aucun indice de mauvais traitements, et ses instits disent qu'Amy était équilibrée et d'une intelligence au-dessus de la moyenne. » Il eut un geste d'impatience. « Non, ce que nous recherchons, c'est un maboul. Il n'y a pas d'autre explication. »

Tyler secoua la tête, désappointé. « Alors où cette maudite gamine allait-elle tous les jours ? Et avec qui ? »

Un des ordinateurs affichait régulièrement les messages en provenance d'autres divisions. « Il y a un début d'émeute dans Bassindale, dit l'opérateur à Tyler alors qu'il faisait une pause avant de s'en aller.

— Pourquoi ?

— Il semble qu'un pédophile soit visé.

— Comment s'appelle-t-il ?

— Milosz Zelowski. » Il fit défiler les messages. « Il a été déplacé de Portisfield voilà deux semaines... interrogé ce matin... domicile perquisitionné... réclame protection... informé qu'aucun agent n'était disponible... selon rumeur, Amy aurait été vue hier soir dans la rue de celui-ci... une foule de plus de deux cents personnes le pourchassent avec des pierres et des bouteilles... barricades ont été dressées... agent sur place ne répond pas... téléphone de Zelowski en dérangement... situation incontrôlable. » Il leva la tête. « Un choix plutôt épineux !

— Quel choix ?

— Est-ce qu'on cherche la gamine ou est-ce qu'on protège le pédophile ? On n'a pas assez de monde pour faire les deux. »

>Message à toutes les stations

>28.07.01
>14 h 43
>Cité de Bassindale
>ACTUALISATION – femme policier disparue – agent Hanson
>Visites prévues de Hanson dans la matinée : W. Barber, 121 Pinder Street – M. Furnow, 72 Harrison Way – J. Derry, appartement 506 Glebe Tower
>Appel automatique toutes les quatre minutes... Barber 729431/Furnow 729071/Derry 725600
>– Pas de réponse
>– Pas de réponse
>– Pas de réponse
>– Pas de réponse
>– Pas de réponse

Douze

Samedi 28 juillet 2001 – Glebe Tower, cité de Bassindale

Jimmy James regarda avec colère l'écriteau marqué « En panne » sur les portes d'ascenseur de Glebe Tower, puis abattit un poing épais sur le métal grêlé où un fusil à air comprimé avait tracé un V dans la peinture grise. Il venait voir un type au huitième étage qui lui devait de l'argent, mais il renonça à grimper les escaliers. Ce fumier le menait en bateau depuis mardi, de sorte qu'il y avait neuf chances sur dix qu'il soit sorti. Sans doute était-il dans la rue avec les autres crétins.

L'immeuble était plongé dans un silence inquiétant. Un samedi ordinaire, la cage d'escalier aurait résonné de cris d'enfants, mais aujourd'hui ils étaient bouclés dans leurs appartements ou occupés à suivre la foule pour être aux premières loges. En début d'après-midi, il était passé devant un groupe de gamins de sept ans scandant des slogans devant l'école où se rassemblaient les fantassins de Melanie. « Les vieux fossiles dehors... les vieux fossiles dehors... » Ils ne savaient même pas ce qu'ils étaient censés dire — « les pédophiles dehors » —, sans parler de ce que cela signifiait, et les adultes n'étaient probablement pas mieux informés. Cela le déprimait. Comme toujours avec la bêtise.

Il alluma une cigarette et réfléchit aux options possibles. Il n'y avait pas moyen d'ignorer ce qui se passait. Melanie avait parlé de « manif », mais l'odeur d'essence flottant dans l'air suggérait autre chose. Il avait fait un détour pour jeter un coup d'œil à une des voies d'accès et l'avait trouvée bloquée par des voitures, quelques-unes renversées sur le côté, toutes avec le bouchon de réservoir ouvert, le contenu siphonné ou coulant sur le bitume. Il avait vu des garçons remplir des bouteilles avec de l'essence tandis que des filles enfonçaient des chiffons dans les goulots. Il n'était pas besoin d'être Nostradamus pour prédire des violences imminentes. On apercevait une voiture de police solitaire de l'autre côté du barrage, et l'anxiété sur le visage des deux fonctionnaires était à l'égal de la sienne.

Le pédophile n'était qu'un prétexte à la rancœur bouillonnante des déshérités d'Acid Row. Tels les Juifs d'un ghetto ou les Noirs d'un bidonville, ils n'avaient aucune part dans l'opulence s'étalant au-delà de leurs frontières. Et le plus drôle, c'est qu'ils étaient presque tous blancs. Jimmy les comprenait jusqu'à un certain point — comme chaque Noir dans le pays —, mais il les méprisait aussi pour leur répugnance à changer. Il projetait d'emmener Melanie et les gosses... de trouver un endroit à Londres où il pourrait vivre honnêtement et parvenir à quelque chose... c'est en tout cas ce qu'il espérait, se souvint-il avec morosité, jusqu'à ce qu'il découvre que ses contacts avaient fermé boutique ce jour-là.

Au moins deux avaient eu le bon sens de plier bagage avant l'édification des barricades, et un troisième refusait d'ouvrir sa porte. Pour des raisons différentes, aucun d'eux ne tenait à avoir maille à partir avec la justice, ce qui voulait dire se tenir à carreau jusqu'à la fin des incidents. Moins on me voit, mieux je me porte, et le reste attendra bien jusqu'à demain. Jimmy ne tarda pas à en arriver à la même conclusion. À l'heure qu'il est, il aurait dû se trouver dans un train avec de l'argent en poche et quelque chose à vendre, mais, en l'absence de l'un et de l'autre, il ne lui restait plus qu'à laisser passer l'orage chez Melanie. Il serait bien temps de se mettre à vivre honnêtement une fois ses affaires réglées. Pour le moment, il se faisait du souci. Ce n'était peut-être pas une si bonne idée que de laisser Mel et les mioches aller à la manif tout seuls. Qui sait ce que ces abrutis d'Acid Row avaient prévu pour Humbert Street ?

Il écrasa sa cigarette sous son talon et appuya brutalement sur le bouton de l'ascenseur. Tout ce qu'il lui aurait fallu, c'est qu'il y ait au moins une chose qui marche, mais tout allait toujours de travers dans ce trou pourri. C'était comme taper sur un tas de ferraille, mais avec un grincement métallique, les portes s'ouvrirent. Il crut un instant que la chance avait tourné, jusqu'à ce qu'il aperçoive le corps par terre. *Ah merde ! Merde ! Merde !*

Sans prendre le temps de réfléchir, il s'enfuit à toutes jambes...

À l'intérieur du 23 Humbert Street

Sophie se réfugia dans un coin et chercha un mouchoir dans sa poche pour effacer de ses lèvres le goût de la main du vieux. Sa frayeur était telle que ses doigts refusaient de lui obéir. Elle les pressa contre le mur pour les empêcher de trembler. La pièce était encombrée de meubles dépareillés, et Franek montait la garde devant la porte, la tête penchée en biais, écoutant son fils déplacer quelque chose de lourd sur le palier. Son regard ne la quittait pas, un regard pesant, sans un battement de paupières, qui l'obligeait à le fixer aussi. Et s'il faisait un mouvement ? L'attaquait à nouveau ? Les cris de la foule résonnaient dans sa tête. *Brute... enculé... pervers...*

Tout cela n'avait aucun sens. D'où venait cette foule ? Qu'est-ce qui avait mis le feu aux poudres ? Une demi-heure plus tôt, la rue était pratiquement vide. La peur qui la tenaillait lui faisait oublier le pédophile de Melanie. L'avait-on attirée ici par ruse ? En la voyant entrer, quelqu'un avait-il compris qu'elle était en danger ? *Brute... enculé... pervers...* Dans ce cas, pourquoi s'en prendre à elle alors qu'elle essayait de partir ? Et où était la police ?

C'était comme chercher son chemin dans la brume. Elle avait l'esprit paralysé par la roublardise du vieux. Il était encore pire que tout ce qu'elle avait imaginé. Elle savait très bien qu'il pensait à ses mains sur sa poitrine alors qu'ils atteignaient le haut de l'escalier, à son érection lancinante contre elle, qu'il se délectait de chaque petit frémissement qui lui indiquait qu'elle y pensait aussi. Il fit soudain un pas en avant.

« Je vous tuerai ! » le prévint-elle d'une voix rauque, la gorge sèche. Elle chercha l'aérosol dans sa poche, se refusant à croire que, pour une fois qu'elle en avait besoin, il était enfermé dans sa trousse avec son téléphone portable. Où se trouvait sa trousse ? *Nicholas l'avait-il récupérée, ou était-elle toujours près de la porte d'entrée ?*

Nicholas devait avoir entendu car il appela d'un ton âpre en polonais, et son père se tourna à regret vers la porte. Ce fut comme un réveil subit — la fin d'un envoûtement. Elle jeta des regards éperdus autour d'elle à la recherche d'une arme, empoigna deux chaises qu'elle plaça devant elle, les dossiers étroitement serrés contre ses jambes.

Franek entendit le raclement du bois sur le plancher. « C'est pour quoi faire ? demanda-t-il avec colère. Vous croyez que des chaises vous sauveront ? Vous feriez mieux d'aider Milosz à porter des choses lourdes pour protéger la porte. Il essaie de sortir l'armoire de ma chambre. Ça c'est utile » — il indiqua les chaises — « pas ça. »

Elle l'ignora, attrapa un vase en verre, une vieille batte de cricket, qu'elle déposa sur un des sièges devant elle, puis quelques livres reliés et un vieux plat en émail au bord arrondi.

« Faites ce que je vous dis. Allez aider Milosz. »

Elle secoua la tête et brandit le vase à deux mains. Derrière lui, elle aperçut sa trousse contre la rampe d'escalier.

Il eut un rire de gorge. « Vous comptez sur ce vase pour me briser le crâne ? » Il se donna une tape sur le front. « Dur comme de l'acier. Vous comptez vous battre avec Franek ? Regardez ça » — il serra les poings et se balança vers elle comme un boxeur, faisant mine de la frapper à la joue — « d'un seul coup je vous assomme. »

Instinctivement, elle aurait voulu reculer, se replier sur elle-même, éviter la confrontation, mais c'était impossible car elle avait le dos collé au mur. Elle s'humecta les lèvres. « Alors allez-y, dit-elle d'une voix enrouée par la peur, parce que je ferai éclater votre sale caboche si vous avez le malheur d'essayer. »

Il fut manifestement tenté. Ses petits yeux sournois brillèrent d'excitation, mais il secoua la tête. « Il y a des choses plus importantes à faire. »

Elle se lécha à nouveau les lèvres.

« C'est bien, reprit-il avec satisfaction. Vous avez la frousse à présent. Vous faites comme je vous dis.

— Pas avant que vous me donniez ma trousse », bredouilla-t-elle avec un signe de tête en direction de la rampe d'escalier.

Il suivit son regard. « Pourquoi vous voulez cette trousse. Qu'est-ce qu'il y a dedans ?

— Des lingettes antiseptiques. Il faut que je nettoie cette coupure que j'ai au bras. »

Il était suffisamment intrigué pour aller la chercher, ses doigts palpant immédiatement les fermoires. « Aidez d'abord Milosz, après je vous donnerai la trousse.

— Non. »

Il fronça les sourcils comme s'il n'avait pas l'habitude qu'on lui désobéisse. « Faites ce que je dis.

— Non.

— Vous avez envie que je vous fasse mal ? »

Elle eut un haussement d'épaules crédible. « S'ils entrent ici, moi je vivrai, mais pas vous. » Elle le regarda tirer sur les fermoirs. « Vous gaspillez votre temps. C'est une serrure à combinaison. »

Dépité, il laissa tomber la trousse sur le sol. « C'est vous qui gaspillez du temps avec vos refus.

— Alors allez aider Milosz vous-même », répliqua Sophie en se demandant combien de temps ses jambes tiendraient le coup. « C'est votre peau qu'il essaie de sauver.

— Vous cherchez à filer ? Par la fenêtre peut-être ? »

Elle fit non de la tête.

« Très bien. Restez là. » Il sortit brusquement.

Sophie remit le vase en place et posa une main tremblante sur un des dossiers. Était-ce un piège ? L'épiait-il à son insu ? Elle rassembla son courage pour se précipiter sur sa trousse et l'ouvrir... mais la peur la retenait. Est-ce qu'il ne valait pas mieux faire preuve de docilité ? Dans ce coin, elle pouvait se protéger, donner des coups de batte s'il s'approchait trop, lui entailler le visage avec le vase. Elle dut faire un terrible effort sur elle-même pour contourner les chaises. Tout en elle s'y opposait.

Obéis... ne résiste pas... calme-toi... Mais elle l'avait forcé à faire ce qu'elle désirait — la laisser seule avec sa trousse —, et le bruit des meubles qu'on traînait sur le palier lui rendit espoir.

En une demi-seconde elle était de retour, s'accroupissait derrière les chaises et actionnait les molettes des serrures. *Dépêche-toi... vite... vite...* Saisissant le téléphone portable, elle appuya sur la touche « 1 ». « Jenny, murmura-t-elle tout bas en surveillant le palier par-dessus les sièges, c'est Sophie. Non, je ne peux pas. Contente-toi de m'écouter. J'ai besoin d'aide. Téléphone à la police. Dis-leur que je suis au dernier appel que tu m'as transmis. Oui... le patient... Hollis. Il me retient prisonnière. Il y a du monde à l'extérieur. Tout ça est complètement dingue. Lui l'est à coup sûr. Je crois qu'il veut me violer... » Elle s'interrompit en voyant une ombre passer devant la rampe d'escalier. À toute vitesse, elle pressa la touche pour éteindre au cas où Jenny rappellerait, fourra le téléphone dans la trousse, s'empara d'une lingette antiseptique et boucla le tout. Sans avoir eu le temps de saisir la bombe aérosol.

Le visage rendu livide par l'effort, Franek rentrait en soulevant le bord d'une armoire en chêne. « Qu'est-ce que vous faites ? » interrogea-t-il, soupçonneux.

Elle extirpa la lingettte de son étui et la pressa sur son bras. « Je me préserve de votre crasse. » Elle vit Nicholas de l'autre côté de l'armoire. « Vous n'avez pas le droit de me séquestrer ainsi, protesta-t-elle. Ce n'est pas à moi qu'en veulent ces gens dehors. La plupart me connaissent. Je suis leur médecin. Il serait plus raisonnable de me laisser leur parler. Si vous m'emmeniez dans une des pièces de devant, je pourrais m'adresser à eux de la fenêtre. Peut-être arriverais-je à les persuader d'appeler la police.

— La police, c'est sa faute, répliqua rageusement Franek, les mots sortant difficilement entre les râles. C'est elle qui nous a mis dans le pétrin en venant poser des questions sur la gosse disparue. » Laissant son fils tirer le reste de l'armoire dans la pièce, il marmonna quelque chose en polonais avant de s'écrouler contre le mur.

« Il faut que vous l'aidiez », dit Nicholas. Il poussa la porte et cala tant bien que mal l'armoire devant. « Il ne peut plus respirer. »

Sophie s'appliqua à nettoyer son bras. Elle avait besoin de temps pour réfléchir. *La gosse disparue... ?* Amy Biddulph ?

« Je vous en prie, docteur Morrison. Il n'aurait pas dû la porter. C'était trop lourd pour lui. »

Elle jeta un coup d'œil à Franek, qui l'observait à travers l'écran de ses paupières. « Non, répondit-elle tout net. Votre père a abdiqué ses droits d'être mon patient en me retenant prisonnière. Cela m'autorise à faire passer ma propre sécurité avant la sienne. »

Nicholas lui adressa néanmoins un nouveau sourire contrit tandis qu'il mettait d'autres meubles devant l'armoire pour ménager un espace au milieu de la pièce. « Il avait peur que vous ne nous laissiez tomber. Sinon, il ne l'aurait pas fait.

— Ce n'est pas une excuse. »

Il hocha la tête en signe d'acquiescement, guida

son père dans l'espace libre et l'installa par terre contre des coussins de chaise. « Quand il est effrayé, il n'a pas les idées claires. » D'un geste étonnamment tendre, il ramena en arrière les cheveux couvrant la figure du vieil homme. « Comme tout le monde. »

Ce n'était pas totalement faux, se dit Sophie en se souvenant de sa propre fuite endiablée le long du couloir. Si elle avait eu tous ses esprits, elle aurait couru en sens inverse et tenté sa chance à la porte d'entrée. Elle possédait assurément plus d'alliés à l'extérieur qu'à l'intérieur. En avait-elle seulement à l'intérieur ? « Votre père a collé ses sales pattes partout sur moi et frotté son sexe contre mon pantalon, déclara-t-elle sans ménagement. C'est ce que vous appelez "ne pas avoir les idées claires" ? »

Il poussa un soupir, de résignation plus que de réelle surprise, pensa-t-elle. « Je suis désolé », répondit-il en tout et pour tout.

Elle attendait une explication, il lui faudrait apparemment se contenter d'excuses. En tout cas pour le moment.

Du rez-de-chaussée leur parvinrent, étouffés mais audibles, de nouveaux bruits de verre cassé.

Glebe Road, cité de Bassindale

Jimmy ralentit en atteignant l'extrémité de Glebe Road et tourna dans Bassindale Road North. À sa droite se dressaient quatre barricades défendues par une imposante garnison d'adolescents ivres lançant des quolibets aux voitures de police garées de l'autre côté. À sa gauche, à quelques centaines de mètres, s'étendait Humbert Street, avec des gamins tout excités discutant à l'entrée de la rue. *Bon Dieu!* S'il allait se terrer chez Mel, il serait entraîné dans la bataille contre les pédophiles, et s'il essayait de quitter Bassindale Row, il serait entraîné dans la bataille contre la police.

Que faire ? Il battit en retraite par le même chemin et s'appuya contre un mur pour reprendre son souffle. En face, une vieille femme l'observait de sa fenêtre. À une autre, deux gosses en faisaient autant. Il y avait des yeux partout. Il en venait à se demander si quelqu'un l'avait vu se ruer hors de Glebe Tower comme un Ben Johnson bourré d'anabolisants. Il avait sûrement l'air drôlement coupable. *Bordel!* Il n'aurait pas dû s'affoler comme ça. Il se rappelait avoir touché le bouton d'ascenseur. Un mégot de cigarette avec son ADN gisait au milieu des détritus par terre. C'était suffisant pour le faire accuser de tentative de meurtre.

Jurant copieusement, il prit son téléphone portable et l'ouvrit d'une chiquenaude. Il n'en avait pas envie. Il ne pouvait pas se le permettre. Ses contacts le fuiraient comme la peste s'ils savaient qu'il parlait à la flicaille. Et ce serait un coup d'épée dans l'eau. Jamais l'ambulance n'arriverait à franchir les barricades.

Il fit le 999.

>Message à toutes les stations

>LIGNES POLICE SECOURS SATURÉES

>28.07.01
>14 h 49
>Cité de Bassindale

>Jennifer Monroe, centre de soins Nightingale, signale médecin pris en otage par Hollis, 23 Humbert Street
>Viol possible
>23 Humbert Street occupé actuellement par Milosz Zelowski
>Sans doute pseudonyme de Hollis

>LIGNES POLICE SECOURS SATURÉES

>ACTUALISATION : voiture de patrouille 031 indique accès toujours bloqués
>Pourparlers en cours

>Message à toutes les stations

>28.07.01
>14 h 53
>Cité de Bassindale
>Appel anonyme réclamant de l'aide pour femme policier blessée
– Auxiliaire médical en ligne
>Agent Hanson serait seul policier dans la zone

Treize

Samedi 28 juillet 2001 – à l'extérieur du 23 Humbert Street

Le bruit courut que quelqu'un avait vu une enfant à la porte du pédophile juste avant le premier jet de pierres. Grâce au téléphone arabe, « une petite femme avec une trousse noire » devint rapidement « une petite fille en pantalon de survêtement noir », confirmant les rumeurs selon lesquelles Amy avait été aperçue dans Humbert Street la veille. De plus, c'était logique. Où se serait-elle trouvée sinon chez un homme qui était son voisin à Portisfield voilà encore deux semaines ?

Il existait une multitude d'indications qu'ils se trompaient. Les gosses scandant « cinglé » depuis des jours et qui avaient vu une femme entrer à deux heures et demie. L'apparition d'une voiture de police devant le 23 ce matin-là, constatée par les voisins, lorsque Milosz Zelowski avait été interrogé et sa maison fouillée de fond en comble sans résultat. Une autre voiture, avec un insigne de médecin sur le pare-brise, garée en bas de la rue, était toujours là une demi-heure plus tard. L'improbabilité d'un pédophile avéré dévoilant sa victime aux yeux de tous.

Mais la foule manquait d'une direction. Il y avait trop de factions et trop de meneurs. Chacun voulait avoir voix au chapitre. Les jeunes prônaient la violence. Les vieillards le respect. Les femmes la sécurité. « Se débarrasser des pervers » était leur seul cri de guerre, et c'étaient les adolescentes ayant bu bière sur bière en compagnie de leurs petits copains, mais dont l'organisme plus fragile était le moins capable de digérer l'alcool, qui le lançaient avec le plus d'énergie. Comme des harengères avinées, elles exhortaient les garçons à des actes d'agression toujours plus brutaux.

Par la suite, « protéger Amy » deviendrait la défense passe-partout pour leur comportement. Que le pédophile la retienne dans la maison ne faisait de doute pour personne. C'était un fait. Elle avait été vue dans la rue. Elle avait été vue à sa porte. S'il fallait blâmer quelqu'un, c'étaient les autorités. Si on n'avait pas imposé les pédophiles aux malheureux habitants d'Acid Row, il n'y aurait pas eu de problème. Personne ne voulait d'eux. Pourquoi en aurait-on voulu ? La rue regorgeait de filles mères et de gosses. Qui d'autre que ces femmes pouvait ou désirait protéger ses enfants des détraqués sexuels ?

Certainement pas la police, pour qui secourir les jeunes signifiait les arrêter.

Écartant les gens sur son passage, Melanie traversa la rue comme un ouragan en direction de son frère de quatorze ans qui, avec ses copains, enlevait les dalles et les briques du muret bordant le minuscule jardin devant son duplex. « Qu'est-ce qui vous prend ? hurla-t-elle en saisissant Colin par le bras et en s'efforçant de le tirer en arrière. C'est le seul bout de jardin que les gosses ont pour jouer. Bon sang, qui va reconstruire ça ensuite ? Pas vous, c'est certain.

— Arrête ! dit Colin avec humeur en se débattant pour se libérer. C'est ce que tu voulais, non ? Donner aux pervers de quoi réfléchir. » Il eut un sourire de satisfaction tandis que Wesley Barber faisait dégringoler des briques d'un coup de pied et en délogeait trois autres. « Joli, Wes ! »

Melanie sentit l'odeur de bière dans l'haleine de son frère et vit la lueur farouche dans les yeux de Wesley qui suggérait du speed ou même pire. Elle lança des regards anxieux autour d'elle à la recherche de Gaynor. Elle n'arrivait pas à croire à ce qui se passait. Cela devait être un défilé pacifique de mères et de gamins avec des pancartes, mais ceux qui n'habitaient pas Humbert Street s'étaient retirés au bout de Glebe Road en apercevant la barricade dans Bassindale Row. Il allait y avoir des morts, avaient-ils averti avec effroi, avant de prendre leurs enfants par la main et de s'en aller. Gaynor leur avait couru après pour essayer de les convaincre de revenir, et Melanie ne l'avait pas revue depuis.

Où était-elle à présent ? se demandait-elle avec désespoir. Avait-elle déguerpi elle aussi ? Cette idée l'affolait. Et Ben et Rosie ? Elle les avait emmenés au rassemblement dans l'avant-cour de l'école — Ben en poussette, Rosie à pied —, mais, le temps d'atteindre Humbert Street, la situation était devenue intenable, et elle les avait fait rentrer en leur disant de regarder la télé jusqu'à ce que le calme soit revenu au-dehors. Optimisme illusoire. La foule était de plus en plus nombreuse et de plus en plus bruyante, et le duplex se trouvait juste à côté du 23. Si jamais des abrutis d'ivrognes comme Colin se mettaient à lancer des briques...

Elle lui serra le bras. « Tu fais peur à Rosie, déclara-t-elle d'une voix sifflante en voyant le visage livide de sa fille à la fenêtre. J'ai été obligée de les faire rentrer, Ben et elle, parce que ça devenait trop dangereux ici. »

Surpris, il suivit son regard. « Bon sang, Mel ! Ils devaient être à la maison. Mum a dit que Bry veillerait sur eux. Pourquoi les avoir amenés dans une manif pareille ? »

Elle tortilla les épaules d'un air malheureux. « Tout le monde a amené ses mômes... on voulait faire pression sur le conseil municipal, mais les autres ont fichu le camp... et maman a disparu. Je l'ai cherchée partout.

— Ce que tu peux être conne ! répliqua-t-il d'un ton cinglant en considérant la marée humaine bloquant chaque bout de la rue. T'arriveras jamais à les retrouver au milieu de cette cohue. Ces types sont complètement bourrés. Il suffirait que l'un de vous trébuche pour que vous soyez piétinés. »

Elle sentit des larmes lui picoter les yeux. « Je ne savais pas que ça prendrait une telle tournure. C'était censé être un simple défilé.

— C'est toi qui as eu cette idée, répliqua-t-il. Les pédés dehors, que tu disais.

— Pas comme ça, objecta-t-elle. Tout est allé de travers. »

Elle le saisit à nouveau par le bras. « Qu'est-ce que je vais faire, Col ? S'il arrive quelque chose aux enfants, je me tuerai. »

La terreur sur son visage le dégrisa. « Trouve Jimmy, suggéra-t-il. Il est sûrement assez costaud pour se frayer un chemin et vous mettre tous à l'abri. »

À l'intérieur du 23 Humbert Street

Sophie se tenait immobile dans son coin, l'oreille tendue. Les bruits de verre brisé avaient cessé, et elle se dit que c'étaient probablement les tessons des vitres du salon qui étaient tombés par terre. Un rapide coup d'œil à sa montre lui indiqua que cela faisait vingt bonnes minutes qu'elle avait été touchée par la pierre et dix qu'elle avait appelé Jenny, mais tout ce qui lui parvenait, c'était le grondement lointain et ininterrompu de la foule.

Pas de sirènes de police. Pas de mégaphones aboyant des ordres. Pas de cris de terreur. Pas de cavalcades d'émeutiers en fuite.

Le cerveau épuisé par les pensées qui tournaient interminablement dans sa tête, elle observait les deux hommes en catimini. Nicholas scrutait sa montre comme si lui aussi se demandait ce que faisait la police, mais Franek n'avait d'yeux que pour elle. Qu'est-ce qu'il lui voulait ? *Vous nous gardez sains et saufs jusqu'à l'arrivée de la police...* Était-elle une otage ? Une victime ? Ou les deux à la fois ? Franek se moquait-il qu'elle soit en bonne forme ou pas du moment que sa présence tenait ses persécuteurs en échec ? *Brute... enculé... pervers...* Jusqu'à quel point était-il dangereux ? Pensait-il que, s'il la violait, elle n'aurait plus le courage d'essayer de s'échapper ? Avait-il raison ? Que se passerait-il si les minutes d'attente se transformaient en heures ? Des questions... des questions... des questions...

Elle regrettait de s'être barricadée si étroitement que son seul moyen de se détendre était d'appuyer de temps en temps une épaule contre le mur. Elle s'efforçait de réduire ses mouvements au minimum, consciente que, chaque fois que la soie de son corsage se tendait sur ses seins, il devenait encore plus excité, mais elle était à bout de forces, et l'anxiété lui serrait l'estomac tandis que son indécision ne faisait que s'aggraver. Le regard lubrique avec lequel il la parcourait — ignoble dénaturation de l'admiration normale d'un homme — la faisait se sentir sale... et aussi coupable... et elle croisait les bras sur sa poitrine dans une vaine tentative pour la cacher.

Elle n'aurait jamais dû mettre un haut sans manches... elle était beaucoup trop dénudée...

Melanie se trompait... ça ne pouvait pas être un

pédophile... il ne l'aurait pas regardée de cette façon...

Le silence dans la pièce était insupportable. De même que la chaleur.

L'odeur corporelle du vieux emplissait ses narines, lui donnant envie de vomir.

Elle se força à parler. « Il y a quelque chose de bizarre », déclara-t-elle d'une voix enrouée par la déshydratation.

Nicholas se tourna nerveusement vers la fenêtre. « Quoi ?

— On devrait entendre des sirènes à présent. »

Il était également de cet avis car sa pomme d'Adam fit un brusque saut dans sa gorge. « Peut-être que personne n'a pris la peine de les avertir. »

Sophie passa sa langue sur ses dents. « Bien sûr que si », répliqua-t-elle d'un ton plus égal.

Nicholas jeta un coup d'œil à son père, mais le vieux s'obstinait à la regarder fixement, refusant de se laisser entraîner dans des explications.

« Ils nous détestent », dit Nicholas.

Elle essaya l'ironie. « Je m'en doute. »

Il ne répondit pas.

« Moi-même, je n'ai pas un grand respect pour mes voisins, continua-t-elle, mais je ne resterais pas sans rien faire si on se mettait à les lapider.

— S'ils avaient envoyé une ambulance, il n'y aurait pas eu de problème. Nous aurions pu sortir tous les deux, papa et moi, et aucun de nous ne serait en danger.

— Vous saviez ce qui allait se passer ? »

Il eut un haussement d'épaules imperceptible, qu'elle était libre d'interpréter à son gré.

« Pourquoi ne pas avoir appelé la police ?

— Je l'ai fait, dit-il d'un ton pitoyable. Plusieurs fois. Elle n'est jamais venue.

— Alors vous avez appelé le cabinet ? »

Il inclina la tête. « Je leur ai demandé que ce ne soit pas une femme... mais ils ne m'ont pas écouté.

— Vous avez dit que c'était urgent, lui rappela-t-elle, et le collègue le plus proche se trouvait à vingt minutes d'ici. » Elle secoua la tête avec ahurissement. « Qu'est-ce qu'un homme aurait pu faire dont une femme aurait été incapable ?

— Rien. Simplement je ne tenais pas à ce qu'une femme se retrouve aux prises avec... en tout cas, pas une femme comme vous. » Il eut un geste d'impuissance. « Maintenant c'est trop tard... je n'y peux plus rien. »

Oh, Seigneur ! La peur lui serra davantage l'estomac. Qu'essayait-il de dire ? Aux prises avec qui ? La foule dehors ? Son père ? Son intuition lui dit qu'il s'agissait de Franek car elle avait la chair de poule chaque fois qu'elle le regardait. Il lui faisait penser à un rat d'égout — imprévisible, cruel, porteur de maladies, un être repoussant et nuisible. Elle tenta de se convaincre que c'était une réaction à la manière dont il s'était soudain collé contre elle, mais elle savait que c'était faux. Il l'épouvantait parce qu'elle n'avait aucune prise sur lui... pas plus, croyait-elle, que ce fils étrangement docile.

Je n'y peux plus rien...

À l'extérieur du 23 Humbert Street

Pour la dixième fois en autant de minutes, Melanie pressa la touche de rappel automatique et écouta la voix synthétique la prier de laisser un message sur la boîte vocale de Jimmy. « C'est insensé, dit-elle à son frère. Il parle jamais aussi longtemps au téléphone, même sur son portable.

— Alors c'est qu'il l'a pas avec lui. »

Elle respira un grand coup. Ils avaient fait plusieurs fois le tour de la question. « Je te l'ai déjà dit. Je l'ai vu le mettre dans sa poche », répéta-t-elle patiemment.

Il haussa les épaules. « Alors il est éteint.

— Il ferait pas ça. Pas quand il est sur une affaire.

— Alors on le lui a fauché, et le voleur est en train de discuter le bout de gras. »

L'émotion finit par l'emporter. « Combien de fois faut-il que je te le répète ? répliqua-t-elle d'un ton âpre. Jimmy, on lui fauche rien. Il est arrivé un malheur. Est-ce que tu ne peux pas te mettre ça dans ta sale caboche au lieu de raconter n'importe quoi ? »

C'était l'excuse qu'attendait Colin. Être en compagnie de sa sœur n'avait rien d'amusant — elle était toujours à le réprimander —, et il avait bien plus envie d'être avec ses copains que d'endosser une quelconque responsabilité vis-à-vis d'une nièce et d'un neveu. Il fourra un doigt sous le nez de Melanie. « Tu peux bien te gourer de temps en temps, toi aussi. Si on le lui a pas volé... s'il l'a pas oublié à la maison... s'il l'a pas éteint... s'il l'a pas perdu... c'est sûrement qu'il est en train de parler à quelqu'un. » Il tourna les talons. « N'empêche, j'en ai plein le dos, Mel. C'est ton merdier... alors débrouille-toi. »

À l'intérieur du 23 Humbert Street

Le vieux avait le don de lire dans les pensées de Sophie. « Vous croyez que Franek simule la panique pour vous retenir prisonnière, lança-t-il soudain. Vous êtes furieuse de vous être fait rouler. Peut-être que vous n'êtes pas un si bon docteur, après tout. »

Elle se força à le regarder. « Ce n'est pas vrai? »

Une lueur mauvaise brilla dans ses yeux. « Puisque vous êtes si intelligente, fillette, devinez. »

Elle haussa les épaules comme pour lui montrer que ses intimidations la laissaient de marbre. « C'est déjà fait. Il est possible que vous ayez exagéré un peu, mais, dans l'ensemble, ce que j'ai vu était symptomatique. Vous avez certainement de l'asthme. Votre respiration vous pose actuellement des problèmes... depuis que vous avez déplacé cette armoire. » Elle esquissa un sourire. « Vous feriez bien d'utiliser votre inhalateur avant que les choses ne s'aggravent, monsieur Hollis. » Elle le vit palper les poches de son pantalon et se laissa aller à une joie momentanée tandis que le vieux clignait des yeux en direction de la porte. C'était une modeste victoire — dans sa hâte de le faire sortir du salon, son fils avait oublié l'inhalateur —, mais un pas de géant vers une certaine reprise en mains de la situation. « Vous vous apercevrez, je pense, que vous l'avez laissé en bas.

— Et après ? Je m'en passe.

— Si vous le pouvez. »

Il se frappa la poitrine. « Ça sonne comme une cloche. Tout va bien. Vous essayez de me faire peur. »

Et comment ! « Je n'en ai pas besoin. » D'un mouvement du menton, elle indiqua le devant de la maison. « Qu'est-ce qui se passera, à votre avis, quand une demi-tonne de types en colère enfonceront votre porte ? Vous aurez tellement la pétoche que vous claquerez d'un arrêt respiratoire. »

Il eut un petit rire amusé comme s'il appréciait son courage. « Si cela se produit, vous m'aiderez. C'est votre métier. Vous avez prêté le serment d'Hippocrate. »

Sophie fit non de la tête.

« Je vous traînerai en justice... je porterai plainte pour négligence. » Il frotta son pouce et son index l'un contre l'autre. « Vous serez virée... j'empocherai un tas de fric.

— Vous n'en aurez pas le loisir.

— Qu'est-ce que ça veut dire ?

— Que je crierai “au viol” à la minute où j'entendrai des pas dans l'escalier. Si c'est la police, vous vous retrouverez en taule. Si ce sont vos voisins, ils vous étriperont.

— Essayez... je vous brise la nuque... comme ça. » Il fit mine de tordre des vertèbres entre ses doigts.

Nicholas remua, mal à l'aise. « Est-ce indispensable ? » demanda-t-il.

Son père l'ignora.

« Nous ne savons pas combien temps nous allons rester ici, dit Nicholas à Sophie. Ne serait-il pas préférable d'essayer de s'entendre ? »

La voix suave de la raison, pensa-t-elle. « Alors laissez-moi négocier pour vous. Ce serait beaucoup plus intelligent que de rester dans cette fournaise et de mourir de déshydratation. Nous n'avons pas d'eau, fit-elle observer.

— Ce sera bientôt fini. La police ne va pas tarder à arriver. Nous pourrions être amis jusque-là. »

Amis... ? Était-il fou, lui aussi ? « Votre père a menacé de me tuer.

— Et vous de l'étriper, rétorqua-t-il. Remarquez que je ne vous le reproche pas... vous avez peur... nous avons tous peur. Simplement, je ne vois pas ce que ça apporte. Mieux vaudrait attendre en silence que de continuer à se chamailler. Au moins, on pourrait entendre ce qui se passe dehors. »

D'un caractère facile, elle était assez d'accord avec lui, d'autant plus qu'elle avait absolument besoin de s'asseoir et de relâcher sa surveillance. Peut-être vit-il l'hésitation sur son visage car il saisit une des chaises pour l'écarter.

« Non ! s'écria-t-elle en se cramponnant d'une main au dossier de la chaise.

— Vous seriez plus à l'aise », dit-il d'un ton persuasif.

L'invitation était tentante, et elle n'échappa pas à Franek, qui félicita son fils d'une tape sur l'épaule.

Dans l'esprit de Sophie, les soupçons se mirent à fleurir allégrement. Nicholas servait-il d'entremetteur à son père ? S'agissait-il d'une variante du tandem classique bon flic-méchant flic ? Le fils était-il le séducteur ? Cela expliquait-il sa soumission ? Au milieu du tumulte de ses pensées, son bon sens lui disait que ce serait plutôt le contraire. *C'est le client aux secrets honteux qui est vulnérable... l'entremetteur susceptible de le faire chanter celui qui tire les ficelles...* « Je préfère rester où je suis », affirma-t-elle d'une voix crispée.

Il n'insista pas. « Très bien, dit-il en ôtant sa main. Si vous changez d'avis, prévenez-moi.

— Aucun risque.

— Allons, vous n'êtes pas si coriace, intervint Franek. Dans pas longtemps, vous tomberez par terre... pouf » — il abaissa sa main vers le plancher — « puis vous vous endormirez, et c'est moi qui prendrai les décisions. »

Elle ne dit rien.

Il l'observa d'un regard lascif, sourit quand elle croisa à nouveau ses bras sur sa poitrine. « Maintenant, c'est vous qui avez la frousse », railla-t-il.

C'était vrai. Qu'il devine ce qu'elle pensait lui était intolérable. On aurait dit qu'il possédait une parfaite connaissance de ce qui provoquait la terreur chez une femme et qu'il en reconnaissait la trace dans chaque infime changement d'expression. C'était comme une intrusion. Une atteinte brutale à sa volonté, qui la faisait osciller entre lui résister et observer un silence conciliant. Elle brûlait du désir de passer sa langue sur ses lèvres, complètement desséchées, mais elle s'obligea à ne pas le faire. Il aurait interprété ce geste comme une nouvelle manifestation de peur.

... et la peur l'excitait...

Ce fut l'étincelle. *La peur l'excitait.* Bon sang, elle en avait mis du temps ! On avait écrit des tas de bouquins sur ce genre de saligauds. Elle se rappelait même la définition de son dictionnaire médical. « *Sadisme : plaisir et orgasme sexuels obtenus en faisant souffrir physiquement ou moralement autrui, en particulier par l'humiliation et la torture.* »

Ce n'étaient pas ses seins qui l'excitaient, c'était la culpabilité qu'il lisait sur son visage chaque fois qu'elle les couvrait. Ce n'était pas la sensation de son pénis contre ses fesses qu'il avait gardé en mémoire, c'était l'air terrifié avec lequel elle avait essuyé ses lèvres pour chasser la crasse qu'il y avait laissée. Cette petite ordure prenait son pied en l'avilissant. *Peut-être que vous n'êtes pas un si bon docteur, après tout...*

Elle devait absolument lui tenir tête. Oh, mon Dieu ! Mon Dieu ! *Mais avait-elle vraiment raison ?* Si seulement Bob était là. Lui saurait. C'était un expert en crapules de cette espèce. Il en soignait toute la journée, nom d'un chien. Les larmes la submergèrent soudain à l'évocation de son fiancé. Elle avait rendez-vous avec lui, et il ne saurait même pas pourquoi elle l'avait laissé en carafe.

Eh bien, vas-y ! Elle s'humecta les lèvres, posa ses mains sur le dossier de la chaise et toisa Franek. « Parlez-moi de la mère de Nicholas. Dans quel état de frayeur devait-elle être pour que vous puissiez avoir une érection ? »

Il lui adressa un froncement de sourcils hargneux et murmura quelque chose à Nicholas.

« Il n'a pas compris ce que vous vouliez dire, expliqua le jeune homme en baissant la tête pour ne pas croiser son regard.

— Mais vous, oui, répondit-elle, alors traduisez de ma part. Demandez-lui quel traitement il devait lui infliger pour se mettre en condition ? L'attacher ? La rouer de coups ? »

Nicholas secoua la tête.

« Très bien. Alors c'est moi qui vais le faire. Avec des mots d'une syllabe. Il est peut-être bouché à l'émeri, mais il est certainement capable de comprendre le terme “sadique”. »

Une contraction presque imperceptible des lèvres du vieux lui indiqua qu'elle ne s'était pas trompée. « Arrêtez tout de suite avant que je me mette en colère », ordonna-t-il.

Elle éclata de rire, pleinement satisfaite, ravie d'avoir mis dans le mille aussi facilement. « Et alors, où est-ce qu'elle est à présent, la maman de Milosz ? demanda-t-elle en se penchant en avant et en singeant son accent. En train de baiser avec un autre ? »

Bien sûr, elle ne s'y attendait pas. Rien n'aurait pu la préparer à la vitesse avec laquelle, se levant d'un bond, Franek lui expédia son poing en pleine figure.

Quatorze

Samedi 28 juillet 2001 – commissariat central de la police du Hampshire

L'inspecteur principal Tyler se trouvait dans son bureau du commissariat lorsque arriva un appel en provenance de l'hôtel Bella Vista à Majorque. Baragouin en espagnol d'une standardiste, puis : « Le patron m'a permis d'utiliser son téléphone, expliqua une jeune fille d'une voix éplorée. Il dit que vous me donnerez peut-être un peu d'argent parce que vous cherchez des renseignements sur Eddy. »

Tyler se redressa instantanément et saisit un stylo. « Vous voulez parler d'Edward Townsend ?

— Oui, gémit-elle. Quelle espèce de fumier ! Le patron veut que je règle la note... c'est gigantesque... et je n'ai pas de quoi... » La voix s'interrompit, étranglée par les sanglots.

« Qui est à l'appareil ? » demanda-t-il patiemment. Elle paraissait trop jeune pour régler les notes d'hôtel.

« Franny Gough. Il m'a raconté qu'il m'aimait,

pleurnicha-t-elle. Qu'il allait m'épouser. Je ne sais pas quoi faire... Je n'ai même pas de billet d'avion, c'est lui qui s'en occupait... sans compter que jamais le patron ne me laissera partir avant que la note soit payée. Il a filé avec la voiture de location... je n'ai aucun moyen d'aller à l'aéroport... et si je téléphone à ma mère, elle me tuera. Elle n'arrêtait pas de me répéter que c'était un sale type... mais je pensais qu'elle était jalouse parce qu'ils ont le même âge et qu'elle n'arrive pas à se trouver quelqu'un... »

Il écouta la voix, d'une immaturité pathétique, égrener les mêmes malheurs et les mêmes idées fausses que débitent toutes les jeunes filles depuis la nuit des temps, et se demanda si elle était aussi naïve qu'elle en avait l'air ou si elle pensait que la naïveté était la meilleure manière de s'attirer la compassion d'un homme. Mais la compassion de qui ? *La sienne ou celle du patron de l'hôtel ?* « Quand est-il parti ?

— Hier. J'ai fait tout ce qu'il voulait... je me suis habillée pour lui, vous savez... mais il trouvait que ça n'allait pas parce que j'avais les cheveux trop courts... »

Tyler tenta de lui couper la parole. « À quelle heure, hier ? »

Mais elle était tellement lancée qu'elle n'entendit pas la question. « ... alors je lui ai dit que je mettrais une perruque, et ça l'a rendu dingue, parce que, d'après lui, il n'y avait que les gosses atteints de leucémie pour porter des perruques. Sur ce, je lui ai dit qu'il rouspétait pour rien... que c'était juste une vidéo... mais il a répondu que les hommes n'étaient pas attirés par les gosses qui ont l'air malade... et maintenant je le déteste parce qu'il m'a abandonnée ici... et le patron prétend que je pourrais aller en prison. » Elle s'arrêta, en proie à une crise de larmes.

Il attendit qu'elle se calme. « Quel âge avez-vous, Franny ?

— Dix-huit ans, marmonna-t-elle.

— À vous entendre, on vous donnerait moins.

— Je sais. » Elle parlait d'une voix hésitante comme si elle pesait ses mots. « À me voir également... c'est ce qui plaît à Eddy. J'ai eu dix-huit ans au mois de mai. Si vous ne me croyez pas, vous n'avez qu'à demander au patron. Il m'a confisqué mon passeport, et il dit qu'il ne me le rendra qu'une fois la note payée.

— Je lui parlerai tout à l'heure. À quelle heure Eddy est-il parti hier ? »

Elle renifla bruyamment dans le combiné. « Je n'en sais rien. Il n'était plus là quand je me suis réveillée.

— Quelle heure était-il ?

— Midi, avoua-t-elle comme si c'était un crime de dormir jusqu'en milieu de journée. On n'est rentrés à l'hôtel que vers deux heures du matin, et je me suis endormie peu de temps après. Il a dû partir à ce moment-là, vu que les draps étaient toujours bordés de son côté. »

Tyler réfléchit un bref instant. À quelle heure le premier avion s'envolait-il de Majorque ? Townsend aurait-il pu être de retour à Portisfield pour l'heure du déjeuner le même jour ? À supposer, naturellement, qu'il fût l'homme que des passants avaient aperçu dans une voiture devant l'église... et Amy la fillette tournant le coin de la rue. Beaucoup trop d'impondérables. « Quel type de voiture Eddy conduit-il en Angleterre ?

— Une BMW noire. »

De mieux en mieux... « Le patron m'a dit ce matin que vous étiez allés sur une plage de nudistes le long de la côte. Pourquoi avoir raconté ça si vous êtes toute seule depuis hier ? »

Nouveaux sanglots. « Je ne savais pas quoi faire... Je me suis cachée dans la chambre, sachant qu'il y aurait des problèmes s'il découvrait qu'Eddy avait filé. Il avait l'air plein de méfiance... n'arrêtait pas de me demander si j'étais la fille d'Eddy... alors, ce matin, j'ai fait comme si Eddy m'attendait dans la voiture puis je suis rentrée discrètement par l'issue de secours située à l'arrière... Je pensais que je trouverais peut-être quelqu'un d'autre pour payer... vous savez, un type seul... mais j'avais tellement faim que j'ai appelé la réception... et là-dessus le patron est venu frapper à la porte en disant que la police anglaise désirait nous parler... alors je lui ai avoué qu'Eddy était parti hier, et il a piqué une colère noire parce qu'Eddy ne lui avait pas donné de carte de crédit à notre arrivée... il prétendait qu'elle était dans sa valise et qu'il la descendrait plus tard... mais il ne l'a jamais fait... si bien que le patron m'a traînée en bas pour vous répondre... et je n'ai pas un rond pour... »

Tyler écarta le téléphone de son oreille, attendit que les glapissements aigus aient diminué d'intensité pour reprendre la parole. *S'il avait bien saisi l'essentiel de ses propos, et qu'elle avait dit la vérité...* « J'arrangerai ça pour vous. D'accord ? »

Elle se rallia immédiatement. « Je suppose.

— Mais d'abord, continua-t-il d'un ton ferme, je veux que vous répondiez à quelques questions.

— Quel genre de questions ? demanda-t-elle avec suspicion. Je ne devrais peut-être pas vous parler sans avoir un avocat avec moi. »

Pas complètement naïve, hein... « À vous de décider, Franny. J'enquête sur la disparition d'une gamine, et je ne vois pas pourquoi je perdrais mon temps à vous aider si vous n'êtes pas prête à le faire de votre côté.

— Quelle gamine ?

— Elle s'appelle Amy Biddulph. Elle a disparu hier.

— Merde !

— Eddy a-t-il mentionné son nom ?

— Tout le temps, répondit-elle d'une voix devenue soudain tout à fait adulte. C'était des Amy par-ci, Amy par-là. Tu ne lui ressembles pas, tu ne parles pas comme elle. Eh bien, qui est-ce ?

— La fille de celle qui vous a précédée. Elle a dix ans et de longs cheveux bruns.

— Meeerde !

— De quelle couleur sont vos cheveux ?

— Châtains. Il n'aime que les brunettes. Du moins, à ce qu'il prétend.

— La mère d'Amy est brune également. Et très jolie. Comme sa fille.

— Qu'il aille se faire foutre ! Je vous l'avais bien dit que c'était un fumier.

— Allez-vous répondre à mes questions ? »

À nouveau un long silence tandis qu'elle réfléchissait aux alternatives. « Ouais, d'accord. D'ailleurs, il ne m'a pas fait de cadeaux. »

C'était ce qu'elle avait dit de plus juste. « Où avez-vous pris l'avion ?

— Luton.

— Quelle compagnie ?

— Easyjet.

— Ce sont eux qui vendent des billets sur Internet ?

— Si on veut. Vous ne recevez pas de billet, seulement un numéro de confirmation. Eddy a fait une bonne affaire parce que l'avion n'était pas plein.

— Quel jour était-ce ?

— Mardi.

— Et il est reparti vendredi matin ? s'exclama Tyler avec étonnement. Combien de temps comptiez-vous rester ? »

Elle se remit à se lamenter. « Il ne l'a pas dit... et je ne lui ai pas posé la question parce que je pensais qu'il s'agissait de vacances... dans les deux semaines, quelque chose comme ça. D'accord, je reconnais que c'était un peu rapide... Du style : le dimanche on s'envoie en l'air chez moi et le mardi on s'envole pour Majorque... mais j'étais loin de me douter qu'il mettrait les voiles au bout de trois malheureuses journées, sans quoi je l'aurais obligé à remettre sa carte de crédit à la réception. Quel salaud, vous ne trouvez pas ?

— Avait-il réservé des billets de retour ?

— Je l'ignore. » Elle s'interrompit pour réfléchir.

« Probablement pas puisqu'il avait emporté son ordinateur portable. D'après lui, c'est un système flexible, qui permet de payer chaque vol séparément. Ce qui veut dire que vous pouvez réserver où que vous soyez.

— Il se sert beaucoup du Net ?

— Tout le temps, répondit-elle avec humeur. Ce qu'il peut être barbant avec ça.

— Connaissez-vous son adresse e-mail ?

— Uniquement celle du travail — townsend@etstone.com, tout en minuscules.

— Combien en a-t-il ?

— Environ six... peut-être plus. Ses messages sont codés, pour qu'ils ne puissent pas être lus par hasard.

— Qu'est-ce qu'il craint ?

— Ce sont des secrets d'affaires ou je ne sais quoi. Il balise complètement à l'idée qu'on puisse découvrir quels contrats il a dans la manche. »

Tyler se garda d'en tirer des conclusions hâtives. C'était un des dangers de ce métier, ce que les policiers appelaient autrefois une « intuition » ou le « don pour flairer une crapule ». Trop souvent, il en avait résulté des erreurs judiciaires avec de lourds dédommagements à la clé lorsqu'il était apparu que la crapule en question était innocente et que la fameuse « intuition » ne reposait que sur une série de coïncidences fâcheuses. Et pourtant... un penchant pour les femmes à l'air jeune... les vidéos... l'Internet... ?

Il n'avait pas envie que Franny fasse les mêmes rapprochements, aussi, changeant de sujet, il se mit à lui poser des questions anodines sur la quantité de bagages emportée et si Townsend n'avait rien laissé derrière lui. Puis : « Tout à l'heure, vous avez dit que c'était "juste une vidéo". De quoi s'agissait-il ? »

Elle hésita. « Pas grand-chose. Il n'arrête pas de filmer des trucs.

— Quel genre de trucs ? »

Elle ne répondit pas.

« Vous avez parlé de mettre une perruque, poursuivit-il d'un ton détaché, il est donc vraisemblable que c'est vous qu'il filmait. »

Elle semblait beaucoup moins disposée à entrer dans les détails maintenant qu'elle s'était calmée. « Juste des trucs qu'il fait pour lui, répondit-elle à contrecœur.

— Pornographie ?

— Bon Dieu, non ! » Elle semblait sincèrement choquée.

« Alors quoi ?

— Il aime bien me regarder en vidéo quand je ne suis pas avec lui.

— Vêtue ou dévêtue ?

— À votre avis ? demanda-t-elle d'un ton sarcastique. C'est un mec, non ? »

En d'autres circonstances, Tyler aurait pris la défense de son sexe, mais peut-être son expérience des hommes était-elle aussi limitée que le suggérait l'ironie contenue dans cette remarque. Auquel cas, il la plaignait. « Est-ce pour cette raison qu'il vous emmenait faire du naturisme ?

— J'imagine.

— A-t-il filmé quelqu'un d'autre là-bas ?

— Non. » Contre toute attente, elle pouffa de rire. « Il disait qu'elles étaient toutes vieilles et grosses. D'ailleurs, il y avait surtout des hommes, et les hommes ne le branchent pas. Ces plages de nudistes ne sont que des lieux de drague. »

Tyler changea à nouveau de tactique. « Pourquoi est-il parti ? Vous vous êtes disputés ?

— Pas vraiment. Il était un peu grincheux jeudi après-midi.

— Comment ça ?

— Tes nichons sont trop gros... ton cul est trop gros... tu te mets trop de maquillage... t'as l'air d'une traînée..., récita-t-elle comme si elle avait appris ses défauts par cœur. Jeudi soir, j'avais un peu trop bu, alors peut-être bien qu'il n'avait plus envie de moi », conclut-elle avec tristesse.

Tyler perçut un commencement de remords dans la voix et se fendit d'un petit sarcasme de son cru. « Pourquoi continuez-vous à croire tout ce qu'il dit ? demanda-t-il. C'est un arnaqueur. Il a mené le patron en bateau et vous a laissée dans le pétrin. Est-ce le genre de... euh... mec qui vous attire ? Parce que, si c'est le cas, vous n'irez pas loin.

— N'empêche, il est si séduisant, et il était vraiment adorable au début.

— Comme tous les hommes séduisants, répliqua impitoyablement Tyler en tripotant les rides de son front, jusqu'à ce qu'ils vous retirent votre culotte et s'aperçoivent que vous n'avez rien de plus que la fille qu'ils avaient avant.

— Je croirais entendre ma mère.

— Voyez-vous autre chose qui pourrait m'aider ? A-t-il reçu des coups de téléphone ?

— Quand on est rentrés à l'hôtel, il y avait un message pour lui. Une enveloppe que quelqu'un avait glissée sous la porte... même qu'il avait l'air complètement excité. Il m'a forcée à prendre une douche pour pouvoir téléphoner... sans doute que ça avait un rapport avec ça. Ensuite il m'a dit d'aller me coucher... qu'il n'avait pas envie de faire l'amour.

— Et il était deux heures du matin ?

— Oui.

— Que disait ce message ?

— Chais pas.

— Avez-vous essayé de le récupérer après son départ ?

— Possible.

— Et ?

— Il ne se trouvait pas dans la corbeille.

— Répondiez-vous au téléphone quand il était là ?

— Tous les coups de fil arrivaient sur son portable.

— Avez-vous surpris une conversation qu'il aurait pu avoir avec une enfant ?

— Il quittait toujours la pièce. » Un silence. « La plupart avaient trait à ses affaires, apparemment. Il a des problèmes avec certaines de ses baraques.

— Quel genre de problèmes ?

— Chais pas. Chaque fois que je lui posais la question, il devenait hystéro... prétendait que des gens le volaient. D'après lui, tout devait être réglé la semaine suivante. »

Tyler contempla le mur de son bureau. « À qui parlait-il ? à des clients ? des associés ?

— Chais pas, répéta-t-elle.

— Vous rappelez-vous s'il a prononcé un nom ? Peut-être au commencement, après avoir dit bonjour ?

— Je n'écoutais pas.

— Essayez de vous souvenir, dit patiemment Tyler. C'est important.

— C'était tellement rasoir, gémit-elle. Une fois, il a été question de contrats et de dates. À mon avis, ça devait être son avocat. »

Tyler écrivit *Martin Rogerson* sur son calepin, suivi d'un point d'interrogation. « Le prénom Martin vous évoque-t-il quelque chose ?

— Ah, oui, répondit-elle, étonnée que la mémoire lui revienne. Il a dit : "Salut, Martin."

— Quel jour était-ce ?

— Jeudi, je crois. »

Tyler retint un instant sa respiration, puis la pria de lui donner le numéro de téléphone et l'adresse de sa mère. Elle refusa, jusqu'à ce qu'il lui fasse observer qu'il n'avait nullement l'intention, pas plus que le contribuable britannique, de payer ses frais d'hôtel. « Vous êtes majeure, ce qui signifie que, au regard de la loi, vous n'êtes pas moins responsable que Townsend des dettes que vous contractez. Le choix est clair. Ou bien vous vous en occupez toute seule, ou bien je demande à votre mère de le faire pour vous. Alors, où habite-t-elle ? »

De mauvaise grâce, la fille lui dicta une adresse et un numéro de téléphone à Southampton. « Elle va me tuer, dit-elle à nouveau.

— J'en doute, mais je ferai de mon mieux pour qu'elle ne vous en veuille pas trop. » Il fut tenté de l'exhorter à faire preuve d'un peu de maturité pour la première fois de sa vie, mais y renonça. Si elle n'était pas capable de tirer la leçon elle-même, rien de ce que pourrait dire un inconnu au téléphone ne la persuaderait. À la place, il la pria de ne pas quitter Southampton une fois rentrée car il désirait l'interroger face à face, puis il parla cinq minutes au patron de l'hôtel pour s'assurer qu'elle n'avait pas menti et éclaircir plusieurs points. Il le remercia pour son assistance et lui demanda de donner quelque chose à manger à la fille pendant qu'il contactait la mère.

« Je doute que cette femme ait très envie de revoir Miss Gough, fit remarquer le patron dans un anglais correct mais avec un fort accent.

— Pourquoi dites-vous ça ?

— Dans ce pays, aucune mère ne permettrait à son enfant de se conduire comme l'a fait celle-ci. D'après moi, la señora Gough se moque éperdument de sa fille. »

Centre de soins Nightingale

Fay Baldwin allait rarement au centre le week-end, mais, n'ayant pas cessé de ruminer la manière despotique dont Sophie l'avait congédiée et le message cinglant qu'elle avait laissé sur son répondeur, elle était dans une belle fureur le samedi. Le fait que d'autres médecins aient eu la même réaction à son égard, ne lui laissant qu'une poignée de clients avant son départ à la retraite, avait opportunément disparu de sa mémoire. Cette fois-ci, elle envisageait de déposer une plainte officielle contre le Dr Morrison pour négligence envers les enfants de Melanie.

Dans sa logique tortueuse, le pédophile était étroitement lié au complot visant à la limoger. Elle avait même réussi à se convaincre que c'était le courage qui l'avait incitée à révéler la présence de celui-ci dans Humbert Street. Le Dr Morrison ne se préoccupait aucunement des enfants. Elle l'avait prouvé en interdisant toute discussion à propos de l'existence de cet homme et en accusant Fay de démence lorsqu'elle avait osé y faire allusion. Au contraire, Fay était uniquement soucieuse des petits Rosie et Ben. Comme elle en avait le devoir. C'était son rôle de conseillère familiale. Comment un médecin se permettait-il de fouler aux pieds son autorité ? Qui, plus que tout autre, s'était battu pour préserver la sécurité, voire le caractère sacro-saint, des enfants Patterson ?

Elle ne tenait pas particulièrement à se faire remarquer au cas où Sophie aurait déjà raconté l'incident — elle avait besoin de temps pour préparer son affaire —, de sorte qu'elle comptait se glisser dans le secrétariat du service pendant que la réceptionniste serait occupée avec un patient. Mais elle eut la surprise de trouver la porte du hall bloquée par un policier. Et la surprise plus grande encore de voir la salle d'attente sans patients et le Dr Bonfield, le directeur adjoint, en tee-shirt et en short, debout derrière le bureau de réception à côté de Jenny Monroe. Harry Bonfield et Fay ne pouvaient pas se voir en peinture, et elle serait repartie sur-le-champ si l'agent de police n'avait pas attiré l'attention sur sa présence.

« Laissez-la entrer, cria Harry. Elle est de la maison. » D'un mouvement circulaire du bras, il fit signe à Fay d'approcher tout en gardant les yeux rivés sur l'ordinateur de Jenny. « Vous êtes au courant pour Sophie ? Un vrai cauchemar ! La police a été prise au dépourvu... aussi nous essayons de dénicher quelqu'un susceptible de faire passer un message aux responsables de ce foutoir. Si seulement elle n'avait pas éteint son portable comme une idiote... nous pourrions discuter en direct... régler ça de manière raisonnable. » Il indiqua l'écran d'un signe de tête. « Jenny est en train d'éplucher la liste pour voir si elle ne trouverait pas un patient dans Humbert Street à qui il serait possible de parler... mais c'est désespérant... Les malades sont classés par nom, pas par rue... autant chercher une aiguille dans une meule de foin. Parmi les miens, il y a bien une vieille femme qui habite Glebe Road, mais elle est sourde comme un pot et ne répond pas. » Il fit un petit geste de la main pour la solliciter. « La situation est critique, Fay. Vous avez une idée ? Humbert Street. Vous devez avoir des clients là-bas. »

Harry n'aurait pas qualifié Sophie d'« idiote », Fay se serait sans doute montrée plus circonspecte. En l'occurrence, elle sauta sur la conclusion que

Sophie était dans son tort. « J'en avais, répondit-elle d'une voix guindée. Plus maintenant. Grâce au Dr Morrison. »

Harry la regarda avec un froncement de sourcils. Bon sang, de quoi parlait cette tête de linotte ? « Il a déménagé ?

— Pas à ma connaissance.

— Serait-il possible d'avoir un nom ? suggéra-t-il d'un ton doucereux. Si ça ne vous ennuie pas, bien entendu. »

La bouche de Fay se plissa, formant un petit bouton de rose serré. « Melanie Patterson. »

Il donna à Jenny une tape sur l'épaule et se pencha pour regarder tandis qu'elle faisait défiler la liste jusqu'à la lettre P. « Voilà ! s'exclama-t-il, 21 Humbert Street. Parfait, Sophie est son praticien. Qu'en pensez-vous ? » demanda-t-il à Jenny.

La femme se mâchonna la lèvre. « Elle n'a que dix-neuf ans, dit-elle en parcourant le dossier de Melanie. Enceinte de six mois... deux bambins... mais elle a l'air de très bien connaître Sophie. Elle la voit une fois tous les quinze jours pour des soins prénatals. » Elle secoua la tête. « Je ne sais pas, Harry, répondit-elle, inquiète. Elle risque d'avoir une peur bleue et de faire une fausse couche.

— En général, les jeunes femmes ne sont pas aussi fragiles, tout de même... » Il indiqua du doigt la case suivante avec le nom de la parente la plus proche. « Et sa mère ? Gaynor Patterson ? Elle habite à deux rues seulement. Pourquoi pas l'appeler pour voir si elle ne peut pas nous fournir le nom d'un des voisins de Melanie ?

— Très bien. » Jenny tapa le numéro sur le téléphone. « Bonjour. Est-ce que je parle à Gaynor Patterson ?... Briony... Oui, c'est important. » Il y eut un long silence tandis qu'elle écoutait la voix à l'autre bout. « Très bien, ma chérie, alors donne-moi les deux numéros pour que j'essaie... Non, je suis sûre qu'elle ne sera pas fâchée... Est-ce que tu viens au cabinet de consultation ? Est-ce que tu connais le Dr Morrison ? Exact, Sophie... Eh bien, je suis la dame qui est assise au bureau et qui crie ton nom quand c'est le moment d'entrer. » Elle laissa échapper un gloussement. « C'est ça... la vieille avec des lunettes. Tu es une brave petite. » Elle écrivit sur son bloc, puis se remit à écouter. « Non, mon chou, promets-moi que tu n'iras pas chercher maman. C'est dangereux dans ce coin-là, et tu risquerais de prendre des coups. Si j'arrive à la joindre, je lui dirai que tu es inquiète et que tu veux qu'elle rentre à la maison. D'accord ?... Absolument, je rappellerai dans vingt minutes environ. Oui, mon nom est Jenny. Alors à tout à l'heure. »

Elle leva un regard accablé vers Harry. « La pauvre gosse est morte de peur. Elle dit qu'il devait s'agir d'un simple défilé, mais qu'il est sans doute arrivé quelque chose d'affreux car des groupes de garçons n'arrêtent pas de remonter la rue au pas de charge et que tout ce qu'on entend, ce sont des cris et des hurlements. Elle craint que sa mère et Melanie n'aient été blessées parce que ce sont elles qui avaient organisé la manif. » Elle montra son bloc. « Elle m'a donné leur numéro de portable. Elle prétend qu'elle a essayé pendant une demi-heure, mais qu'elle n'a pas réussi à dépasser leur boîte vocale. Je lui ai promis de tenter le coup de mon côté. »

Harry passa une main inquiète dans ses cheveux clairsemés, les laissant retomber en minces volutes. « Faites-le, dit-il d'une voix tendue. Du reste, c'est probablement à elles qu'il faut s'adresser. Si ce sont elles qui ont eu l'idée de cette manifestation, elles doivent avoir du poids. » Il marqua un temps d'arrêt. « Je n'arrive pas à y croire, lâcha-t-il. Des gosses tout seuls au milieu d'une bon Dieu d'émeute ! Qui est-ce qui l'a provoquée ? Dites-moi un peu. Que je lui torde le cou. Est-ce que la gamine vous a précisé si elle avait essayé d'appeler chez Melanie ? »

Jenny inclina la tête. « D'après elle, c'est Rosie qui a répondu, mais il y avait tellement de cris qu'elle n'arrivait pas à entendre... alors elle a raccroché et essayé à nouveau. La seconde fois, la ligne était occupée, et elle pense que Rosie avait mal reposé le téléphone, ce qui signifie qu'ils sont tout seuls également.

— Quel âge a Rosie ? »

Jenny consulta l'écran. « Quatre ans.

— Bonté divine ! » Il éleva la voix. « Vous avez du nouveau de votre côté ? demanda-t-il au policier.

— Désolé. » Le jeune homme leva sa radio, que des messages faisaient grésiller par intermittence. « Même chose que tout à l'heure. L'hélicoptère continue à signaler que toutes les voitures sont immobilisées devant les barricades. Ça sent plutôt mauvais. Il y a également une femme policier sur le carreau — blessures à la tête —, mais on ne peut pas aller jusqu'à elle non plus.

— Bon sang, quelle chienlit ! s'exclama Harry. Comment se fait-il que vous n'ayez pas vu venir un truc aussi gros, vous autres ? Et d'abord, qu'est-ce qui vous a poussés à mettre ce type dans un endroit pareil ? Vous auriez bien dû vous douter que la plupart des habitants de cette cité penseraient automatiquement qu'un pédophile est un monstre. » Il lança un regard furieux dans la direction de Fay comme s'il la tenait pour responsable.

Elle ouvrit la bouche et la referma comme un poisson rouge, sans avoir prononcé une parole.

Harry l'observa un moment avec attention avant de se détourner. « D'ailleurs, pourquoi au juste a-t-il fait de la prison ? Vous prétendez qu'il n'est pas dangereux, mais c'est un pédophile de quel genre ? »

Le policier eut un haussement d'épaules navré. « Tout ce que je sais, c'est ce qu'on nous a raconté avant que je sorte. Il enseignait dans une école privée et a été condamné pour trois agressions sexuelles... À des intervalles assez longs... La première fois, c'était il y a environ quinze ans... la dernière plutôt récemment. Il est intéressé uniquement par les garçons et s'en est sorti à bon compte parce que sa première victime avait dix-sept ans et les deux autres seize, et que toutes trois ont reconnu qu'elles étaient consentantes. L'idée, j'imagine, c'était qu'il se ferait casser la figure s'il remettait ça à Portisfield.

— Qu'est-ce qu'il leur faisait ? »

Le jeune homme lança un regard gêné aux deux femmes. « Il les stimulait, marmonna-t-il.

— Quelle sorte de stimulation ? questionna Harry

avec une indifférence toute professionnelle. Orale ou manuelle ?

— Manuelle.

— En échange de quoi ? Même chose ou pénétration ?

— Rien.

— Comment ça, rien ? De quelle manière parvenait-il lui-même à l'orgasme ? »

Le policier haussa les épaules. « Aucun des garçons n'était obligé de faire quoi que ce soit. C'est pourquoi il n'a été condamné qu'à dix-huit mois. »

Harry secoua la tête, ahuri. « Alors son seul plaisir consistait à en donner ?

— Je suppose.

— Il a l'air trop passif pour être un violeur.

— C'est aussi l'opinion de mon chef. Il se demande si le Dr Morrison ne s'est pas trompée. Il faut bien admettre qu'elle a peur... Je veux dire : on sait parfaitement qu'il y a un tas de manifestants dans la rue... même que, d'après un des appels, ils étaient armés de pierres. Supposons que le type ait posé une main sur son bras pour la rassurer... et qu'elle ait mal interprété son geste, sachant que c'était un délinquant sexuel. »

Jenny cessa de recomposer les numéros. « Sauf que ça m'étonnerait, répliqua-t-elle. Pour ma part, je n'y crois pas une seconde. » Elle s'interrompit pour mettre de l'ordre dans ses idées. « Dans tous les cas, lequel est le pédophile ? Le père ou le fils ? Sophie a été très claire. Elle a dit que le "patient" la retenait prisonnière et qu'il voulait la violer... et le patient, d'après mes informations, c'est le père. »

Le policier fit la moue. « Je croyais qu'il n'y en avait qu'un.

— Nous en avons deux d'inscrits, c'est certain.

— Cherchez leur fiche, dit Harry à Jenny. Regardez leur âge.

— C'est déjà fait. Ce sont de nouveaux patients, et leur dossier ne nous est pas encore parvenu. Tout ce que j'ai, c'est Francis et Nicholas Hollis, 23 Humbert Street, avec un astérisque à côté de leur nom et "Zelowski" entre parenthèses. » Elle fit défiler la fiche en guise de preuve. « Mais je me souviens très bien que le fils a dit que son père avait soixante et onze ans, ce qui, pour un enseignant, le mettrait bien au-delà de l'âge légal de la retraite, non ? »

Harry regarda le policier d'un air interrogateur. « Quel âge a votre pédophile ?

— Pas autant. J'ai vu une photo de lui. Dans la quarantaine, selon moi. »

Harry jura entre ses dents. « Continuez d'appeler, dit-il à Jenny. Et vous, ordonna-t-il à Fay, racontez-moi tout ce que vous savez sur Melanie... noms des copains, des copines, des pères des moutards, de toutes les personnes que nous pourrions contacter.

— Qu'est-ce qui vous tracasse ? demanda le policier.

— Je me demande qui a appris à votre pédophile que donner du plaisir était un but en soi. Même en faisant abstraction de l'âge et du sexe de ses victimes, c'est là un comportement tout à fait anormal... incroyablement docile. Cela suggère que ses besoins sont toujours assujettis à ceux de quelqu'un d'autre.

— Le père ?

— Presque à coup sûr. Il est largement démontré que les enfants ayant subi des agressions deviennent des agresseurs eux-mêmes... et que l'agresseur le plus probable est le père ou le beau-père. » Il agita la tête. « La manière dont agit ce type laisse supposer que la sexualité l'effraie. Et s'il a appris ça de son père... » Il semblait soudain beaucoup plus vieux.

Jenny lui toucha brièvement la main tout en écoutant s'enclencher à nouveau la boîte vocale de Melanie. « Sophie est une dure à cuire, fit-elle observer. Elle ne pliera pas aussi facilement. » Cette fois, elle laissa un message en la priant de rappeler d'urgence. « À présent, il faut garder cette ligne libre. Ce serait absurde qu'elle soit occupée si Melanie rappelle. Cela nous laisse juste une ligne opérationnelle ici, plus les lignes directes dans les bureaux. À mon avis, nous devrions nous éparpiller et travailler séparément. » Elle jeta un coup d'œil à Fay. « Vous avez pensé à quelqu'un d'autre ? Vous pouvez vous servir de l'ordinateur du bureau de Sophie pour relever les numéros. Cependant, il vaudrait mieux que vous me laissiez me charger des coups de fil. La police ne tient pas à ce qu'on en dise trop et à voir s'aggraver la situation.

— Enfin... je ne comprends pas... quelle situation ? s'insurgea Fay. C'est très bien de dire faites ceci... faites cela... mais comment voulez-vous que je fasse quoi que ce soit si je ne sais pas ce qui se passe ?

— Personne n'en sait rien non plus, répondit Jenny, à part que Bassindale est en émeute. La police pense que cela concerne l'homme qui est avec Sophie, mais on ignore comment son identité a pu s'ébruiter. Il a été condamné sous le nom de Zelowski, toutefois il était inscrit sous celui de Hollis quand il a emménagé à Bassindale.

— Sans doute un quelconque abruti avec une grande gueule et pas de cervelle, lança Harry d'un ton sinistre tandis qu'il s'éloignait en direction de son bureau. On devrait les fusiller... mettre les gens en danger comme ça !

— Je suis bien d'accord », approuva Jenny avec une expression non moins sinistre, avant de se tourner vers le téléphone pour refaire le numéro de Gaynor. Elle remarqua que le visage de Fay s'était tout d'un coup marbré, mais n'y accorda pas d'importance parce que, cette fois-ci, on répondait.

Quinze

Samedi 28 juillet 2001 – commissariat central de la police du Hampshire

Tyler donna ordre à un de ses hommes de trouver Martin Rogerson et de le lui amener aussi vite que possible. « Paula Anderson l'a conduit à la conférence de presse. Téléphonez-lui pour savoir s'ils sont encore dans les parages. Je ne veux pas qu'il me glisse entre les doigts, alors dites à Paula de n'accepter aucune excuse. S'ils sont déjà retournés à Bournemouth ou s'ils sont en route, qu'elle fasse demi-tour immédiatement. Compris ?

— Elle aura besoin d'un motif, patron.

— Nouvelle piste... prometteuse cette fois. J'irai d'abord interroger Laura chez Gregory Logan » — il jeta un coup d'œil à sa montre — « ce qui laisse à Paula environ une heure de battement. Néanmoins, le plus tôt sera le mieux, dites-le-lui. Cela ne fera pas de mal à Rogerson de mariner une demi-heure dans une salle d'interrogatoire. »

Il fit signe d'approcher au sergent qui avait interrogé les voisins de Townsend et consulta les notes qu'il avait prises à propos des trajets en avion. « Demandez à Easyjet s'ils ont trace de son retour vendredi matin. À bord d'un vol Palma-Luton. Et qu'ils vérifient aussi en ce qui concerne une certaine F. Gough. Elle a voyagé avec lui mardi, mais ne sait pas s'il avait organisé son retour. Voyez s'il n'avait pas une réservation qu'il aurait changée vendredi. Cela nous donnerait le jour où il avait l'intention de rentrer. Si elle a de la chance, il aura retenu une place pour elle sur le même vol. »

Le sergent était d'un naturel curieux. « C'est la nouvelle petite amie ?

— Je n'en sais rien. Avez-vous obtenu un nom ou une description quand vous avez parlé à la voisine ? »

Il secoua la tête. « Elle ne l'a jamais rencontrée, dit seulement que la nouvelle était probablement la raison de la rupture avec Laura.

— Ou d'avec Amy, fit observer Tyler. On supposait tous que c'était la mère qui l'intéressait. »

Le sergent fronça les sourcils. « Je ne vous suis pas, patron.

— D'après le directeur de l'hôtel, Franny Gough donne l'impression d'avoir douze ans. Elle est brune, petite et "plutôt mignonne". Ce n'est pas moi qui le dis, c'est lui. Ça ne vous rappelle rien ?

— Bon Dieu !

— Exactement. Townsend a fait des vidéos d'elle sur une plage de nudistes, mais a fichu le camp vendredi à l'aube après avoir discuté avec un dénommé Martin qui lui avait laissé un message — peut-être un fax. » Il indiqua du doigt l'adresse e-mail fournie par Franny. « Essayez d'envoyer un courrier électronique à Townsend pour voir s'il mord à l'hameçon. Dites-lui que vous avez besoin de le joindre à propos de Laura et d'Amy Biddulph. Rien de grave. Simplement qu'il vous faudrait les noms et adresses des personnes avec qui elles auraient pu se lier d'amitié pendant le temps où elles ont vécu chez lui.

— Est-ce que je laisse un numéro ? »

Tyler hocha la tête. « Donnez celui de mon portable... dites que c'est le vôtre.

— Qu'est-ce que vous voulez savoir, en fait ?

— Ce qu'il a fabriqué depuis vingt-quatre heures », répondit Tyler avant de regagner son bureau et de fermer la porte derrière lui. Il composa le numéro que lui avait donné Franny.

« Allô ? fit une voix de femme.

— Mrs. Gough ?

— Oui.

— Ici l'inspecteur principal Tyler de la police du Hampshire. Je vous appelle au sujet de votre fille. »

Il y eut un court silence. « Qu'est-ce qu'elle a encore fait ? »

Aucune inquiétude pour la santé de sa gosse, nota-t-il. Pas de *Il ne lui est rien arrivé ?* qui constituait la réaction habituelle à ce genre de coup de fil. « Elle a été abandonnée dans un hôtel de Majorque, et le patron refuse de la laisser partir avant que la note soit réglée. Comme il a confirmé que la voiture de location et les affaires de son compagnon ont disparu, vous pouvez être sûre qu'elle dit la vérité, à mon avis.

— Edward Townsend, je suppose ?

— C'est le nom qu'elle m'a cité. »

Il entendit le déclic d'un briquet à l'autre bout du fil. « Qu'est-ce que la police du Hampshire vient faire là-dedans ?

— Nous tentions de contacter Mr. Townsend pour une autre affaire. Lorsque le patron de l'hôtel a découvert qu'il était déjà parti, il a demandé à Franny de me parler.

— Quelle autre affaire ? »

Il n'y avait pas de raison de le lui cacher car elle ne tarderait pas à l'apprendre par Franny elle-même. Dans tous les cas, il avait besoin de renseignements. « La fillette disparue, Amy Biddulph, a vécu six mois chez lui. »

Elle laissa échapper un long soupir... ou une bouffée de fumée. Il était difficile de deviner à sa voix ferme ce qu'elle ressentait. « J'ai mis en garde Francesca, dit-elle, mais elle n'a pas voulu m'écouter. C'est de son âge. Elle s'imagine pouvoir tout contrôler. » Elle ne semblait nullement intéressée, comme si elle parlait d'une étrangère.

« Vous connaissez bien Townsend ?

— À peine. Sa première femme est une de mes amies. »

Il attira à lui un autre bout de papier. « Pourriez-vous me dire ce que vous savez, Mrs. Gough ? À commencer peut-être par la raison pour laquelle vous avez mis en garde votre fille contre Townsend.

— Il a quarante-cinq ans. Elle dix-huit. N'est-ce pas une raison suffisante ? »

La brutalité du ton n'échappa pas à Tyler. « Y en a-t-il une autre ?

— Pas que je sois disposée à révéler à quelqu'un que je n'ai jamais vu.

— Je suis policier, Mrs. Gough, tout ce que vous me direz sera traité avec la plus grande discrétion. C'est urgent. Cela fait plus de vingt-quatre heures qu'Amy a disparu, et, si vous savez quelque chose qui puisse l'aider, il nous faut absolument l'entendre.

— Si ce n'est que vous ne pouvez pas prouver au téléphone que vous êtes policier, et qu'un procès en diffamation est au-dessus de mes moyens. Pour ce que j'en sais, vous pourriez être journaliste. »

Elle avait raison, mais il se demanda comment l'on pouvait faire preuve d'un tel détachement à propos du sort d'un enfant. *La señora Gough se moque éperdument...* « Alors procédons dans l'ordre. Je vous donnerai le numéro du Bella Vista à Puerto Soller. L'anglais du patron est excellent, et il est prêt à prendre le numéro de votre carte de crédit pour solder les comptes et s'occuper du retour de Francesca. Je vous donnerai également le numéro du standard ici. Lorsque vous aurez la communication, il vous suffira de vérifier mon identité et de laisser un message pour que je vous rappelle. Est-ce que cela vous semble acceptable ? »

Cette fois, le soupir était patent. « Pas vraiment.

— Il s'agit de votre fille, Mrs. Gough. »

Il y eut un petit rire à l'autre bout. « Je sais, et je préférerais pouvoir dire le contraire. J'aurais moins honte de mes carences. Avez-vous des enfants, inspecteur ? Est-ce qu'ils volent ? Est-ce qu'ils boivent ? Est-ce qu'ils découchent ? Est-ce qu'ils se droguent ? » C'étaient des questions purement rhétoriques car elle n'attendit pas les réponses. « Le jour de ses dix-huit ans, j'ai donné à Francesca cinq mille livres pour régler factures de téléphone portable et commandes par correspondance, et pour rembourser les parents de deux de ses amis dont elle avait utilisé le numéro de carte de crédit pour faire des achats sur le Net. J'ai tiré un trait sur ses larcins à mes dépens et lui ai trouvé un appartement pour qu'elle puisse montrer qu'elle était autonome. En contrepartie de tout cela, jamais plus elle ne me demanderait de la tirer d'affaire, et elle prendrait la place en fac qui lui était offerte. Et voilà qu'elle part tranquillement à Majorque avec l'ex-mari de ma meilleure amie et prétend que, si je suis en colère contre elle, c'est parce que je suis jalouse. » Elle marqua un temps d'arrêt. « Eh bien, dites-moi, inspecteur. Que feriez-vous à ma place si un policier vous téléphonait pour vous dire que votre fille est dans le pétrin... une fois de plus ? »

Tyler répondit avec honnêteté. « Je m'en tiendrais aux règles que j'ai fixées.

— Merci.

— Sauf que je ne suis pas à votre place, Mrs. Gough. J'ai été divorcé plus longtemps que je n'ai été marié, et je n'ai pas d'enfants. Mon expérience des jeunes filles de l'âge de Francesca se résume uniquement à les avoir arrêtées pour vol ou prostitution quand j'étais flic de quartier. »

Il y eut encore un court silence. « Et ?

— Je ne me souviens pas d'une seule que je n'aie pas épinglée au moins deux fois. D'ailleurs, la moyenne par tête était plutôt de cinq ou six. Toutes juraient leurs grands dieux qu'elles ne recommenceraient pas... et cela faisait à peine quelques jours qu'elles avaient été relâchées qu'elles étaient de retour sur le trottoir parce que se shooter avec l'argent que leur rapportaient le vol et la prostitution était plus rapide et plus commode que d'économiser sur le salaire de misère qu'elles gagneraient chez Tesco. »

Ce n'était pas le genre de femme à parler à la légère. « Je ne vois pas où vous voulez en venir », murmura-t-elle après un moment.

Ses silences l'avaient irrité. « Je veux dire qu'il est difficile de rompre avec les habitudes à moins d'une forte incitation et que bien peu d'entre nous y parviennent du premier coup. Combien de fois avez-vous essayé d'arrêter de fumer ? demanda-t-il sans prendre de gants. Une ? Deux ? Est-ce que vous vous levez chaque matin en vous disant que c'est le dernier jour aujourd'hui ? »

Elle poussa un nouveau soupir. « Je pensais que la rendre responsable d'elle-même serait une incitation.

— Elle n'y est pas encore prête.

— Elle a dix-huit ans.

— ... mais parle et se conduit comme si elle en avait douze, et l'on ne confie pas des clés d'appartement à une gamine de douze ans. » Il regarda sa montre. Il n'avait plus le temps. Franny et ses problèmes devraient attendre. « Écoutez, je vais quand même vous donner ces numéros, ensuite ce sera à vous de voir. Quoi que vous décidiez, pourriez-vous, s'il vous plaît, appeler votre fille et lui expliquer ? Il n'est pas totalement impossible qu'elle ait un billet de retour, ce qu'un de mes hommes est en train de vérifier. Je lui dirai de vous téléphoner le résultat de ses recherches. En outre, j'aurai absolument besoin de vous reparler. Si vous n'avez pas laissé de message d'ici à dix-huit heures, j'irai vous interroger à Southampton... soit ce soir, soit demain matin.

— Ai-je voix au chapitre ? » demanda-t-elle après qu'il lui eut dicté les numéros.

Il ignora la question. « Encore une chose. Vous avez dit être amie avec la première femme de Townsend. Comme je présume que vous n'allez pas me donner son nom et son adresse avant d'avoir vérifié qui je suis, seriez-vous assez aimable pour la contacter et lui demander d'appeler le commissariat ? »

Elle hésita si longtemps qu'il crut qu'elle avait coupé.

« Mrs. Gough ?

— J'espérais que jamais elle n'apprendrait que Francesca couchait avec Edward, répondit-elle d'un ton accablé. Je pensais que les choses se tasseraient et qu'il ne serait pas nécessaire de la mettre au courant.

— Qu'est-ce que ça peut lui faire ?

— Elle a elle-même une fille », répondit-elle avant de raccrocher.

Harry Bonfield rechignait à appeler les parents de Sophie avant d'avoir parlé à son fiancé, Bob Scudamore, mais l'adresse des parents était la seule figurant sur la fiche. Il se souvint d'un ami psychiatre à Londres que Bob avait mentionné lors d'un dîner comme étant un de ses proches collègues, et un coup de fil à celui-ci permit d'obtenir les numéros du domicile et du portable de Bob. Une fois de plus, Harry bénit l'esprit de club qui régnait à la Santé publique. Cela avait beau être le plus gros employeur du pays, c'était encore comme un village, où on connaissait toujours quelqu'un susceptible de vous mettre en contact en cas de nécessité.

La relation à longue distance qu'entretenaient Sophie et Bob depuis qu'elle travaillait au centre de soins Nightingale avait été pour Harry un sujet de préoccupation considérable. De cinq ans plus âgé qu'elle, Bob possédait un grade élevé dans un des CHU de Londres, et Harry s'était dit qu'il finirait fatalement par l'épouser et Sophie par réintégrer la capitale. Il était de plus en plus difficile de recruter de jeunes généralistes, et il était pessimiste quant aux chances de garder un des meilleurs éléments qu'il ait jamais eus.

Ses pires craintes s'étaient concrétisées deux mois plus tôt, lorsque Sophie lui avait agité une bague de fiançailles sous le nez. « Qu'en pensez-vous ? avait-elle demandé. Est-ce que j'ai raison ou pas ?

— Bob ? »

Elle s'était mise à rire et lui avait donné une petite

tape sur le bras. « Qui d'autre ? Voyons, Harry, je n'ai pas de placard bourré d'amants secrets, vous savez ! »

Un peu à contretemps, il s'était levé et l'avait serrée chaleureusement dans ses bras. « Bien sûr que vous avez raison. C'est un type formidable. J'espère au moins qu'il se rend compte de la chance qu'il a. À quand le grand jour ?

— Août.

— Hein hein, avait-il fait d'un air sombre. Est-ce une manière de me dire que vous rendez votre tablier ?

— Absolument pas, avait-elle répondu, stupéfaite. On a proposé à Bob un poste à Southampton. Cela faisait une éternité qu'il attendait ça. Ce qui signifie que nous pouvons enfin vivre ensemble. C'est pourquoi nous officialisons les choses. » Elle avait haussé les sourcils en une expression perplexe. « Qu'est-ce qui a bien pu vous faire croire que je voulais partir ? »

La stupidité aveugle de l'âge et un préjugé tenace, songea-t-il avec une ironie désabusée avant de se rasseoir. On avait beau être au XXIe siècle, l'idée que ce serait l'homme qui suivrait la femme ne l'avait pas effleuré une seconde.

Il joignit Bob à son appartement à Londres. « Que puis-je pour vous, Harry ? demanda cordialement son interlocuteur. Vous m'appelez pour me prévenir que Sophie sera en retard ?

— Pas exactement. » Harry l'informa de façon franche et succincte de ce qu'il savait. « Je préférais vous avoir avant d'appeler ses parents... Du reste, il vaut mieux que ce soit vous qui leur parliez. » Il attendit une confirmation. « Bien. De plus, nous avons besoin de votre aide. Comme, d'après Jenny, Sophie prend toujours soin de garder son portable chargé, on pense qu'elle l'a éteint pour que ces types ne sachent pas qu'elle l'a emporté. Ce qui veut dire qu'il y a de fortes chances pour qu'elle rappelle dès qu'elle en aura l'occasion... et je ne serais pas fâché d'avoir ici quelqu'un de qualifié pour discuter avec eux et négocier sa libération.

— Je pars tout de suite, dit Bob. J'appellerai ses parents en chemin.

— Il ne nous sera peut-être pas possible de vous attendre, dit Harry d'un ton fébrile. Il nous faudrait quelqu'un de plus proche. La police a été prise de court... elle prétend que c'était impossible à prévoir... que l'émeute a éclaté sans qu'on sache comment... et elle est débordée avec cette gamine qui a disparu à trente kilomètres d'ici. Nous avons un jeune agent qui essaie de nous donner un coup de main, mais il n'arrive même pas à joindre le service des probations pour le moment. C'est la folie totale. Il serait utile de retrouver le psychiatre qui a rédigé le rapport sur Zelowski lors de son procès, ou quelqu'un qui l'a rencontré pendant son incarcération. Je peux vous donner l'adresse des deux établissements dans lesquels il a séjourné. Ils sont situés pas très loin. Est-ce que cela vous aiderait à me dégotter un nom ? Ou, mieux encore, une copie du rapport lui-même ? »

Bob ne perdit pas de temps. « Allez-y, dit-il. Et donnez-moi aussi le numéro de votre ligne directe et celui du fax du cabinet. Je vous rappelle dès que possible. » Comme il allait raccrocher, il eut une brève hésitation. « Harry ?

— Oui.

— Au cas où elle vous téléphonerait avant que j'arrive, dites-lui de ne pas les provoquer... en particulier celui qui veut la violer. S'il est aussi dangereux que vous le pensez, cela ne fera que l'exciter davantage. »

À l'extérieur du 9 Humbert Street

Gaynor Patterson était terrifiée. Coincée contre le mur d'une maison de Humbert Street, elle ne pouvait ni avancer ni reculer. Il n'y avait aucune liberté de mouvement, seulement une masse humaine tout autour d'elle se démenant pour rester debout entre les habitations et les voitures stationnées au bord du trottoir. Sur la chaussée, des groupes de jeunes chargeaient en des mêlées chaotiques pour atteindre le 23 et prendre part aux réjouissances, et chaque poussée de leurs corps robustes provoquait une onde de choc qui balayait la foule environnante et la faisait refluer.

De jeunes garçons avaient cherché refuge sur les toits et les capots des véhicules, mais c'étaient des abris précaires. Chaque fois qu'une vague déferlait, les voitures oscillaient sur leur suspension, et ils perdaient pied. Ce n'était qu'une question de temps, se disait-elle, avant que l'idée de retourner les voitures ne vienne aux éléments les plus déchaînés, et alors il y aurait vraiment des blessés.

D'avoir appelé en désespoir de cause le 999 sur son portable un quart d'heure plus tôt avait accru sa panique lorsqu'une voix artificielle l'avait informée que les opérateurs étaient submergés d'appels relatifs aux troubles de Bassindale. La police n'était pas en mesure d'intervenir dans l'immédiat. Les personnes téléphonant pour d'autres urgences devaient rester en ligne. Il était conseillé à tous les habitants de Bassindale non impliqués dans l'agitation de rester chez eux.

Gaynor, qui avait vu les images du désastre du stade de Hillsborough, avec des fanas de football piétinés sans merci par une foule en délire, était épouvantée à l'idée qu'un mouvement aussi brutal que catastrophique n'envoie les gens contre le mur où ce serait l'asphyxie. Elle faisait de son mieux pour protéger ceux qui l'entouraient — en majorité des jeunes filles ayant fui sur les côtés en quête d'un lieu sûr —, mais cela devenait de plus en plus difficile. Elle s'était mise elle-même à crier à gorge déployée dans une vaine tentative pour avertir de leur situation critique ceux qui se trouvaient sur la chaussée, mais sa voix était noyée par les cris des jeunes.

Brûlant de savoir ce qui était arrivé à Melanie, et après l'échec de ses propres tentatives pour joindre sa fille, elle avait passé son portable à une adolescente en lui demandant de presser sans arrêt la touche « 1 » jusqu'à ce que quelqu'un réponde. « Tu me le rends dès que ça sonne », ajouta-t-elle tout en lui faisant un rempart de son corps. Elle essaya d'attirer l'attention d'un homme à une vingtaine de mètres de là qui paraissait suffisamment costaud pour se frayer un chemin jusqu'à elles, mais il restait obstinément sourd à ses cris.

Fatiguée et en larmes, l'adolescente abandonna au bout de dix minutes. « Ça ne sert strictement à rien, gémit-elle, personne ne répond. » Prise de claustrophobie, elle se mit soudain à frapper Gaynor. « J'veux fiche le camp ! J'veux fiche le camp ! »

Gaynor la gifla à toute volée. « Navrée, ma petite, murmura-t-elle en prenant la fille dans ses bras au moment où celle-ci éclatait en sanglots, mais c'est trop dangereux. Il faut que tu restes ici jusqu'à ce que j'aie trouvé une idée. » *Mais quoi, nom d'un chien ?*

Le téléphone se mit à sonner.

Elle l'arracha à l'adolescente, se bouchant une oreille pour pouvoir entendre en dépit du vacarme. « Mel ? C'est toi, ma chérie ? Je n'ai pas arrêté d'appeler. Ça va ? Et Rosie et Ben ?

— Mrs. Patterson ?

— Ah, merde ! s'exclama Gaynor déçue, et sur le point de fondre elle-même en larmes. Je croyais que c'était ma fille.

— Je suis vraiment désolée. C'est Jennifer Monroe au centre Nightingale. Briony m'a donné votre numéro. J'ai besoin de vous parler de toute urgence. »

Gaynor secoua la tête d'un air incrédule. « Vous voulez rire. Écoutez, mon chou, quelle que soit la raison, ça peut sûrement attendre. Quand bien même vous me diriez que j'ai un cancer en phase terminale, ça n'a absolument rien d'urgent comparé à ce qui se passe ici. C'est le bordel complet... il n'y a pas l'ombre d'un putain de flic... et je suis coincée contre un mur avec quelques gamines mortes de trouille. C'est Hillsborough, bon Dieu ! Il doit y avoir plus de mille personnes entassées dans ce bout de rue. Je vais raccrocher. D'accord ?

— Non ! dit vivement Jenny. J'en sais probablement plus que vous à cette minute. Continuez à me parler, je vous en prie. Cela n'a rien à voir avec la médecine, Gaynor. J'essaie de vous rendre service. La police ne peut pas pénétrer dans la cité car toutes les routes sont barricadées. Ce qui veut dire qu'il vous faut absolument vous en sortir par vos propres moyens, Melanie et vous, et je peux peut-être vous aider si vous voulez bien me laisser parler.

— Alors allez-y.

— Pouvez-vous me dire où vous êtes ?

— Humbert Street.

— Où ça exactement ? Vous avez dit que vous étiez coincée contre un mur.

— À l'autre bout de la rue. Numéro 9. Nous avons frappé à la porte... mais la femme à l'intérieur a un grain, et elle refuse de nous laisser entrer... Je suppose qu'elle a les foies, la pauvre vieille.

— Connaissez-vous son nom ?

— Mrs. Carthew.

— D'accord, ne quittez pas. Je vais voir si elle est sur nos listes. » Il y eut quelques secondes d'interruption. « Je l'ai. Elle est soignée par Sophie, et elle fait partie du Téléphone de l'amitié. » Nouvelle interruption, avec des voix assourdies par une main sur le combiné. « Très bien, Gaynor, voilà ce que je vous propose. Je vais téléphoner à Mrs. Carthew et, pendant ce temps-là, je voudrais que vous parliez à un agent de police qui se trouve avec moi. Il vous écoute sur le haut-parleur, et il va vous dire ce que vous devrez faire lorsque Mrs. Carthew ouvrira sa porte.

— Vous perdez votre temps, ma jolie. Voilà des années qu'elle est gaga.

— Essayons, voulez-vous ? »

Une autre voix se fit entendre sur la ligne. « Bonjour, Gaynor. Ken Hewitt. Bien, l'important, c'est de ne pas provoquer d'affolement. Si tout le monde est pris de frayeur, ce sera un véritable agglomérat derrière vous, et cela rendra la situation encore pire. Ce qu'il faut, c'est une sortie planifiée. Pouvez-vous me dire combien vous avez de jeunes avec vous ? »

Gaynor fit un rapide comptage. « Une dizaine.

— Bon. En premier lieu, il est nécessaire que chacun se faufile prudemment par la porte de manière que les gens autour de vous ne se doutent de rien. Que cela se fasse dans la plus grande discrétion. D'accord ?

— Oui.

— Prenez les deux plus grands, et dites à l'un de créer une voie express vers le jardin en enlevant tous les meubles du couloir et en ouvrant la porte arrière de Mrs. Carthew. Demandez à l'autre de se tenir près de la porte d'entrée. Il est nécessaire que ce soit quelqu'un de fort... s'il y a un adulte à proximité, cela n'en sera que mieux. Il ou elle vous préviendra lorsque le chemin sera dégagé et vous servira en outre de régulateur. J'ai besoin que vous fassiez le service d'ordre dehors une fois établie la sortie. Si trop de gens tentent d'entrer quand la porte s'ouvrira, vous et ceux qui seront à l'intérieur devrez impérativement la refermer et pousser le loquet. Sinon, certains seront piétinés dans le couloir, et la sortie se trouvera obstruée. Restez sur le seuil et n'en laissez passer qu'un à la fois. Il est indispensable que cela se déroule dans la discipline. Vous comprenez ? »

Gaynor mesurait un mètre soixante et pesait cinquante kilos. Comment diable était-elle supposée contenir un raz de marée ? « Oui.

— Parfait. D'autre part, j'ai examiné la disposition de Humbert Street, et j'ai vu que les jardins étaient adossés à ceux de Bassett Road. Le jeune que vous aurez pris pour la porte arrière devra défoncer les palissades pour aménager un passage. Il s'agit de créer des voies d'évacuation pour tous ceux qui veulent s'échapper. Dites-lui de pratiquer la trouée dans la direction de Forest Road South. Nous avons besoin que les gens réintègrent leurs pénates... qu'ils ôtent à la situation un peu de son caractère explosif... et non qu'ils tournent en rond dans les jardins à l'arrière.

— Très bien.

— Pour terminer, inutile de battre le rappel. En sentant se relâcher la pression derrière eux, les gens gagneront l'espace vide et viendront d'eux-mêmes.

Cela facilitera le travail de filtrage. » Il se tut un moment, écoutant Jenny lui transmettre des consignes. « Excellent. Mrs. Carthew dit qu'elle va déverrouiller la porte, mais qu'il faut que vous lui laissiez le temps de monter à l'étage avant d'ouvrir. Elle a peur de recevoir des horions. Comme elle possède un portable, elle avertira Jenny Monroe lorsqu'elle sera en sûreté, et je vous donnerai le feu vert. Compris ?

— Oh, Seigneur Dieu ! » La panique bondissait dans la poitrine de Gaynor. « Mais je n'ai encore rien expliqué aux gosses.

— Prenez votre temps, répondit-il d'une voix calme. Il est important qu'ils sachent bien ce qu'ils ont à faire. Dites-moi quand vous serez prête. »

Elle connaissait déjà une des filles, Lisa Shaw, une gamine intelligente de la même classe que Colin. Elle n'était pas assez grande pour faire office de régulatrice, mais elle était certainement capable de débarrasser le couloir et d'ouvrir la voie vers Forest Road. Ce fut un hochement de tête immédiat lorsque Gaynor lui expliqua ce qu'elle désirait. Des acquiescements plus nombreux lorsque Gaynor attira leur attention à toutes sur l'importance d'une « sortie planifiée » pour éviter que des gens ne soient blessés. Mais une expression de total ébahissement lorsqu'elle tenta de faire comprendre son rôle à la plus grande. C'était une géante immature au cerveau lent et, comme Gaynor lui demandait de se charger de la porte d'entrée, ses yeux s'emplirent de larmes.

« Je m'en occupe, dit Lisa. Elle n'aura qu'à m'aider. Les autres peuvent débarrasser le couloir. » Elle sourit à Gaynor. « Ne vous inquiétez pas. Je les surveillerai. Si vous vous faisiez écraser, Col me tuerait. Il vous prend pour Supermama. »

>Message à toutes les stations

>28.07.01
>15 h 33
>Enquête personne disparue – Amy Rogerson/Biddulph

>ALERTE À TOUS LES COMTÉS
>Recherché pour interrogatoire : Edward Townsend
>Adresse connue : The Larches, Hayes Avenue, Southampton
>Vu pour la dernière fois : Hotel Bella Vista, Puerto Soller, Majorque 27.07.01 à 3 h
>De retour à Londres Luton vendredi matin sur vol EZY0404, arrivée 8 h 25
>Véhicule immatriculé : BMW noire – W789ZW
>Se trouverait quelque part dans le Sud
>Voyageant peut-être avec une enfant

Seize

Samedi 28 juillet 2001 – Glebe Tower, cité de Bassindale

Jimmy James commençait à perdre patience avec l'auxiliaire médical à l'autre bout du fil. Il lui avait fallu attendre cinq minutes avant que le responsable chargé d'envoyer les ambulances se décide à répondre, et maintenant sa batterie était presque à plat. Quel genre de service dirigeait donc cette bande de glandus ? Chaque fois qu'il suivait une instruction, l'homme formulait de nouvelles exigences. Il avait mis la femme policier en position de récupération, vérifié qu'elle était à même de respirer. Donné confirmation des principaux signes de vie — haleine, battements de cœur, pouls. Essayé de la ranimer — sans succès.

Et maintenant cet abruti lui demandait de localiser la blessure.

« Écoutez, mon pote, comment voulez-vous que je vous parle et que je cherche où elle saigne en même temps ? » répliqua-t-il en contemplant sa main droite devenue rouge. Il sentit de la bile lui monter dans la gorge. « Vous vous en foutez... vous avez l'habitude... mais ce n'est pas mon cas, nom d'un chien ! Il y a du sang partout. Je vais devoir dégager ses cheveux, et je ne peux pas le faire avec un putain de téléphone à la main. D'accord... d'accord... Je vous reprends. »

Il posa le portable par terre et, avec un grognement de dégoût, se servit de ses deux mains pour écarter les mèches blondes ensanglantées à l'arrière du crâne, là où le sang, déjà coagulé, semblait plus épais. Il reprit le téléphone et le sentit glisser dans sa main. « Bordel de merde ! » rugit-il. À travers ses jurons, il entendit les questions inquiètes de l'auxiliaire médical. « Bien sûr qu'il est arrivé une tuile, répondit-il d'un ton hargneux. J'en ai fichu plein mon portable. Ouais... ouais... Désolé, mais ça me rend malade. J'ai horreur du sang, OK ? Très bien... très bien... Elle a une entaille derrière la tête... je ne sais pas... dans les cinq centimètres. Je peux pas vous dire s'il y en a d'autres... pas sans la retourner... elle a les cheveux longs, bon Dieu, et ils lui tombent sur la figure. » Nouvelles questions inquiètes. « Non, évidemment que je ne vais pas la retourner... vous m'avez déjà dit que je risquais de lui rentrer un os dans le ciboulot. » Il fit la grimace. « Écoutez, mon vieux, il y a un fameux problème côté hygiène... Cette saloperie d'ascenseur est tellement dégueu qu'elle risque de clamser d'un empoisonnement du sang si elle attrape un des microbes qui y traînent. Les gars par ici pissent dedans, si vous voyez ce que je veux dire. C'est la faute de ces enfoirés de conseillers municipaux... S'ils faisaient de temps en temps l'effort d'envoyer quelqu'un nettoyer... D'accord... d'accord... je m'en occupe. »

Il reposa le téléphone et souleva les touffes de cheveux qui masquaient le visage de la femme. Il ne l'avait pas encore vue et s'aperçut avec étonnement qu'elle était jolie — avec des traits fins de poupée de porcelaine, et de légères touches roses sur les joues comme pour prouver qu'elle avait encore du sang dans les veines. Avec précaution, il palpa la partie de la tête appuyée contre le sol. Lorsqu'il les retira, ses doigts n'étaient pas plus rouges.

« Pour autant que je puisse en juger, il n'y a qu'une coupure, dit-il après avoir récupéré le téléphone, et ça commence à former une croûte... Non, bien sûr que je n'ai pas de pansement... Où est-ce que je trouverais un pansement dans un bon Dieu d'ascenseur ? » Il leva les yeux au ciel. « Vous êtes timbré ou quoi ? Que j'aille chercher une trousse de premiers secours ? Écoutez, mon pote, je suis noir comme du charbon et couvert de sang. Réfléchissez une minute, d'accord... Il est impossible que j'aille frapper aux portes de ce dépotoir. La moitié des habitants ont dans les quatre-vingts piges, et qu'un sale nègre au regard halluciné fasse irruption chez eux leur collera une trouille de tous les diables... et l'autre moitié, c'est des jeunes nazis qui ne demandent pas mieux que de me planter un couteau entre les côtes. On est à Acid Row, purée... pas aux Seychelles ! Ouais... ouais... ouais. Si vous êtes si courageux, vous n'avez qu'à vous barbouiller de cirage noir et aller dire à ces connards sur les barricades que vous êtes mon cousin. Vous verrez comment vous serez reçu. »

Il vérifia le niveau de la batterie de son portable. « Il me reste environ cinq minutes, annonça-t-il, alors vous avez intérêt à vous dépêcher de trouver quelque chose. » Il écouta, leva les yeux vers les boutons de l'ascenseur. « Comme les portes s'ouvrent et se ferment, je suppose qu'il marche. Non, mec... jamais entendu parler... C'est quoi ce Téléphone de l'amitié ? Mrs. Hinkley... appartement 406... quatrième étage... Ouais, ça paraît faisable... à condition que vous lui parliez en premier pour qu'elle soit au parfum. » Il lui donna son numéro de portable. « Je le rallumerai dans cinq minutes... Simplement, prévenez-la que je me tire si jamais elle se met à gueuler... Déjà que je me sens malade comme un chien ici... je tiens pas à avoir des emmerdes par-dessus le marché. » Il écouta encore. « Pourquoi est-ce que je peux pas rester dans l'anonymat ? Qu'est-ce que ça change, un nom ? D'accord... d'accord... Dites à Mrs. Hinkley que c'est Jimmy James et que j'habite 21 Humbert Street. Non, elle peut pas me trouver dans ce bon Dieu d'annuaire. Ça fait seulement deux jours que je suis là... Putain ! Parce que je viens juste de sortir de taule. Voilà pourquoi. »

À l'extérieur du 23 Humbert Street

Colin apparut soudain à côté de Melanie et lui cria dans l'oreille qu'elle ferait bien d'intervenir rapidement parce que Kevin Charteris et Wesley Barber distribuaient des cocktails Molotov à leurs copains. « J'arrive pas à les arrêter. Ils sont bourrés de bière. Je leur ai dit que Rosie et Ben étaient dans la maison, mais ils s'en balancent. »

Elle le dévisagea avec inquiétude. « De quoi est-ce que tu parles ?

— Des bombes à base d'essence. Ça fait des jours que l'émeute est prévue... depuis que maman et toi avez dit que vous iriez défiler. Kev et Wes remplissent des bouteilles depuis mardi... D'après eux, la seule manière de se débarrasser des pervers, c'est de les faire griller. Je leur ai expliqué que le feu s'étendrait jusque chez toi, mais ils m'ont répondu d'aller me faire foutre. Wes est complètement défoncé. Il est vraiment con... Il a pris de l'acide et du speed et parle de mettre le feu à toute cette putain de rue. »

Ce fut un choc. Comme si on lui avait versé de l'eau glacée sur la tête. Elle comprit aussitôt qu'elle ne pouvait plus continuer à chercher Jimmy pour qu'il l'aide. Que si elle voulait que ses enfants en réchappent, c'était à elle de les protéger. « Où sont-ils ? »

Colin indiqua d'un signe de tête un groupe en bordure de l'espace semi-circulaire devant le 23. « Là-bas. »

Comparés aux bouchons à chaque extrémité de la rue, les abords de la maison du pédophile et de celles d'à côté étaient restés relativement dégagés, presque comme si un cordon invisible avait retenu la foule. En un sens, c'était vrai, dans la mesure où, craignant d'être expulsés des premières loges, ceux de devant ne cessaient de pousser en arrière pour résister à la pression exercée derrière eux.

Cela avait permis à Melanie de monter la garde auprès de sa porte d'entrée et de refouler tous ceux qui faisaient mine d'empiéter, mais elle ne se sentait pas rassurée pour autant, la raison de cette surveillance jalouse de l'espace étant la frénésie. C'était devenu une arène, d'où les jeunes les plus brutaux jetaient leurs briques et leurs pierres dans le salon des pervers, démolissant tout ce qui avait la moindre valeur sous les oh ! et les ah ! de la foule en liesse.

« Reste ici, dit-elle en fourrant son portable dans la main de Colin.

— Qu'est-ce que tu vas faire ?

— Les arrêter », répondit-elle d'une voix féroce.

Elle fonça vers le trottoir opposé et saisit un des jeunes par le col. « Où est Wesley ? » questionna-t-elle.

Le garçon tenta de se libérer et, comme il s'écartait, elle aperçut Kevin Charteris accroupi par terre, essayant d'actionner le briquet qu'il tenait près d'un chiffon imbibé de pétrole dépassant d'une bouteille. « Oh, mon Dieu ! fulmina-t-elle, l'attrapant par sa queue-de-cheval et le forçant à se relever. Qu'est-ce qui te prend, espèce de crétin ? » Elle lui fit sauter le briquet de la main. « Ma maison est juste à côté et mes gosses sont à l'intérieur.

— Lâche-moi ! » s'écria-t-il, furieux, en se tortillant pour lui échapper.

Elle le gifla violemment de l'autre main, le faisant tourbillonner devant ses camarades. « Vous êtes dingues ou quoi ? D'où viennent ces bouteilles ? Qui a eu cette fichue idée ? » D'une secousse, elle tira la tête de Kevin en arrière. « Ça ne peut être que toi et Wesley, Kevin. Il n'y a que vous deux pour être stupides à ce point-là.

— Pourquoi que tu t'en prends toujours à moi ? se plaignit le garçon d'un ton maussade, le visage empourpré par l'alcool. Tout le monde l'a fait. »

Melanie lança des regards furibonds tout autour d'elle pour voir s'il disait la vérité. « Tout le quartier sera en feu, et qui est-ce qui l'éteindra ? Vous croyez que ces imbéciles sur les barricades laisseront passer les voitures de pompiers ?

— C'était ton idée, Mel, dit-il en se dégageant d'un coup sec et en se reculant. Tu voulais être débarrassée des pédés, et tu vas pas être déçue. » Il adressa un hochement de tête à Wesley et sourit jusqu'aux oreilles lorsque le garçon lui lança un autre briquet. « Compte sur nous pour les faire rôtir. »

Elle fit un pas vers lui, mais fut retenue par Wesley. « Et Amy ? Vous voulez la faire rôtir également ?

— Elle est pas dedans.

— Elle a été vue à la porte.

— Aucune importance, répondit Kevin d'un ton insouciant. À l'heure qu'il est, c'est déjà plus qu'un paquet de barbaque sous le plancher. C'est comme ça que ça marche, Mel. Les pervers tuent les gosses. Et nous, on va tuer les pervers. » Se fendant d'un nouveau sourire, il enflamma le chiffon et fit glisser la bouteille dans sa main droite afin de la balancer en direction des carreaux cassés du 23.

Il ne savait à peu près rien de la manière de confectionner un cocktail Molotov, et, comme il avait bu, ses réactions étaient lentes. Il ne se doutait pas de la rapidité avec laquelle le goulot se mettrait à chauffer dès que l'essence aurait pris feu, ni du danger que peut représenter un cocktail Molotov pour son lanceur. Le principe de base d'un tel système incendiaire — garder l'essence à l'intérieur de la bouteille jusqu'à ce qu'elle se fracasse contre sa cible — est rarement compris des amateurs. Kevin n'avait assurément aucune idée de l'utilité d'un bouchon à vis ou de l'importance d'attacher le chiffon autour du goulot plutôt que de l'enfoncer dans la bouteille.

Un mugissement effrayé s'éleva de la foule autour de lui tandis qu'il lâchait la bouteille avec un cri de douleur, les doigts brûlés, et qu'elle se brisait sur la chaussée à ses pieds, l'engloutissant dans les flammes. Comme les rides sur un lac dont on vient de troubler la surface, la bousculade pour s'éloigner de lui se propagea en vagues impétueuses. Ses camarades, eux-mêmes en flammes du fait de leur proximité au moment de l'explosion de la bouteille, bondirent en arrière, se donnant des tapes sur les bras, la poitrine et les cheveux ; avec des hurlements, femmes et enfants se pressèrent contre le mur épais de gens derrière eux.

Seule Melanie, protégée par le corps des adolescents, resta où elle était, le regard fixé sur la boule de feu devant elle. Elle eut le temps de se dire qu'elle n'éprouvait aucune sympathie pour Kevin Charteris. C'était à cause de sa mauvaise influence que Colin avait été arrêté vingt fois pour des actes de vandalisme et des vols mineurs, et il était si incontrôlable qu'à deux reprises il avait aidé Wesley Barber à expédier sa mère à l'hôpital.

Cependant, elle le connaissait et cela constituait un lien puissant.

Elle aussi hurlait — elle ne pouvait pas s'en empêcher —, mais, au milieu de ce tohu-bohu, elle eut la présence d'esprit de retirer sa veste et de se précipiter sur Kevin, l'enveloppant avec le cuir et se servant de son propre poids pour le jeter à terre. Elle le fit basculer d'un côté sur l'autre pour étouffer les flammes, l'odeur de cheveux carbonisés lui donnant la nausée, le visage cuit par l'essence flambant sur le macadam. Elle sentit que des gens venaient à son secours, traînaient le garçon loin du foyer de l'incendie, mettaient d'autres vêtements sur le corps roulant sur lui-même, puis elle fut tirée en arrière et quelqu'un lui tapa sur la tête.

« Espèce d'idiote ! dit son frère d'une voix étranglée en lui plaquant le visage au sol et en se jetant sur elle. Tes cheveux sont en train de cramer. »

À l'intérieur du 23 Humbert Street

Le poing de Franek atteignit Sophie à la pommette, lui faisant voir trente-six chandelles. Sous la violence du coup, elle perdit l'équilibre, mais le mur derrière elle la maintint debout. En l'absence d'un espoir raisonnable d'arriver à quelque chose, son instinct lui conseillait de riposter. Un second coup la mettrait K-O. N'ayant qu'un seul objet à portée de main — la chaise —, elle la poussa avec force contre le vieux, le siège allant heurter ses genoux.

Il n'y avait aucun plan logique derrière ce geste — elle était trop hébétée pour ça —, mais, alors qu'il grognait de douleur, elle se souvint du vase. Frapper à son tour ou mourir. Elle empoigna le vase par le col, le brisa contre le mur et fendit l'air en direction de sa tête dans un coup droit désespéré. « ESPÈCE D'ENCULÉ ! » hurla-t-elle, lui labourant le visage avec les bords tranchants comme un rasoir.

Il porta ses mains à ses yeux, du sang coulant à flots, et elle le frappa une nouvelle fois, lacérant la peau des doigts comme de la couenne de porc. « DÉGAGEZ ! » rugit-elle, joignant l'autre main sur le col du vase et le balançant pour un double revers. « DÉGAGEZ ! »

Cette fois, elle le rata complètement, et le vase, s'échappant de sa main, alla s'écraser contre le mur d'en face. Elle était comme une folle. Jurant. Beuglant. « ENCULÉ ! ENCULÉ ! ENCULÉ ! Tu VAS CREVER ! »

Elle allait s'emparer de la batte de cricket pour la lui abattre sur la tête, quand, la saisissant par la taille, son fils la tira en arrière. « Arrêtez ! Arrêtez ! Vous voulez donc le tuer ? »

Tenant la batte d'une main, Sophie ramena la chaise vers elle de l'autre, réorganisant ses défenses, embusquée comme une chouette dans un trou d'arbre, aux aguets. Hors d'haleine, elle n'arrivait plus à parler. Comme Franek un peu plus tôt, l'adrénaline et la panique avaient rivalisé pour voler l'oxygène de sa poitrine. Mais dans son crâne, ce n'était qu'un cri de haine : « Oui, crève ! Crève ! CRÈVE ! »

Nicholas essaya de forcer Franek à abaisser les mains, mais le vieux résista, oscillant et gémissant tout bas. « Je crois que vous lui avez crevé les yeux », dit-il en se tournant vers Sophie.

Elle brandit la batte au-dessus de sa tête, prête à le frapper s'il faisait un pas en avant.

« Je ne vous veux pas de mal, protesta Nicholas en levant les mains dans un geste d'apaisement. Mais tout ça est tellement insensé. Pourquoi le provoquez-vous sans arrêt ? »

Elle ne bougea pas, se contentant de l'observer.

Dehors, la foule se mit à pousser des cris de terreur.

9 Humbert Street

Sur le seuil de chez Mrs. Carthew, Gaynor entendit les hurlements. Elle leva un instant la tête, espérant à moitié apercevoir Melanie, mais le bruit d'un moteur au loin détourna son attention. « Il se passe quelque chose, dit-elle dans son téléphone à Ken Hewitt, tandis que des silhouettes passaient une par une devant elle.

— Quoi ?

— Ça braille de partout, répondit-elle d'une voix

inquiète, et j'entends un moteur. Ce ne serait pas la police qui arrive ?

— Je ne pense pas. » Il y eut une courte interruption pendant laquelle lui parvint le grésillement de sa radio. « Je n'arrive pas à obtenir la communication pour le moment, déclara-t-il avec calme. Continuez, Gaynor. Ça en fait combien jusqu'ici ?

— Je ne sais pas. Peut-être une cinquantaine. Ça irait plus vite si on les laissait entrer deux par deux. Ils commencent à pousser.

— Surtout n'en faites rien. Vous seriez vite débordée. »

L'avertissement venait trop tard.

Les cris épouvantés de la foule se bousculant pour fuir l'essence enflammée semèrent la panique, qui se répandit comme une traînée de poudre jusqu'à Gaynor au bout de la rue. Affolés, les gens devant la porte se pressèrent pour rentrer, et, incapable de résister, elle fut précipitée à l'intérieur. Se cramponnant de toutes ses forces à la poignée, elle se rabattit derrière la porte, puis poussa Lisa et la grande fille vers le jardin. « Maintenant, sortez, ordonna-t-elle. Rentrez chez vous. »

Elles furent entraînées par le flot, et elle vit le visage de Lisa se tourner vers elle alors qu'elle était emportée. « Regarde devant toi ! lui cria Gaynor en se plaquant contre le mur. Ne tombe pas ! » Mais la gamine était déjà hors de vue.

Il n'y avait rien que Gaynor puisse faire à part regarder. Des mains cherchant vainement une prise la frappaient et la meurtrissaient tandis que des corps s'engouffraient dans l'entrée, et elle savait qu'il lui serait impossible de refermer la porte toute seule en cas de catastrophe. Impossible d'empêcher la pression et la bousculade avec des énergumènes se débattant pour rester sur leurs jambes. Impossible de freiner leur élan.

C'était sa faute. Si elle n'avait pas insisté sur cette manifestation — et même éprouvé de la fierté à l'idée d'être un de ses chefs de file —, rien de tout cela ne serait arrivé. Machinalement, elle se mit à prier : « Mon Dieu, faites qu'il n'y ait pas de morts. » Elle répéta encore et encore cette phrase sans s'arrêter, comme si cette supplique ininterrompue était la seule manière d'attirer l'attention du Tout-Puissant. Mais elle savait qu'il ne l'écoutait pas. Quelque part dans un coin de sa tête se dissimulait la terrible culpabilité des catholiques ayant déserté les rangs de l'Église. Si elle avait été meilleure, si elle avait écouté les curés, si elle avait confessé ses péchés, si elle avait assisté à la messe...

Centre de commandement – séquences transmises par l'hélicoptère de la police

La liaison vidéo entre l'hélicoptère et le centre de commandement situé à une quinzaine de kilomètres fournit une vision alarmante des événements se déroulant au sol. L'activité se concentrait autour de Humbert Street et des barricades aux quatre entrées de la cité. Environ deux à trois mille personnes s'étaient massées dans et aux abords de Humbert, d'autres débordant dans Bassindale et dans Forest, tandis que les barricades attiraient un torrent de recrues à mesure que la nouvelle de leur existence se répandait dans la cité. La police était impuissante. Les incidents l'avaient prise au dépourvu, et elle ne disposait pas d'effectifs suffisants pour intervenir.

Au centre, les observateurs scrutaient, ébahis, les images aériennes de Humbert Street, se demandant quelle ironie du sort avait placé le pédophile dans cette rue. À vouloir toujours créer davantage de logements, la politique à court terme de remplissage des espaces vides avait transformé la rue en un goulet aux parois hermétiques. Cela susciterait par la suite débats et récriminations, la police reprochant aux fonctionnaires municipaux d'avoir refusé de prendre leurs avertissements au sérieux, et le conseil municipal accusant la police de ne pas avoir fait correctement son travail. Pour l'heure, il n'y avait rien d'autre à faire qu'observer la populace ignorante, inconsciente du danger, s'entasser inexorablement dans un périmètre beaucoup trop petit.

Le rideau de flammes provoqué par l'explosion du cocktail Molotov de Kevin Charteris, puis le mouvement de panique de la foule s'écartant de la chaussée en feu furent retransmis par la caméra dans les moindres détails. On aurait dit que, sous l'effet d'un gigantesque aimant dont on aurait inversé les pôles, les gens avaient été chassés vers l'extérieur comme de la limaille de fer. De l'épouvante se lisait sur le visage des femmes et des enfants tandis qu'ils se heurtaient ou étaient projetés contre les murs des maisons. Images ignobles de gosses piétinés. Seule la sortie à travers la maison de Mrs. Carthew offrait une planche de salut. Un flot trépignant se déversait dans le bout de jardin à l'arrière, défonçant les palissades pour gagner la paix relative de Forest Road.

Un autre foyer d'activité était le supermarché Coop et les boutiques avoisinantes. À tort ou à raison, les patrons avaient pris la décision de fermer dès que leur étaient parvenues les premières rumeurs des troubles, et les grilles de sécurité protégeant les vitrines faisaient l'objet d'une violente attaque à la hache de la part d'une cinquantaine de malabars assoiffés de pillage. Cette activité n'était pas non plus sans attirer des recrues, et des bandes de jeunes coiffés de casquettes de base-ball pour se cacher de l'hélicoptère tournant dans le ciel fonçaient vers cette zone pour ramasser les miettes laissées par les manieurs de haches.

Que l'émeute ait été en partie programmée se devinait clairement à l'agencement méthodique des voitures aux entrées. Ce n'était pas un hasard si on les avait renversées de cette manière : formant de solides remparts, elles étaient disposées en pointes de flèche dirigées vers la grand-route dans le but délibéré d'empêcher toute intrusion de cars blindés de la police. Des feux avaient été allumés dans les jardins situés de part et d'autre, et des tas de pneus et de bois vert arrosés d'essence — preuve supplémentaire d'un plan préétabli — envoyaient une épaisse fumée noire en direction des escouades anti-émeutes se rassemblant peu à peu de l'autre côté de la route.

En regardant les images, les fonctionnaires du centre de commandement demeuraient perplexes :

comment se faisait-il qu'aucun signe ne leur avait permis d'anticiper une révolte d'une telle ampleur? La thèse en vigueur était toujours que la nouvelle de l'installation d'un pédophile dans la cité avait provoqué la colère des habitants — point de vue étayé par les déclarations des travailleurs sociaux et des employés du service du logement —, mais il était impossible d'établir, à partir des images vidéo, si les jeunes masqués sur les barricades avaient un lien avec ce qui se passait dans Humbert Street ou s'ils avaient profité de l'atmosphère de mécontentement pour lancer leurs propres actions.

Ce fut une femme qui résuma la pensée de la plupart d'entre eux.

« Quand les journaux apprendront ça, on se fera éreinter. »

Glebe Tower, cité de Bassindale

Comme les portes de l'ascenseur s'ouvraient, Jimmy James et Mrs. Hinkley s'observèrent avec méfiance. Ni l'un ni l'autre ne semblaient impressionnés. Elle, l'air d'un vieillard. Lui, d'un filou. Elle, la bouche hargneuse dessinant un fer à cheval renversé. Lui, une espèce de m'as-tu-vu couvert de bijoux en or. Elle, lui faisant penser à sa tante... férue de sermons. Lui, à un escroc... qui n'avait sûrement pas acquis de pareils bijoux par des moyens honnêtes.

À la vue de la femme policier, le visage de Mrs. Hinkley s'adoucit. « Est-ce que vous pouvez la poser là ? demanda-t-elle en montrant le fauteuil roulant devant elle. D'après notre ami ambulancier, il faut la bouger le moins possible... Si elle a une fracture du crâne, l'important est d'éviter que des esquilles ne pénètrent dans le cerveau.

— Je sais, lâcha Jimmy entre ses dents.

— Alors, n'allez pas trop vite... et faites bien attention de lui soutenir la tête... comme à un bébé. »

Il découvrit ses dents en un sourire féroce. « Bien, patronne.

— Mon nom est Mrs. Hinkley. »

Elle le regarda droit dans les yeux, le mettant au défi de continuer à faire le pitre, et la ressemblance avec sa tante s'accentua. Mais elle était beaucoup trop maigre — la sœur de son père était une armoire à glace —, et il se dégageait de Mrs. Hinkley un certain laisser-aller. Ses cheveux d'un blanc terne, ses chaussures trop grandes et son vieux gilet de laine effiloché aux poignets et reprisé aux coudes, tout cela sentait la pauvreté et la négligence.

Il s'amollit quelque peu. Elle lui avait fait la grâce d'accepter de l'aider, et ce n'était pas sa faute s'ils appartenaient à des générations et à des cultures différentes. Il lui tendit une main tachée de sang. « Mr. James... Jimmy pour les intimes. »

Il ne s'attendait pas à ce qu'elle la prenne — elle se serait abstenue qu'il n'en aurait pas été vexé —, mais elle le surprit en la serrant chaleureusement entre les siennes. « Magnifique. Moi, c'est Eileen. On y va ? J'ai des pansements dans l'appartement. Et aussi ce qu'il faut pour la laver. »

Le fauteuil roulant était manifestement le sien, car

elle se cramponna à son bras, traînant la patte, tandis qu'il poussait la femme policier dans l'appartement. « Je me suis cassé la hanche il y a deux ans, expliqua-t-elle, et depuis j'ai du mal à tenir sur mes pinceaux. Par ici, fit-elle en ouvrant la porte de sa chambre. Mettez-la sur le lit, je verrai si je peux enlever un peu de ce sang qu'elle a dans les cheveux. Est-ce que l'ambulancier vous a dit comment vous y prendre pour la poser ?

— Oui. » Il regarda le dessus-de-lit crème à fleurs avec des oreillers assortis. « Je ferais mieux de les enlever avant », dit-il en se baissant pour tirer le dessus-de-lit.

Elle lui donna une tape sur la main. « Non.

— Ça va les abîmer, insista-t-il. Regardez-moi. » Il désigna ses vêtements. « Mes plus belles fringues complètement fichues, bordel ! »

L'obscénité lui arracha un grognement. « C'est moi qui couche dans ce lit. Je jetterai la couette si nécessaire. »

Il ne voyait pas la logique. « Il est très bien. Pourquoi ne pas la mettre sur un drap, vous n'auriez plus qu'à refaire le lit ensuite ?

— Parce que je ne peux pas, répondit-elle avec humeur en levant des mains déformées par l'arthrite. J'ai une aide ménagère qui passe une fois par semaine, et elle ne revient que vendredi prochain. Ce sont les dures réalités de l'âge, malheureusement. Compter sur les autres pour faire — relativement mal — ce que l'on faisait si bien soi-même quelques années plus tôt, c'est extrêmement frustrant. Parfois, ça me donne envie de hurler. »

Il l'écarta, ouvrit le lit, découvrant le drap de dessous. « Je le ferai, murmura-t-il avant de soulever avec précaution la femme policier du fauteuil et de la déposer délicatement sur la surface plane.

— Ha ! Vous serez parti depuis longtemps quand arrivera l'ambulance. Maintenant que vous êtes débarrassé de cette responsabilité, vous allez filer comme une fusée. »

Elle avait raison, bien sûr. « Ma copine enceinte et ses deux moutards sont dehors, il faut que je sache ce qui leur est arrivé. » Il lut du désappointement dans le regard de son interlocutrice. « À quelle heure vous couchez-vous d'habitude ?

— Neuf heures.

— Alors je serai de retour avant neuf heures. Marché conclu ?

— Nous verrons, répondit-elle en se penchant sur la jeune femme et en tâtant sa gorge à la recherche du pouls. Un marché n'est un marché que s'il est honoré. » Elle indiqua une salle de bains sur la gauche. « Il y a une cuvette en émail et un plateau avec du coton et du désinfectant. Il y a aussi un rouleau de pansement dans la pharmacie au-dessus du lavabo. J'ai besoin que vous remplissiez la cuvette d'eau chaude et que vous m'apportiez le tout ici. D'abord, dégagez la table de chevet et approchez-la, elle nous servira de plan de travail. »

Il fit ce qu'elle demandait puis se mit à l'observer tandis qu'elle entreprenait de nettoyer les cheveux emmêlés. « Vous êtes infirmière ?

— Je l'ai été jadis, avant de fonder une famille.

Puis j'ai travaillé comme bénévole pour la St. John Ambulance.

— C'est pour ça que l'auxiliaire médical savait que vous m'aideriez ? Il a parlé d'un truc appelé le Téléphone de l'amitié.

— C'est une sorte de club pour les gens qui ne peuvent pas sortir, expliqua-t-elle en rinçant le coton dans la cuvette en émail. Entre autres choses, nous appelons à tour de rôle tous ceux qui sont mal portants et, si ça ne répond pas, nous alertons le service des ambulances. Je suis une des organisatrices, c'est pourquoi ils connaissent mon numéro.

— Vous êtes une espèce de sainte alors ?

— Grand Dieu, non. Simplement, j'adore les cancans. » Elle leva un instant la tête et gloussa devant son expression. « Mais oui, le bon vieux temps et combien ces jeunes d'aujourd'hui sont épouvantables. Mais je suppose que vous êtes comme eux. Passé soixante-dix berges, tous des gâteux. Ce n'est pas ce que vous pensez ?

— Quelquefois, concéda-t-il. Qu'ils soient malpolis, c'est certain... S'imaginent que chacun leur doit des égards, qu'ils le méritent ou non.

— À mon époque, nous respections nos aînés sans nous poser de questions.

— Ouais, mais les choses ont évolué. À présent, vous ne pouvez plus l'exiger. Il faut le gagner. » Il eut un petit geste des doigts à la Ali G. « Vous par exemple, j'ai pas de problème pour vous respecter — vous vous tapez le boulot à ma place —, mais il y en a d'autres qui n'auraient même pas ouvert leur porte.

— Je ne l'aurais probablement pas fait non plus si on ne m'avait pas téléphoné pour m'avertir. Vous n'êtes pas vraiment le rêve pour une vieille dame, Jimmy. » Elle tamponna avec soin autour de la longue coupure sur le crâne de la femme policier, ses doigts noueux repliés sur le morceau de coton. « Pauvre petite. Qui est-ce qui a bien pu lui faire ça ?

— Est-ce qu'elle va mourir ?

— Je ne pense pas. Le pouls est régulier.

— Elle a perdu une flopée de sang.

— Les blessures à la tête saignent toujours beaucoup, mais elles sont généralement moins graves qu'elles ne le paraissent. »

Il enviait son calme. « Vous avez l'air drôlement relax.

— Ça n'est pas de crier et de se lamenter qui améliorera son état. Dans tous les cas, les os du crâne ne se fracturent pas facilement. » Elle fit un signe de tête en direction de la salle de bains. « Allez vous laver pendant que je mets un tampon sur la blessure, ordonna-t-elle. Lorsque vous aurez fini, apportez-moi les sels qui se trouvent sur la deuxième étagère de la pharmacie. Dans une bouteille verte. On verra si on peut la faire revenir à elle. »

Par la suite, Jimmy y repenserait toujours comme à un petit miracle. Un passage de la bouteille sous le nez de la jeune femme, et elle ouvrit soudain les yeux en demandant où elle était. Pourquoi fait-on ça ? se demanda-t-il. La conscience a-t-elle davantage à voir avec où on est qu'avec qui on est ? A-t-on besoin de s'assurer qu'on est en sécurité avant de pouvoir s'intéresser à autre chose ?

Quoi qu'il en soit, il éprouvait un immense soulagement. Il n'avait pas souhaité sa mort. Il désapprouvait ceux qui frappent les femmes, même les femmes policiers.

Eileen observa son visage où se lisaient des émotions variées, et, avec un raclement de gorge, donna une tape du dos de la main sur son bras gainé de cuir. « Elle vous doit une fière chandelle.

— Je n'y suis pour rien.

— Vous auriez pu la laisser et partir.

— C'est ce que j'ai fait, avoua-t-il avec franchise, jusqu'au moment où je me suis rappelé que j'avais laissé mes empreintes sur ce maudit bouton d'ascenseur. » Elle eut un froncement de sourcils désapprobateur. « Désolé, quand je suis stressé, ma bonne éducation fiche le camp. »

Elle gloussa à nouveau. « L'ambulancier m'a dit de m'attendre à un grand Noir couvert de sang qui venait de sortir de prison et qui ne pouvait pas ouvrir la bouche sans jurer comme un charretier. » Ses yeux se mirent à pétiller devant sa mine ébahie en réaction à la brutalité de ce portrait. « Il a ajouté qu'il ne savait pas si c'était vrai parce qu'il ne disposait que de la description que vous aviez donnée de vous-même... mais, de son point de vue, vous étiez une sorte de héros, et il était prêt à parier que je pouvais vous faire confiance. » Elle vit ses joues s'empourprer. « Faites-moi la bise, dit-elle d'un ton bourru, et allez vous occuper de votre amie et de ses gosses. J'espère qu'ils n'ont rien. »

Il planta un baiser sonore sur la peau ridée.

« Et arrangez-vous pour être revenu à neuf heures, acheva-t-elle d'une voix sévère, sinon je ne passerai jamais plus de marché avec vous. »

À l'extérieur du 23 Humbert Street

Une totale confusion suivit l'auto-immolation involontaire de Kevin Charteris. Les gens se dispersaient dans tous les sens, s'entrechoquant, luttant pour s'éloigner du bitume en flammes. Allongée sous son frère sur la chaussée, Melanie vit que les copains de Kevin l'emportaient en se servant de sa veste en cuir comme civière, la peau du crâne rouge et à vif là où le feu avait dévoré la queue-de-cheval aux reflets cuivrés. Se débarrassant de Colin, elle palpa fébrilement son propre crâne.

« Ça va, déclara-t-il. Le plus gros est intact. »

Bouleversée, elle se mit à claquer des dents. « Ils devraient laisser Kevin où il est, balbutia-t-elle d'une voix pressante. Demander une ambulance. J'ai regardé cette émission qui disait qu'on pouvait mourir d'un choc.

— Ils pensent sans doute qu'il vaut mieux le transporter jusqu'à la barricade, répondit Colin avec hésitation. Il y a là des flics qui pourront l'emmener à l'hôpital. »

Elle secoua la tête. « Pourquoi a-t-il fait ça ? Je l'avais prévenu. N'est-ce pas, Col ?

— Ouais, ouais, mais il faut se tirer, dit-il en la remettant debout. Ils sont tous devenus complètement givrés. Bon Dieu ! » Il repoussa quelqu'un qui déboulait à toute vitesse et fit tomber à son insu le portable de sa sœur sous les piétinements, puis entraîna Melanie vers le trottoir. « Ça va barder dans pas longtemps. »

Elle tremblait de la tête aux pieds. « Je ne sais pas quoi faire, gémit-elle. Et mes gosses ?

— Tu n'as qu'à aller t'enfermer avec eux pendant que je cherche Jimmy, dit-il avec détermination.

— Il va être furieux contre moi. Il m'avait prévenue de ce qui arriverait.

— Ouais, mais il ne sera furieux qu'une fois que tu seras à l'abri, répliqua Colin. Et puis ça n'a aucune importance. Allons, tiens bon, frangine. Je sais que ce n'est pas facile, mais il faut que tu sois forte pour Rosie et Ben. Les pauvres, ils doivent être morts de trouille en ce moment. » Il la saisit par les bras pour lui insuffler un peu de son énergie, mais elle ne le regardait pas. Il vit ses yeux s'agrandir en une expression horrifiée, se tourna et aperçut Wesley Barber qui lançait un autre cocktail Molotov vers la porte du pédophile.

« Ah, putain ! s'exclama-t-il avec désespoir, d'une voix larmoyante. Cette fois, on est vraiment dans la merde ! »

>Message à toutes les stations

>28.07.01
>15 h 43
>Cité de Bassindale
ALERTE MAXIMALE
>Forces anti-émeutes en place
>Entrée dans Bassindale imminente
>Ordres attendus

>ACTUALISATION — AGENT HANSON
>En sécurité

>ACTUALISATION — HUMBERT STREET
>Évacuation en cours
>Mouvement de panique signalé
>Attaque possible contre le 23

>ACTUALISATION — DR MORRISON
>Aucune information nouvelle

Dix-sept

Samedi 28 juillet 2001 – à l'intérieur du 23 Humbert Street

Assis par terre, Nicholas berçait son père, qu'il tenait sur ses genoux en une parodie surréaliste de la *Pietà* de Michel-Ange. Le vieux gisait immobile, le visage contre la poitrine de son fils, de minuscules rigoles de sang durcissant le long de son cou. Personne ne parlait. Dans l'étonnante tranquillité de la pièce du fond, encombrée de cartons non défaits et de menues pièces de mobilier indésirables — reliques de l'histoire de la famille Zelowski —, il semblait à Sophie que, pour ces deux hommes, la conversation était un rare intermède dans le silence dominant leur vie.

En un autre lieu et à un autre moment, elle aurait pu prendre Nicholas pour un moine. Il y avait quelque chose d'extrêmement ascétique dans son visage mince et sans expression, apparemment inaccessible à la passion. Avait-il appris à dissimuler ses sentiments ou n'en ressentait-il aucun ? Il les dissimulait, se dit-elle en songeant à la manière dont il s'était indigné de la violence avec laquelle elle avait attaqué son père. Les émotions à l'état pur l'effrayaient.

Mais cela faisait-il de lui un allié ou un adversaire ? Elle n'arrivait pas à en décider tandis qu'elle écoutait les cris de la foule qui continuaient de retentir au-dehors. *Soutiendrait-il sa version des faits, ou celle de son père ?* Elle distingua au loin le bruit d'un hélicoptère et se détendit légèrement à la pensée de secours imminents. *Quelle importance qui Nicholas soutiendrait ? Aurait-elle encore envie de porter plainte quand tout serait fini ? Haïssait-elle Franek à ce point ? N'étaient-ils pas tous dans la même galère ? Complètement terrifiés ?*

« J'entends un hélicoptère, annonça-t-elle tout en comprenant à l'expression de Nicholas qu'il l'avait entendu aussi. Vous croyez que c'est la police ?

— Probablement.

— Seigneur, je l'espère bien », dit-elle avec ferveur.

Il se mit à chercher des excuses. « La vie serait plus facile si nous ne faisions jamais rien que nous pourrions regretter ensuite. Mais les choses se produisent... sans qu'on sache pourquoi... des gens qui se trouvaient au mauvais endroit au mauvais moment. Cela ne fait pas d'eux des êtres malfaisants... seulement qui n'ont pas eu de chance. » Il leva la tête. « Connaissez-vous la fable d'Esope sur le scorpion et la grenouille ? »

Sophie fit non de la tête.

« Un scorpion veut traverser une rivière, mais, comme il ne sait pas nager, il demande à une grenouille de le prendre sur son dos. La grenouille commence par refuser parce qu'elle a peur que le scorpion ne la pique. Celui-ci se met à rire et répond qu'il n'est pas aussi stupide. "Si je vous pique, vous mourrez, explique-t-il à la grenouille, ce qui veut dire que je mourrai également car je ne sais pas nager." Cela persuade la grenouille, mais, au beau milieu de la rivière, le scorpion la pique malgré tout. "Pourquoi avez-vous fait ça ?" demande la grenouille agonisante. "Je n'ai pas pu m'en empêcher, répond le scorpion, c'est dans ma nature." » Il effleura la tête de son père. « Quand on parle de ma mère, cela le met toujours hors de lui, continua-t-il. Si vous étiez restée tranquille comme je vous l'avais conseillé, il ne vous aurait pas frappée.

— Vous voulez dire : si je m'étais montrée soumise... comme vous ? » Elle eut un sourire sarcastique. « Ce n'est pas dans ma nature.

— C'est plus commode.

— Vous êtes encore pire que lui. Il est brutal... grossier... répugnant... mais vous... » — elle secoua la tête avec incrédulité — « vous le laissez faire. Quel genre d'individu êtes-vous donc ? »

Il eut un léger haussement d'épaules comme s'il s'en lavait les mains. « J'ai essayé de vous mettre en garde.

— Comment ? » Elle porta ses doigts à sa joue et tâta la chair enflée. Cela lui faisait mal tout le long de l'os, et elle se demanda s'il était cassé. « La seule chose dont je me souviens, c'est qu'on m'a dit de la boucler... de faire ce qu'on m'ordonnait... de laisser croire à votre père qu'il pouvait me diriger.

— C'est pareil. »

Elle scruta son visage, à la recherche d'un signe — n'importe quoi — qu'il ne pensait pas ce qu'il disait. Sans résultat. Dans sa philosophie, apparemment, la victime avait tous les torts. L'agresseur aucun.

« Si vous ne l'aviez pas poussé à bout, il ne vous aurait pas frappée », ajouta-t-il en manière de confirmation.

Sophie serra plus fermement la batte de cricket. « Pourquoi ne pas l'avoir mis en garde, lui ? Pourquoi ne pas l'avoir averti que vous lui briseriez les os s'il me touchait encore une fois ? »

Il plia les doigts de sa main droite et les observa avec une étrange fascination. « Ça ne l'aurait pas arrêté.

— Pourquoi ?

— Il n'a pas peur de moi. »

Consternée, Sophie regarda le fils caresser la poitrine charnue du père pour qu'il reste calme. Elle aurait été incapable de parler même si elle en avait éprouvé le désir.

Centre de soins Nightingale

Un appel arriva sur la ligne directe de Harry Bonfield cinq minutes après que Bob Scudamore eut appelé pour dire qu'il était en voiture et qu'il espérait être à Nightingale dans moins d'une heure et demie. Il informa Harry qu'un certain Dr Gerald Chandler — « *un chic type... qui bosse en collabora-*

tion étroite avec mon futur patron à Southampton » — téléphonerait dans quelques minutes.

« Je suis sur l'île de Wight, et c'est la période des vacances, s'excusa Chandler. Même si j'arrivais à embarquer ma voiture sur un des prochains ferries, je ne serais pas chez vous avant Bob. Je suis attaché aux trois prisons du coin à des titres divers, mais je travaille principalement avec les délinquants sexuels à Albany. » Il se tut un instant, le temps de rassembler ses idées. « Je me souviens parfaitement de Milosz Zelowski. À vrai dire, je l'aimais bien. Un type plutôt agréable, timide... un musicien fantastique... continuellement plongé en lui-même à écouter du jazz. Imaginaire, bien sûr... Il ne joue que pour lui... des choses qu'il a composées ou entendues. La difficulté pour la fiancée de Bob, c'est qu'il souffre d'un grave refoulement émotionnel et qu'il est profondément inhibé. Je peux vous faxer mes notes le concernant. Elles ne sont pas particulièrement faciles à déchiffrer... c'est une transcription manuscrite des enregistrements que j'ai faits de mes entretiens avec lui... mais cela vous donnera une idée sur le genre de personnage auquel vous avez affaire. Le rapport complet tapé est à mon bureau... Je peux faire un saut jusque là-bas, mais cela prendra une demi-heure de plus.

— Faxez les notes, répondit Harry. Mais avant, faites-moi un rapide topo. Est-ce que ce refoulement le rend dangereux ? Violerait-il Sophie ? »

Chandler considéra la question avec soin. « Dans des circonstances ordinaires, non. Il n'est pas spécialement porté sur le sexe, et il a assurément une prédilection pour les jeunes gens. L'idée même de pénétration le dégoûte profondément, et il préfère ne pas éjaculer dans la mesure du possible. C'est un peu comme la rétention anale chez les enfants refusant d'obéir aux ordres de leurs parents. Répandre sa semence lui fiche la trouille. Cela ne veut pas dire pour autant qu'atteindre l'orgasme ne l'intéresse pas... mais c'est une chose très intime. Il utilise la masturbation des autres comme une forme de manipulation. En termes simples, ceux à qui il donne du plaisir se trouvent sous son emprise aussi longtemps qu'ils continuent à tirer du plaisir de ce qu'il fait. Les trois garçons qu'il est accusé d'avoir molestés avaient déjà eu des expériences homosexuelles... comme ils l'ont eux-mêmes reconnu. Ils ont également reconnu être amoureux de Zelowski et lui avoir rendu la vie infernale... si bien qu'il leur a donné ce qu'ils voulaient pour garder la maîtrise de la situation. Tous trois l'ont décrit comme un homme peu émotif, ce qui ne veut pas dire qu'il n'était pas attiré par eux, seulement qu'il cache bien ses sentiments.

— Mais c'est un pédophile ?

— Oui. Dans la mesure où il est atteint de troubles psychosexuels qui le prédisposent à trouver les adolescents attirants. Mais je ne pense pas qu'il aurait fait quoi que ce soit si les garçons n'avaient pas été attirés en premier. C'est quelqu'un de sympathique. Parlant peu... écoutant beaucoup. En prison, il jouait les bons Samaritains. Passait souvent des heures avec les suicidaires à écouter leurs problèmes. Il comprend l'angoisse et la souffrance intérieure plutôt mieux que la plupart d'entre nous.

— Pourquoi les garçons l'ont-ils balancé ?

— Ils ne l'ont pas balancé. Il a été surpris en flagrant délit avec le plus récent et a avoué les deux autres au cours de son interrogatoire. Ce sont les parents qui ont tenu à porter plainte — il leur fallait absolument faire endosser la responsabilité de l'homosexualité de leurs fils à quelqu'un —, et le juge a voulu faire un exemple. L'histoire habituelle. Nous vivons dans une société puritaine qui se refuse à admettre que les enfants éprouvent des émotions sexuelles. Aujourd'hui, aucun tribunal n'accepterait qu'un gamin puisse être un séducteur, en dépit des statistiques montrant que le Royaume-Uni est le pays d'Europe qui possède le taux le plus élevé de grossesses juvéniles. » Il semblait irrité. « C'est de la simple curiosité sexuelle, nom de nom... Il en a toujours été ainsi, et ce n'est pas en fixant arbitrairement par des lois l'âge à partir duquel on a le droit de s'y adonner qu'on y changera quelque chose. Il faut convaincre... pas réprimer. »

Harry, qui avait affaire aux conséquences de telles grossesses pour les jeunes filles et pour leurs parents désemparés, était bien d'accord, mais ce n'était pas le moment d'en discuter. « Et s'agissant de circonstances exceptionnelles ? Est-ce qu'il pourrait la violer dans la situation qui est la leur actuellement ?

— Difficile de répondre. Si j'ai bien compris ce que m'a dit Bob, ils sont bloqués dans une maison en compagnie du père de Zelowski avec une émeute faisant rage à l'extérieur.

— Oui.

— Et la police pense que c'est Milosz qui est visé ?

— Oui.

— Un cocktail explosif. Ils doivent être tous terrorisés — pour des raisons diverses —, et la peur est un ressort puissant. Comment Sophie réagira-t-elle, à votre avis ?

— Je ne sais pas. C'est une fille équilibrée, mais quand elle se met en colère elle est capable de faire des étincelles. Je ne la vois pas céder facilement.

— C'est ce que dit Bob.

— Est-ce bien ou non ?

— Tout dépend des réactions des deux Zelowski. Selon moi, le père est certainement le plus dangereux pour elle, mais de la voir riposter pourrait réveiller Milosz, surtout s'il est déjà à cran parce qu'il a peur de la foule. Il a très peu l'expérience des femmes. Sa mère l'a abandonné quand il avait cinq ans, et, d'après ce que j'ai pu découvrir, c'était un solitaire à l'école et au conservatoire de musique. À cet instant, je m'efforce de chercher la raison de la présence de son père, alors qu'une des recommandations figurant dans mon rapport était qu'il devrait rompre tout lien avec lui comme auteur des sévices qu'il a subis à l'origine. Je suppose qu'il appréhendait de vivre tout seul — comme c'est le cas de beaucoup —, ce qui explique qu'on n'ait pas tenu compte de cette recommandation, mais c'est vraiment stupide de la part du contrôleur judiciaire. Ce qui m'inquiète, c'est que Milosz ne fera rien pour empêcher un viol... et qu'il pourrait même aller jusqu'à y prendre part s'il est suffisamment excité pour ça. Tout dépend du mélange de stimuli qu'il lui faut pour libérer ses émotions. »

Grand Dieu ! « Que savez-vous de son père ?

— Uniquement ce qu'il m'en a dit lui-même. Tout cela se trouve dans les notes. Lorsque je lui ai demandé pourquoi il n'avait pas parlé, pour sa défense ou pour plaider les circonstances atténuantes, des sévices qu'il subissait, il m'a répondu que cela n'aurait pas été juste dans la mesure où son père ignorait que c'était mal. En plus, c'est probablement vrai. Il prétend que son père est issu d'une famille de tziganes polonais et qu'il a été élevé dans une culture où c'est le mâle qui fixe les règles de conduite des siens. D'après ce que raconte Zelowski, il apparaît très clairement que l'homme présente de fortes tendances sadiques. Il se souvient d'un jour où sa mère a été fouettée parce que sa cuisine laissait à désirer... alors j'imagine que les relations sexuelles devaient être assez brutales également. Milosz a sans nul doute été exposé à une violence considérable étant enfant, jusqu'à ce qu'il apprenne à se servir de la masturbation pour détourner la colère de son père. »

Harry en avait la nausée. « À l'âge de cinq ans ?

— Oui. C'est révoltant, n'est-ce pas ? Mais nous parlons d'un individu au coefficient intellectuel très bas. Ce n'était pas en soi une attirance pour les enfants, le fils était simplement censé combler le vide sexuel laissé par la mère. Un gamin apeuré est facilement manipulable, et c'est beaucoup plus commode que de sortir pour se faire de nouvelles relations. À en croire son fils — car je n'ai pas d'autre témoignage que le sien —, son père s'est mis à fréquenter les prostituées. C'est alors que ses sévices à l'encontre de Milosz ont pris fin. Il a été interrogé à plusieurs reprises parce que des femmes s'étaient retrouvées à l'hôpital avec la figure en marmelade, et c'était toujours Milosz qui devait fournir un alibi. Ce qu'il faisait, bien sûr, car c'était la seule manière de ne pas être brutalisé lui-même, mais il prétend qu'il en souffrait parce que ça lui rappelait ce qui se passait avec sa mère. La police doit avoir les procès-verbaux des interrogatoires. Cela vaudrait peut-être la peine d'y jeter un œil. »

Harry prit note. « Le père travaillait-il ?

— Plus ou moins, comme ouvrier agricole. » Une pointe d'ironie se fit entendre dans la voix de Chandler. « Plutôt moins que plus, je présume. D'après Milosz, il a de l'asthme, et il était en général trop malade pour travailler, mais ça ne m'a pas paru très convaincant. À mon avis, il vivait aux crochets de l'État.

— Mmm. » Harry se demanda dans quelle mesure la crise d'affolement invoquée par le fils était un stratagème pour attirer un médecin. « La mère était-elle polonaise ?

— Non, anglaise. Milosz ne se souvient guère d'elle, hormis qu'elle était blonde. Son père interdisait qu'on en parle. La seule chose qu'il ait racontée au gamin, c'est qu'il avait passé la guerre en Espagne pour échapper aux persécutions nazies contre les tziganes... puis gagné l'Angleterre au début des années 1950... où il avait épousé la mère de Zelowski pour obtenir une carte de séjour. Il paraît qu'elle était prostituée lorsqu'il l'a rencontrée, et qu'elle est retournée faire le tapin quand il l'a flanquée à la porte après l'avoir trouvée au lit avec un autre homme.

— Pourquoi n'a-t-elle pas emmené son fils avec elle ?

— Qui sait ? On ne le lui a pas permis ? Elle n'avait pas de quoi subvenir à ses besoins ?

— Quelle impression est-ce que ça lui fait ?

— D'après lui, aucune... et, en un sens, il a raison. Il a si bien su réprimer ses émotions que le fait que sa mère l'ait rejeté n'a pas l'air pire qu'autre chose. Il a appris à chasser les gens de son esprit... en mettant de la musique à la place. En fait, il semble avoir été beaucoup plus affecté par son renvoi du département de musique qu'il ne l'a jamais été à propos de sa mère.

— En quel sens est-ce qu'il se trompe ? »

Nouveau temps d'arrêt pour réfléchir. « Il a essayé de se trancher le pénis juste après sa condamnation... avec un couteau en plastique. Bien entendu, ça n'a pas marché, mais il m'a avoué par la suite qu'il avait réellement tenté de se castrer. Il n'a pas voulu expliquer pourquoi, si ce n'est qu'il avait honte. Ce qui montre qu'il est capable d'un certain nombre d'émotions relativement violentes qu'il se refuse à accepter.

— Et son père ? Quels sont les sentiments de Milosz à son égard ?

— Neutres. Ni amour ni haine — encore que ce soit, j'imagine, la relation la plus rassurante qu'il ait jamais eue. Comme son père le régente depuis l'âge de cinq ans, le vieux n'a rien de surprenant pour lui. C'est pourquoi il m'a semblé important de rompre la dépendance »... non que les sévices continuent — ils ont cessé au moment où Milosz est entré au collège —, mais parce qu'il a besoin d'extérioriser ce qu'il ressent au lieu de le masquer en lui derrière des airs de jazz. »

Harry ébouriffa ses cheveux d'une main anxieuse. Tout cela allait bien au-delà de sa compréhension de la psychologie humaine. « Alors comment est-ce que je dois m'y prendre ? Qu'est-ce que je fais si Bob n'est pas là et que Sophie passe son téléphone à un des deux hommes pour négocier avec moi ? »

Il y eut une longue pause. « Chacun à sa manière, ce sont tous les deux de dangereux égocentriques — l'un extraverti et probablement sadique, cherchant son plaisir à l'extérieur... l'autre introverti et refoulé, cherchant son plaisir à l'intérieur —, ce qui laisse à penser que ni l'un ni l'autre ne considérera Sophie comme une personne. Uniquement comme un moyen d'arriver à un but.

— Quel but ?

— Ce qu'ils auront décidé... ensemble... ou séparément. Il est possible qu'elle soit, pour l'un, un objet de désir, pour l'autre, simplement un otage qui le met à l'abri. Peut-être revêt-elle les deux aspects pour l'un d'eux. Voire pour les deux à la fois. Il existe plusieurs permutations, Harry. Il vous faudra écouter ce qu'ils disent et essayer de le décrypter. »

14 Allenby Road, Portisfield

Peu de chose avait changé dans la maison Logan, si ce n'est que Kimberley avait cessé de pleurer. Barry et Gregory étaient toujours assis avec morosité devant la télévision dans la pièce du devant, et Laura restait enfermée dans la cuisine. Il n'était pas question pour l'un d'eux de mettre un pied dehors. Des photographes, de longs objectifs pointés vers la porte d'entrée, campaient derrière les barrières au bout de la rue, accrochés comme des sangsues à la tragédie familiale.

Laura s'était installée à la table, son visage blême, tendu, révélant sa fatigue. En ouvrant la porte et en voyant de l'espoir jaillir dans les yeux de la jeune femme, Tyler secoua lentement la tête. « Aucune nouvelle, dit-il en tirant une chaise, mais c'est un signe plutôt positif, Laura. Nous pensons qu'elle est encore en vie.

— Oui. » Elle posa une main sur son cœur. « Si elle était morte, je pense que je le saurais. »

Il lui sourit d'un air encourageant, la laissant à ses illusions. Cent fois il avait entendu exprimer ce genre d'intuition, mais le lien entre les êtres qui s'aiment réside dans l'esprit et non dans le corps, et la douleur réelle ne commence qu'au moment où la mort devient une certitude.

« J'ai besoin de vous poser quelques questions concernant Eddy Townsend », expliqua-t-il.

Elle laissa retomber brusquement sa tête pour se couvrir les yeux, et il se reprocha de ne pas avoir insisté davantage tout à l'heure. Il aurait dû se rendre compte que son goût de la dissimulation était trop pathologique pour se limiter à Rogerson. Il se demanda comment des secrets pouvaient être si vilains — ou si illicites ? — qu'elle veuille jouer avec la vie de sa fille en refusant de les révéler. Quel levier les lui arracherait à présent ?

« Nous pensons qu'Amy se trouve peut-être avec lui, déclara-t-il sans détour. Il est rentré de Majorque plus tôt que prévu, et une voiture semblable à la sienne a été vue hier à Portisfield avec une enfant répondant à la description d'Amy sur le siège du passager. »

Elle le regarda avec une expression tellement lugubre dans les yeux qu'il comprit qu'elle craignait quelque chose de ce genre depuis le début.

« Il est indispensable que je sache ce qui s'est passé, Laura. »

Elle posa sa tête dans ses mains et se frotta vigoureusement les paupières comme pour chasser des démons. Lorsqu'elle parla, on aurait dit qu'une digue venait brusquement de céder en elle. « Il était si beau... si tendre... tout le contraire de Martin. Il se faisait vraiment du souci... pour moi... pour Amy. Tout était si différent... si agréable... il nous appelait ses petites princesses. » Sa voix se brisa moitié dans un rire moitié dans un sanglot. « Pouvez-vous imaginer quel effet cela faisait après dix années à être traitées comme des domestiques par Martin... à s'excuser d'habiter dans sa somptueuse demeure... à marcher sur la pointe des pieds pour qu'il ne sache pas que nous étions là... à ne pas oser ouvrir la bouche pour qu'il ne trouve rien à critiquer ? J'aurais dû écouter mon père... il disait que tout ce que voulait Martin, c'était un trophée... une nana à son bras pour prouver qu'il était encore capable de bander... » Elle sombra dans le silence.

Tyler attendit. Il voulait l'histoire dans ses termes à elle et non dans les siens.

« Martin est devenu fou furieux quand je lui ai annoncé que j'étais enceinte, reprit-elle enfin, il m'a accusée de l'avoir fait exprès. Je connaissais le marché... pas d'enfants... pourquoi est-ce que je n'avais pas pris de précautions ? Il a essayé de me forcer à avorter... il disait que, si je refusais, il me jetterait à la rue sans un sou. » Un rire des plus jaunes. « Alors je suis allée trouver un concurrent pour savoir si je pourrais obtenir la maison en cas de divorce. »

Cette fois, le silence fut interminable, comme si elle repassait l'épisode entier dans sa tête.

« Et ?

— Ils appartenaient à la même loge. J'aurais dû m'en douter... Apparemment, toute cette clique marche main dans la main. Rends-moi service, je te revaudrai ça. » Elle ramena ses cheveux sur son visage. « Vas-y mollo avec mon client... si tu veux que ça se passe comme sur des roulettes, je connais ce juge... je connais ces flics. La justice est pourrie. »

Il se sentit obligé de prendre le parti de ses collègues. « Cela ne se passe du tout comme ça, Laura. Les maçons sont soumis à la loi comme n'importe qui.

— Vous aussi, vous en êtes ?

— Non.

— Alors n'essayez pas de les défendre. »

Il ne tenait pas à se la mettre à dos. « Très bien. Qu'est-ce qu'a fait cet avocat ?

— Il a raconté à Martin pourquoi je l'avais consulté... que j'avais l'air de fort bien savoir combien il avait d'argent et où il le planquait... et qu'il risquait de perdre beaucoup plus que la maison s'il n'aplanissait pas les choses. » Elle éleva la voix. « S'il agissait ainsi, ce n'était pas pour moi, c'était pour mon mari. J'aurais pu être indépendante... avoir un chez-moi... élever mon enfant comme je l'entendais » — un frisson la parcourut — « mais ce n'est pas mon avocat qui me l'a dit, c'est Martin... par la suite... quand il m'a reproché de m'être conduite comme une idiote. Il adorait ça, vous comprenez. Cela lui donnait un sentiment de supériorité... se venger de la petite créature minable qui avait failli fiche le camp.

— Qu'a-t-il fait ?

— Martin ?

— Oui. »

Elle abaissa ses mains sous la table. « Il a proposé une réconciliation avant que les papiers du divorce n'aient été remplis... il ne pouvait pas vivre sans moi... s'il avait réagi de cette manière, c'était à cause du choc. Bon sang, ce que j'ai pu être gourde ! Je l'ai vraiment cru. Il prétendait vouloir faire ce qu'il fallait pour son enfant... et j'étais contente. » Elle ne pouvait pas garder ses mains longtemps cachées. Elle était trop expansive. De dépit elle tapa leurs jointures les unes contre les autres. « Je me disais que c'était le fait d'être enceinte qui avait provoqué cette situation... vous savez, les hormones détraquées qui vous rendent tellement assoiffée de sécurité que vous feriez n'importe quoi... Maintenant, je sais que je suis comme ça. Je préfère me bercer d'illusions que de regarder la réalité en face. »

Tyler se demanda soudain s'il ne l'avait pas mal jugée. Il l'avait prise pour une femme intelligente — sinon calculatrice — sachant très bien ce qu'elle voulait. À présent, il la voyait comme une épave flottante, à la dérive, passive, attendant que les événements décident pour elle. Cela expliquerait sa tirade contre Gregory et ses enfants, pensa-t-il. Elle était prête à retenir sa haine et sa frustration indéfiniment, mais la disparition d'Amy avait provoqué la confrontation.

« Pourquoi ne pas avoir poursuivi la procédure de divorce lorsque vous vous êtes rendu compte que cette réconciliation n'était pas sincère ? »

Elle agita la tête. « On continue à essayer... à espérer que ça s'arrange. D'ailleurs, je me sentais coupable d'être plus attachée à l'enfant qu'à lui... et il le savait. La même chose était arrivée dans son premier mariage.

— Est-ce pour cela qu'il ne voulait plus d'enfants ?

— Oui.

— Cependant, c'est une autre sorte d'attachement, n'est-ce pas ?

— Pas pour quelqu'un comme Martin. Il a besoin d'occuper le devant de la scène.

— Que fait-il quand ce n'est pas le cas ?

— Il devient épouvantable », dit-elle simplement.

Il l'observa un instant, repensant aux paroles qu'elle avait prononcées la veille au soir. « En exerçant le pouvoir sans amour ? suggéra-t-il.

— Oui. » Un soupir. « À coups de violence verbale. Un flot continuel d'insultes. Tu es stupide... empotée... tu me fais honte. Il n'arrêtait pas de faire remarquer à Amy combien j'étais bouchée, puis il l'incitait à dire quelque chose d'intelligent pour montrer qu'elle tenait de lui et pas de moi. Au bout d'un certain temps, on finit par y croire. » Elle eut un haussement d'épaules accablé.

« Est-ce qu'Amy y croyait ?

— Je ne lui en voulais pas. Tout ce qu'elle désirait, c'était l'approbation de son père. Quelquefois j'aurais souhaité qu'il me frappe, de cette façon il aurait été évident qu'il me brutalisait... La confiance est une chose très fragile.

— Est-ce pour cette raison qu'Eddy Townsend vous plaisait ? Parce qu'il vous redonnait confiance en vous-même ? »

Elle acquiesça. « Ça ne lui était pas difficile. Il venait régulièrement à la maison pour le travail, de sorte qu'il savait comment était Martin. » Nouveau rire jaune. « Il lui a suffi d'être aimable pour que je le transforme en prince charmant. C'est pitoyable, n'est-ce pas ? Martin a sans doute raison... je dois être bouchée.

— Ou seule, dit Tyler. Nous avons tous vécu cela à un moment ou à un autre. Vous n'avez rien à vous reprocher. »

Elle pressa à nouveau ses yeux, et il comprit

qu'elle retenait ses larmes. « Il s'est mis à passer quand Martin n'était pas là... c'est ainsi que les choses ont commencé. Puis il a dit qu'il voulait faire des vidéos de moi parce qu'il ne pouvait pas supporter de ne pas me voir... qu'il avait besoin de quelque chose pour se rappeler que je l'aimais. » Sa voix faiblit. « Oh, mon Dieu ! J'étais si flattée. N'est-ce pas incroyable ? Quelle pauvre petite garce se pavanerait nue devant une caméra parce qu'un homme prétend l'aimer ? »

Franny Gough, pensa Tyler à part lui. Un truc du tonnerre. Persuader une femme que vous l'aimez puis la filmer en train de se masturber. Combien se demandaient ce qu'il adviendrait de ces images ? Ne leur venait-il pas à l'esprit qu'elles risquaient de finir sur Internet et d'être vues par une multitude de personnes ?

« Des milliers chaque jour, répondit-il placidement. Des hommes le font aussi. Cela n'a rien d'exceptionnel. Notre corps nous fascine. Nous le vénérons. Nous le haïssons. Par-dessus tout, nous voudrions savoir à quoi il ressemble vraiment... et ce n'est pas un miroir qui peut nous renseigner. »

Sa gentillesse la laissa abattue. Il s'écoula un moment avant qu'elle ait retrouvé assez de calme pour parler à nouveau. « N'empêche, j'aurais dû m'en douter.

— De quoi ?

— Que ce n'était pas moi qu'il désirait... mais elle. Il lui demandait sans cesse de danser pour lui ou de s'asseoir sur ses genoux pour lui raconter des histoires. Elle l'adorait... c'est ce qu'elle avait toujours voulu... faire sourire les gens. Et je me disais que c'était un type fantastique... si patient... si bon. Quand elle se mettait à faire son numéro de charme, Martin piquait tout bonnement une colère. Il avait l'impression d'être relégué au second plan.

— À quel moment avez-vous commencé à vous inquiéter à propos d'Eddy ? »

Elle passa ses doigts dans ses cheveux, tirant dessus. « Lorsque je l'ai surpris en train de faire une vidéo d'elle dans la baignoire, avoua-t-elle. Depuis des semaines il était d'une humeur de chien — rien de ce que je faisais ne lui plaisait. Puis j'ai vu comment il la regardait... » Elle se tut une nouvelle fois.

« C'était quand ?

— Quinze jours avant que nous partions.

— Pourquoi n'êtes-vous pas parties sur-le-champ ?

— Je ne pouvais pas être sûre. Il l'avait filmée partout... jouant dans le jardin... dans la maison, toujours vêtue. Je me suis dit que je réagissais peut-être de manière excessive, parce que je savais le genre de vidéos qu'il avait fait de moi. Et elle ne semblait pas traumatisée le moins du monde... plutôt le contraire, en réalité... elle aimait bien être filmée... de sorte qu'il ne m'est pas venu à l'esprit qu'il avait pu lui demander de faire quoi que ce soit de sale. » Elle leva des yeux hagards. « J'aurais dû m'en douter, répéta-t-elle.

— Que s'est-il passé ensuite ?

— Pas grand-chose pendant une semaine, puis il s'est mis à être désagréable avec elle. Un soir, il a voulu qu'elle s'assoie sur ses genoux, mais elle a refusé, et il l'a giflée. Après ça, il n'arrêtait pas de la houspiller sans raison. »

Frustration sexuelle ? se demanda Tyler. Trouvait-il les enfants plus attirants que des substituts aux allures de gamine ? Ou un enfant se masturbant sur un film était-il plus profitable ? « Avez-vous essayé de savoir pourquoi ?

— Non. » C'était à peine un murmure.

« Pour quelle raison ? »

Ses yeux se remplirent de larmes. Elle ouvrit la bouche pour dire quelque chose, mais les mots semblèrent se coincer dans sa gorge. Elle se contenta de secouer la tête.

« Vous aviez trop peur ? »

Elle acquiesça.

« De lui ou de ce qu'il dirait ?

— Je pensais qu'il essaierait de nous forcer à rester, réussit-elle à articuler.

— Par quel moyen ? »

Elle secoua à nouveau la tête, sans qu'il fût possible de deviner si elle ne voulait pas le dire ou si elle n'en savait rien. Tyler laissa le silence se prolonger.

« Amy l'adorait, répondit-elle au bout d'un moment. Si je lui avais annoncé notre départ, il le lui aurait répété.

— Et qu'aurait-elle fait ?

— Elle serait devenue insupportable... comme Martin. Ils se ressemblent beaucoup. » Un autre long silence. « Je lui ai menti. Je lui ai raconté qu'Eddy en avait assez d'elle et qu'il m'avait ordonné de l'emmener avant qu'il se mette à lui taper dessus.

— C'est alors que vous êtes allées à l'hôtel ? »

Elle se sentait sur un terrain plus sûr. « Oui.

— Comment Amy a-t-elle pris la chose ?

— Elle a été difficile pendant quelques jours, mais uniquement parce que ça l'embêtait de quitter l'école sans prévenir personne. Elle craignait de ne jamais se faire d'amies si nous n'arrêtions pas de déménager... demandait sans arrêt pourquoi nous ne retournions pas à Bournemouth.

— Pas à Southampton ?

— Non. Elle ne parlait jamais d'Eddy.

— Quelle explication lui avez-vous donnée ?

— Je lui ai dit que si elle tenait absolument à retourner à Bournemouth, il lui faudrait habiter seule avec son père... et elle a répondu qu'elle préférait être avec moi. » Elle regarda Tyler en quête de soutien. « Elle ne mentait pas, vous savez. Jamais, pendant tout le temps que nous avons vécu avec Eddy, Martin n'a fait la moindre tentative pour la voir ou la contacter. Elle lui a téléphoné plusieurs fois... mais il était toujours occupé. Elle sait qu'il ne l'aime pas... ne veut pas vivre avec lui... du moins toute seule... même si » — elle montra la cuisine — « ce n'est pas ce qu'elle désirait non plus. »

Quels qu'aient été jusque-là les sentiments de Tyler pour Amy — plus objectifs que personnels s'il voulait mener son enquête à bonne fin, comme il le reconnaissait lui-même —, il ne pouvait pas s'empêcher d'être atterré par les tourments abominables qu'avait dû endurer la fillette. Qu'est-ce qui était de l'amour ? la dépendance résignée de sa mère vis-à-vis des hommes ? l'indifférence de son père ? la lubricité de Townsend ? Un sourire était-il synonyme d'affection ? Est-ce qu'elle dansait et racontait des histoires pour se sentir désirée ?

« Eddy a-t-il essayé de vous contacter après votre départ ? demanda-t-il à Laura.

— Il ne pouvait pas. Il ne savait pas où nous étions.

— Martin non plus ? »

Laura fit signe que non.

« Amy aurait-elle donné le numéro d'ici à l'un ou à l'autre ? A-t-elle écrit des lettres ? Avait-elle de quoi payer un coup de fil ou acheter un timbre ? »

Elle croisa ses bras sur sa poitrine et se balança d'un air misérable. « Je lui ai dit de ne pas le faire.

— Mais vous ne lui avez pas posé la question ?

— J'étais trop... j'espérais... » Ses yeux s'embuèrent à nouveau. « Elle me prend pour une idiote... et, réellement, je ne supporte pas qu'elle me mente. »

Non, pensa Tyler, vous préférez vous bercer d'illusions que de regarder la réalité en face. Au moins, sur ce plan, elle savait de quoi il retournait ; quant à être capable de se le pardonner, c'était une autre affaire.

Barry ne se souvenait pas qu'Amy eût reçu des appels à la maison, mais concéda que, comme Kimberley et lui dormaient jusqu'à midi, quelqu'un aurait très bien pu lui téléphoner le matin avant qu'elle parte. Il déclara qu'elle avait passé au moins trois coups de téléphone d'une cabine en ville pendant la première semaine de vacances.

« C'était avant qu'elle se mette à s'éclipser. On est allés tous les trois dans le centre plusieurs fois. Elle en a passé un le premier jour et deux le lendemain.

— Comment a-t-elle payé ?

— Elle a appelé en PCV.

— Avez-vous écouté ce qu'elle disait ? Entendu le nom de la personne ?

— Niet.

— Où vous trouviez-vous ?

— À côté, la première fois. À perpète, la seconde.

— Alors vous avez dû entendre le premier coup de fil. Essayez de vous souvenir, Barry. »

Il eut un haussement d'épaules. « Ça m'intéressait pas. Quand on n'est pas intéressé, on n'écoute pas. D'ailleurs, elle pleurait, alors c'était gênant. » Il mollit devant le froncement de sourcils irrité de l'inspecteur. « Possible que ce soit quelqu'un dont le nom commence par "M", parce que Kim a dit ensuite que c'était vachement malpoli d'appeler les gens par leur initiale. »

Tyler monta à l'étage pour vérifier auprès de Kimberley puis retourna à la cuisine. « Comment Amy appelle-t-elle son père ? demanda-t-il à Laura.

— Papa.

— Pas "M" pour Martin ?

— Non, répondit-elle, quelque peu choquée. Il ne l'aurait pas permis. »

Tyler l'avait déjà deviné. « Est-ce que “M” vous dit quelque chose ? Barry et Kimberley affirment tous deux qu'elle a téléphoné d'une cabine à quelqu'un qu'elle a appelé “M”. Comme la communication était en PCV, il s'agit forcément d'une personne qu'elle connaît très bien. À cet instant, je ne vois guère que Em... diminutif d'Emma. Avait-elle une amie d'école, à Southampton ou à Bournemouth, portant ce prénom ? »

Les derniers vestiges de couleur disparurent du visage de Laura. « Elle avale les “d”, chuchota-t-elle. Elle disait Ed. »

Dix-huit

Samedi 28 juillet 2001 – à l'intérieur du 23 Humbert Street

Sophie avait perdu la notion du temps car sa montre s'était arrêtée. Chaque fois qu'elle y jetait un coup d'œil, c'était la même heure que lorsqu'elle avait essayé de calculer depuis combien de temps elle était prisonnière. Il régnait un tel silence dans la pièce qu'elle avait l'impression d'être là depuis des jours. Le battement des pales de l'hélicoptère allait et venait. Les cris dans la rue montaient puis retombaient comme une vague déferlante. Elle s'efforçait de capter tout ce qui pouvait donner une indication de ce qui se passait à l'extérieur.

« Ce n'était pas la police, finit-elle par murmurer. Elle serait déjà là.

— D'abord, il lui faut nettoyer la rue », fit observer Nicholas.

C'est vrai, se dit-elle avec fermeté. Ces choses-là prennent effectivement du temps. Combien de temps ? Combien de policiers fallait-il pour réprimer une émeute ? Nicholas se remit à contempler le mur devant lui, ses battements de cils en direction de la porte trahissant seuls une quelconque inquiétude. Franek paraissait assoupi.

Elle n'arrivait pas à comprendre le calme de Nicholas. Son attitude soumise était-elle si profondément enracinée qu'il acceptait tout sans se poser de questions ? Manquait-il d'imagination ? Ou était-ce elle qui en avait trop ? Elle fit un effort pour chasser les hypothèses infinies qui assaillaient son esprit, mais c'était comme retenir un cheval emballé. Elle n'avait rien à faire dans le silence oppressant de la pièce à part remâcher ses angoisses.

Pourquoi tardait-on autant à réagir alors qu'elle avait dit à Jenny qu'elle craignait d'être violée ? Quelque chose de pire s'était-il produit ailleurs ? Et si la police n'arrivait pas à se frayer un chemin ? Que se passerait-il ? Jusqu'à quand auraient-ils à rester ainsi ? Et si des types dans la foule frappaient à la porte en prétendant être des agents ? Comment Nicholas et Franek feraient-ils la différence ? Ou bien elle-même ? Devait-elle pousser des cris ? Devait-elle se taire ? Et si la pièce était prise d'assaut ? Que voulaient ces gens dehors ? Leur faire peur ? Les tuer ?

Elle avait absolument besoin de parler pour ne pas devenir folle. « Vous avez un travail ? » demanda-t-elle à Nicholas.

À contrecœur, il se tourna vers elle. « Plus maintenant.

— Qu'est-ce que c'était ?

— L'enseignement, répondit-il d'une voix morne.

— Quelle sorte d'enseignement ?

— La musique.

— Pourquoi avez-vous abandonné ?

— J'ai été viré. »

Cela signalait la fin de la conversation, à moins que Sophie ne fût prête à lui demander pourquoi il avait été viré. Or tel n'était pas le cas. C'était là un domaine qu'elle préférait laisser dans l'ombre. Elle ignorait si Fay avait eu réellement connaissance d'un pédophile dans la rue ou s'il s'agissait d'une rumeur qui avait fait boule de neige, mais force lui était de supposer qu'il existait un lien entre ce que lui avait dit Melanie et ce qui se passait à l'extérieur.

Elle repensa à la gêne de Nicholas lorsqu'elle lui avait demandé s'il connaissait Amy Biddulph à Portisfield et à la remarque de Franek à propos de la police qui les avait mis dans le pétrin *en venant poser des questions sur la gosse disparue.* La peur que le cadavre de l'enfant fût quelque part dans la maison ne cessait de la tenailler, mais elle la repoussait pour ne pas succomber à la panique. La police avait sûrement fouillé les lieux à la recherche d'Amy, se dit-elle, et elle n'aurait sûrement pas laissé les deux hommes sans surveillance si elle avait soupçonné le moins du monde que l'un d'eux était impliqué dans sa disparition.

Mais lequel avait-on interrogé ? La question n'était pas aussi facile à esquiver. Elle aurait aimé que ce fût Franek ; la raison, malheureusement, lui disait qu'il s'agissait de Nicholas, et elle ne tenait pas à l'entendre le confirmer. Cela ne pouvait qu'aggraver la situation — une fois dévoilé, un secret perd son caractère honteux —, et elle préférait garder Nicholas comme allié, même imparfait, plutôt que de le forcer à admettre qu'il n'était pas moins nocif que son père.

À nouveau, le silence flotta. À nouveau, elle se surprit à guetter les bruits du dehors. La direction avait changé. Une partie semblait venir des jardins. « Maintenant, il y a des gens qui crient à l'arrière ! » s'exclama-t-elle avec anxiété.

Nicholas avait entendu aussi car il lança des regards nerveux vers la fenêtre.

« Vous prétendiez qu'il leur était impossible de faire le tour sans briser les palissades, continua-t-elle d'un ton accusateur.

— Je suppose que c'est ce qu'ils ont fait. »

Son obstination à ne pas voir les conséquences de la situation la mettait en rage. « Eh bien, où se trouve la police ? rugit-elle. Vous n'avez pas cessé de dire qu'elle était là... mais où ? Elle ne tolérerait pas une débandade dans les jardins. Ce n'est pas ainsi qu'elle s'y prend. Il s'agit d'endiguer et d'organiser des couloirs d'évacuation. Elle barre les rues, indique les issues sans risque. J'ai suivi des cours sur le sujet... cela faisait partie de ma formation en urgences hospitalières.

— Quelle importance ? répondit-il paisiblement. Il n'y a rien d'autre à faire qu'attendre. »

Elle le dévisagea, stupéfaite. « Vraiment ? Autrement dit se voiler les yeux avec l'espoir que le problème se résolve de lui-même ? »

Il eut une ébauche de sourire. « La réalité n'est jamais aussi dure que ce qu'on appréhende, murmura-t-il.

— Non, lança-t-elle, les nerfs soudain à vif. C'est généralement pire. Savez-vous ce que c'est que d'être atteint du cancer ? Savez-vous quelle quantité de courage il faut pour endurer le supplice d'avoir ses organes rongés par des tumeurs ? » Elle pointa un doigt vers lui. « Savez-vous combien veulent se tuer ? Tous. Savez-vous combien s'accrochent à cause de leur famille ? » Nouveau geste farouche. « Tous. Alors ne me redites jamais plus... non, jamais plus... que la réalité n'est pas aussi dure que ce qu'on appréhende.

— Je suis désolé.

— Arrêtez de vous excuser, fulmina-t-elle. Faites quelque chose ! »

Il n'avait pas voulu s'excuser. Il avait parlé avec une compassion sincère. De nature physique, la peur qu'elle ressentait avait besoin d'une extériorisation constante, et rien de ce qu'il pourrait dire ne l'apaiserait. Elle n'avait encore jamais connu la terreur véritable, elle ignorait que la torture mentale de l'anxiété est mille fois pire que la douleur brève du réel. Mais cela, il ne pouvait pas le lui enseigner. Elle devrait l'apprendre par elle-même. « On pourrait couvrir la fenêtre de planches au cas où ils se remettraient à jeter des pierres », suggéra-t-il.

Elle inspecta la pièce. « Avec quoi ? Et comment les fixer ? Il faudrait des clous... un marteau. C'est une idée stupide. » Elle s'interrompit pour rassembler ses pensées. « Il est indispensable que nous sachions ce qui se passe, dit-elle avec désespoir, ce qui signifie qu'il vaudrait mieux aller dans une des pièces du devant. Au moins, on pourrait voir s'il y a des policiers de ce côté-là. Et de toute manière, on est à la merci d'éclats de verre quel que soit l'endroit où on se trouve. »

Il devait être de son avis car il mit son père en position assise et fit mine de se lever dans un mouvement indécis en direction de l'armoire. « C'est un piège, marmonna Franek en lui agrippant le bras pour le retenir. Ne l'écoute pas. Elle te raconte des bobards pour pouvoir s'échapper. » Il avait le visage zébré de sang là où le vase avait éraflé le front, mais il n'avait rien aux yeux, et il les fixa à nouveau sur Sophie.

Nicholas parla sèchement en polonais.

Franek lui répondit puis serra le bras de son fils avec une telle force que ses jointures saillirent brusquement. « On fait comme j'ai dit. On reste là. Ici on est en sécurité. »

La discussion s'arrêta net. L'autorité du vieux était trop forte. Nicholas se laissa aller en arrière près de lui, se frotta vigoureusement le bras lorsque Franek le lâcha. « Tout ira bien, dit-il à Sophie pour la rassurer. Nous sommes en Angleterre. La police va venir. »

Glebe Road, cité de Bassindale

Lorsque tante Zuzi avait demandé à Jimmy, alors âgé de quatorze ans, après sa première arrestation pour vol à l'étalage, quelle était la personne la plus importante dans sa vie, il avait répondu : « Moi. » La réaction avait été acerbe. « Je savais que je pouvais compter sur toi pour admirer un imbécile », avait-elle répliqué.

Il avait toujours été une déception pour elle — moyen à l'école ; préférant les filles blanches aux filles noires ; couvrant de honte sa famille en raison de ses démêlés avec la police ; refusant d'aller à l'église —, mais il n'était jamais venu à l'esprit de tante Zuzi qu'elle pût être en partie responsable de son comportement. Quand la mère de Jimmy était morte, elle avait pris la place de celle-ci sous le toit paternel et avait instauré un système de dénigrement dès le jour de son installation. Rien de ce que faisaient ses trois neveux n'était assez bien.

Les deux jeunes frères de Jimmy étaient devenus renfermés et dociles, faisant de leur mieux pour ressembler à l'image que tante Zuzi se faisait des hommes — des êtres insignifiants travaillant d'arrache-pied, craignant Dieu et abdiquant leur autorité au profit des femmes qui tenaient leur ménage. C'était un truc noir. Lequel truc (l'abdication) correspondait précisément à l'attitude du père de Jimmy. Soulagé de ne plus avoir de famille à élever, il avait accepté de remettre chaque vendredi sa paie à sa sœur, après quoi il disparaissait pour le week-end avec ce qu'il avait réussi à soustraire sans qu'elle s'en aperçoive. Lorsqu'il finissait par rentrer, sentant l'alcool et les femmes, elle le prenait violemment à partie, ce qui ne faisait que le confirmer dans son opinion que, moins il passait de temps avec elle et avec ses enfants, mieux il se portait.

C'était un cercle vicieux que ni l'un ni l'autre n'étaient libres de briser. Tante Zuzi n'avait jamais pu accepter son état de célibataire, dont elle accusait les hommes, soit directement — aucun n'avait manifesté le désir de l'épouser —, soit indirectement — parce que son frère et ses neveux constituaient pour elle une entrave. De son côté, le père de Jimmy n'avait jamais pu accepter la présence de celle-ci dans la maison, tout en sachant que c'était un mal nécessaire s'il voulait que ses enfants ne restent pas sans surveillance. Cela avait fait le malheur de chacun, en particulier de Jimmy, qui était assez vieux pour se souvenir de sa mère et que sa révolte contre les jugements implacables de celle qui lui avait succédé avait fatalement conduit en prison. Comme tante Zuzi l'avait prédit, bien sûr.

Combien était différente la famille de Melanie, où l'on aimait les enfants sans réserve et où l'on excusait chaque désobéissance par un « Il/Elle ne l'a pas fait exprès ». Jimmy avait maintes fois déclaré à Melanie et à Gaynor que ce genre d'affection irréfléchie ne valait guère mieux que pas d'affection du tout. « Colin, par exemple, il est aussi infernal que moi à son âge, mais alors que j'étais battu et que je m'entendais dire par tante Zuzi que je ne devais pas compter sur elle pour m'apporter des oranges, vous courez engueuler les flics pour l'avoir arrêté. Quel genre de message est-ce que vous lui adressez... que ce n'est pas grave s'il se fourre dans le pétrin ?

— Être battu ne t'a pourtant pas empêché de

voler, n'est-ce pas, mon chéri ? disait Melanie. Ça t'a seulement rendu pire. Alors pourquoi est-ce que Ma battrait Col ? Tu ne vois donc pas qu'il vaut mieux le laisser franchir le cap tout seul... sachant que sa maman sera toujours là pour lui venir en aide ? »

« Col est un rebelle, telle avait été la réponse de Gaynor. Ça ne se règle pas à coups de contraintes. Certains le sont... d'autres pas. J'en suis une... Melanie aussi... On n'aime pas qu'on nous dise comment mener notre vie. Et s'il est dans notre caractère de penser les choses comme ça, alors être aimé ou haï n'y change strictement rien... On continuera d'être des rebelles. Sauf que, si on est aimé, il y aura toujours un endroit pour nous accueillir. »

Jimmy restait persuadé qu'il existait un juste milieu entre la manière forte et le libéralisme inconditionnel, mais le style de vie Patterson avait de quoi séduire. S'il était régulièrement en contact avec ses frères, cela faisait cinq ans qu'il n'avait pas parlé à son père ni à tante Zuzi, et il ne pouvait pas imaginer son avenir sans Melanie et sa famille.

Aussi se faisait-il à présent du souci pour eux. Il contourna le centre commercial, où des casseurs raflaient tout ce qu'ils pouvaient, et se dirigea vers le carrefour de Glebe Road et de Bassindale Row North. L'odeur de fumée emplissait l'air, et une clameur lointaine semblait venir de Humbert Street, mais il décida de faire un rapide crochet par l'entrée de Bassindale pour voir où en était la police avec la barricade.

D'après ce que lui avait dit Eileen Hinkley, dont

une amie observait la scène à la jumelle, de son appartement au neuvième étage de Glebe Tower — « *légèrement toquée... a perdu son mari il y a un an... croit que tous ceux qui se présentent à sa porte veulent la voler... un peu comme le vieux gâteux du dessus qui jette ses meubles chaque fois qu'il se met en tête qu'on l'a cambriolé* » —, la bataille d'Armaguedon, ou quelque chose d'approchant, se disputait en plein jour dans les rues d'Acid Row.

« Elle croit mordicus que les pécheurs devront rendre des comptes le jour du Jugement dernier, avait expliqué Eileen à Jimmy, ce qui ne se produira qu'après le combat entre le bien et le mal. » D'un air espiègle, elle s'était frappé la tempe. « Elle est complètement marteau, naturellement, et très vague quant à la manière dont c'est censé se passer. Elle n'arrête pas de me répéter qu'elle sera sauvée parce qu'elle a réservé sa place parmi les justes, et je me tue à lui répondre qu'elle a perdu la boule. C'est dans la nature même de la religion que nous soyons damnés — il faudrait adorer chaque dieu pour être sûr d'avoir une place au ciel —, mais elle ne veut pas me croire. »

Jimmy avait souri. « Dans ce cas, autant être athée et se donner du bon temps ?

— C'est aussi mon avis, avait-elle répondu avec entrain. Vous êtes damné de toute façon... alors profitez-en au maximum tant que vous le pouvez. »

Il avait levé un doigt vers elle. « À tout à l'heure. »

Avec une inquiétude soudaine, elle avait posé une

main sur son bras. « Soyez prudent, Jimmy. Mon amie dit qu'elle aurait préféré qu'il fasse nuit.

— Pourquoi ?

— Parce que la police est en train de perdre la bataille... et que, s'il faisait nuit, elle ne pourrait pas le voir. Apparemment, les forces de l'ordre campent sur la grand-route, incapables de pénétrer dans la cité. Les jeunes loubards mettent le feu à tout ce qui leur tombe sous la main. Elle a une peur bleue... s'imagine que nous allons tous être égorgés dans notre lit... et cela en dépit de sa confiance dans son propre salut.

— Et vous, vous avez peur ?

— Pas encore, avait-elle répondu d'un ton placide. Pour le moment, je n'ai que sa version des événements... et elle exagère toujours. »

Pas cette fois-ci, pensa Jimmy, sidéré par la scène de dévastation qui s'offrait à lui. Armaguedon n'était pas une mauvaise métaphore. Il ne manquait plus que les quatre lugubres cavaliers de l'Apocalypse éperonnant leurs coursiers à travers la fumée épaisse pour que l'image devienne une horrible réalité.

Des voitures renversées à l'entrée de Bassindale Row étaient en flammes. Un voile noir, gras, suffocant, s'élevait du caoutchouc des pneus et de la mousse des sièges à l'intérieur. Cela avait commencé avec un cocktail mal lancé qui, ayant raté sa cible — un véhicule de police — située un peu plus loin, avait aspergé une vieille Ford Cortina retournée, faisant exploser le réservoir d'essence d'où coulait du carburant. Le vent qui soufflait sur les champs derrière la cité avait envoyé le nuage dense loin des jeunes sur le barrage dans les yeux des policiers, et l'idée d'envelopper les poulets de fumée aveuglante avait été rapidement adoptée.

Jimmy n'était pas le seul à trouver que c'était une manœuvre assez peu judicieuse. Les émeutiers s'étaient attaché des foulards sur le nez et la bouche, guettant le moment où le vent changerait de direction et renverserait l'avantage. Cela ne les aiderait guère — la fumée était trop épaisse et fétide pour être filtrée par du tissu —, et la police affirmerait par la suite que ces masques étaient destinés à cacher leur identité plutôt qu'à les protéger.

Là, au milieu de la chaussée, Jimmy se dit seulement que quiconque se trouverait à découvert quand la barricade céderait serait fatalement arrêté. Une rafale troua l'écran de fumée noire, lui permettant d'entrevoir un bref instant des véhicules blindés et, au-delà, les rangs serrés des uniformes sombres des forces antiémeutes. *Nom de Dieu!* pensa-t-il en se blottissant dans l'ombre d'un seuil. On aurait dit une scène sortie de *Star Wars*.

Alors qu'il faisait demi-tour, un petit gosse dévala la rue en direction de la barricade. Dans un crescendo de cris et de braillements, il balança une bombe enflammée à travers la déchirure de la fumée. La flamme clignota comme un feu follet en décrivant un arc de cercle avant de dérouler un tapis de feu sur le bitume devant la police. Cela n'avait qu'un dixième de la beauté d'un feu d'artifice, mais mille fois plus d'attrait.

C'était la guerre.

À l'extérieur du 23 Humbert Street

Le cocktail Molotov de Wesley Barber avait également atteint sa cible. Un rideau de flammes s'élevait en ronflant le long de la porte de la maison des pervers, dévorant l'huile de la peinture laquée qui fondait en hachures rougeoyantes. Pour Melanie, qui n'avait vu d'incendie qu'au cinéma, c'était une catastrophe. Un brasier pareil ne pouvait être contenu. Une fois au 23, il passerait en quelques minutes à Mamie Howard au 21a puis à Rosie et Ben au 21.

« Oh, mon Dieu ! Mon Dieu ! cria-t-elle en se précipitant. Fais quelque chose, Col ! Fais quelque chose ! »

Il tenta de la retenir, mais elle était trop vigoureuse pour lui, et il se contenta de la regarder piétiner la frange extérieure de l'essence brûlant dans l'allée, vaine tentative pour s'approcher de la porte et chasser le feu à coups de pied. Elle aurait eu sa veste, elle aurait pu se protéger, ou l'utiliser pour étouffer les flammes. En l'occurrence, elle ne portait qu'un tee-shirt et un short, et la chaleur était trop forte pour elle.

Avec un hurlement de désespoir, elle se détourna pour se protéger la figure et tomba à genoux face à la foule en sanglotant de manière hystérique, ses mains jointes en un geste de supplication.

Le calme se fit tout à coup. Une seconde bouteille, que Wesley Barber s'apprêtait à allumer pour un nouveau tir, lui fut retirée de la main. « C'est la frangine de Col Patterson, grommela un de ses camarades. Tu veux qu'elle crame aussi ? »

L'esprit lent bien que dopé par la drogue et l'adrénaline, Wesley beugla avec fureur dans le silence : « Qu'est-ce qu'on en a à foutre ? C'est qu'une salope de Blanche ! »

Tout le monde entendit. Melanie à coup sûr. Elle se leva en chancelant, essuya ses larmes avec le dos de sa main. Son autorité était plus grande qu'elle ne le pensait, non seulement parce qu'elle et sa famille étaient bien connues dans la cité, mais aussi parce qu'elle était indubitablement enceinte. Comme d'habitude, ses vêtements, ou son peu de vêtements, révélaient plus qu'ils ne couvraient, et il aurait été impossible de se méprendre sur la manière dont elle abaissa la main pour protéger son ventre nu et gonflé.

« Mon enfant est noir, cria-t-elle à Wesley. Tu veux aussi tuer les Noirs ? » Elle foudroya la foule du regard. « C'est pour ça que vous êtes venus ? Pour voir des crétins défoncés comme Wesley Barber zigouiller les gens ? Personne ne pourra s'échapper si ces maisons prennent feu. Il y a des vieillards et des gosses dans cette rue. Vous serez fiers de vous quand on retirera des corps de gamins sur des civières ? Vous vous sentirez mieux ? »

Le message ne fut pas perdu pour les femmes. Ni pour Colin. Avec plus de courage qu'il ne s'en connaissait, il franchit la dizaine de mètres qui le séparaient de sa sœur et lui prit la main, joignant ses forces aux siennes et prenant ouvertement parti contre ses copains. C'était un symbole poignant de ce qui avait mis tout cela en train — l'amour de la famille et le désir de protéger les enfants —, et ces deux silhouettes minces, à l'aspect terriblement juvénile avec leur visage sillonné de larmes, ramenèrent un peu de bon sens.

Une Noire entre deux âges sortit de la foule pour se joindre à eux. « Tenez bon, ma petite, dit-elle à Melanie. C'est vous qui avez raison. » Elle éleva la voix. « Allons, mes sœurs ! beugla-t-elle d'une voix grave, caverneuse, beaucoup plus sonore que celle, haut perchée, de Melanie. Faisons preuve d'un peu de solidarité. Cela n'a rien à voir avec une question de race. » Elle toisa Wesley. « Et toi, mon garçon, file à la maison en vitesse avant que je raconte à ta mère comment tu as appelé cette dame. Mrs. Barber est une excellente femme, et elle te flanquera une volée. »

Une ancienne camarade d'école de Melanie s'écarta de son petit ami. « Je suis d'accord, cria-t-elle, se libérant de la main qui la retenait et courant se placer à côté de Colin. Vous serez tous arrêtés pour meurtre si vous continuez, lança-t-elle à la foule. Tout ce carnage est de la folie furieuse. Ma grand-mère habite juste trois maisons plus bas, et elle n'a jamais fait de tort à un seul d'entre vous. Ce n'est pas sa faute s'il y a des détraqués sexuels dans la rue, sauf que, si vous les brûlez, elle brûlera avec. »

D'autres se joignirent à eux, formant une brave petite haie devant la porte en flammes. Cela empêcha de nouveaux tirs de cocktails Molotov, mais Wesley n'était pas le seul à se lécher les babines d'excitation en voyant le pin sous la laque prendre feu, faisant pleuvoir des étincelles sur leur dos.

Jimmy redescendit Bassindale Row, mais ne fit aucune tentative pour passer à travers l'étranglement à l'extrémité de Humbert Street. Préférant l'éviter, il tourna à droite dans Bassett, qui était la rue parallèle suivante. Là aussi, il y avait foule, en majorité des femmes debout sur le trottoir devant chez elles, demandant désespérément des nouvelles de la police. Où était-elle ? Pourquoi ne faisait-elle rien ? Acid Row n'avait donc aucune importance ? Des rumeurs de cocktails Molotov circulaient bon train. On racontait aussi que les maisons étaient abandonnées aux flammes, les voitures de pompiers ne pouvant pas franchir les barricades.

Jimmy se fraya un passage au milieu de la rue, feignant l'ignorance chaque fois qu'on lui posait des questions. Puisqu'ils étaient si inquiets, ils n'avaient qu'à faire comme lui et aller se rendre compte par eux-mêmes. Et plus ils seraient nombreux, mieux ce serait. Si seulement la moitié de ces femmes décidaient une action concrète au lieu de se tordre les mains et de se plaindre de l'inaction de la police, les gosses sur la barricade se retrouveraient avec une armée derrière et une armée devant, et il est probable qu'ils déguerpiraient la queue entre les jambes.

Forest Road South était en pleine fluctuation lorsqu'il y arriva, avec des gens effrayés, en majorité des adolescents, se bousculant sur la chaussée pour s'éloigner de Humbert Street et d'autres remontant le long des trottoirs pour s'y rendre.

Parmi ceux qui se trouvaient sur la chaussée montaient des cris.

« *Rentrez chez vous, pour l'amour du ciel...* »

« *C'est la pagaille...* »

« *Les gosses se font piétiner...* »

Jimmy saisit une fille par le bras. « Qu'est-ce qui se passe ? » demanda-t-il.

Prise de peur, elle le frappa. « Laissez-moi, espèce de salaud !

— Je ne veux pas vous faire de mal, protesta-t-il. Ma copine est là-dedans. Melanie Patterson. C'est elle qui a organisé la manif. Vous la connaissez ? Vous l'avez aperçue ? »

Elle respira un grand coup. « Sa mère aide les gens à s'échapper, bredouilla-t-elle en indiquant du doigt un trou dans une palissade à une cinquantaine de mètres. Elle est là-bas.

— Et Melanie ? »

Elle essaya de se libérer. « Je ne sais pas, gémit-elle en se remettant à le frapper, de la panique dans les yeux. Je n'ai rien à voir là-dedans. Je veux juste rentrer chez moi. »

Il la lâcha immédiatement et se fraya un chemin à coups d'épaule en direction de la clôture défoncée. Il lui apparaissait de plus en plus clairement qu'il n'y avait aucun abri dans cet asile de fous. L'anarchie régnait. Mais que voulaient-ils donc ? Que tout s'écroule sur leur tête ? Détruire le peu qu'ils avaient pour quelques heures de gloire ? Et laisser les Mrs. Hinkley de ce bas monde ramasser les morceaux une fois passée leur rage ? Le savaient-ils seulement ?

C'était le délire complet. Il y avait autant de jeunes s'efforçant d'entrer depuis la rue que se démenant pour en sortir, et Jimmy supposa que les avertissements apeurés des fugitifs, loin d'avoir un effet dissuasif, avaient réveillé une curiosité de badaud. Il s'engouffra à l'intérieur, se servant de sa carrure pour se frayer un passage, et regarda par-dessus les têtes pour voir ce qui se passait. C'était le chahut, les corps se bousculaient pour se faufiler dans l'espace exigu du jardin, chacun poussant dans un sens différent. À dix mètres, il distingua une amie du frère de Melanie, Lisa, au milieu d'une ouverture dans la palissade du jardin suivant, parlant avec colère à un groupe de jeunes. En larmes, elle essayait sans succès d'utiliser son poids dérisoire pour les empêcher d'entrer.

Tandis que Jimmy observait la scène, un des garçons l'agrippa par son chemisier pour la déloger. Jimmy s'élança, sa silhouette imposante repoussant les jeunes comme des confettis. La gamine luttait comme une tigresse pour préserver l'ouverture. Bravo, fillette, pensa-t-il en la voyant s'adosser aux poteaux de chaque côté du trou pour pilonner de ses petits pieds pointus les tibias des garçons.

Jimmy passa un bras autour du cou de l'agresseur, lui tapant sur la main pour l'obliger à lâcher les vêtements de Lisa. « Qu'est-ce qui ne va pas ? » demanda-t-il, se servant de ses cent dix kilos pour retenir la pression des corps derrière lui.

« Elle en a déjà laissé passer tout un tas, déclara un garçon d'un ton maussade, alors pourquoi pas nous, bordel ?

— Je n'ai pas pu les arrêter, expliqua Lisa d'une voix entrecoupée de sanglots en tirant son chemisier sur sa poitrine plate. Vous n'êtes qu'une bande d'idiots. Vous croyez que ça m'amuse ? »

Par-dessus sa tête, Jimmy jeta un coup d'œil au chaos dans les jardins derrière elle. « Quel est le plan ? »

Elle respira un grand coup pour refouler ses sanglots, sachant que le plus urgent était qu'il comprenne la situation. « Créer une sortie vers Forest Road. Persuader chacun de rentrer chez soi. On a une porte ouverte dans Humbert Street. La mère de Melanie s'y trouve. Elle a dit de veiller à ce que ce côté-là reste libre. Mais ça ne marche pas parce que les gens n'arrêtent pas de passer par la palissade.

— D'accord. » Jimmy resserra sa prise autour du cou du garçon qu'il maintenait et, d'une détente du bras, saisit à la gorge son copain maussade. « Si tu sais qui je suis, hoche la tête », dit-il.

Le jeune hocha la tête.

« Alors n'essaie pas de jouer au plus malin avec moi, parce que j'en ai déjà sacrément ma dose de ce truc. Voilà le topo. Ma nana et sa famille sont dans Humbert Street, et je veux qu'ils se tirent de là. Alors toi et tes copains, vous allez m'aider. Compris ? »

Nouveau hochement de tête.

« Bien. » Il relâcha son étreinte autour de l'un et de l'autre. « Combien êtes-vous ? Six ? Sept ? »

Il choisit les quatre plus costauds en posant ses mains sur leurs épaules et les plaça devant Lisa dans l'ouverture. « Vous, vous allez monter la garde, leur ordonna-t-il. Si quiconque pénètre de ce côté, je vous retrouverai et vous avez intérêt à numéroter vos abattis. » Il découvrit ses dents en un sourire féroce. « Vu ? »

Nombreux hochements de tête.

« Lisa enverra les gens derrière vous. Quant à vous trois » — il toucha la tête des garçons restants — « vous les emmènerez vers Forest Road. Ce qui veut dire que vous devez d'abord nettoyer ce secteur. Je vais commencer, ensuite ce sera à vous. D'accord ?

— Ils ne nous écouteront pas, objecta le garçon qu'il avait pris par la gorge.

— Bien sûr que si. File-moi ce morceau de clôture. » Il montra d'un signe de tête une latte à l'extrémité pointue qui s'était brisée lorsque la palissade avait été renversée pour aménager la sortie. « C'est Armaguedon, leur dit-il, et vous êtes du côté des anges pour la première fois de votre misérable existence. » Il avala sa salive, serra la latte dans un poing énorme et pivota, les yeux exorbités, l'écume à la bouche.

« OU-AAH-AH ! rugit-il en brandissant la lance au-dessus de sa tête comme le héros de *Zoulou*. OU-AAH-AH ! »

Une scène d'anthologie. Un immense Noir dément mettant une horde en fuite. La retraite fut instantanée. Personne n'avait envie de se colleter avec un maboul.

Les yeux de Jimmy continuaient à lui sortir de la tête lorsqu'il se retourna vers les jeunes. « Je vous conseille d'être encore ici quand je ramènerai ma nana, annonça-t-il, ou je ne donne pas cher de votre peau. »

Il n'y eut aucune contestation. Seul un idiot discuterait avec un fou furieux.

Il pressa l'épaule de Lisa pour la rassurer en passant devant elle. « Appelle-moi s'ils essaient de se tirer. J'entendrai. » Elle lui répondit par un regard épouvanté, et il lui fit un bref clin d'œil d'encouragement. « Ne t'en fais pas, ma mignonne, tout se passera bien. »

Elle le crut, et cela lui rendit confiance... mais elle aurait peut-être réagi différemment si elle avait su combien de fois Jimmy James s'était trompé.

Il n'aurait pas été si souvent en prison s'il avait vu juste de temps à autre...

Dix-neuf

Samedi 28 juillet 2001 – à l'intérieur du 23 Humbert Street

Il y eut une soudaine accalmie dans le vacarme au-dehors tandis qu'une voix — de fille — s'élevait seule de la foule. Franek se frappa la poitrine de satisfaction. « C'est la police, dit-il. D'abord faire peur... puis rétablir l'ordre. C'est comme ça qu'ils font.

— On entendrait les porte-voix, répondit Sophie, l'oreille tendue.

— Toujours il faut que vous discutiez ! s'exclama le vieux avec colère. Vous ne pouvez pas accepter que Franek ait raison. C'est si difficile pour vous ? Et votre respect des anciens ?

— Vous n'avez rien fait pour le mériter, dit-elle d'un ton féroce. Et qu'est-ce que c'est que ces conneries » — elle se remit à imiter son accent — « "D'abord faire peur... puis rétablir l'ordre" ? Vous parlez comme s'il s'agissait de la Gestapo. Qu'est-ce qu'ils viennent de faire, à votre avis ? Fusiller un homme sur dix pour galvaniser les autres ? »

Une âpre rafale de polonais.

« Il vaudrait mieux que vous ne prononciez pas le mot Gestapo, dit Nicholas, mal à l'aise. Beaucoup de membres de sa famille sont morts pendant la guerre.

— Une bonne partie de la mienne aussi, répliqua-t-elle avec dédain. Il n'y a pas un Anglais actuellement en vie qui n'ait perdu des grands-parents, des oncles ou des tantes. Ça ne passe pas le cap du : "Et après ?" Essayer de me réduire au silence ne rendra pas ce qu'il dit plus sensé. Il n'y a pas encore eu de sirènes, lui rappela-t-elle.

— Ils ne veulent peut-être pas aggraver la situation. »

Elle secoua la tête. « On entendrait quelque chose, insista-t-elle. Ils savent que vous êtes ici. Ils ne vous laisseraient pas dans l'angoisse inutilement. » (Elle voulait dire « moi », bien sûr. Ils ne me laisseraient pas dans l'angoisse inutilement.)

Franek eut un grognement irrité. « Assez avec ça. Peu importe ce qu'ils font pourvu que ces... » — il eut un geste méprisant en direction de la rue — « brutes rentrent dans leurs cages. »

Un cri emplit la tête de Sophie, et elle dut faire un effort pour se dominer. « Je croyais que c'était vous, la brute, rétorqua-t-elle. *Brute...! Enculé...! Pervers...!* » Elle appuya sur chaque mot. « Ce n'est pas comme ça qu'ils vous ont appelé ?

— Qu'est-ce que vous en savez ?

— Je sais que c'est vous qui êtes en cage, Mr. Hollis. »

Nicholas posa une main sur le bras de son père pour le retenir. « Je vous en prie, arrêtez, dit-il à Sophie d'un ton implorant. Ce n'est pas nécessaire.

— Pour moi, si, répliqua-t-elle, furieuse. Votre père a tort, et vous le savez très bien. Quelque chose de terrible se prépare dehors... et nous sommes là comme des imbéciles à attendre que cela se produise parce que vous n'avez pas le cran de vous opposer à lui. »

Il leva une main apaisante. « Il a besoin de croire à ce qu'il dit, murmura-t-il. Cela l'empêche de paniquer. En tant que médecin, vous devriez comprendre ça.

— Oui, mais pas en tant qu'otage, répondit-elle sèchement. De mon point de vue, plus vite il aura une nouvelle crise d'asthme, mieux cela vaudra... et, cette fois-ci, ce sera à vous de vous en occuper car je ne lèverai pas le petit doigt pour l'aider. »

Un nouveau silence s'installa. Ils étaient invariablement dictés par le refus de répondre de Nicholas, et Sophie se demanda si son mutisme était une forme d'apathie ou de manipulation. Il la surprit en prenant soudain la parole.

« Il ne faut jamais se départir de ses principes, affirma-t-il calmement, quelles que soient les circonstances. »

Elle l'aurait peut-être accusé de condescendance s'il ne l'avait pas dit sur ce ton paisible. « Et quels sont vos principes ? » interrogea-t-elle.

Il réfléchit un moment. « Tolérance... accommodement... compréhension. Je ne suis pas persuadé que la provocation et la colère soient efficaces. »

Sophie non plus, mais elle n'était pas persuadée pour autant que se tourner les pouces pendant que son père se mettait à l'agresser s'inscrive sous une de ces rubriques. C'était son privilège à elle, comme victime, de tendre l'autre joue ; pas le sien comme spectateur passif n'ayant même pas été touché.

« L'accommodement ne veut pas dire ne rien faire, remarqua-t-elle. Cela suppose de prendre les devants... d'être positif... tâche ardue. De s'interposer entre les gens pour éviter la confrontation et non de rester le nez en l'air pendant que la confrontation a lieu. C'est ce que je désire faire avec cette foule dehors... mais vous m'en empêchez parce que vous préférez m'avoir comme bouclier pour vous abriter derrière. Et ce n'est pas de la "compréhension" ni de la "tolérance". » Elle marqua un temps d'arrêt. « C'est de la lâcheté. »

Nicholas évita de croiser son regard, mais Franek se mit à ricaner. « Vous nous êtes plus utile ici, dit-il. Vous nous amusez avec vos petites crises de nerfs. Vous avez tellement la frousse que vous n'êtes même pas capable de tenir votre langue une minute. » Il leva une main et forma avec ses doigts et son pouce un bec de canard. « Couac... couac... couac. Votre maman ne vous a sans doute pas appris à la boucler. Vous rendriez un homme cinglé avec vos réflexions continuelles. Mais peut-être que vous n'en avez pas, hein ? Peut-être qu'ils ont tous fichu le camp parce que vous les meniez à la baguette. »

Elle ferma brièvement les yeux, respirant profondément par le nez. *Dieu, ce qu'elle pouvait haïr ce vieillard...* « Le monde a changé depuis la dernière fois que vous avez eu affaire à une femme, Mr. Hollis.

— Qu'est-ce que c'est censé vouloir dire ? »

Elle saisit le regard d'avertissement que lui lançait Nicholas et serra davantage la batte de cricket. « La seule femme qui consentirait à s'approcher d'un primate de votre espèce, lui jeta-t-elle à la figure, ne peut être qu'une femme que vous auriez payée... et une putain dirait ou ferait n'importe quoi pourvu que vous lui donniez assez de fric pour ça. Alors ce n'est pas vous qui allez me dire comment réussir une relation... Vous n'avez même pas été capable de le faire avec votre fils. »

Il la regarda dans le blanc des yeux. « Milosz s'entend très bien avec son papa... depuis toujours. Si vous ne me croyez pas, vous n'avez qu'à lui demander.

— Cela ne servirait à rien. Il a déjà fait savoir qu'il est partisan de la tolérance, et vous rentrez, je présume, dans la catégorie qu'il est prêt à tolérer, sans quoi il ne vivrait pas avec vous.

— C'est ce que je disais. Vous vous trompez.

— Sauf que je ne qualifierais pas de relation réussie un armistice précaire entre un tyran brutal et ignorant et un homme qui s'enferme dans le mutisme. » Elle leva un sourcil ironique. « C'est très bien pour vous parce que vous avez besoin de vous convaincre que vous possédez un certain pouvoir, mais cela ne marche pas pour Nicholas s'il doit étouffer ses sentiments pour vivre avec vous. » Elle le toisa. « Et ne me dites pas que je me trompe, Mr. Hollis, alors que vous ne savez pas mieux que moi ce que votre fils pense de vous en réalité. »

Il pointa à nouveau un doigt vers elle. « Taisez-vous à présent... vous n'êtes plus drôle.

— La vérité ne l'est jamais, répliqua-t-elle avec un petit rire, surtout si l'on est sujet à des crises d'affolement.

— Je vais obliger Milosz à vous clouer le bec », menaça-t-il.

Sophie considéra la tête penchée du fils et la manière dont il tordait ses mains fines sur ses genoux, et décida de ne pas le mettre à l'épreuve. Elle n'arrêtait pas de songer à son coup de téléphone, se demandant si Jenny avait compris ce qu'elle disait. Ses pensées faisaient involontairement écho aux questions posées par les femmes de Bassett Road. *Acid Row n'avait-il aucune importance ? Un viol n'avait-il aucune importance ?*

Elle s'en voulait terriblement de son sens de l'humour qui empêchait qu'on la prenne au sérieux. C'était sûrement sa faute. Jenny avait dû penser qu'elle blaguait. Elle n'arrêtait pas de faire des plaisanteries stupides sur la sexualité. « *Que voulez-vous dire par "elle est grosse" ? Vous verriez celle d'un éléphant... elle est tellement grosse qu'elle traîne par terre...* » « *Si vous ne la laissez pas se reposer de temps en temps, elle va finir par tomber...* » « *Ma mère prétendait que même l'arrière des genoux d'une femme pouvait exciter un homme... mais, à l'époque, je ne la croyais pas...* »

Elle aurait dû s'adresser directement à la police.

Aucun policier n'aurait conclu à une plaisanterie en entendant une femme crier au viol. Peut-être était-il encore temps ? L'indécision la minait à nouveau. *Que faire ? Oui, que faire ?* Le portable était son seul atout. Son seul lien avec le monde extérieur. Si elle le sortait de sa trousse, Franek le lui confisquerait certainement pour l'empêcher de donner sa version des faits. Si elle ne le sortait pas, comment saurait-on ce qui se passait ici ?

Les jardins entre Humbert Street et Bassett Road

Avec Jimmy cajolant et menaçant chaque intrus pour qu'il se joigne à l'exode en direction de Forest Road, les jardins entre la rue et la maison de Mrs. Carthew commencèrent à se dégager. Quelques propriétaires âgés, enhardis par son autorité, vinrent lui prêter main-forte. Un vieux de la vieille, arborant un casque en fer-blanc et une machette à l'aspect redoutable — reliques de ses années de guerre en Extrême-Orient —, monta la garde devant la palissade cassée entre le 9 et le 11 tandis que Jimmy poursuivait un groupe de jeunes garçons qui se frayaient un chemin vers l'arrière du 23.

Ils n'avaient guère plus de dix ou onze ans, et il les rattrapa alors qu'ils commençaient à jeter des pierres dans les fenêtres d'une maison qui avait un portique dans le jardin. Il s'avança en les apostrophant. « Bon Dieu, qu'est-ce que vous fabriquez ? Vous ne savez donc pas compter, bande d'idiots ! Ce n'est pas le 23 ! Ce portique, ça vous dit quelque chose ? » Il montra la maison. « Il y a des gosses là-dedans. Vous ne savez même pas après qui vous en avez ! » Il les fit pivoter et repartir par où ils étaient venus, leur donnant de grandes claques sur l'épaule quand ils n'allaient pas assez vite à son gré.

« Je le dirai à mon père, protesta l'un d'entre eux. Vous n'avez pas le droit de frapper des gamins.

— Dis-moi où il habite, ça t'évitera cette peine, gronda Jimmy en le poussant vers le trou où se tenait le vieux soldat. Ton père peut bien payer les dégâts que vous avez faits aux fenêtres. D'ailleurs, vous n'avez qu'à tous me laisser vos noms et vos adresses. Il faudra que quelqu'un casque pour ces clôtures bousillées, et ce ne sera sûrement pas les gens qui habitent ici. »

Prenant leurs jambes à leur cou, ils filèrent vers la sortie.

Jimmy toucha le bras du vieil homme. « Ça ira, mon pote ? J'ai besoin de gagner le devant. Ma nana et ses moutards sont pris dans ce truc, et je veux m'assurer qu'ils sont sains et saufs.

— Vous ne pouvez pas traverser la maison de Dolly Carthew, proclama-t-il. La circulation se fait dans le sens contraire. » C'était un raciste bon teint, avec des idées arrêtées sur la pollution de son héritage anglo-saxon, et il examina ce géant noir d'un œil suspicieux. « On dirait du sang sur votre veste.

— C'en est. » Jimmy prit note de la méfiance. « Il y a des blessés graves, et pas moyen de faire venir des ambulances. Vous connaissez Eileen Hinkley ? Glebe Tower... une ancienne infirmière qui s'occupe du Téléphone de l'amitié ? On se sert de son appartement pour les premiers secours. »

Sans doute avait-il prononcé la formule magique — le « Sésame, ouvre-toi » — car le vieux soldat hocha la tête. « Si j'habitais Humbert Street, je vous laisserais passer par chez moi, mais je suis de l'autre côté, dans Bassett. » Il indiqua d'un signe de tête le jardin accolé à celui de Mrs. Carthew, qui avait été dévasté par les piétinements. « Il vaudrait mieux que je dise un mot à la jeune Karen au 5. À vous, elle n'ouvrira pas si vous allez frapper à la porte de derrière, mais moi, elle m'écoutera. » Il fronça ses sourcils broussailleux d'un air menaçant. « Avant, vous devez me jurer que vous ne laisserez pas de voyous se glisser à l'intérieur quand vous sortirez par-devant. Elle est impotente... Je ne tiens pas à ce qu'elle se fasse assommer par une de ces brutes. »

Jimmy acquiesça. « Je comprends. »

L'homme lui tendit sa machette. « Restez là. Je vais voir ce que je peux faire. »

Jimmy posa l'arme contre un poteau puis ouvrit son portable en priant pour que la batterie ait eu le temps de se recharger un peu. Il lui semblait qu'une heure au moins s'était écoulée depuis qu'il avait quitté Glebe Tower, mais, en vérifiant à sa montre, il constata avec étonnement que cela faisait à peine une demi-heure. Le téléphone ne donnait aucun signe de vie, et il le remit dans sa poche en réfléchissant aux différentes options qui s'offraient à lui.

Il n'avait pas eu le loisir d'élaborer un plan, mais, à en juger d'après le visage terrorisé de ceux qui sortaient en courant par la petite porte de chez

Mrs. Carthew, cela devait être l'enfer dans Humbert Street, et mieux valait filer le plus loin possible. Est-ce que la situation lui permettrait de récupérer Melanie et les enfants ? Et Gaynor ? Si elle s'escrimait effectivement à la porte de devant de Mrs. Carthew, Mel et lui pouvaient difficilement l'abandonner en mettant les voiles dans la direction opposée.

Le plus simple pour eux tous serait de se débrouiller pour se retrouver dans les jardins. Après quoi, ils pourraient mettre le cap sur la maison de Gaynor et attendre tranquillement la fin de l'émeute. Sauf qu'il n'y avait pas de sortie à l'arrière du duplex de Melanie, à moins qu'il ne défonce le mur en parpaing pour passer dans le salon de Mamie Howard... et ce vieux chameau l'attendrait probablement de l'autre côté avec un couperet.

Une femme, un bambin dans les bras, s'affaissa sur l'herbe devant lui, des larmes ruisselant sur son visage d'une pâleur mortelle. « J'ai perdu ma petite Anna », balbutia-t-elle avant de rouler les yeux et de basculer sur le côté, écrasant le bambin sous elle.

Il dégagea l'enfant et le prit dans ses bras tout en cherchant autour de lui une petite fille. « ANNA ! se mit-il à hurler. MAMAN EST LÀ ! AN-NN-A ! AN-NN-A ! »

Il n'avait aucune envie d'être ici... il avait prévu de fiche le camp avec Melanie pour recommencer à zéro... il était censé être en route pour Londres avec la marchandise ! Qu'est-ce qui l'obligeait à jouer les anges gardiens ?

« AN-NN-A ! JE CHERCHE UNE PETITE FILLE NOMMÉE ANNA ! EST-CE QUE QUELQU'UN L'A VUE ?

— Ici ! cria un jeune garçon, le visage baigné de larmes, poussant une petite fille sale devant lui. Elle est tombée par terre. » Sa lèvre inférieure tremblait. « J'sais pas non plus où est ma maman, m'sieur. » Une grosse larme roula sur sa joue.

Avec un soupir, Jimmy tendit une large paume et les tira tous les deux de son côté. « Vous êtes en sécurité à présent. »

Cinq minutes plus tard, son ami, le soldat, se montra étonnamment disposé à prendre le pauvre petit cheptel sous son aile protectrice. Il s'était accru de trois garnements encore plus sales qui avaient été séparés d'amis ou de parents et avaient trop peur pour errer seuls dans la foule. « Dès que ça se calmera, je les emmènerai dans ma cuisine pour leur faire une tasse de thé, dit-il d'un ton bourru. À présent, filez. La jeune Karen vous attend. Surtout, n'oubliez pas de refermer la porte d'entrée derrière vous. Elle a déjà suffisamment la pétoche comme ça.

— D'accord. » Jimmy avança la main. « Merci, mon pote, je vous revaudrai ça. »

Le vieux la serra. « C'est comme à la guerre, remarqua-t-il avec mélancolie. C'est dans l'adversité que les gens se montrent sous leur meilleur jour.

— Ouais, répondit Jimmy non sans une pointe d'ironie, Eileen Hinkley a dit à peu près le même truc. »

La « jeune » Karen devait avoir la soixantaine, à dix ans près, et souffrait de la maladie de Parkinson. Elle était dans un fauteuil roulant et ne pouvait pas parler, mais elle sourit en hochant la tête lorsque Jimmy la remercia et lui dit qu'il veillerait à bien fermer la porte derrière lui. Il aurait aimé lui demander si elle avait peur... qui s'occupait d'elle... si elle se sentait seule...

Mais ce n'était pas le moment. Et, de toute manière, elle n'aurait pas pu lui répondre.

Tous ces gens commençaient à peser sur lui comme un couvercle de plomb. Les obligations financières, il arrivait encore à comprendre. Mais les obligations affectives, il n'y avait rien de plus tuant. Des fils invisibles le reliant à tout ce maudit univers. Policiers... auxiliaires médicaux... vieillards acariâtres... dames impotentes... soldats fous... gamins... nourrissons... Il préférait l'anonymat.

Gaynor lui passa autour du cou un nœud coulant supplémentaire en éclatant en sanglots lorsqu'il apparut à ses côtés. « Oh, bon sang, Jimmy ! dit-elle d'une voix tremblante en s'accrochant à lui. Dieu Merci... Dieu Merci... J'espérais un miracle. »

La cohue avait diminué après le premier assaut, l'espace libre créé dans la rue par l'exode soudain de deux à trois cents personnes ayant persuadé les autres de rester où elles étaient. Cela ne pouvait pas durer. Il y avait trop de circulation affluant sans répit de Forest Road pour que la claustrophobie ne frappe pas à nouveau, et Jimmy, d'une tête plus grand que Gaynor, pouvait la voir arriver.

« Il faut que tu y ailles, dit-il en indiquant le couloir d'un signe de tête. Rentre chez toi, j'amènerai Mel et les enfants dès que je les aurai retrouvés. »

Elle secoua la tête. « Je ne peux pas, s'obstina-t-elle. Il faut que quelqu'un reste ici, et il est juste que ce soit moi, parce que c'est ma faute si tout ça a commencé. » Elle lui montra son portable. « J'ai un flic à l'autre bout. Il dit que nous devons garder cette sortie ouverte... en trouver d'autres si possible... ça ou bien bloquer les gens entrant dans Humbert. » Elle lui fourra le téléphone dans la main. « Parle-lui, Jimmy, supplia-t-elle. Je t'en prie. Il peut peut-être te dire comment arrêter ça avant que quelqu'un se fasse tuer.

— Et Mel ? »

Le regard de Gaynor s'assombrit d'anxiété. « Je ne sais pas. Nous nous sommes perdues de vue. Je continue simplement à me dire que je peux compter sur elle. Ta petite amie n'est pas une imbécile, fiston, et elle s'est toujours débrouillée pour qu'il n'arrive rien aux petiots. » Les larmes se remirent à couler. « Franchement, je suis plus inquiète pour Col. » Elle porta une main à sa poitrine là où la douleur l'étreignait. « C'est un tel idiot quand il se met à boire... mais je me ferais couper en morceaux pour lui, Jimmy. »

À l'extérieur du 23 Humbert Street

Colin n'avait jamais été aussi sobre. Ni aussi terrifié. Sa peau commençait à roussir à travers son tee-shirt. Il savait que, si l'incendie n'était pas éteint, la chaleur les forcerait à abandonner leur position et que la maison ne tarderait pas à s'embraser. Il n'arrêtait pas de lancer des regards derrière lui pour vérifier à quelle vitesse le bois se consumait. Ayant sur le phénomène des idées plus claires que sa sœur, il n'ignorait pas que les flammes devraient traverser la porte avant de s'emparer des tapis, des plinthes et des meubles à l'intérieur, mais il ne voyait pas comment les en empêcher.

Il n'arrêtait pas de se demander pourquoi les pervers ne faisaient rien. N'avaient-ils pas conscience de ce qui se passait ? Ne sentaient-ils pas l'odeur de brûlé ? À leur place, il aurait versé des bouilloires d'eau par la fente de la boîte aux lettres pendant qu'il en était encore temps. Comment n'auraient-ils pas compris que cette mince rangée d'individus ne pouvait pas protéger leur porte indéfiniment ?

Des pensées insidieuses le rongeaient. Les pédés se trouvaient-ils seulement dedans ? Ils étaient peut-être sortis discrètement par-derrière. Gardaient-ils une maison vide, Melanie et lui ?

« Je vais grimper par la fenêtre et éteindre le feu de l'intérieur, cria-t-il à l'oreille de Melanie. Arrange-toi pour que la ligne tienne bon, je n'ai pas envie que Wesley expédie un cocktail pendant que je suis là. Tu entends ? »

Peut-être était-elle arrivée à la même conclusion car elle inclina aussitôt la tête. Ses bras et ses épaules nus rougeoyaient à cause de la chaleur, et elle dit seulement : « Bien, mais dépêche-toi. »

Il se baissa derrière elle, enleva sa chaussure pour faire tomber les derniers tessons encore fixés à l'encadrement de la fenêtre. Un frisson de curiosité parcourut la foule tandis qu'il enjambait le rebord. Qu'essayait-il de faire ? Protéger les pervers en se mettant de leur côté ? Ou les obliger à se rendre ?

La voix de Wesley Barber se fit entendre. « Ton frangin sera frit s'il ramène pas ces pédés, salope ! »

Melanie chercha un peu de salive dans sa bouche sèche. « C'est toi qui seras frit, Wesley, s'il arrive quoi que ce soit à Col. Je t'arroserai d'essence et je gratterai moi-même l'allumette. »

À l'intérieur du 23 Humbert Street

Colin, auquel le cambriolage n'était nullement étranger, dut s'appuyer au montant de la porte tandis qu'il passait la tête dans le couloir. Ses genoux tremblaient à tel point qu'il crut qu'il allait tomber. C'était une chose de jouer du marteau sur une porte arrière en sachant que les propriétaires sont sortis, une autre de s'introduire chez un couple de pédophiles en étant à peu près certain qu'ils vous attendent. Il avait agi machinalement. Et s'ils le prenaient en otage ? S'ils le sodomisaient ?

Me-e-erde !

Il s'efforça de distinguer des bruits de voix, mais c'était impossible avec la clameur dehors. L'odeur de la porte en train de brûler était suffocante, et il n'arrivait pas à croire qu'ils aient simplement laissé faire. *Où étaient-ils, nom d'un chien ?* Il passa silencieusement devant la porte du fond, tendant l'oreille lorsqu'il s'aperçut qu'elle n'était pas complètement fermée. S'il y avait quelqu'un à l'intérieur, il ne l'entendit pas. Un rapide coup d'œil à l'escalier lui montra que personne ne se cachait au sommet, mais il n'était guère enclin à s'en assurer. Sa tête était pleine d'images de vampires dans des cercueils.

La porte de la cuisine était entrebâillée, et il s'avança à pas de loup. Le bord d'une table dépassant derrière, il se dit avec justesse que celle-ci avait sans doute été utilisée pour coincer la porte avant qu'on décide de la rouvrir. Mais pourquoi ? Parce qu'ils étaient encore à l'intérieur et qu'ils voulaient savoir ce qui se passait ? Ou parce qu'ils n'y étaient pas ?

Et s'ils n'y étaient pas... alors la porte ouverte voulait dire que ces enculés se trouvaient quelque part derrière lui...

Il pivota, son cœur bondissant dans sa poitrine comme un rat pris au piège. Il serait parti en courant s'il n'avait aperçu la fumée qui pénétrait dans la maison par la fente de la boîte aux lettres. Il devait faire rapidement quelque chose ou Wesley et sa bande mettraient le feu dès que Mel serait forcée d'abandonner la porte, mais la crainte des pervers le disputait à celle des flammes, et il restait immobile, dans une indécision pétrifiée. Comme sa mère en bas de la rue, il se mit à prier. *Oh, mon Dieu, par pitié, faites que les pervers ne soient pas dans la cuisine... Oh, mon Dieu ! Oh, mon Dieu !*

Dans la chambre du fond, les trois prisonniers

entendirent se remplir le ballon du grenier tandis que Colin tournait les deux robinets de l'évier de la cuisine pour faire couler de l'eau.

« Il y a quelqu'un dans la maison », dit Sophie.

Franek fit mine de se lever.

« Ne vous approchez pas ! s'écria-t-elle, levant la batte de cricket. Je ne serai pas votre bouclier. Je ne vous laisserai pas me toucher à nouveau. »

Sans lui accorder la moindre attention, il s'accroupit, faisant signe à son fils d'augmenter la distance qui les séparait de manière qu'elle ne puisse pas les attaquer tous les deux en même temps. Pendant un instant, alors que Nicholas se relevait, elle crut qu'il allait obéir, mais, au lieu de ça, il se jeta sur son père, pressant avec force la nuque de Franek pour l'obliger à poser sa tête sur ses genoux et à chasser l'oxygène de ses poumons. Il y eut une courte lutte avant que le vieux ne s'effondre sur le côté, râlant, sa bouche aspirant l'air à longs traits.

« Il s'affole très facilement », se contenta de déclarer Nicholas.

Vingt

Samedi 28 juillet – centre de soins Nightingale

L'agent Ken Hewitt reconnut le nom dès que Gaynor lui dit que Jimmy James, le jules de sa fille, allait la remplacer sur la ligne. Hewitt avait été un des fonctionnaires responsables de l'arrestation de James et de sa condamnation la plus récente, et il ne se faisait guère d'illusions quant au désir de l'homme d'avoir de ses nouvelles. L'arrestation était liée à une série de cambriolages commis en 1998 et reposait sur des informations reçues de l'ex-petite amie de James, lequel l'avait plaquée, comme Hewitt venait de le comprendre, pour la fille de Gaynor. Dans une réaction classique de femme délaissée, l'ex n'avait rien trouvé de mieux que de poignarder son amant dans le dos.

James avait résisté farouchement à l'arrestation, se débarrassant des policiers qui le maintenaient comme on chasse des insectes importuns, clamant qu'il se tenait à carreau depuis un an et que sa nouvelle copine était enceinte, ce qui n'avait guère impressionné la justice. Il avait eu de la chance : son avocat avait réussi à faire juger l'affaire par le tribunal d'instance en persuadant James de plaider coupable pour trois chefs d'accusation contre l'abandon des cinq autres, y compris les violences contre des représentants de la force publique ; et le juge avait accepté l'argumentation quelque peu oiseuse selon laquelle il avait occupé un emploi salarié pendant douze mois, entrepris de fonder une famille avec sa nouvelle petite amie et faisait de réels efforts pour changer de vie. Néanmoins, il avait écopé de huit mois, dont il lui faudrait faire la moitié, malgré le pronostic optimiste de son défenseur pour qui une peine à des travaux d'intérêt général était le plus probable.

« Salut, Jimmy, dit à ce moment le policier avec un regard piteux en direction de Jenny Monroe. Ici l'agent Ken Hewitt. »

Le voix de Jimmy s'échappa distinctement du haut-parleur. « Je me souviens de vous. Vous étiez avec les types qui m'ont arrêté la dernière fois. Un jeune mec... aux cheveux bruns.

— C'est moi. Vous avez bien failli me casser le bras.

— Ouais, eh bien, sans rancune. Écoutez, je vous entends mal... il y a un boucan infernal autour de moi... alors parlez fort et lentement, d'accord ? Dites-moi ce que vous voulez. Gaynor a fait allusion à l'ouverture d'autres sorties.

— J'ai besoin que vous soyez sur une ligne fixe, Jimmy. Pouvez-vous aller chez Mrs. Carthew et la chercher en haut ? Elle se trouve dans sa chambre.

Nous allons la prévenir de votre arrivée. Surtout, arrangez-vous pour que personne ne vous suive. Elle n'est pas très solide. Compris ?

— Bien sûr. Je commence à avoir l'habitude. Sauf qu'à mon avis, plus elles semblent fragiles de l'extérieur, plus elles sont coriaces à l'intérieur. »

« Qu'est-ce qu'il veut dire ? » demanda Jenny, tandis que ne parvenaient plus du portable que des bruits de foule.

Hewitt secoua la tête. « Je n'en ai pas la moindre idée. »

À l'intérieur du 9 Humbert Street

Mrs. Carthew avait des yeux bleus assez inexpressifs et des joues teintées de rose. Assise dans un fauteuil près de la fenêtre, elle sourit gentiment à Jimmy lorsqu'il apparut sur le seuil de sa chambre. Elle lui tendit le téléphone et désigna avec gaieté la scène au-dehors. « Est-ce que tout le monde s'amuse bien ? demanda-t-elle comme si elle présidait une fête de rue.

— Un certain nombre », admit-il en portant le combiné à son oreille pour informer Ken Hewitt de son arrivée. Il ne pouvait s'empêcher de songer que c'était encore une vieille dans la misère. Un coup d'œil par les portes ouvertes sur le palier quand il essayait de la trouver lui avait révélé que les autres pièces étaient presque vides. Qu'elle vive seule dans une maison assez grande pour loger une famille entière lui paraissait inexplicable. Apparemment, la plupart de ses biens étaient entassés dans cette chambre, encore qu'il n'y eût aucun objet de valeur — selon l'estimation faite automatiquement par Jimmy chaque fois qu'il entrait chez quelqu'un —, seulement des meubles fonctionnels, un vieux poste de télévision ainsi que quelques bibelots et photographies.

« Ne faites pas attention à Mrs. Carthew, déclarait Ken Hewitt, cela fait une demi-heure qu'elle a perdu le fil... s'imagine que c'est la fin de la guerre... le jour de la victoire. De toute évidence, elle perd la tête par moments car elle était saine d'esprit au début... mais il nous semble préférable d'aller dans son sens de manière à ne pas l'effrayer.

— Elle est toute seule ici, dit Jimmy en se détournant légèrement et en masquant sa bouche avec le poing massif qui tenait le combiné. Pas étonnant qu'elle perde la tête. Il n'y a aucun meuble dans les autres pièces, et elle n'a pas l'air de recevoir beaucoup de visites. Il ne doit plus lui rester que des souvenirs... et c'est plutôt triste.

— Elle nous a raconté que ses enfants avaient vidé la maison il y a deux ans, lorsqu'elle s'est inscrite sur une liste d'attente pour un foyer-logement, et qu'elle ne les a pas revus depuis. Mais il vaut mieux ne pas aborder le sujet. C'est de parler de ses enfants qui l'a fait régresser.

— Pas de problème, dit Jimmy en lançant à Mrs. Carthew un clin d'œil engageant. Je vous le répète, je commence à avoir l'habitude. Ils sont tous comme ça. J'ai un vieux chnoque à l'arrière qui garde la palissade, un casque en fer-blanc sur la tête ;

il radote sur la guerre et fait des moulinets avec une machette. »

Hewitt retrouva promptement ses réflexes de policier. « Vous n'auriez pas dû lui laisser cette arme. Ça ne paraît pas très prudent.

— C'est pas fait pour être prudent. C'est une force de dissuasion.

— Si quelqu'un est blessé, il risque d'être poursuivi... aussi vous serait-il possible de...

— Arrêtez vos conneries, l'interrompit Jimmy, furieux, en tournant le dos à Mrs. Carthew pour ne pas l'alarmer. Vous croyez peut-être que j'ai quoi que ce soit à fiche en ce moment de ce que vous ferez, vous et vos enfoirés de collègues, une fois ce truc terminé ? Ce qui arrive, c'est à cause de vous autres flics. Si je suis ici, c'est uniquement parce que je veux récupérer ma nana. Et laissez-moi vous dire une chose... ici, on n'a pas beaucoup le choix des moyens... et je préfère avoir un type qui s'efforce de persuader les gens de rentrer chez eux que de me retrouver avec des victimes piétinées de chaque côté de cette putain de rue. Alors n'essayez pas de rejeter vos responsabilités sur moi. Je ne fais pas partie de cette foutue police... et je ne me laisserai pas accuser sous prétexte que vous avez été assez stupides pour ne pas voir venir ce merdier. Mon vieux chnoque veille sur plusieurs gosses et fait de son mieux pour que le flot continue à s'écouler... et, si quelqu'un se fait couper en rondelles parce qu'il s'est approché de trop près, ce sera sa faute, putain. Pigé ? »

Une voix de femme se fit entendre sur la ligne. « Jimmy, c'est Jenny Monroe, dit-elle d'une voix calme et égale. Je suis la réceptionniste du centre de soins Nightingale. Mel et ses gosses figurent parmi nos patients... de même que Gaynor et sa famillc. Puis-je vous expliquer en quoi le centre est impliqué et ce que nous faisons ? Nous essayons de nous servir d'un réseau créé par un de nos médecins pour trouver des personnes dans Humbert Street qui seraient prêtes à ouvrir leur porte comme l'a fait Mrs. Carthew. Malheureusement, Mrs. Carthew est très vague en ce qui concerne les noms... »

Jimmy intervint aussitôt. « Comment s'appelle ce réseau ?

— Le Téléphone de l'amitié.

— Bon. Je connais. Il y a une femme dans Glebe Tower, nommée Eileen Hinkley, appartement 406. C'est une de celles qui possèdent les numéros. Si elle n'est pas dans l'annuaire, le service des ambulances sait comment la joindre. Elle pourra vous aider. »

Il y eut un bref silence tandis que Jenny communiquait l'information à quelqu'un à l'arrière-plan. « Formidable ! dit-elle avec chaleur. Un de mes collègues l'appelle tout de suite. Merci infiniment.

— C'est tout ? demanda Jimmy, surpris de se voir congédié de manière aussi désinvolte. Parce que j'aimerais fichtrement savoir ce qui est arrivé à Mel et aux gosses. Et les tirer de là, si possible.

— Non, répondit vivement Jenny, de peur qu'il ne la passe à Mrs. Carthew, ne partez pas, s'il vous plaît ! Il nous faut absolument de l'aide. » Sa voix grimpa d'un cran. « Quelqu'un doit prendre les choses en main là-bas... ramener les gens à la raison.

Nous avons besoin d'un service d'ordre aux sorties. Nous... vous êtes toujours là ?

— Ouais. »

Il entendit le policier chuchoter à quelque distance de l'appareil. « Réfléchissez à ce que vous allez lui dire... s'ils décident d'envahir la maison, elle risque sa peau.

— De qui parle-t-il ? questionna Jimmy. Qui ça, elle ? Qui risque sa peau ?

— Je vous en prie, attendez, Jimmy. » Jenny assourdit à moitié le micro en posant une main dessus, mais elle était suffisamment près pour que les inflexions les plus aiguës, très animées, passent malgré tout. Rien de ce que disait le policier n'était audible.

« C'est absurde... Il faut bien se fier à quelqu'un... Oui, sauf que la police ne fait rien... Oh, pour l'amour du ciel !... Bien sûr qu'elle se sentira plus rassurée si nous pouvons lui faire parvenir un message... n'importe qui le serait à sa place... Non, je me fiche comme de l'an quarante de son casier judiciaire... S'il a l'approbation de Gaynor, alors il a la mienne aussi... »

Sa voix revint si brusquement et avec une telle force que Jimmy écarta le combiné de son oreille. « Puis-je vous faire confiance ? Gaynor semble avoir beaucoup d'estime pour vous. Elle n'a pas cessé de répéter : "Si seulement Jimmy était là."

— Inutile de hurler, ma petite dame. Comme le volume est réglé sur beuglement, je suppose que Mrs. Carthew est sourde » — il vit la vieille femme se tourner vers lui — « en plus de sa tendance à délirer grave, si vous voyez ce que je veux dire. » Il marqua un temps d'arrêt. « Avant de vous certifier que vous pouvez me faire confiance, il faut d'abord que je sache ce que vous attendez de moi. Je ne ferai rien qui puisse me renvoyer en taule. »

Jenny fit un suprême effort pour maîtriser ses émotions fluctuantes. « Je suis désolée. Tout le monde est si inquiet ici. Vous devez me promettre de ne répéter mes paroles à personne, Jimmy... pas même à Melanie ou à Gaynor. Ken a peur que, si le bruit se répand, la foule devienne enragée et attaque la maison... ce qui rendrait la situation encore plus explosive. Apparemment, un gosse s'est déjà fichu le feu avec un cocktail Molotov, et, d'après l'hélicoptère de la police, les candidats font la queue. Il semble que ce soit seulement une question de temps avant que la maison brûle... ce qui veut dire que tous ceux qui se trouvent à l'intérieur brûleront avec... y compris Sophie ! »

Jimmy s'efforça d'y voir clair en superposant ce qu'il savait déjà. « Je pensais que la gamine s'appelait Amy », dit-il.

Un silence déconcerté. « Je parle de Sophie... Sophie Morrison. » Il entendit Ken Hewitt chuchoter à nouveau à l'arrière-plan. « Oh, grand Dieu, non ! Cela n'a aucun rapport avec l'enfant disparue, Jimmy. Sophie est un de nos médecins. C'est pour elle que nous sommes inquiets. Elle m'a téléphoné en urgence en disant que les hommes au 23 la retenaient prisonnière. Elle avait l'air incroyablement effrayée... parlant de » — elle s'interrompit comme si elle cherchait ses mots — « d'agression... puis elle a éteint le téléphone.

— Ce n'est pas elle qui doit se marier dans quinze jours ? Je suis certain d'avoir vu ce nom sur l'invitation qu'on nous a donnée à Mel et à moi.

— Oui.

— Mel en fait des tonnes sur elle... et Sophie par-ci... Sophie par-là...

— Presque tous ses patients habitent Bassindale, et beaucoup sont âgés. C'est elle qui a lancé le Téléphone de l'amitié quand elle s'est aperçue à quel point certains d'entre eux se sentaient seuls. Vous pensez probablement que je dirais n'importe quoi pour l'aider, mais c'est vraiment quelqu'un de bien, Jimmy, du genre qui compte énormément dans la vie des autres. » Sa voix trembla. « Elle ne serait pas dans cette maison à l'heure actuelle si elle ne se souciait pas de ses patients. Elle était censée finir son service à midi, mais elle s'est mise en retard parce qu'elle pense que parler a plus d'importance que de distribuer des cachets. Alors je lui ai demandé de faire cette visite supplémentaire car l'homme était en train de s'affoler... » Sa voix se brisa complètement.

« Vous avez l'air de l'aimer beaucoup. »

Il y eut le bruit d'un nez qu'on mouche à l'autre bout du fil. « Je ne peux pas supporter l'idée qu'il lui arrive quelque chose.

— Vous dites qu'elle a été “agressée”, lui rappela-t-il. Est-ce qu'elle parlait des hommes dans la maison ou des gens à l'extérieur ?

— Ne quittez pas. » Il y eut un long silence avant

qu'il entende à nouveau sa voix, et il la soupçonna d'avoir appuyé cette fois sur la touche de mise en attente. « Elle a dit qu'un des hommes voulait la violer, expliqua-t-elle, et elle n'est pas du style à inventer une chose pareille. »

Jimmy fronça les sourcils, se souvenant de sa conversation avec Melanie un peu plus tôt. « Je croyais que ces types étaient des pédophiles. Pourquoi voudraient-ils violer une femme ? Sans compter qu'ils doivent avoir la trouille eux aussi avec la moitié d'Acid Row qui réclame leur peau. »

Il attendit une réponse qui ne vint pas car la voix du policier se fit à nouveau entendre à l'arrière-plan.

Centre de soins Nightingale

Jenny coupa le haut-parleur et regarda Ken Hewitt avec une expression courroucée. « Cessez de me dire de faire attention à ce que je lui raconte ! aboya-t-elle. Au moins lui, il est là. Au moins lui, il écoute. Que fait la police pour sauver Sophie ? Rien... à part se tourner les pouces et jouer les observateurs parce qu'elle a peur d'aggraver la situation. Bon, voilà ce que je pense : si Harry lui explique le genre de danger auquel il aura probablement à faire face... et s'il accepte de nous aider... alors nous pourrons tous nous prosterner en remerciant le ciel que quelqu'un dans ce trou infect ait eu plus de courage que cette satanée police. »

Jimmy fit une grimace à Mrs. Carthew tandis que le récepteur reprenait vie. « Écoutez, ce n'est pas pour enfoncer le toubib, dit-il afin d'expliquer son scepticisme à Jenny. Je parie que la pauvre a une foutue trouille, mais ça n'a pas beaucoup de sens, quel que soit le bout par lequel on le prend. Je veux dire : il faudrait que vous soyez un fichu crétin pour violer votre otage alors que, si on vous en veut, c'est justement parce que vous êtes un détraqué sexuel. Vous feriez plutôt le contraire... vous seriez gentil avec elle... vous lui demanderiez de plaider votre cause... de persuader la bande de shootés que vous êtes innocent. N'importe qui à Bassindale est capable de comprendre ça. »

Une voix d'homme répondit. « Ici Harry Bonfield, Jimmy. Je suis le directeur adjoint de Nightingale. Nous nous sommes déjà fait ces réflexions, croyez-moi, c'est pourquoi nous avons demandé conseil à un psychiatre. Ce que vous décrivez est une réaction raisonnable à un problème... mais ce n'est pas nécessairement de cette manière que se comporteront ces hommes. Nous sommes en liaison avec l'hélicoptère de la police et, d'après les informations qui nous sont fournies, on n'aperçoit personne aux fenêtres... ce qui est l'inverse de ce à quoi on pourrait s'attendre s'ils voulaient que Sophie plaide leur cause. Ils s'arrangeraient pour qu'elle soit parfaitement visible, l'inciteraient à pousser des cris et à dire qui elle est, l'utiliseraient comme force de dissuasion — pour reprendre votre expression — contre les cocktails Molotov.

— Peut-être qu'elle a trop peur.

— Ce n'est pas notre opinion. Sophie est une femme intelligente, et solide aussi. Elle sait pertinemment qu'un tas de gens dans la foule la reconnaîtraient ou sauraient qui elle est, surtout si elle leur parlait. Ne pas l'autoriser à négocier serait absurde. Elle fait partie des quelques rares personnes capables de calmer la situation. »

Jimmy ne trouva aucune faille dans son raisonnement. « Alors que se passe-t-il, à votre avis ?

— Ce n'est qu'une supposition, mais nous pensons que c'est le vieux qui mène la danse. Ce n'est pas lui qui a été reconnu coupable — c'est son fils —, mais il semble bien que le père soit un agresseur sexuel chronique. Sa femme et son fils ont tous deux subi des violences de sa part — il manie le fouet, ce qui suppose qu'il a de fortes tendances sadiques. En outre, il fréquente régulièrement les prostituées — il a déjà été inculpé de racolage avec amende à la clé, et a été interrogé à plusieurs reprises après que des femmes transportées à l'hôpital eurent fourni un signalement correspondant au sien. Il n'a jamais été condamné, faute de preuves — il se sert de faux noms, et aucune des prostituées n'a voulu témoigner contre lui —, mais, à coup sûr, ce n'est pas le genre d'individu que vous donneriez comme geôlier à une jolie jeune femme. »

Jimmy repensa à la remarque faite par Eileen sur son amie portée à l'exagération. Le médecin brossait de ce type le portrait du psychopathe intégral, mais, dans ce cas, pourquoi n'était-il pas derrière les barreaux, nom d'un chien ? Jimmy soupçonnait fortement ces gens, dans l'atmosphère paisible du centre de soins, de jouer sur ses bons sentiments pour l'obliger à faire quelque chose qu'il ne voulait pas.

« Vous êtes sûr d'avoir bien compris, doc ? demanda-t-il d'un ton ironique. Je veux dire : d'un côté vous me dites qu'il aime la chair fraîche de petit garçon... et de l'autre, qu'il arpente les rues pour ramasser des putes. Ça ne va pas ensemble. Pourquoi est-ce qu'il en pincerait pour les mioches si ce qu'il aime en réalité, ce sont les pétasses faisandées ? »

Ce langage haut en couleur déclencha un rire amusé. « Qu'est-ce que vous préférez, le cours en trois ans ou le condensé d'une minute ? Ne répondez pas, Jimmy. Je ferai de mon mieux pour le condensé. Quelqu'un ayant le genre de trouble de la personnalité dont semble souffrir cet homme ne pense pas à l'avance. Il est incapable de prévoir les conséquences négatives de ses actes. De plus, il ne se considère jamais comme fautif. Ce sera toujours la victime qui aura suscité son agressivité ou sa frustration. Si, comme nous le croyons, sa paraphilie particulière — j'entends, son désordre sexuel — est le sadisme, la peur que ressentent les autres est son principal excitant, et, une fois stimulé, il ne verra aucunement en eux des personnes, seulement une source de gratification immédiate. Ce qui voudrait dire que le fils, qui a dû vivre dans une terreur permanente, était à la fois la raison de l'excitation du père et le moyen de la satisfaire. Est-ce que cela vous paraît pertinent ?

— C'est vraiment à chier, dit Jimmy avec dégoût. Pourquoi est-ce qu'on ne lui a pas retiré le gosse ? »

Harry poussa un soupir. « Parce qu'il y a quarante ans, les gens ne savaient pas que ce genre de choses existait.

— Bon Dieu ! Quel âge a ce mec ?

— Le père ? Soixante et onze.

— Et vous pensez qu'il est encore dangereux ?

— Hélas, oui... surtout pour quelqu'un comme Sophie. Si elle se rebiffe et essaie de se protéger — ce qui nous paraît probable —, il se dira que tout ce qui arrive, c'est à cause d'elle.

— Il n'aura pas la frousse de se faire coffrer après ?

— Tout dépend à quel point il est excité et dans quelle mesure il la croit responsable. Ce n'est pas une personnalité stable, Jimmy, ni particulièrement brillante. Le meilleur qualificatif serait "content de soi". Le fait qu'il n'ait jamais été reconnu coupable d'abus l'aura presque certainement convaincu qu'il a le droit d'agir comme il le fait. Il est même possible qu'il s'imagine que la police est d'accord avec lui. Un homme est plus fort, donc on doit lui obéir. » Harry marqua un temps d'arrêt. « Vous aviez raison tout à l'heure en le traitant de crétin. Ajoutez le mot maniaque sexuel, et vous aurez une assez bonne idée de ce à quoi Sophie est confrontée. »

Sophie regarda le vieux qui se tordait sur le plancher en luttant pour reprendre haleine. Si elle pouvait déplacer cette armoire, ou persuader Nicholas de le faire, il lui serait possible de quitter cette pièce abominable. « Laissez-moi descendre parler à ceux qui se trouvent dans la maison, demanda-t-elle d'une voix pressante à Nicholas. Maintenant... pendant que votre père ne peut pas m'en empêcher. Je vous promets de ne pas me sauver. Je resterai au bas de l'escalier, et je veillerai à ce que personne ne monte. »

Il lança un regard indécis vers la porte. « Vous n'arriverez pas à les arrêter.

— Bien sûr que si, à condition que vous me donniez la possibilité de discuter avec eux. Nous devons commencer à essayer de nous entraider. Vous ne le voyez donc pas ?

— Il est plus prudent d'attendre la police. »

Une terrible apathie s'empara de son cerveau, parce qu'une partie d'elle-même (cette partie hésitante qui existe en chacun de nous et qui nous rend plus courageux devant le danger que nous voyons que devant celui qui nous échappe) était d'accord avec lui. Elle faillit se persuader qu'il valait mieux rester où elle était — dans la fausse sécurité de quatre murs de brique. Qui sait ce qui se passait dehors ? Était-elle vraiment certaine qu'on prendrait la peine de l'écouter ? Et si elle ne faisait qu'aggraver la situation ?

Elle sentit que Nicholas l'observait et se souvint

que ses manières douces l'avaient presque abusée. *Bon sang de bon sang! Elle n'était tout de même pas si faible! Que dirait Bob si elle lui racontait qu'elle avait préféré courir le risque d'être violée parce qu'elle avait eu trop peur de sortir de la chambre...*

« Pas en ce qui me concerne, répliqua-t-elle avec fougue en tapant du pied pour le forcer à réagir. J'ai des amis dehors. Des gens qui se font du souci pour moi... contrairement à vous... et à ce » — elle désigna Franek d'un mouvement du menton — « sale connard !

— Je suis désolé. »

Oh, par pitié! « Allons, un peu de courage ! s'exclama-t-elle. Si c'était la police, elle serait déjà là... et vous devriez sérieusement vous demander pourquoi la seule chose que nous ayons entendue, c'était un hélicoptère. Vous ne comprenez donc pas qu'ils essaient de savoir ce qui se passe ? Et pourquoi feraient-ils ça, Nicholas, si les rues étaient pleines de flics ? Vous êtes un homme instruit, bonté divine ! Servez-vous de votre matière grise... réfléchissez... Tirez vous-même la conclusion. Nous avons plus de chances d'être attaqués que secourus. »

Sans mot dire, il regarda Franek se calmer à mesure que sa respiration devenait plus régulière.

Sophie continua d'une voix plus fébrile. « Votre père ne me laissera pas m'en aller. Nous le savons tous les deux... et nous savons aussi pourquoi. Vous misez probablement sur le fait qu'on nous aura tirés de là avant qu'il ne perde complètement les pédales, sauf qu'il m'a déjà agressée à deux reprises. » Elle porta une main à sa joue enflée. « Si je n'en ai pas une seconde comme ça, c'est uniquement parce que vous êtes intervenu la troisième fois, mais il ne vous laissera pas vous approcher à nouveau. Qu'arrivera-t-il si nous devons passer encore cinq heures ici, Nicholas ? Est-ce que vous allez jouer les souffre-douleur pour me protéger ? Ou vous enfouir la tête dans un coin pendant que votre père s'occupera de moi ? »

Il enfonça ses mains dans ses poches et remua le bout de sa chaussure dans la poussière. « Vous n'avez pas une très haute opinion de moi, n'est-ce pas ? » dit-il.

Que répondre ? Oui ? Non ? Devait-elle se montrer franche, ou mentir ? Quel était son fonctionnement psychologique ? Schizoïde ? Paranoïde ? À la limite ?

« Je crois qu'il vous a infligé de tels sévices que vous êtes terrifié à l'idée de faire quoi que ce soit sans sa permission. Je ne prétends pas le comprendre — vous êtes un adulte et vous ne devriez même pas habiter avec lui —, mais c'est un fait. » Elle prit le ton le plus neutre possible. « Eh bien, oui, vous avez raison, je n'ai pas une très haute opinion de vous. » Elle étudia un moment sa tête penchée. « Le danger pour vous se trouve à l'extérieur, Nicholas, et se cacher ici en pensant qu'on viendra à notre secours est de la pure folie. Savez-vous quoi que ce soit des gens qui vivent dans cette cité ? Vous avez dit tout à l'heure que c'était un quartier dur... alors devinez un peu ce qu'ils feront à un pédophile s'ils lui mettent la main dessus avant la police. »

Il ne sembla pas surpris qu'elle sache pourquoi la foule était dehors. Il parut même soulagé de ne plus avoir à jouer la comédie. « Lui couper la queue, répondit-il d'une voix impartiale. Et je pense aussi qu'ils ont raison. J'ai moi-même essayé en prison, mais on m'a arrêté avant que je me blesse sérieusement. De nos jours, plus personne n'a le droit de se mutiler... même pas les pédophiles. »

Doux Jésus !

« Vous avez vraiment besoin d'aide, remarqua-t-elle d'une voix non moins impartiale. Qu'est-ce que vous avez donc dans le crâne pour croire que c'est votre pénis qui doit être sacrifié ? »

Message téléphonique

Pour :	Inspecteur principal Tyler
De :	Mrs. Angela Gough
Pris par :	Agent Drew
Date :	28.07.01
Heure de l'appel :	15 h 46

Mrs. Gough a réglé la note de sa fille Francesca et fait le nécessaire pour qu'elle rentre en avion cet après-midi. *NB Townsend avait retenu à l'origine pour samedi prochain 04.08.01.* Mrs. Gough a demandé que vous soient transmises les informations suivantes.

1. Elle se refuse à mêler la première femme d'Edward Townsend à l'affaire, mais veut bien vous répéter ce que son amie lui a raconté à propos dudit Townsend.

2. Il a divorcé deux fois. Dans chaque cas, la demande émanait de l'épouse. S'agissant du divorce de son amie (et aussi de celui de la seconde femme, croit-elle), il était représenté par Martin Rogerson.

3. La raison officielle du premier divorce était l'adultère de Townsend avec la femme qui deviendrait sa seconde épouse. La raison officieuse, l'engouement de Townsend pour sa belle-fille (âgée de neuf ans au moment du divorce, de dix-sept ans aujourd'hui). Rien ne prouve qu'il ait abusé d'elle sexuellement – si on s'en tient au témoignage de l'enfant à l'époque –, mais la mère a été consternée en trouvant des cassettes vidéo de sa fille nue. Des vidéos semblables avaient été faites de la mère avant qu'il l'épouse, Townsend prétendant qu'il aimait bien la regarder quand elle n'était pas avec lui. Elle a déniché deux autres vidéos d'enfants qu'elle ne connaissait pas.

4. Rogerson et l'avocat de l'épouse sont tombés d'accord pour que la question des vidéos soit abandonnée et ont

conclu un arrangement comportant une obligation de silence. Mrs. Gough pense que Martin Rogerson a menacé l'épouse de rendre les vidéos publiques, bien que son amie ne lui ait rien dit de tel. Ladite épouse continue à s'en vouloir de son mutisme, dans la mesure où elle est persuadée que Townsend est un pédophile.

5. Mrs. Gough a vu la photo d'Amy à la télévision. Elle dit que l'enfant ressemble beaucoup à la fille de son amie au même âge.

6. La seconde femme de Townsend avait une fille de huit ans. Tout ce que Mrs. Gough sait de ce mariage, c'est qu'il a duré moins d'un an.

7. Mrs. Gough avait averti Francesca que Townsend avait un penchant malsain pour les très jeunes filles. Francesca l'avait accusée d'être jalouse parce qu'elle était elle-même incapable d'attirer les hommes. Mrs. Gough regrette aujourd'hui de ne pas s'être servie du mot « pédophile ».

G. Drew

Vingt et un

Samedi 28 juillet 2001 – commissariat central de la police du Hampshire

Martin Rogerson leva la tête avec colère au moment où l'inspecteur Tyler entrait dans la salle d'interrogatoire. Il avait un téléphone portable collé à l'oreille, et il était difficile de deviner si son irritation était dirigée contre Tyler ou contre la personne à l'autre bout du fil. Avec un « au revoir » tranchant, il referma l'appareil d'un coup sec et le posa devant lui. De la frustration se lisait dans la contraction agressive de ses mâchoires, et Tyler eut un aperçu de la brute décrite par Laura le matin. Assurément, il n'y avait rien d'amène dans son expression présente.

Tyler tira une chaise et s'installa en face de lui. « Excusez-moi de vous avoir fait attendre, dit-il avec un sourire aimable. Je pensais que vous seriez à mi-chemin de Bournemouth lorsqu'on vous joindrait, mais j'ai cru comprendre que vous aviez demandé à l'agent Anderson de vous emmener plutôt à Southampton ? »

Il avait donné à la phrase une inflexion montante, mais Rogerson n'était pas d'humeur à répondre à la question ni au sourire. « Elle m'a dit que c'était extrêmement urgent... quelque chose à propos d'une nouvelle piste, dit-il avec un accent distingué, hachant impatiemment les syllabes, mais cela ne devait pas être si urgent pour que vous ayez jugé bon de me laisser pendant vingt minutes devant un mur nu. » Il tapota avec humeur sur sa montre. Le mâle tout-puissant s'efforçant de dominer. « Vous avez mon numéro de portable. N'était-il pas possible de régler ça par téléphone ? J'ai une réunion à Southampton dans deux heures.

— Alors vous avez tout le temps. C'est à moins d'une demi-heure d'ici. » L'étudiant avec curiosité, Tyler sentit qu'il était sur des charbons ardents. « Votre fille est sûrement plus importante qu'une réunion. Votre femme ne veut même pas aller se coucher de peur qu'une information passe à la radio pendant qu'elle dormirait.

— C'est un coup bas, inspecteur. Votre sergent m'a déjà dit que vous n'aviez pas trouvé de cadavre, et que c'était une raison d'espérer. » Il fit un effort pour se détendre. « Voilà trop longtemps que je suis avocat pour me tourmenter à moins d'y être obligé... contrairement à ma femme qui se rend malade, pour s'apercevoir invariablement que c'est du gaspillage d'énergie. » Il croisa ses mains sur le téléphone puis se pencha en avant pour combler la distance entre eux. « Parlez-moi de cette nouvelle piste. Bien entendu, je ferai n'importe quoi pour vous aider.

— Merci. » Tyler resta un instant silencieux, se

demandant avec qui Rogerson discutait sur son portable, et si la conversation était la cause à la fois de son optimisme et de sa nervosité. « J'ai besoin de vous poser quelques questions sur Edward Townsend. »

Les yeux de l'avocat se rétrécirent légèrement. « Quel genre de questions ?

— Comment décririez-vous vos rapports avec lui ? Personnels ? Professionnels ? Ou les deux ?

— Qu'est-ce que cela a à voir avec ma fille ? »

Il n'y avait aucune raison de ne pas lui dire. « Nous pensons que Mr. Townsend pourrait être impliqué dans la disparition d'Amy.

— Impossible. » C'était une déclaration tout ce qu'il y a de plus catégorique.

« Pourquoi ?

— Il est à l'étranger depuis mardi. »

Tyler regarda le portable. « Vous venez de lui parler ? Est-ce qu'il doit participer à la réunion qui a lieu dans deux heures ? »

Rogerson secoua la tête. « Je n'ai pas l'intention de discuter des affaires de mes clients, inspecteur, pas sans y avoir été autorisé.

— Cette réunion concerne donc les affaires de Mr. Townsend ? »

L'avocat se croisa les bras sans répondre.

Tyler l'observa un moment. « Vous êtes-vous occupé des deux divorces de Townsend ?

— Quel intérêt ?

— Je désire simplement une confirmation que vous étiez son représentant. »

Rogerson ne répondit pas.

« Très bien. » L'inspecteur se leva. « En l'absence de Townsend lui-même, la seule personne à même de le confirmer est sa première femme, ce qui veut dire, j'en ai bien peur, qu'il vous faudra attendre encore un peu, le temps que j'arrive à la joindre. »

D'un geste agacé, Rogerson lui fit signe de se rasseoir. « Je le représentais effectivement. Toutefois, je ne vous en dirai pas davantage. Si vous avez des questions concernant mon client, je vous conseille de les lui poser directement.

— Nous ne manquerons pas de le faire dès que nous l'aurons retrouvé, dit Tyler en reprenant sa place. Savez-vous où il se trouve, Mr. Rogerson ?

— Non.

— Avez-vous un numéro où il nous serait possible de le contacter ? »

Son interlocuteur s'humecta les lèvres. « Non. Le seul numéro que je possède ne répond pas. »

Tyler se demanda s'il mentait, mais décida de passer outre pour le moment. « Mes questions se rapportent à vous, Mr. Rogerson, et à ce que vous savez de votre client. Edward Townsend a fait des vidéos particulièrement douteuses de ses belles-filles, et cela a amené au moins une de ses épouses à le soupçonner d'être un pédophile. Étant son avocat, vous connaissiez leur existence. Auriez-vous l'obligeance de m'expliquer pourquoi, dans ces conditions, vous avez accepté que votre fille vive avec lui ? »

Son assurance en fut nettement ébranlée. Il mit un certain temps à répondre. « Je m'abstiendrai de tout commentaire à ce sujet, si ce n'est pour dire que votre version des événements est aussi douteuse que le sont, d'après vous, ces prétendues vidéos.

— Et pourquoi, continua implacablement Tyler, avez-vous insisté pour qu'elle vous soit rendue au cas où Townsend en aurait assez ? » Il vit le visage de l'autre se fermer. « Était-ce un prêt, Mr. Rogerson ? »

Rogerson prit son portable et le fourra dans sa poche de veste. « Vous ne disposez d'aucun élément vous permettant de donner une telle tournure à cet interrogatoire, inspecteur, et je n'ai pas l'intention de répondre. Je vous suggère d'établir des faits avant toute nouvelle tentative allant dans le même sens.

— Je crois au contraire avoir des éléments solides, répondit Tyler d'une voix douce. Assez solides, à la vérité, pour vous mettre en détention si vous essayez de sortir d'ici. » Ce fut à son tour de se pencher en avant. « Votre client, Edward Townsend, a quitté Majorque hier matin à six heures, et une voiture ressemblant à la sienne a été aperçue dans Portisfield sept heures plus tard avec une enfant répondant au signalement d'Amy sur le siège du passager. Avez-vous des commentaires à faire à ce sujet ? »

La bouche de l'homme s'ouvrit brièvement, mais ce qu'il était sur le point de dire resta un mystère. Même aux yeux peu amènes de Tyler, il paraissait secoué.

« Il éprouve une attirance maladive pour les gamines... et notamment pour votre fille. Nous sommes persuadés que vous étiez déjà au courant au moment où Amy s'est installée chez lui. Sa marotte consiste à faire des vidéos d'enfants prépubères nus.

Il possède plusieurs adresses e-mail — toutes codées —, celle de son entreprise officielle étant la seule qui soit consultable. Il a passé cette semaine à Majorque, à filmer une réplique d'Amy, et un dénommé Martin lui a téléphoné jeudi. Leur discussion était tellement confidentielle que la fille qui l'accompagnait n'a pas eu le droit d'écouter, mais, à la suite de ce coup de fil, Townsend est rentré en Angleterre. Voulez-vous me répéter ce que vous lui avez dit, Mr. Rogerson ? En particulier ce qui pourrait concerner Amy. »

Rogerson réfléchit un moment. « C'est absurde. Vous faites complètement fausse route. Même si j'étais le Martin à qui il a parlé, comment aurais-je pu lui dire quoi que ce soit sur ma fille alors que je ne l'ai pas vue depuis des mois ?

— Niez-vous avoir téléphoné à Edward Townsend à Majorque ?

— Je nie assurément être lié de quelque manière que ce soit à la disparition de ma fille. »

Tyler prit note du caractère évasif de cette repartie. « Ne faites pas le malin, dit-il brutalement. Il s'agit ici de la vie d'une enfant — de votre propre enfant. Avez-vous parlé à Townsend au cours des dernières vingt-quatre heures, en tête à tête ou par téléphone ? »

L'homme hésita avant de répondre. « J'ai essayé de le contacter. Son portable était soit éteint, soit à plat. » Il interpréta avec justesse le regard de l'inspecteur. « Je n'avais — et je n'ai toujours — aucune raison de croire qu'Amy était avec lui, dit-il d'un ton ferme. Je souhaitais lui parler à propos de ses affaires. »

Tyler trouva son expression moins facile à déchiffrer. Était-ce une nouvelle dérobade quand un simple « non » aurait suffi ? « Laquelle ?

— À ma connaissance, il n'y en a qu'une. Etstone, sa société immobilière.

— Nous pensons qu'il pourrait en avoir sur Internet. Êtes-vous au courant ? »

Rogerson eut un froncement de sourcils. « Non.

— Saviez-vous qu'il était rentré en Angleterre hier matin ?

— Non.

— Pour quand l'attendiez-vous ? »

Légère hésitation. « Je ne crois pas qu'il ait mentionné de date. »

C'est faux, pensa Tyler. « D'après nos informations, il avait réservé pour samedi en huit. »

Son interlocuteur détourna la tête. « Je l'ignorais. »

Tyler changea brusquement de tactique. « Voilà quinze jours, Amy a passé un coup de téléphone en PCV à quelqu'un qu'elle a appelé Em. Était-ce vous, Mr. Rogerson ?

— Non.

— Savez-vous qui cela pourrait être ?

— Aucune idée. Comme je l'ai déjà déclaré à plusieurs reprises, cela fait des mois que je n'ai pas eu de ses nouvelles.

— Votre femme a suggéré qu'elle disait Ed parce qu'elle avale les “d”. Est-ce quelque chose que vous avez remarqué quand Amy vivait avec vous ?

— Non.

— Ce qui veut dire que vous ne l'avez pas remarqué ou qu'elle ne le faisait pas ?

— Les deux. Du fait des contraintes de mon travail, elle était généralement couchée à l'heure où je rentrais à la maison, mais, si je l'avais entendue le faire, je l'aurais corrigée.

— Étiez-vous proche de votre fille, Mr. Rogerson ?

— Pas particulièrement. Elle a toujours été l'enfant de sa mère. »

Tyler hocha la tête, comme si c'était tout naturel. « Alors pourquoi menacer de la lui retirer ? demanda-t-il. Pourquoi effrayer Laura en lui laissant entendre que vous alliez vous battre pour avoir la garde ? »

Rogerson respira profondément par le nez. « J'ai déjà répondu deux fois à cette question... une fois la nuit dernière et de nouveau avant la conférence de presse.

— Faites-le encore une fois, je vous prie. »

Il jeta un nouveau coup d'œil à sa montre, réprimant avec difficulté son irritation. « L'accord auquel nous étions parvenus, Laura et moi, c'est que je ne m'oppose pas à ce qu'elle prenne Amy en septembre dernier, en échange de quoi elle acceptait, si ses conditions de vie venaient à changer, que la question de la garde soit réglée par un tribunal... les souhaits d'Amy se voyant accorder la priorité. Il me paraissait à la fois juste et responsable que l'enfant ait la possibilité de choisir.

— Et vous auriez été heureux de la reprendre si elle vous avait choisi ?

— Bien sûr. C'est ma fille.

— Alors pourquoi ne le savait-elle pas ? »

L'homme fronça les sourcils. « Je ne comprends pas la question.

— Si elle savait que vous l'aimiez, pourquoi ne vous a-t-elle pas appelé et n'a-t-elle pas demandé à rentrer à la maison quand Laura a quitté Townsend ?

— Parce qu'on ne le lui a pas permis, je présume. » Peut-être, comme sa femme, craignait-il les pièges car sa voix prit un ton incisif. « Permettez-moi de formuler la question autrement, inspecteur. Pourquoi Laura n'était-elle pas disposée à porter l'affaire devant un tribunal ? Ne diriez-vous pas que c'est un assez bon indice qu'elle savait qu'Amy me choisirait ?

— Pas vraiment, répondit Tyler sans mettre de gants. Pour ma part, je préfère les indices simples et directs. Si Amy avait eu le désir de vivre avec vous, elle vous aurait donné un coup de fil. Il y a le téléphone chez les Logan. Elle avait tout loisir d'appeler en catimini après le départ au travail de Laura et de Gregory chaque matin. C'était une enfant tourmentée. Inquiète... solitaire... brutalisée par ses baby-sitters... mentant à sa mère pour que Laura puisse continuer à chercher une issue au pétrin dans lequel elles se trouvaient. Vous êtes son père. La personne la plus susceptible de voler à son secours. Alors pourquoi ne s'est-elle pas tournée vers vous pour obtenir de l'aide ?

— Elle a peut-être essayé, et je n'étais pas là.

Elle ne voulait peut-être pas causer de chagrin à sa mère. Les enfants ont des raisons compliquées de faire les choses. Peut-être est-ce à moi qu'elle ne voulait pas causer de chagrin ? »

Tyler admettait le bien-fondé de cette dernière remarque, encore qu'il aurait volontiers remplacé « causer du chagrin » par « sortir de son apathie » Ce qui demeurait obscur, c'était l'origine de l'apathie de son interlocuteur. « Je ne vois que deux manières de considérer ce prétendu accord, Mr. Rogerson, dit-il avec franchise. La première, c'est que vous n'avez jamais été capable d'autre chose que de vous servir de votre fille pour attaquer votre femme. Edward Townsend est brusquement tombé du ciel — vous ignoriez alors que Laura et lui avaient une liaison ou qu'elle envisageait de vous quitter —, de sorte que vous vous êtes efforcé de gagner du temps afin de dissimuler vos avoirs. Aussi longtemps que la menace de lui prendre Amy planerait au-dessus de sa tête, Laura aurait trop peur d'aller trouver un avocat parce qu'elle sait d'expérience que les jeux sont faits d'avance. »

Rogerson secoua la tête. « Pourquoi ne pouvez-vous pas accepter que j'aie pris mes responsabilités de père au sérieux ? Ce n'est pas ma faute si Laura avait une liaison. Ni celle d'Amy. Tant qu'elles vivaient avec Edward Townsend — et malgré la ridicule obstination de Laura à me retourner mes chèques de pension alimentaire —, j'étais convaincu que ma fille ne manquait de rien. Je connaissais l'individu en question, je savais quel était son train de vie. Une autre liaison n'offrait pas de telles garanties... comme la suite l'a amplement démontré. Je doute qu'Amy aurait disparu si ma femme n'avait pas rompu les termes de notre accord. »

Tyler n'eut aucune réaction à cet exposé remarquable. « Ma seconde hypothèse, continua-t-il comme si de rien n'était, c'est que vous étiez disposé à prêter Amy à Townsend pendant une certaine période — probablement pour le garder comme client. À cette fin, vous lui avez permis de séduire votre femme — qui ne vous intéressait plus — dans l'unique intention de tirer profit de votre fille. La seule condition était qu'Amy vous serait rendue lorsque la toquade de Townsend aurait pris fin... soit pour l'abuser vous-même, soit pour l'offrir à d'autres clients. Dans tous les cas, continua-t-il d'une voix ferme sans tenir compte de l'expression interloquée de Rogerson, vous vous êtes rendu complice en confiant la garde d'une enfant de dix ans à un individu que vous saviez être un pédophile. »

Le regard de Rogerson étincela de colère rentrée. « Je vous conseille de faire attention où vous mettez les pieds, répliqua-t-il d'un ton menaçant. Sur quoi vous appuyez-vous pour formuler une telle allégation ?

— Vous étiez l'avocat de Townsend au moment de son premier divorce. Vous avez contribué à faire disparaître les preuves de sa pédophilie.

— Je le nie catégoriquement.

— Niez-vous qu'il ait existé des cassettes vidéo représentant sa belle-fille de neuf ans nue et qu'il n'y ait été fait aucune allusion au cours du divorce ?

— Je dirai seulement que certaines questions ont été laissées de côté à la demande de sa femme, qui ne tenait pas à ce que des pièces compromettantes, la concernant, soient divulguées. Je n'avais aucune raison de penser, d'après ces pièces, qu'Edward Townsend était un pédophile. Je pensais au contraire — et je le pense toujours — qu'il était uniquement intéressé par les femmes. »

Tyler le transperça du regard. « Pourquoi Amy pleurait-elle quand vous l'avez emmenée voir vos parents ? »

Ce brusque retournement attisa l'irritation de Rogerson. « Qu'est-ce que ç'a à voir là-dedans ? lança-t-il.

— C'était une occasion. Amy était seule avec vous... sans sa mère. »

Son visage se ferma aussitôt. « Qu'essayez-vous d'insinuer ?

— Je me demande simplement pourquoi Amy était si malheureuse ce jour-là que vos parents vous ont prié de ne pas la ramener ?

— La gosse pleurnichait. Est-ce si extraordinaire ? C'était trop pour elle.

— Pourquoi ?

— Comment le saurais-je, nom d'un chien ? » S'interrompant, il avala une nouvelle goulée d'air pour se calmer. « Parce que mes parents vivent dans une maison de santé, et que bon nombre de patients sont atteints de la maladie d'Alzheimer, répondit-il d'une voix plus posée. Cela n'a rien de rassurant pour une petite fille.

— Je croyais qu'il s'agissait d'une maison de retraite.

— Maison de santé... maison de retraite... tout ça, c'est du pareil au même.

— Les maisons de retraite ne s'occupent pas des personnes souffrant de la maladie d'Alzheimer. »

Il y eut un court silence. « Alors c'est que ma fille est timide de nature. Qu'est-ce que vous attendez de moi ? Une analyse détaillée d'une seule journée de la vie d'une gamine ? »

Tyler recula sa chaise et allongea les jambes. « Personne d'autre ne la qualifie de timide, Mr. Rogerson. Pleine d'exubérance est la description qui semble lui correspondre le mieux. Il paraît qu'elle aime faire sourire les gens. »

Cette fois, le silence fut long.

« Je ne vois pas où vous voulez en venir, finit par dire Rogerson.

— Les seuls qui prétendent qu'elle pleurait tout le temps sont Kimberley et Barry Logan... et ils lui rendaient la vie infernale. Ils racontent également qu'elle était sans cesse fourrée aux toilettes parce qu'elle avait mal au ventre. Vos parents disent la même chose : "elle n'arrêtait pas d'aller aux toilettes avec mal au ventre, mais refusait qu'on l'aide".

— Je ne m'en souviens pas. » Tyler le vit regarder à nouveau sa montre, comme si son rendez-vous à Southampton était la seule chose qui le préoccupait.

« C'est un symptôme fréquent d'abus sexuel, Mr. Rogerson, en particulier chez les filles. Séjours interminables aux toilettes... refus d'être aidé pour ne pas laisser voir la preuve des sévices subis. Sur le plan physique, les maux de ventre peuvent être dus à une infection du système urinaire ou des organes génitaux. Sur le plan psychologique, c'est une indication probable d'anxiété... qui peut se manifester par de l'anorexie ou de la boulimie, où les vomissements en cachette sont monnaie courante. Votre fille est très maigre. De plus, elle est obsédée par le désir de plaire. »

Rogerson le regarda droit dans les yeux. « Est-ce que vous m'accusez de maltraitance à enfant ?

— Je suis frappé par la date de votre visite à vos parents ; elle tombe précisément dans la période où Laura et Townsend avaient leur liaison.

— Alors je vous suggère d'en discuter avec Laura. Comme vous l'avez brillamment établi durant ces dix dernières minutes, mes contacts avec ma fille ont été négligeables depuis sa naissance. » Il posa ses mains à plat sur la table, prêt à se lever.

Tyler frappa la table du doigt. « Restez où vous êtes, ordonna-t-il sèchement. Je n'en ai pas encore fini avec vous. »

Rogerson l'ignora. « Certainement que si, répliqua-t-il en se mettant debout, à moins que vous ne soyez en mesure de fournir des preuves de ce que vous affirmez. » Il fit mine de se détourner.

Tyler se leva à son tour. « N'allez pas plus loin, je vous prie, Mr. Rogerson. Je vous arrête pour association de malfaiteurs et incitation à commettre des actes obscènes sur des mineurs. Vous n'êtes pas obligé de parler, mais cela pourrait nuire à votre défense si... »

L'avocat pivota d'une pièce, le visage déformé par la colère. « C'est vous qui ne devriez pas aller plus loin, proclama-t-il, se servant de son poing comme d'une massue. J'insiste pour que ces accusations me soient dûment exposées avant que vous ne m'informiez de mes droits.

— ... vous ne mentionniez pas, quand vous serez interrogé, quelque chose que vous invoqueriez plus tard devant la cour. Et tout ce que vous direz pourra être retenu contre vous. » Il toisa Rogerson. « En conséquence de votre arrestation, la police exercera son droit de perquisitionner tout bien que vous occupez ou sur lequel vous exercez un contrôle... y compris vos fichiers et vos disques durs informatiques. Avez-vous compris ce que je viens de vous dire ? »

Le visage de son interlocuteur était dénué d'expression, à l'exception d'un tic qui agitait sa paupière gauche de façon spasmodique. Il préféra garder le silence.

Tyler sourit légèrement en tendant la main. « Votre téléphone, s'il vous plaît, Mr. Rogerson. »

9 Humbert Street

Jimmy écoutait avec une consternation croissante ce que Harry Bonfield lui demandait de faire. À savoir entrer au 23 en utilisant la porte de derrière et négocier la libération de Sophie. Ou bien par ses propres moyens, ou bien en prenant le portable de

Sophie pour amorcer un dialogue entre les Hollis, Harry Bonfield et la police.

« Vous êtes toujours là ? demanda Harry comme il ne répondait pas.

— Ouais, ouais, je réfléchissais. » Nouveau silence. « Bien, voilà comment je vois ce bazar. Vous avez un cinglé et une pédale qui font dans leur froc parce que la moitié de la cité campe devant leur porte, et la seule chose qui pourrait empêcher qu'ils soient mis en pièces, c'est le toubib qu'ils retiennent prisonnier. Or, plutôt que de s'en servir comme porte-parole, ce qui aurait été le plus sensé, ils projettent de la coller devant eux avec un couteau sous la gorge au cas où quelqu'un ferait irruption. En plus, il est possible qu'ils l'aient déjà violée — soit parce qu'ils sont tellement vicelards qu'ils ne peuvent pas se retenir, soit selon l'idée que plus elle aura les jetons, moins elle essaiera de se sauver au moment de la corrida. Qu'est-ce que vous pensez de ce résumé ?

— En plein dans le mille, je dirais.

— Bon, alors qu'est-ce que ça change que je rentre dans la bicoque ? Que ce soit un seul type ou un millier, je ne vois pas très bien la différence. Ces Hollis continueront à être excités comme des puces, et la nana aura toujours un couteau sous la gorge. Je ne connais rien à ce genre de conneries, doc. Si jamais je me plante, votre copine risque d'y passer. Vous êtes sûr qu'il ne vaudrait pas mieux attendre les flics ? »

Il y eut une nouvelle conversation à l'arrière-plan. « Ken Hewitt dit que les forces antiémeutes ont reçu l'ordre de ne pas prendre d'assaut les barricades pour éviter que les maisons situées le long des voies d'accès ne soient incendiées. Deux escouades encerclent les champs de l'autre côté du mur d'enceinte à l'arrière de la cité, mais les autorités estiment qu'il leur faudra encore une heure avant d'arriver à rassembler des effectifs suffisants pour lancer une attaque efficace. Vous êtes notre meilleur atout, Jimmy. » Harry marqua un temps d'arrêt. « Je dirais même que vous êtes notre seul atout. Je ne veux pas faire davantage pression sur vous, mais, d'après l'hélicoptère, un certain nombre de jeunes dans Humbert Street ont commencé à bombarder la maison des Hollis avec des cocktails Molotov. Ils ont été arrêtés pour le moment par un petit cordon de gens qui essaient de la protéger, mais il ne semble pas que cela puisse durer très longtemps.

— Qui est-ce qu'il y a dans ce cordon ?

— Surtout des femmes. » Harry se tut pour écouter Ken Hewitt. « Avec à leur tête une grande blonde enceinte.

— Merde !

— C'est votre Melanie ?

— On dirait.

— Dans ce cas, vous devriez aller à son secours, déclara aussitôt Harry. C'est ce qu'aurait exigé Sophie... alors moi également. »

Jimmy ne répondit pas.

« Je crois qu'il est parti, fit la voix de Harry à l'autre bout.

— Bon sang, doc, lâchez-moi la grappe, d'accord ! Je réfléchis. Est-ce que c'est permis ? »

Comme il n'espérait pas de réponse, il n'en attendit pas. « Bon, voilà ce qui va se passer. Oubliez les négociations. Au lieu de ça, je leur ferai une proposition qu'ils ne pourront pas refuser. Croyez-vous que Sophie aura le cran de venir avec moi si j'offre de les protéger et de les faire sortir de la cité ? Vous comprenez, j'ai comme dans l'idée que l'agitation se calmera plus vite si la foule entre dans la maison et la trouve vide. Tout ce qu'elle fera, c'est de bousiller l'intérieur.

— Comment les ferez-vous sortir de la cité ?

— En allant retrouver les flics qui arrivent par l'arrière. » Il respira en frissonnant, ce qui montra à ceux qui l'écoutaient combien il avait peur. « C'est plus sûr de prendre à travers la cité que d'essayer de contourner les barricades. Ça barde surtout du côté de la grand-route, et il n'y a pas grand monde qui sache à quoi ressemblent ces fumiers. Ça aura simplement l'air de trois mecs et d'une fille rentrant chez eux. Qu'en dites-vous ? »

Cela paraissait dingue, même à ses propres oreilles, mais Harry se contenta de répondre : « C'est mieux que ce que nous avons trouvé jusqu'ici. Bonne chance. »

Jimmy rendit le téléphone à Mrs. Carthew puis dévala l'escalier vers le jardin.

Quartier général de la police du Hampshire

« Il se sert d'initiales pour classer ses numéros, dit le sergent à Tyler tandis qu'il parcourait le menu sur le téléphone de Rogerson, prenant note des lettres et des chiffres. Il vaudrait mieux que vous ayez raison à son sujet, patron. Si jamais vous vous trompez, il nous ratissera dans les grandes largeurs... et vous serez bon pour aller planter vos choux.

— Je ne me trompe pas, dit Tyler en regardant par-dessus son épaule. Vous auriez vu sa tête quand j'ai mentionné ses disques durs. Il a téléchargé quelque chose dont il a honte, et il sait que nous le trouverons.

— Bon. E.T. On dirait que c'est ça. » Gary Butler écrivit les numéros sur le bloc et le fit pivoter vers son chef, « Qu'est-ce que vous comptez en faire ?

— Essayer, répondit Tyler en tendant le bras vers le poste fixe. Si Rogerson a dit la vérité, Townsend ne répondra pas de toute manière. » Il laissa retomber sa main. « Réflexion faite, dit-il, je préfère me servir du téléphone de Rogerson. Cet enfoiré sera peut-être plus loquace si c'est le numéro de son avocat qui s'affiche.

— Vous allez faire capoter les charges si vous ne dites pas qui vous êtes, patron.

— Nous n'avons aucune charge », répliqua Tyler d'un ton lugubre.

À l'intérieur du 23 Humbert Street

La tentative de Colin pour verser de l'eau à travers la boîte aux lettres de l'intérieur de la maison fut plus qu'inutile. Le haut de la bouilloire cogna contre la porte alors qu'il l'inclinait et la majeure partie du liquide se répandit dans l'entrée. Il jeta un rapide coup d'œil par la fente, se brûlant les doigts sur la bordure métallique, et vit avec effroi que la chaleur avait forcé Melanie et sa ligne de défense à s'éloigner de la maison pour se rapprocher de leurs bourreaux.

Se précipitant à nouveau dans la cuisine, il ouvrit à toute vitesse les placards du bas, à la recherche d'une bassine ou de tout autre récipient susceptible de contenir une quantité d'eau substantielle. Il trouva un seau en métal en dessous de l'évier, qu'il poussa sous les robinets ouverts tout en continuant à chercher. Un saladier. Une grande boîte Tupperware. Il les mit à la place du seau qui débordait puis traversa le couloir avec les dix litres d'eau.

Il en était arrivé à la conclusion que la seule chose à faire était de vider le seau directement sur les flammes. Mais il avait les mains qui tremblaient lorsqu'il saisit la clenche parce qu'il savait que ce serait pour Wesley Barber une invitation irrésistible à se ruer vers la maison ou, pire, à lancer un nouveau cocktail Molotov.

Avec Colin pour cible...

Rapport du service des ambulances	
Ambulance n° :	512
Date :	28.07.01
Heure de prise en charge :	15 h 55
Étaient présents :	K. Parry, V. Singh
Détails sur le patient :	(fournis par Andrew Fallon, un camarade)
Nom :	Kevin Charteris
Adresse :	206 Bassindale Row, Bassindale
Âge :	Quinze ans
Nom et adresse du plus proche parent :	Mère : Mrs. M. Charteris, 206 Bassindale Row (indisponible quand des auxiliaires médicaux ont tenté de la joindre par téléphone)
Situation :	Le patient a été amené à l'ambulance à l'extérieur de la barricade Décédé en arrivant Tentative de réanimation infructueuse Brûlures à environ 75 % (2e et 3e degré) à la tête et au corps Décès dû au choc – heure approximative : 10 minutes avant l'arrivée
Destination :	Hôpital général de Southampton

Vingt-deux

Samedi 28 juillet 2001 – commissariat central de la police du Hampshire

On répondit à la première sonnerie. « Qu'est-ce que tu veux, Martin ? » C'était une voix d'homme, et le vacarme d'un moteur et de la circulation indiquait qu'il était en voiture, se servant très certainement d'un téléphone incorporé au tableau de bord. Les variations de volume et les coupures intermittentes donnaient à penser que la transmission laissait à désirer.

Tyler était un assez bon imitateur, et l'intonation grave et tranchante de Rogerson n'était pas difficile à contrefaire dans de brèves reparties. « Où es-tu ? demanda-t-il.

— En Angleterre. À environ une heure... tu peux remercier John Finch... m'a raconté... ce qui se passait... » C'était un accent londonien. On devinait qu'il était en colère. La déformation des voyelles était accentuée par les ondes, et son irritation leur donnait un caractère mordant.

Tyler posa sa main sur le micro puis l'écarta légèrement. « ... Amy.

— La ligne est mauvaise. Je n'arrive pas... t'entendre correctement. Quoi, Amy ?

— La police... de m'interroger. »

La voix déferla soudain avec fracas. « Ouais, eh bien, je suis désolé pour la gosse, mais ça ne change rien. Si tu n'es pas au Hilton dans une heure, j'aurai ta peau. » La communication fut brusquement coupée.

Tyler éteignit le portable et le tendit au sergent.

« Alors ? » demanda celui-ci.

L'inspecteur pressa l'arête de son nez entre le pouce et l'index. « Si c'était Townsend, il est en route pour le Hilton de Southampton. Et il est fou furieux.

— Pourquoi ?

— Dieu seul le sait.

— Vous croyez qu'il a Amy ? »

Tyler se frotta la joue d'une main lasse. « Ça n'en a pas l'air. »

Les jardins derrière Humbert Street

Il n'y avait rien que Jimmy puisse dire au soldat, à part garder la palissade et arrêter tous ceux qui essaieraient de se faufiler. Il lut de la méfiance dans le regard du vieux, comme si celui-ci le soupçonnait de vouloir sauver sa propre peau en fuyant à travers les jardins déserts en direction de Bassindale Row, mais ce n'était pas le moment de se lancer dans des explications, et cela n'aurait eu aucun sens non plus. La vérité serait répétée aux autres, et un mensonge ne convaincrait pas.

Il courut le long du passage que les garçons s'étaient taillé un peu plus tôt à travers les palissades défoncées, scrutant l'arrière des maisons à la recherche du duplex de Mamie Howard au 21a. Elle l'avait laissé entrer une fois dans la pièce du rez-de-chaussée, lorsqu'il avait tenté de faire la paix avec elle, et il avait remarqué les bibelots sur le rebord de la fenêtre. Un en particulier avait retenu son attention car il paraissait avoir de la valeur. Une statuette en bronze, assez grande, d'un cheval se cabrant. Il priait le ciel qu'elle n'ait pas changé de place, ou que sa propriétaire soit assise derrière sa fenêtre, parce que, s'il ne réussissait pas à localiser l'arrière de la maison de Melanie, il aurait du mal à dénicher le 23.

Il aperçut le cheval derrière une vitre à deux logements du jardin avec le portique, puis, en traversant le fouillis de mauvaises herbes qu'elle surveillait si jalousement sans jamais y mettre les pieds, le visage revêche de Mamie Howard. Cela faisait de la palissade suivante la frontière avec le 23. Il plongea dans l'ombre d'un petit pommier et avala une goulée d'air pour calmer ses halètements, tandis qu'il lorgnait vers les fenêtres de la pièce du fond et de la cuisine, guettant des signes de vie derrière les carreaux.

Il savait que la disposition devait être la même que chez Mrs. Carthew, ce qui voulait dire qu'il n'y avait d'accès possible que par la cuisine. Quant à savoir si les hommes se trouvaient au rez-de-chaussée, il pouvait rester là indéfiniment. La logique lui conseillait d'agir avec prudence, d'escalader la palissade près de la maison et de ramper le long du mur sous les fenêtres, en espérant qu'un rapide coup d'œil dans chaque pièce ne le trahirait pas. Son tempérament l'incitait à faire exactement le contraire : prendre le taureau par les cornes, sauter par-dessus la palissade et s'élancer contre la porte, car, même s'il optait pour la prudence, la porte était certainement fermée à clé et nécessiterait d'être enfoncée à coups d'épaule.

Il gémit en lui-même. Quoi qu'il fasse, ce serait sûrement une erreur.

La vie était comme ça.

Commissariat central de la police du Hampshire

Une pensée semblable trottait dans la tête de Tyler. La vie était un jeu de poker. Continuer la partie? ou arrêter les frais? Il ne voyait pas Martin Rogerson accepter des excuses, de sorte qu'arrêter les frais n'était guère une solution, et, comme Jimmy, sa nature le poussait à agir.

« Tant pis ! dit-il au sergent. Je veux Townsend en garde à vue pour interrogatoire. Téléphonez à Southampton et demandez qu'ils l'agrafent dès qu'il arrivera au Hilton. Ils devront être en place dans la demi-heure. Dites-leur que nous sommes en route et que nous l'interrogerons là-bas. S'il demande de quoi il s'agit, qu'on lui réponde que nous nous intéressons à la période de six mois qu'Amy a passée chez lui. Je ne tiens pas à ce qu'il s'affole. Dites-leur aussi de retenir tous ceux qui se présenteraient pour une réunion avec lui et Rogerson. Assurons-nous qu'ils sont réglos avant de laisser filer un groupe de pédophiles.

— Et Rogerson ?

— Faites-le poireauter. »

Butler parut se troubler. « Vous êtes sûr que c'est la bonne méthode, patron ? »

Tyler esquissa un sourire. « Non.

— Alors, est-ce qu'on ne devrait pas... ?

— Les agissements de Townsend puent à plein nez, Gary. J'ai deux femmes et cinq gamines filmées nues en vidéo. » Il les énuméra sur ses doigts. « La première épouse... la première belle-fille... Laura... Amy... Franny... et deux inconnues. Sans compter toutes celles que nous ignorons. Les deux femmes pensaient que les cassettes étaient destinées à son plaisir personnel quand il était loin d'elles. Alors pourquoi se met-il à filmer leurs filles dès qu'elles ont mis un pied chez lui ? Et pourquoi son e-mail est-il codé ?

— Ou, du reste, pourquoi avoir une femme sous son toit ? Pourquoi prendre la peine de se marier ? Pourquoi faire semblant avec Laura ? »

Tyler indiqua du doigt un paragraphe du message de Mrs. Gough. « Elle dit qu'Amy ressemble à la première belle-fille au même âge. C'est peut-être une manie. Il n'arrive peut-être pas à résister à un certain type de gamine. Mince, brune, âgée d'une dizaine d'années. Il était furieux contre Franny Gough parce qu'elle était trop bien développée.

— À moins que Rogerson ait raison et que ce soient les femmes qui l'attirent. Ce que tendrait à prouver le fait qu'il ait réalisé des vidéos d'elles. C'est peut-être une sorte d'artiste... un admirateur des formes féminines... pré et postpubères. Comme un tas d'entre nous, patron.

— Êtes-vous en train de me dire que vous aimez reluquer les petites filles, Gary ? »

Butler eut un haussement d'épaules. « Aucune des épouses n'a parlé d'abus sexuel, seulement qu'il avait fait des vidéos.

— Pour les exploiter. Je suis prêt à parier que c'est un pédophile. Et, plus encore, que Rogerson le sait.

— Ouais, mais pas le pédophile qui a enlevé Amy. Elle était avec quelqu'un d'autre pendant qu'il se trouvait à Majorque, ne l'oubliez pas. D'après les témoignages de Kimberley et de Barry, elle avait quitté la maison comme elle l'avait déjà fait mardi, mercredi et jeudi. Vous risquez de vous attirer encore plus d'ennuis si vous ne relâchez pas Rogerson tout de suite. Il vous a dit qu'elle n'était pas avec Townsend, et il aura votre peau si on la retrouve clamsée à l'autre bout du pays pendant que vous vous acharnez sur lui et sur son client.

— Il l'aura de toute manière. » L'inspecteur se frotta la nuque, plissant les yeux pour réfléchir. « Qui est "Em" si ce n'est pas "Ed" ? À qui appartient la voiture noire si ce n'est pas celle de Townsend ? Qui était la gamine que l'on a vue monter à bord si ce n'était pas Amy ? Pourquoi est-il rentré plus tôt ? Pourquoi n'est-il pas retourné chez lui ? Où a-t-il passé les dernières vingt-quatre heures ?

— Une meilleure question serait pourquoi a-t-il emmené Franny Gough à Majorque s'il avait Amy à disposition ? Cela ne tient pas debout... en tout cas pour moi. »

Absorbé par ses pensées, Tyler fixait du regard un point dans l'espace. « "À disposition" est peut-être le mot juste, reprit-il. Il savait où elle se trouvait, savait qu'elle serait encore là lorsqu'il rentrerait. » Il ramena son regard sur le sergent. « S'il dirige un site pornographique, il a besoin de s'approvisionner constamment en filles, fit-il observer, et, d'après Franny, le voyage a été décidé du jour au lendemain.

— Mais pourquoi aller jusqu'à Majorque ? Pourquoi ne pas la filmer dans son appartement ?

— Pour varier un peu ? Parce qu'il ne tenait pas à ce que Mrs. Gough coure au commissariat à cause de ce que lui avait dit la première épouse ?

— Ce ne sont que des théories fumeuses, patron. On ne peut pas mettre les gens en détention sur de simples hypothèses. Le chef va vous tomber sur le dos en moins de deux. Rogerson est déjà en train de se déchaîner dans sa cellule. » Il resta un instant silencieux. « Dites-moi, pourquoi Townsend prendrait-il le risque de tout compromettre en enlevant la môme ? Qu'est-ce qu'Amy comptait faire qui l'a forcé à plaquer Franny et à rentrer au bercail ? Comment aurait-il su ce qu'elle avait en tête ? Une gamine ne peut pas se permettre d'appeler un portable en Espagne depuis une cabine téléphonique en

Angleterre. Ça n'a pas de sens. Il y a trop de détails qui clochent.

— Vous avez une meilleure idée ? demanda Tyler avec humeur. Nous avons une enfant disparue et un pédophile suspect qui la connaît intimement. Et qui, de surcroît, entretient des relations sacrément étroites et sacrément bizarres avec le père... si l'on tient compte du fait qu'il a séduit sa femme. Vous ne trouvez pas que cela mérite d'y regarder de plus près ? »

Il ne vit que du scepticisme dans le regard de l'autre et désigna la porte d'un signe de tête irrité. « Faites ce que je vous dis, Gary. Si j'ai tort, j'ai tort. Dans un cas comme dans l'autre, je m'en contrefiche pour le moment... pourvu qu'on retrouve cette gamine vivante. À vrai dire, j'ai l'impression d'une petite bêcheuse qui ne m'inspirerait guère de sympathie si je la rencontrais. Le genre m'as-tu-vu, ce n'est pas mon truc. J'aime les enfants normaux... un peu timides... préférant être avec d'autres gosses qu'avec des adultes... sauf que je n'ai jamais été dans la position d'Amy. Ça ne doit pas être très drôle d'avoir à mendier de l'affection. »

Le jardin du 9 Humbert Street

De l'endroit où il se tenait, le vieux soldat pouvait suivre les cabrioles du Noir. Aucune des palissades n'était assez haute pour lui masquer les mouvements sinueux et feutrés de Jimmy. Il porta le pire jugement sur ce qu'il voyait. Il n'y avait qu'une raison de regarder par les fenêtres en longeant le dos des propriétés avant de s'abriter derrière un arbre pour surveiller l'une d'entre elles. Le nègre profitait de l'émeute pour s'introduire dans les maisons vides.

À l'idée d'être le complice involontaire d'un forfait, le vieux fut pris d'une indignation colossale. Ce type le prenait-il pour un idiot ? ou pour un lâche ? Considérait-il comme naturel qu'un retraité ferme les yeux pendant que ses voisins se font cambrioler ?

En voyant Jimmy sauter par-dessus la palissade, il se pencha pour reprendre la machette qu'il avait posée contre le poteau et s'élança à sa suite.

À l'intérieur du 23 Humbert Street

Pour Colin, qui cherchait à saisir la clenche métallique brûlante à travers l'ourlet de son tee-shirt, le bruit que fit le montant de la porte de la cuisine en se brisant fut comme le coup de grâce. La peur le paralysa. Les pires horreurs qu'il ait jamais imaginées étaient en train de se vérifier. Il se trouvait pris au piège... incapable de fuir... incapable de se cacher... et son unique pensée, c'était que rien de tout cela ne serait arrivé s'il n'avait pas aidé Kevin et Wesley à fabriquer des cocktails Molotov.

À l'étage, Sophie et Nicholas se figèrent lorsque le fracas de la porte s'ouvrant brutalement au-dessous fit trembler le plancher. Ils concentrèrent toute leur énergie pour tenter de comprendre ce qui se passait. Il paraît que des milliers de pensées peuvent traverser notre cerveau en l'espace de quelques secondes. Dans la tête de chacun d'eux, il n'y en avait qu'une seule.

Qui... ?

Le crâne de Sophie heurta le mur avant même qu'elle se fût rendu compte que deux mains robustes avaient empoigné ses chevilles, lui faisant perdre l'équilibre. Elle eut vaguement l'impression qu'on balançait une chaise à la figure de Nicholas, puis elle sentit qu'on la traînait au milieu de la pièce et que la main crasseuse de Franek se plaquait sur sa bouche pour étouffer le cri perçant qui montait dans sa gorge.

Elle le regarda fixement, les yeux comme des soucoupes.

Il approcha ses lèvres de son oreille. « Ça vous dirait que Franek vous baise maintenant, petite fille ? » murmura-t-il.

Bien qu'alarmé par les robinets ouverts et les récipients qui débordaient dans l'évier, Jimmy ne chercha pas à savoir à quoi ils étaient destinés. Il se contenta d'en déduire qu'il y avait quelqu'un à proximité. S'aplatissant contre le mur à côté de la porte, il s'efforça de maîtriser sa respiration. C'est alors qu'il distingua des bruits en provenance de l'étage. Quelque chose de lourd était tombé sur le plancher. Des raclements faisaient penser à des meubles qu'on déplace. Les cris dans Humbert Street lui parvenaient comme s'il y avait une fenêtre ouverte quelque part. De même qu'une odeur de bois brûlé et d'essence.

Il regarda à nouveau les robinets, mettant les choses bout à bout. Des cocktails Molotov. De l'eau qui coule. Il n'était pas difficile de deviner que quelqu'un essayait d'éteindre un incendie, ni qu'il l'avait sûrement entendu entrer. Mais lequel des Mollis ? Le cinglé ou le pédé ? Et est-ce qu'il était à l'affût dans le couloir ?

D'un mouvement fluide, il tira la table au milieu de la pièce, ouvrit la porte d'un coup de pied et saisit le micro-ondes à deux mains, prêt à l'abattre sur la tête de l'individu qui se trouvait là.

Il fut accueilli par un gémissement apeuré qui s'interrompit brusquement. « Bon Dieu, Jimmy ! beugla Colin en fondant à nouveau en larmes. Tu m'as fichu une sacrée frousse ! Je croyais que c'était le pervers qui venait me sauter. »

La réputation de Colin était telle que la première pensée de Jimmy fut qu'il pillait l'endroit, puis il aperçut le seau aux pieds du garçon. Posant le micro-ondes par terre, il se dirigea à pas de loup vers la pièce du fond et l'escalier, jetant un coup d'œil aux deux comme l'avait fait Colin. Il avait une bonne vue du salon, des dégâts causés par les briques, de la fenêtre cassée et de la foule attendant à l'extérieur.

« Qu'est-ce qui se passe ? demanda-t-il, saisissant le garçon par les épaules et le tirant à lui.

— Ils sont tous devenus givrés, se lamenta Colin. Cette saloperie de porte est en train de cramer, mais ça ne donne pas grand-chose avec la bouilloire. » Il essuya ses larmes sur sa manche. « Mel est de l'autre côté. Elle essaie d'empêcher que ça dégénère totalement, sauf qu'elle a été forcée de s'éloigner à cause de la chaleur. Je voulais ouvrir la porte pour jeter la flotte dessus, mais j'ai les chocottes de me faire canarder par Wesley. Kev a déjà flambé comme une putain de torche... la moitié de la peau complètement brûlée. »

Jimmy dut se débrouiller avec ça. « Comment t'es entré ?

— Par la fenêtre.

— Très bien. » Il ne perdit pas son temps en commentaires inutiles. « Ils auraient déjà fichu le feu au salon si c'était ce qu'ils voulaient, déclara-t-il. Toi, tu ouvres la porte. Moi, je m'occupe du seau. Ça te va ?

— Ouais. »

Jimmy prit le seau par la poignée. « Surtout, n'ouvre pas trop grand, lui conseilla-t-il, ou on va rôtir tous les deux. Prêt ? Vas-y. »

Mais la porte avait à peine commencé à s'ouvrir et les flammes à lécher le montant qu'il comprit que le feu ne s'éteindrait pas avec un simple seau d'eau. Il la referma d'un coup de pied et jeta l'eau contre la fente entre le panneau et l'encadrement. « Trop tard. On ne peut pas l'éteindre de ce côté-là. »

Colin se remit à gémir. « Merde, merde ! Qu'est-ce qu'on va faire ? Si la baraque flambe, celle de Mel flambera aussi... et Rosie et Ben sont à l'intérieur. C'est pour ça qu'elle essaie d'empêcher ces connards de lancer d'autres cocktails Molotov. »

Jimmy réfléchit à toute vitesse, puis le poussa vers la porte du salon. « Magne-toi de ressortir, je te passerai des seaux par la fenêtre. Demande à Mel et à sa bande de t'aider. Quand le feu sera éteint, dis-leur de se tenir devant la porte et la fenêtre jusqu'à ce que je leur fasse signe de laisser tomber. » Il posa sa main sur la nuque de Colin et la pressa en manière d'encouragement. « Tu peux faire ça, mon pote ?

— Bien sûr. » Il était tellement soulagé que Jimmy prenne la relève qu'il ne songea même pas à lui demander ce qu'il faisait là ni comment il savait que Melanie avait installé un piquet devant la maison des pervers.

Centre de commandement – séquences transmises par l'hélicoptère de la police

Vus du ciel, les visages n'étaient pas reconnaissables, seulement les cheveux et les vêtements. Les vandales de la Coop avaient eu la présence d'esprit de mettre des casquettes et de changer de tenue immédiatement après l'émeute. Les insurgés, qui portaient des passe-montagne et des foulards, en firent autant. Aucun d'eux ne fut identifié.

Il en allait différemment des images vidéo des événements dans Humbert Street. Bien peu jugeaient répréhensible de régler leur compte à des détraqués sexuels, et, tandis que l'hélicoptère planait dans les airs, c'étaient des têtes levées et des gestes de défi comme pour dire : voilà comment on devrait faire régner la justice. Les pervers dehors. Les mêmes règles pour Acid Row et pour Portisfield. Œil pour œil, dent pour dent. La peur pour la peur.

Même si elles nièrent par la suite s'être trouvées là, avoir pris part ou incité au meurtre, plus d'une centaine de personnes furent identifiées sur les photos tirées de la bande vidéo. Ce fut un travail long et pénible, qui prit en tout deux bonnes années, pour n'aboutir à rien, les jurés n'ayant pas réussi à reconnaître le premier prévenu à passer en jugement dans le masque de haine granuleux, en noir et blanc, qui leur fut présenté. D'après leur verdict, il n'existait aucune ressemblance entre le garçon de dix-huit ans, propre, élégamment vêtu, souriant, assis au banc des accusés et l'adolescent à l'expression cruelle figurant sur le cliché. Toutes les poursuites ultérieures furent abandonnées.

En fin de compte, les seuls à admettre leur participation dans ce qui s'était passé furent les quelques intrépides ayant soutenu Melanie Patterson. Chacun de leurs gestes avait été enregistré par la caméra de l'hélicoptère, depuis la fermeté avec laquelle ils avaient tenu à distance les lanceurs de cocktails Molotov, jusqu'à leurs efforts pour éteindre l'incendie et leur tentative pour contenir l'assaut lorsqu'il finit par se produire. Mais aucun ne voulut fournir de témoignage mettant en cause des individus particuliers. Ils avaient trop peur des représailles sanguinaires exercées à l'encontre des mouchards par les bandes régnant dans Acid Row.

La seule exception fut pour Wesley Barber.

Tout le monde cita son nom.

Vingt-trois

Samedi 28 juillet 2001 – à l'intérieur du 23 Humbert Street

Chaque fois qu'il retournait à la cuisine pour remplir le seau et les récipients, Jimmy tendait l'oreille. À un moment donné, il y eut un coup sourd, comme si une tête avait cogné contre le plancher ; à un autre moment, il crut entendre des voix. Il savait qu'il n'y avait personne au rez-de-chaussée. En passant par le salon, il avait ouvert en grand la porte de la pièce du fond, et une rapide inspection lui avait montré qu'elle était vide. De gens.

En revanche, elle était bourrée d'objets. Une véritable caverne d'Ali Baba, pleine d'appareils et de matériel audio. Ordinateurs. Synthétiseurs. Mélangeurs. Amplificateurs. Clavier. Guitares. Batterie. Jusqu'à un saxophone. Pour quelqu'un comme Jimmy, la tentation était forte. De quoi équiper tout un studio. Exactement ce qu'il lui fallait pour changer de vie. Il les avait à peine vus que le cours de ses pensées s'en trouva changé. Il ne voulait pas qu'ils soient saccagés ou volés. Il les voulait pour lui.

À son troisième passage, il examina la serrure. La clé était dedans, du côté intérieur. Il ne lui fallut qu'une fraction de seconde pour tirer le verrou et glisser la clé dans sa poche. Ce ne serait guère dissuasif si ces imbéciles dehors décidaient de passer à l'attaque, mais cela tiendrait peut-être assez longtemps pour qu'il puisse revenir faire valoir ses droits.

Par la suite, naturellement, il regretterait d'avoir verrouillé la porte car cela supprimait la seule cachette de cette maudite bicoque.

Mais il est facile d'être clairvoyant après coup.

L'audace de Sophie n'avait fait que croître au fil de l'après-midi. Si Franek réussissait encore une fois à l'attraper, se disait-elle, elle lui arracherait les yeux, lui balancerait son genou dans les testicules, le mordrait, le grifferait, l'estropierait. À aucun prix elle ne céderait. Plutôt se battre jusqu'au bout que de lui laisser croire qu'une femme est une proie facile. Des pensées courageuses. Relevant davantage de la fiction que de la vie réelle. Destinées à la rassurer tant qu'elle tenait sur ses deux jambes, une arme à la main. Impossibles à mettre en œuvre dès l'instant où elle se trouvait allongée par terre.

Tel un papillon cloué sur une planche, elle était incapable de se libérer. Franek pesait sur elle de tout son poids, ses mains plaquant les siennes contre le sol au-dessus de sa tête, sa poitrine grasse et ses épaisses boucles noires écrasant sa bouche et son nez pour l'empêcher de crier. Il puait la crasse et la transpiration, et le goût amer de l'écœurement et de la défaite qu'elle sentait monter dans sa gorge menaçait de l'étouffer. Elle n'aurait pu dire si c'était sa frayeur ou la force de son adversaire qui l'avait privée de son énergie. Tout ce qu'elle savait, c'est que, si elle n'avait pas envie de recevoir à nouveau des coups, elle avait intérêt à rester tranquille et à ne pas le provoquer.

Il se remit à rire contre son oreille. « Vous êtes toutes pareilles, exulta-t-il. On préfère se faire baiser par Franek que d'avoir sa jolie petite frimousse abîmée. Mais peut-être que je ferai les deux. Comment est-ce qu'on se sentira, mam'zelle ? Laide ? Sale ? Est-ce qu'on courra se cacher par peur de Franek ? C'est bien. Vous devriez avoir plus de respect pour les hommes. »

Il lui joignit les mains pour pouvoir les maintenir toutes les deux dans l'une des siennes. Elle sentit son autre main descendre le long de son pantalon et en arracher la ceinture. Et pendant tout ce temps, elle distinguait le bruit de quelqu'un marchant au rez-de-chaussée. Elle se demanda si c'était Nicholas. Était-il parti, la livrant à son père ? Pensait-il que sa responsabilité serait moindre s'il n'était pas dans la pièce ?

Des larmes de colère lui picotaient les yeux. Elle haïssait le fils avec véhémence. C'était un lâche. Une larve hypocrite. Pourquoi l'avait-il écoutée s'il n'avait pas l'intention de la défendre ? Comment osait-il l'abandonner ? Comment osait-il laisser son père déverser sa saleté en elle ?

Plus tard, elle méditerait sur l'ironie des colères indues. Un jour, un patient s'était montré grossier avec elle, et, au lieu de s'en prendre à lui, elle avait retourné sa fureur contre Bob. Il avait attendu paisiblement la fin de la tempête puis avait murmuré que, si elle comptait faire de ce genre de défoulement une habitude, elle aurait intérêt à se mettre à la boxe. « Tout le monde sait qu'il est plus commode de taper sur des gens qui ne riposteront pas, mais c'est le plus sûr moyen de perdre ses amis. Il faudrait que tu trouves une manière d'assumer les conflits quand il y en a.

— J'aimerais mieux les éviter.

— Je sais. C'est un truc de femme. Vous avez peur de vous rendre ridicules. »

Peut-être se souvint-elle inconsciemment de cette conversation. Peut-être, plus simplement, la main tâtonnante de Franek la tira-t-elle de sa torpeur, ranimant sa détermination. Elle s'était juré de ne pas se soumettre.

Mais ça, qu'est-ce que c'était sinon de la soumission ?

Elle réussit à tourner la tête et poussa un cri — perçant, aigu, qui arriva jusqu'à Jimmy au rez-de-chaussée —, stoppé net par un coup au visage tandis que Franek lui lâchait les mains et la frappait à la bouche.

« La ferme, salope ! gronda-t-il, les traits tordus par la rage, du sang coulant des plaies dont elle avait arraché les croûtes avec ses ongles. Tu veux que je te fasse ce que j'ai fait à la mère de Milosz ? »

Il lui martela le visage encore et encore, comme on l'aurait fait d'un bifteck qui a besoin d'être attendri, et, alors qu'elle commençait à perdre conscience, elle comprit que la mère de Milosz était morte.

Jimmy entendit le cri comme il levait le seau au-dessus du rebord, essoufflé par ses allers et retours à la cuisine. « Ce sera le dernier, Col, dit-il en haletant. À toi de jouer. J'ai besoin que tu tiennes ces fumiers à distance pendant encore cinq minutes. Tu crois que ça ira ? »

Le visage de Colin s'assombrit. « Qu'est-ce que tu vas faire ?

— Il vaut mieux ne pas savoir, mon pote. Simplement, fais-moi confiance, d'accord ? » Il regarda, au-delà du garçon, Melanie qui réorganisait ses troupes sous un déluge d'insultes venant de Wesley Barber et de ses copains. Bien que le corps de Colin l'eût largement caché à la foule, le bruit avait couru qu'il y avait un Noir dans la maison des détraqués sexuels. Tandis qu'ils éteignaient l'incendie, les quolibets n'avaient pas cessé. « *C'est ton mec qu'est à l'intérieur, Mel... ? Qu'est-ce qu'un frère fiche avec des pervers... ? Comment se fait-il que tu l'aies laissé te mettre un bâtard noir dans le ventre si c'est une pédale... ? Peut-être que tu en pinces pour les barjos... ?* » « Surtout, arrange-toi pour empêcher le débile d'approcher, ajouta-t-il d'un ton lugubre, parce que, si jamais il me tombe sous la main, je lui arrache la tête. Tu peux faire ça ? »

Colin sembla pris de panique. « Et si je n'y arrive pas ?

— Mel et toi, enfermez-vous dans le duplex avec les enfants. Je reviendrai vous voir dès que possible. » Il donna une claque sur la paume du garçon. « Tu es un brave mec, Col. Tu as plus de cran et de jugeote que n'en aura jamais ce bougnoule. »

Le jardin du 21a Humbert Street

De sa place dans l'ombre du pommier, le vieux soldat entendit le cri de Sophie, mais, n'ayant qu'une vague idée de la raison pour laquelle Acid Row était en émeute — « *Ils ont mis des pédés dans Humbert Street* », lui avait dit son voisin —, il pensait que le Noir avait provoqué le cri de terreur de la femme. Même s'il n'éprouvait aucune sympathie particulière pour les homosexuels, il fallait bien leur reconnaître une chose : ils ne s'en prennent pas à la gent féminine pour satisfaire leurs turpitudes sexuelles.

Les sauvages, si. Avec un moricaud lâché dans la nature, aucune femme n'était à l'abri. Il escalada la palissade, serra la machette à deux mains et se dirigea sur la pointe des pieds vers la porte de la cuisine. Elle oscillait sur ses gonds depuis que Jimmy l'avait enfoncée, ce qui était bien la preuve, si tant est que le vieux en eût besoin, qu'un solide gaillard se trouvait dans la maison.

À l'intérieur du 23 Humbert Street

Malgré sa corpulence, Jimmy monta doucement les marches, le dos au mur, en guettant d'éventuels mouvements sur le palier. La maison était la réplique exacte de celle de Mrs. Carthew, et toutes les portes étaient ouvertes sauf celle de la chambre du fond. Il longea la rampe et saisit la poignée entre ses doigts épais, cherchant à distinguer des bruits.

Il entendit une voix d'homme, mais il n'arrivait pas à comprendre ce qu'il disait. C'était une sorte de chantonnement. Doux, suave, mélodieux, dans une langue qu'il ne connaissait pas. Tournant la poignée, il appuya sur la porte, mais elle était fermée à clé et ne bougea pas. Il jura en lui-même. Que faire ? Leur dire qu'il était là et perdre du temps en explications ? Ou essayer une autre porte ?

Son dernier exploit lui avait meurtri l'épaule, et il n'y avait guère de place dans l'espace exigu du palier, mais le cri de la femme continuait à résonner dans sa tête, et il ne voyait pas d'autre solution que d'attaquer par surprise. Comme pour lui en apporter la confirmation, il y eut soudain un déferlement de bruit dans la pièce : chaussures raclant le plancher, meuble poussé comme si un pied s'était pris dedans, voix de femme, assourdie par une main, criant : « Non... non... non... ! », son répugnant d'un poing frappant la chair tendre. Puis à nouveau le chantonnement.

Bonté divine!

Il leva une botte et, utilisant la rampe comme prise, projeta son talon contre la serrure. Il fallut cinq coups de pied pour la détacher du montant, mais la porte heurta un obstacle. Harassé, Jimmy baissa la tête, puis, avalant une grosse goulée d'air, posa son épaule contre le panneau et appuya de ses cent dix kilos pour écarter la porte de ce qui se trouvait derrière.

9 Humbert Street

C'est avec soulagement que Gaynor apprit que des issues s'ouvraient tout le long de Humbert Street. Même si elle ne le savait pas encore, la manière dont le Téléphone de l'amitié se servit de son réseau pour recruter fils, filles, nièces, neveux et amis afin de créer des passages vers les jardins apparaîtrait comme un rayon de soleil dans le terrible cauchemar de l'émeute de juillet. C'était le signe de la présence tenace d'un sentiment de solidarité même dans une société ultracloisonnée, et un germe d'espoir pour l'avenir.

À cette minute, personne ne lui ayant affirmé le contraire, Gaynor pensait que Jimmy en était la cause. « Je vous l'avais dit que c'était un type bien, déclara-t-elle à Ken Hewitt quand il lui transmit la nouvelle. Alors vous allez me laisser m'occuper de Mel et de Col? Je me fais tellement de mouron à leur sujet. Ma batterie est presque à plat, et les gens par ici m'ont l'air d'avoir pris le pli. Ça fait une éternité qu'il n'y a plus ni heurts ni bousculade.

— Nous croyons savoir où se trouve Melanie, annonça-t-il, répétant l'information communiquée par l'hélicoptère. D'après Jimmy, la description de la fille blonde correspond à celle de Melanie. Il y a un garçon avec elle dans le groupe. La tenant par la main. Avec un tee-shirt des Saints et un blue-jean. Ce ne serait pas Colin ?

— Oh, Dieu soit loué, Dieu soit loué ! dit-elle en sanglotant. Est-ce qu'ils vont bien ?

— Pour autant que je sache, répondit Hewitt. Un des fonctionnaires au contrôle me tient informé, et, aux dernières nouvelles, ils éteignaient un incendie au 23 pour éviter qu'il ne s'étende. Ce sont des gosses courageux, Gaynor. Vous pouvez être fière d'eux. »

Elle éclata d'un rire joyeux comme si on lui avait ôté un poids. « Ce sont mes bébés, mon gars. Sûr que je suis fière d'eux. Je l'ai toujours été. Et Jimmy ? Il est avec eux ? »

Il y eut une brève hésitation. « Nous n'en sommes pas certains pour le moment. Comme son portable est en panne, il nous est impossible de lui parler.

— Et les petits ? Où sont-ils ?

— Vous voulez dire les enfants de Melanie ?

— Ouais. Rosie et Ben. Elle les avait avec elle quand on a commencé la manif.

— Nous ne savons pas. Elle a dû les ramener à la maison car ils ne sont pas avec elle. À l'endroit où ils se trouvent, c'est plutôt rude, Gaynor. »

Son inquiétude la reprit aussitôt. « Ah, Seigneur ! » Elle observa la rue, mais elle ne pouvait pas voir à travers la foule qui se pressait toujours sur la chaussée. « Qu'est-ce qui se passe ? Vous avez parlé d'un incendie.

— Des garçons essaient de jeter des cocktails Molotov sur la maison. Vos gosses se tiennent devant pour les en empêcher. Je vous ai dit qu'ils étaient courageux, Gaynor. »

Il y eut un long silence. « J'aurais dû me douter que cette petite vermine ne plaisantait pas », murmura-t-elle en aparté avant de couper la communication.

À l'intérieur du 23 Humbert Street

Il y avait du sang sur le plancher, et les murs en étaient éclaboussés. À ce spectacle, Jimmy fut repris par la nausée qui l'avait saisi dans l'ascenseur de Glebe Tower. Ça plus la chaleur et l'odeur insupportables régnant dans la pièce. Une odeur corporelle à laquelle se mêlait un relent de moisi. Un regard en biais lui révéla une forme humaine gisant recroquevillée dans un coin, mais toute son attention était concentrée sur l'homme et sur la femme qui lui faisaient face au milieu de la pièce.

Il avait mis trop longtemps. Trop longtemps pour éteindre le feu. Trop longtemps pour enfoncer la porte.

La femme était étendue sur les genoux de l'homme telle une poupée de ventriloque, les yeux fermés, le visage complètement tuméfié, le menton et la poitrine couverts de sang. Jimmy n'aurait même pas pu dire si elle était toujours vivante, si ce n'est qu'une mousse rougeâtre, semblable à un ectoplasme, coulait de ses lèvres. Elle avait dû lutter comme une tigresse. Le visage du vieux était griffé et égratigné comme si deux serres s'étaient enfoncées dans sa chair et l'avaient déchirée.

« Tu veux me forcer à la tuer ? » Franek posa une main sous la mâchoire inerte de Sophie et l'autre derrière son crâne. « Au premier geste, je lui brise la nuque. Empêche tes copains d'approcher jusqu'à ce que la police arrive, et elle restera en vie. »

Jimmy ne bougea pas un muscle. Il aurait voulu dire quelque chose, mais les seuls mots qui lui venaient à l'esprit étaient des obscénités et des récriminations. N'avait-il pas averti ce satané toubib ? Il s'en souvenait très bien. *Bon sang, que ce soit un seul type ou un millier, qu'est-ce que ça change ? Votre putain de cinglé va la trucider si jamais je me plante.* Un peu qu'il lui avait dit ! Même un abruti se serait douté que ça finirait par une cata de ce genre.

« Tu as compris, négro ? Ou t'es trop bouché ? demanda Franek avec fureur, désarçonné par la bouche ouverte et par l'expression ahurie de l'homme. Si tu fais un pas, je la tue. »

Jimmy vit un filet argenté apparaître entre les paupières de Sophie. Il jeta un coup d'œil à la silhouette recroquevillée dans le coin.

« J'ai compris », répondit-il d'une voix rauque, la gorge desséchée.

Franek eut un hochement de tête satisfait. « Continue à avoir la frousse, commanda-t-il. De cette manière, elle vivra. »

Jimmy passa sa langue dans sa bouche pour la décoller de ses dents comme l'avait fait Sophie à plusieurs reprises. « À moins que vous ne veniez avec moi, vous êtes un homme mort, Mr. Hollis », déclara-t-il.

Une lueur ironique scintilla dans le regard du vieux, comme s'il percevait une menace et s'en amusait. « Si tu essaies de m'emmener, la fille est morte.

— Non, vous n'y êtes pas. » Il mit de l'insistance dans sa voix.

« La cité est entourée de barricades, et les flics ne peuvent pas entrer. Tout le quartier est en émeute. Il y a un tas de zigs dans la rue qui veulent vous faire brûler vif avec des cocktails Molotov. J'ai accepté de vous faire sortir par-derrière, votre fils et vous, pour vous conduire jusqu'à la police qui se trouve au mur d'enceinte. Vous avez trente secondes pour vous décider. »

Nouvelle expression amusée. « Tu t'imagines que Franek croit ça ? Tu prends Franek pour un idiot ? »

Les paupières de Sophie se mirent à battre tandis qu'elle revenait à elle.

« Ouais, répondit Jimmy avec désinvolture, démangé par l'envie de lui faire perdre son sourire. J'ai encore jamais rencontré un fumier de psycho qui avait quoi que ce soit dans le crâne. Ce sont tous de fichus débiles. Tabasser une bonne femme, qu'est-ce que ça a d'intelligent ? C'est à la portée de n'importe quel crétin. »

Franek resserra ses doigts autour du cou de Sophie en la sentant bouger. « On reste ici, dit-il. Tu gardes la porte. Tu nous protèges. »

Ce fut au tour de Jimmy de sourire. « Ils vont vous faire rôtir, Mr. Hollis. Est-ce que vous avez assez de cervelle pour comprendre ça ? Que je reste planté ici ne fera aucune différence parce que le seul moyen de sortir, ce sera par la fenêtre et qu'il y a des mecs en dessous qui attendent avec des lames. Ils aiment pas les barjos, et ils sont défoncés à mort. Ils vous découperont en rondelles dès qu'ils vous apercevront. »

Le regard de Franek n'avait pas cillé, mais Jimmy aurait été bien en peine de dire si c'était l'absence de peur ou le manque de clairvoyance qui expliquait son impassibilité. Il ne pouvait pas ne pas entendre les cris à l'extérieur, qui étaient plus forts et plus nourris depuis que la porte de la chambre s'était ouverte. Jimmy distinguait la voix de Wesley Barber au-dessus du reste, et cela l'inquiétait car il devinait que Wesley se rapprochait de la fenêtre cassée au rez-de-chaussée.

« *Dis au frère de sortir, Mel, ou on va le faire griller lui aussi...* »

« Tu as tort de m'insulter, négro. Est-ce que tu t'es demandé si c'est pas le fiston qui est barjo ? Est-ce que tu t'es demandé si c'est pas le fiston qui a fait ça ? Non, tu craches sur le papa en te disant que c'est forcément lui le coupable. » Il regarda Jimmy avec dédain. « Mais c'est moi, Franek, qui n'y suis pour rien, et c'est moi, Franek, qui essaie de me protéger. »

Il ne se considère jamais comme fautif... Jimmy regarda à nouveau le corps dans le coin. « C'est votre fils ? Il est mort ?

— Je l'ai frappé avec une chaise pour qu'il lâche la fille. Depuis, il ne bouge plus.

— Ouais, eh ben, gardez vos boniments pour les poulets, Mr. Hollis. Vous ne me ferez pas croire que vous avez les mains propres. Vous devez être un beau fumier de malade pour vouloir briser la nuque à une femme.

— Tu ne me laisses pas le choix. Sans ça, tu ne m'écouterais pas. Mais ce n'est pas Franek, celui que tu veux. La cause de tout, c'est Milosz. C'est lui qui fait des bêtises. » Le vieil homme plissa les yeux en voyant Jimmy changer d'expression. « Qu'est-ce qu'il y a ? demanda-t-il. À quoi tu penses ?

— Ils m'ont dit que votre nom était Hollis.

— Et alors ?

— Bon sang, ce serait pas plutôt Zelowski, hein ?

— Quelle différence ça fait ? »

Les poings de Jimmy se serrèrent. Il comprenait à présent pourquoi il y avait un studio en bas. « Une sacrée différence. Nom de Dieu ! Je sais ce que vous avez fait. Pas étonnant que votre fils mouille sa culotte chaque fois qu'une porte s'ouvre. Vous avez fouetté un gamin de cinq ans, espèce d'enfoiré !

— Des mensonges.

— Ne vous foutez pas de ma gueule ! répliqua-t-il, furieux. J'ai connu votre fils en taule. Je l'aimais bien. Milosz Zelowski. Le meilleur satané musicien que j'aie jamais rencontré. » Il haussa la voix sous l'effet de la colère. « Ils lui ont pété les doigts parce qu'ils avaient entendu dire qu'il taillait des branlettes, et il n'y a qu'un fumier pour lui avoir appris ça. Vous êtes une belle ordure. Sacrément courageux quand il s'agit de femmes et de moutards. » Il cracha par terre. « Mais sans rien dans le ventre pour ce qui est de s'attaquer à des hommes. »

Cette voix sonore amena Sophie à ouvrir les yeux. Son visage était tourné vers Jimmy, mais contenait-il la moindre compréhension, il était incapable d'en juger, si ce n'est qu'elle ne bougeait pas, apparemment consciente que tout mouvement pouvait être dangereux. Elle le regardait sans ciller, et il avait l'impression qu'elle essayait de lui dire quelque chose. Mais il ne savait pas quoi.

Franek ne semblait nullement impressionné. « C'est un truc pour te bagarrer avec moi, oui ? Est-ce que tu penses qu'il est si facile de me faire oublier pourquoi je tiens cette petite nuque blanche entre mes mains ?

— Si vous la brisez, je vous jette moi-même par la fenêtre. »

De l'amusement brilla à nouveau dans le regard du vieux.

« Peut-être que ça m'est égal. Peut-être que je le ferai de toute façon. Peut-être que je me dis : voyons si un nègre raconte la vérité pour une fois. » Il observa avidement le visage de Jimmy. « Ha ! lança-t-il d'une voix triomphale. Maintenant, on est moins intéressé par la bagarre. À la place, tu pourrais te charger d'une commission de ma part. Ordonne à tes copains de rentrer dans leurs cages. Explique-leur que, si je m'en sors sain et sauf, la fille s'en sortira aussi. Va. Fais ce que je te dis » — il allongea un doigt pour caresser la joue de Sophie — « et la petite mam'zelle vivra. Un mot de plus, et c'est tant pis pour elle. »

Les yeux de Sophie s'élargirent aussitôt, et cette fois-ci le message était clair. *Ne me laissez pas !* Elle était plus alerte qu'elle ne voulait bien le montrer, pensa Jimmy.

Il avait déjà calculé qu'il lui était impossible de franchir la distance les séparant avant que Franek ne lui ait tordu le cou. Peut-être que Sophie se mettrait à se débattre dès qu'il s'élancerait, ou que Franek n'était pas assez entraîné pour réagir au quart de tour. Mais le risque était trop grand. Il n'avait aucun atout en main parce qu'il ne voulait pas qu'elle meure. Ils étaient tous du côté de Franek.

« Ils ne m'écouteront pas, dit-il.

— Ne discute pas.

— Je suis un nègre, et les nègres n'ont pas la cote à Acid Row. » Il indiqua la porte d'un signe de tête. « Vous entendez ! Ils disent qu'ils vont me griller moi aussi, simplement parce que je suis noir. »

Cette fois, une lueur de doute s'infiltra dans le regard de Franek. Il était peu probable qu'il puisse discerner des mots distincts parmi les cris, mais les sentiments exprimés par Jimmy recoupaient son propre point de vue sur les Noirs, et il le croyait volontiers.

Jimmy hocha la tête en direction de Sophie. « Elle, ils l'écouteront. C'est leur toubib. Si on l'emmenait dans la pièce de devant, elle pourrait leur parler par la fenêtre. »

Franek secoua la tête avec obstination. « Ça te donnerait la possibilité de me la faucher. Va. Fais ce que je te dis. Peut-être qu'ils seront plus attentifs que tu ne penses. »

Jimmy sentit la colère bouillir en lui. Il n'avait ni le temps ni la patience pour des négociations, et il n'était pas dans sa nature de laisser croire qu'on pouvait le traiter comme un larbin. Il tapa du poing contre l'armoire. « Écoutez, espèce de connard. J'en ai plein le dos de vous. Je suis le seul gus dans cette rue à ne pas avoir l'intention de vous tuer, et vous feriez mieux de le croire. Vous n'avez qu'un moyen de sauver votre putain de vie, et c'est avec moi. Je vais venir prendre Milosz, alors lâchez la nana, et levez votre gros cul de là. »

Peut-être Sophie n'attendait-elle qu'un ultimatum de ce genre, ou peut-être eut-elle conscience que la main sous sa mâchoire se relâchait, car elle se contorsionna brusquement, se libérant de l'étreinte de Franek, et rampa à quatre pattes vers Jimmy. Il avait une demi-seconde de retard sur elle, mais il n'en était pas moins infiniment plus rapide qu'un vieillard de soixante et onze ans.

« Bien joué ! » dit-il, la soulevant par la taille et la faisant pivoter derrière lui. Il baissa la tête et écarta largement les bras, prêt à attaquer. « Alors, connard ? railla-t-il. Tu veux tenter ta chance contre un nègre ?

— Méfiez-vous, l'avertit Sophie d'une voix grinçante derrière lui. Il est fou. Je pense qu'il a tué sa femme. Il vous tuera s'il le peut. »

Franek eut un petit rire. « Elle dit n'importe quoi.

C'est vraiment une fille stupide. Tout le temps à jacasser. Maintenant, tu tiens parole. Tu protèges Franek comme tu l'as dit. »

Jimmy se redressa et laissa retomber ses mains d'un air engageant. « D'accord, chef, mais je ne pars pas sans Milosz. »

Il fit un pas vers le corps recroquevillé de son ami, entendit le cri angoissé de Sophie au moment où Franek bondissait dans sa direction et planta son poing sur la tempe du vieux. « Je l'avais bien dit, murmura-t-il en massant ses articulations. J'ai jamais rencontré un fumier de psycho qui avait quoi que ce soit dans le crâne. »

Vingt-quatre

Samedi 28 juillet 2001 – à l'extérieur du 23 Humbert Street

Melanie se demandait pourquoi Wesley et ses copains ne s'étaient pas tout bonnement rués sur eux. En bousculant un peu leur ligne, ils auraient pu enjamber la fenêtre et se trouver à l'intérieur en un clin d'œil. C'était bizarre. Presque comme s'ils savaient que Mel et Col avaient raison et eux-mêmes tort. Exténuée, elle se repassa mentalement des bribes de *Star Wars,* s'identifiant à la princesse Leia et imaginant Col en Luke Skywalker, les chevaliers jedi, frère et sœur. La force était avec eux.

Elle sentit Colin lui secouer le bras. « Tu ne vas pas tourner de l'œil ? demanda-t-il d'une voix inquiète.

— Non, ça va. »

Elle ne croyait pas au bien et au mal. Seulement à la bonté quand on en ressent le désir ; et à la bêtise quand on est rétamé. En fin de compte, peut-être était-cc la Noire à côté d'elle, ne cessant de répéter à

Wesley que sa mère ne se gênerait pas pour lui flanquer une raclée, qui le faisait hésiter. Ou l'hélicoptère tournant au-dessus d'eux. Ou ses amis, qui étaient aussi les amis de Colin. Wesley était un taré à tout point de vue. Bourré d'acide. Se baladant avec un cran d'arrêt à la main. Lançant des insultes. Lui criant qu'il couperait les couilles à Jimmy la prochaine fois qu'il le verrait.

Et après ? Qu'est-ce que Jimmy avait jamais fait pour elle, à part prendre son pied et la laisser en plan alors qu'elle était enceinte ? Il n'avait pas voulu aller à la manif... n'était pas là pour s'occuper des enfants quand elle avait besoin de lui. Où était-il en ce moment ? *En train de vider la baraque des pervers. Il y en a pour une fortune en matos dans la pièce du fond.* L'enfoiré ! Il avait toujours tenu davantage à l'argent qu'à elle.

Colin lui saisit à nouveau le bras. « Bon sang, Mel, tu es sûre que ça va ? On dirait que tu tiens plus debout. »

Ses yeux las s'emplirent de larmes. « Je crois que Jimmy ne m'aime plus. Col. Où a-t-il été pendant tout ce temps ? Pourquoi est-ce qu'il n'a pas répondu au téléphone ? Tu penses qu'il fricote avec une autre ?

— Bien sûr que non. Il a simplement des trucs à faire.

— Quoi ? Qu'est-ce qu'il a de plus important que moi et le bébé ?

— Des trucs, voilà tout », répondit Colin avec gêne. Lui aussi était harcelé par le doute. Mais il n'arrivait pas à imaginer que Jimmy puisse faire passer des appareils stéréo avant Mel et lui. Ils avaient toujours été comme une famille pour lui, et chacun sait qu'on n'abandonne pas sa famille.

À l'intérieur du 23 Humbert Street

Avec une cravate trouvée dans l'armoire, Jimmy attacha les mains de Franek, puis le gifla pour le faire revenir à lui et le mettre debout. « On s'en va, annonça-t-il. J'emmène Milosz. Ou bien vous venez, ou bien vous restez. Si vous venez, vous faites ce que je vous dis. Au premier faux pas, je vous balance à la bande de sinoques. Vu ?

— Détachez-moi.

— Non. Vous n'êtes qu'un bon Dieu de psycho, et je n'ai aucune confiance. » Il traîna Milosz au centre de la pièce, s'agenouilla pour hisser le corps mou sur son épaule à la manière d'un sapeur-pompier. En même temps, il ne cessait de surveiller Franek. « À vous de choisir. Vous suivez ou vous crevez. Il n'est pas question que je fasse demi-tour pour vous, ni que je vous aide. Vous commettez la moindre erreur... quelqu'un vous remarque... je me tire avec Milosz et Sophie. Compris ? »

Franek se mit à respirer avec peine. « Vous me mettez en danger, avec les mains attachées.

— Je sais. Ça craint, pas vrai ? » Jimmy se dirigea vers la porte, faisant signe à Sophie de passer la première. « Je parie que c'est ce que disaient les putains avant que vous les tabassiez. »

Le vieux soldat se recula en hâte du bas de l'escalier au bruit des pas précipités de Sophie et de ceux, plus lourds, de Jimmy sur le palier. Il avait entendu des voix dans la pièce au-dessus, mais sans pouvoir distinguer ce qui se disait en raison du vacarme à l'extérieur. Il se sentait vieux, désorienté et, comme il n'essayait pas de se le dissimuler, rempli de terreur. Il ne s'était pas rendu compte de l'importance de la foule massée dans Humbert Street, ni de la colère qui paraissait l'animer.

Jusqu'ici, chaque fois que des troubles avaient éclaté — bien que jamais à une telle échelle —, c'était toujours en réaction à des bavures policières. Acid Row abritait un profond ressentiment à l'égard des représentants de l'ordre et de la loi, se croyant l'objet d'un traitement spécialement brutal. Il y avait eu des affrontements en série à plusieurs reprises, à la suite de matraquages de chefs de bande qui, au dire de la police, avaient refusé de se laisser arrêter. Comme la plupart des vieilles gens de la cité, le soldat avait toujours adopté la version des autorités, mais, à cet instant, il se dit qu'il avait dû se passer quelque chose de particulièrement révoltant pour qu'un aussi grand nombre de gens soient courroucés.

Il regrettait de s'être laissé entraîné par le Noir dans une chausse-trappe. C'est son orgueil qui l'avait conduit là. Le désir de prouver qu'il était encore un homme avec qui il fallait compter. Il se maudit de sa bêtise. Sa femme n'arrêtait pas de répéter qu'il avait perdu le peu de bon sens qu'il avait reçu en naissant le jour où il avait revêtu l'uniforme de l'armée. Avoir promené un fusil dans les jungles de Bornéo, lançait-elle avec humeur, ne lui donnait pas le droit de critiquer ses semblables. Faire la guerre n'avait jamais rien apporté, sinon la mort d'autres êtres humains. Cela avait été un perpétuel sujet de disputes entre eux, parce qu'il ne supportait pas de voir rabaisser la seule chose qu'il ait vraiment réussie dans sa vie.

Il regarda autour de lui, cherchant désespérément un endroit où se cacher, mais il n'y en avait pas dans le couloir. La frayeur lui broyait l'estomac comme une meule. La porte de la pièce du fond était fermée à clé, et il n'était pas assez rapide pour gagner le couvert des jardins avant que le Noir ne l'aperçoive. C'est de Jimmy qu'il avait peur — et de la bande qu'il avait avec lui —, pas des butors dans la rue, qui reconnaîtraient le « vieux connard grincheux » les apostrophant le samedi soir parce qu'ils étaient ivres et faisaient du tapage sous ses fenêtres. Serrant sa machette contre lui, il se faufila dans la pièce de devant et se cacha derrière la porte...

Les jardins, Humbert Street

Gaynor renonça à essayer de fendre la foule, estimant que ceux qui n'avaient pas voulu s'échapper étaient trop costauds et trop vigoureux pour qu'elle puisse jouer des coudes. Au lieu de ça, elle traversa en courant la maison de Mrs. Carthew et emprunta le chemin pris par Jimmy derrière les maisons, calculant que, si des issues se créaient le long de la rue, elle pourrait contourner la cohue et déboucher quelque part non loin de ses enfants.

Il régnait un silence sinistre à l'arrière. Elle s'attendait à ce que les jardins soient remplis de gens apeurés, et elle n'arrivait pas à comprendre pourquoi ce n'était pas le cas. Elle ralentit son allure. Le battement des pales de l'hélicoptère dans le ciel lui rappela que la police observait tout. Avait-elle eu raison d'agir ainsi... ?

Centre de commandement – séquences transmises par l'hélicoptère de la police

Alors qu'elle attendait le moment où Jimmy émergerait du 23, la caméra vidéo enregistra le visage renversé de Gaynor dans le jardin au portique. Les instructions de Ken Hewitt avaient été de limiter les sorties au côté pair de la rue jusqu'à ce qu'on l'ait averti que Sophie et les Zelowski étaient dehors. Les observateurs poussèrent un soupir de soulagement collectif lorsque trois silhouettes apparurent, le grand type vêtu d'un cuir noir en portant une quatrième sur l'épaule.

L'objectif les suivit à la trace en direction de Bassindale Row, Jimmy abattant les palissades d'un coup de botte bien ajusté, avant d'effectuer un nouveau panoramique vers Humbert Street.

« Qu'est devenu le type avec le casque en fer-blanc ? » demanda quelqu'un.

Personne ne le savait.

Pour Gaynor, trois maisons plus bas, il ne faisait aucun doute que c'était Jimmy qui franchissait la porte de la cuisine. Pendant un bref instant, elle eut l'impression de reconnaître la femme à côté de lui, cependant il y avait trop de sang sur son visage pour qu'elle puisse en être sûre. Elle leva une main pour attirer leur attention, mais ils tournèrent à gauche, mettant le cap sur Bassindale Row, et n'eurent même pas un regard dans sa direction.

Elle cria : « JIMMY ! » mais il était occupé à défoncer une palissade et s'apprêtait à en faire autant avec la suivante et il ne l'entendit pas.

Pas une seconde elle ne se douta qu'elle assistait à l'évacuation des pédophiles. Elle avait à peine pensé à eux depuis le début de l'émeute, si ce n'est pour se maudire d'avoir appelé à cette manifestation. D'ailleurs, elle ignorait où elle se trouvait par rapport au duplex de Melanie car elle n'avait encore jamais été à l'intérieur des jardins. Elle ne pouvait qu'interpréter ce qu'elle voyait à partir des informations qu'elle possédait, à savoir qu'il s'agissait d'une des sorties que Jimmy avait été chargé d'établir.

Il était évident qu'il y avait eu un accident. Ou même pire. *Un nouveau cocktail Molotov ? Une débandade ?* C'était la seule explication possible à la hâte frénétique de Jimmy, au corps en travers de ses épaules, au sang sur le visage de la femme et au vieil homme qui les suivait, ses mains devant lui comme s'il avait mal. Jimmy évacuait les blessés.

Elle songea aussitôt à ses enfants, son cœur bondissant dans sa poitrine. D'une démarche hésitante, elle fit quelques pas devant le portique, s'attendant à voir des gens courir dans le sillage de Jimmy, mais l'endroit était étrangement calme. Elle leva à nouveau la tête vers l'hélicoptère, se protégeant les yeux du soleil. Qu'est-ce qui pouvait bien se passer ? Où étaient-ils tous ?

Jimmy posa Milosz sur le sol derrière la haute palissade qui constituait la frontière entre le jardin de la dernière maison de Bassett Road et Bassindale Row. Il avait pris par les jardins de Bassett dans l'espoir que la foule s'écoulant de Humbert Street serait moins dense par là, même si les cris et les hurlements étaient encore beaucoup trop proches à son goût. On entendait des pieds martelant le macadam, des gens discutaient. On sentait même l'odeur des cigarettes que des badauds allumaient en observant à distance. Il vit sa propre peur se refléter dans les yeux de Sophie et de Franek tandis qu'il portait un doigt à ses lèvres pour leur intimer de ne pas faire de bruit.

Pour Franek, c'était une précaution inutile. Il avait le visage aussi livide que celui de son fils. Il s'effondra à l'abri de la palissade et se couvrit la tête avec ses mains, comme si se cacher derrière ce fragile panneau ajouré pouvait le protéger en quoi que ce soit de la réalité terrifiante de la populace assoiffée de sang. Ni Sophie ni Jimmy ne lui prêtèrent la moindre attention.

S'agenouillant près de Milosz, Jimmy dut souffler un instant avant de pouvoir parler. « Je ne crois pas que j'arriverai à le porter jusqu'au bout, murmura-t-il à l'oreille de Sophie. Il pèse une tonne. Vous croyez qu'il est mort ? »

Accroupie à côté de lui, elle pressa le cou de Milosz du bout des doigts avant de poser une main sur sa poitrine pour sentir les battements du cœur. « Il est dans les pommes, chuchota-t-elle, écartant une paupière avec le pouce, mais les réflexes fonctionnent — il respire et le pouls est solide. Ce n'est pas le choc car il aurait déjà repris connaissance, alors je suppose qu'il a complètement déconnecté cette fois-ci.

— Qu'est-ce que ça veut dire ?

— C'est sa manière de combattre la peur, murmura-t-elle. Il se retire en lui-même. Son père fait la même chose en se couvrant la tête. » Elle enfonça ses ongles dans les narines de Milosz et pinça la cloison. Il y eut un frémissement des paupières comme si le système nerveux avait enregistré la douleur, mais sans réagir comme l'avait fait la femme policier tout à l'heure aux sels d'Eileen Hinkley. « Désolée, dit-elle d'un ton d'excuse. Il a besoin de plus de soins que je ne peux lui en donner à l'heure actuelle. Même si je parvenais à le faire revenir à lui, il est trop dans le cirage pour marcher. »

Jimmy indiqua la palissade d'un signe de tête.

« Nous devons remonter Bassindale Row et nous diriger vers le mur d'enceinte. Ce qui veut dire se frayer un chemin à travers la foule venant dans l'autre sens, et ça risque de ne pas être de la tarte avec un poids mort sur le dos et deux estropiés en remorque. Navré, ma petite dame, mais vous avez une tronche pas possible » — il eut un hochement de tête en direction de Franek — « et celui-là ne vaut guère mieux. Je ne vois pas comment nous allons y arriver. Il suffirait que l'un de nous tombe pour que nous soyons tous dans un fichu pétrin. »

La peur submergea à nouveau Sophie comme une vague déferlante. Elle n'avait pas compris qu'il pensait réellement ce qu'il disait en parlant à Franek à l'étage. Elle avait cru qu'il s'agissait d'un prétexte pour les faire sortir de la maison. « Oh, Seigneur, soupira-t-elle en s'écartant de lui et de Milosz. C'est au-dessus de mes forces. Vraiment. Je ne peux pas. Je n'ai pas assez de courage.

— Ce n'était pas l'avis du toubib.

— Quel toubib ?

— Harry... à la clinique... et une certaine Jenny. Prétendaient que vous étiez une battante. » Il lui saisit la main pour l'empêcher de s'éloigner davantage. « C'est bien vous, Sophie ? Le docteur de Mel. La nana qui a lancé le Téléphone de l'amitié. Celle qui nous a invités à son mariage. Bon sang, poupée ! Mel est devant la bicoque en train d'empêcher ces foutus débiles de lancer des cocktails Molotov. Vous n'allez tout de même pas me dire que vous avez moins d'estomac qu'elle ? »

Les yeux de Sophie se remplirent de larmes. « Melanie Patterson ? Vous êtes Jimmy James ? »

Il inclina la tête. « J'ai donné ma parole que je vous ramènerais, vous et ces enculés, avant de m'occuper de Mel et des gosses. Mais il faut qu'on se grouille, et vous allez m'aider. Jamais je ne m'en tirerai tout seul. Avec vous à mes côtés, ça aura l'air plus naturel. »

Elle enviait Nicholas et son coma. Pourquoi ne pouvait-elle pas simplement s'allonger et refuser de prendre la moindre décision désormais ? Elle avait envie de dire : *Je suis blessée... je saigne... j'ai peur...* Au lieu de ça, elle lança un regard à Franek. « Et s'il s'écroule, qu'est-ce que vous ferez ? Vous ne pouvez pas en porter deux ?

— Aucun risque. Il a une peur bleue d'être laissé derrière. S'il ne suit pas, il se fera étriper.

— Il a de l'asthme. Il se pourrait qu'il n'en soit pas capable.

— Alors, c'est un homme mort », répondit Jimmy sans s'émouvoir.

Seigneur Dieu ! Son imagination s'était remise à galoper. Les choses n'étaient pas si simples. Même dans Acid Row, on ne pouvait pas abandonner tout bonnement un vieillard sur le côté de la route avec les mains attachées. Les gens se poseraient des questions. « Vous ne savez pas comment il est. Il appellera... attirera l'attention... vous obligera à faire demi-tour pour éviter que nous soyons tous tués. Quelqu'un le reconnaîtra.

— Faites-moi confiance, dit Jimmy avec plus d'assurance qu'il n'en éprouvait. La plupart des types par ici n'ont même pas idée de la raison de ce grabuge, et, quand bien même, jamais ils ne penseront qu'un Noir et une fille se baladent avec les pédés. Ils croiront simplement que nous avons été pris dans je ne sais quoi. » Il se força à sourire. « Dites que vous êtes docteur... parlez de trucs médicaux... rendez-nous crédibles. D'après votre copain Harry, vous pourriez détendre n'importe quelle situation. »

Sophie ferma brièvement les yeux. Elle avait envie de hurler. Harry était un idiot. Et elle n'avait aucune confiance en quelqu'un pour qui l'image de la crédibilité était une femme battue et pleine de sang marchant dans la rue en parlant de « trucs médicaux ». « Où sommes-nous exactement ? » demanda-t-elle alors avec un coup d'œil en direction de la maison la plus proche.

Elle a perdu la boule, comme la femme flic, pensa Jimmy. « La maison au bout de Bassett Road, répondit-il, au croisement avec Bassindale.

— Quel numéro ?

— Je n'en sais rien. »

Elle regarda vers la maison de Humbert Street derrière eux. « Si c'est l'extrémité de Bassindale Row, le numéro doit être plus élevé que celui de Melanie ?

— Ouais. Elle est de l'autre côté du 23 en partant d'ici.

— Bien. » Sophie se représenta mentalement la disposition des rues, dressant leur carte en fonction de ses patients. « Celle-ci est donc le 2 » — elle indiqua le jardin voisin — « celle-là le 4 et celle d'après le 6. Je connais la femme qui habite le 6.

— Ça ne nous sert à rien. Nous irions dans le mauvais sens, et, de toute manière, la moitié de Bassett est dans la rue. Elle ne va même pas répondre à la porte... mais, à supposer qu'elle le fasse, il nous faudra retourner jusqu'à Bassindale. Ça ne fera que rallonger la durée du trajet. »

Sophie secoua la tête. « Elle ne sort de chez elle que pour se rendre à l'hôpital, et elle n'aura pas de rendez-vous un samedi. Nous pourrions nous réfugier là, ce qui me permettrait de ranimer Milosz pendant que vous retournez récupérer Melanie et les gosses. » Elle fit la grimace. « Pour le moment, je suis complètement vannée, Jimmy, et vous ne pouvez pas nous porter tous. Alors conduisez-nous jusqu'au 6, puis allez vous occuper de Mel. Je vous en prie. »

Jimmy désigna Franek d'un signe de tête. « Et lui ?

— Je l'attacherai tellement serré qu'il regrettera d'avoir jamais posé les yeux sur moi.

— D'accord. » Il mit Milosz en position assise puis se baissa pour le hisser de nouveau. « Qu'est-ce qu'elle a donc votre patiente ? demanda-t-il, se redressant avec effort et bloquant les genoux. Pourquoi est-ce qu'elle ne sort pas ?

— Carcinome squameux, répondit succinctement Sophie. Il a fallu lui enlever la plus grande partie du nez pour l'éradiquer. Elle a un trou au milieu de la figure. »

Ah, merde... !

Centre de commandement – séquences transmises par l'hélicoptère de la police

La caméra se braqua à nouveau sur Jimmy et son groupe lorsque le guetteur à bord de l'appareil annonça qu'ils avaient quitté Bassindale Row pour repartir vers les jardins de Bassett Road. Au commissariat central, on localisa la maison dans laquelle ils avaient pénétré comme étant le numéro 6, et une rapide vérification montra que l'occupante était une certaine Mrs. Frensham. L'information fut transmise à Ken Hewitt au centre de soins Nightingale, et il fut immédiatement constaté que Clara Frensham était une patiente du Dr Sophie Morrison. On supposa, à juste titre, que Sophie avait choisi de chercher un abri, et la réapparition de Jimmy, seul, à la porte de derrière quelques minutes plus tard confirma cette hypothèse.

À le voir foncer vers le 23, il était clair qu'il avait l'intention de tirer sa petite amie du bourbier. Quant à la femme qui était restée un moment à hésiter derrière la maison avant de se décider soudain à entrer, il semblait s'agir de Gaynor Patterson, encore qu'il subsistât un point d'interrogation, la seule description que le centre de soins avait été capable de fournir étant la conviction de Jenny Monroe qu'elle avait les cheveux blonds comme sa fille. Les essais pour la joindre sur son portable se révélèrent infructueux, sa batterie étant à plat, comme celle de Jimmy.

Un point d'interrogation semblable demeurait quant au nom de Melanie car la remarque que Jimmy avait faite un peu plus tôt, selon laquelle la fille enceinte, grande et blonde, ressemblait à « sa Mel », ne constituait guère une preuve que c'était bien la jeune femme devant la maison. Toutes les tentatives de Ken Hewitt et de Jenny Monroe pour la joindre s'étaient soldées par des échecs. Après avoir été constamment occupé, le téléphone était à présent hors d'usage, ses entrailles ayant été à jamais écrasées sous le talon d'un émeutier après que Colin l'eut fait tomber en volant au secours de Melanie. L'identité de l'homme au casque en fer-blanc, la raison pour laquelle il était entré au 23 en premier lieu, celle pour laquelle il restait à l'intérieur, continuaient de laisser la police perplexe.

Le fait que Jimmy se ruait en droite ligne vers le 23 permettait à la caméra de couvrir les événements de part et d'autre de la maison. Elle saisit la brusque accélération de sa foulée tandis qu'il traversait le jardin pour s'engouffrer par la porte arrière ; la charge soudaine et brutale de la foule vers la fenêtre cassée de la pièce de devant ; et la disparition abjecte de la fille blonde alors que Wesley Barber donnait un coup de poing dans le ventre gonflé et qu'elle tombait sous les pieds martelant le sol.

Dans le centre de commandement, un cri d'horreur jaillit de toutes les gorges.

Vingt-cinq

Samedi 28 juillet 2001 – parking, hôtel Hilton, Southampton

La BMW de Townsend était garée, à l'écart, dans un coin du parking du Hilton. « Alors ? » demanda Tyler au fonctionnaire qui se tenait à côté.

L'homme secoua la tête. « Le coffre est propre comme un sou neuf. Un expert trouverait peut-être quelque chose, mais je n'en jurerais pas.

— Trop propre ? Qu'est-ce que ça sent ?

— Rien d'anormal. J'aurais remarqué une odeur de détergent.

— Des bagages ? Un caméscope ?

— Seulement un ordinateur portable.

— Intéressant. » Tyler lorgna à travers la lunette arrière. « Et à l'intérieur ?

— Lotion après-rasage. De luxe également. Le type empeste ce machin. » Il fit la grimace. « C'est un drôle de phénomène. La date de naissance sur son permis de conduire indique qu'il a quarante-cinq ans... mais il se donne un mal de chien pour en paraître trente. Un sacré faux-jeton, si vous voulez mon avis. » Une expression pensive passa sur son visage. « Il ne s'est pas laissé démonter... n'a pas eu un battement de paupières quand je lui ai ouvert la porte de la voiture.

— S'est-il opposé à ce que vous regardiez dans le coffre ?

— Non. Il est allé l'ouvrir lui même.

— A-t-il demandé ce que vous cherchiez ?

— Non.

— Intéressant », répéta Tyler.

Salle de réunion, hôtel Hilton

Faux-jeton ou pas, Tyler comprit immédiatement pourquoi Laura était tombée amoureuse d'Edward Townsend. « Un drôle de phénomène » constituait une assez bonne description. Visage hâlé, rasé de près. Bras et épaules musclés. Cheveux coupés court. Comparé à la mine de saint-bernard rougeaude et chiffonnée de Tyler, il avait l'éclat poli d'une poupée (ce qui expliquait sans doute qu'une fille de dix-huit ans continuant à en avoir douze comme Franny puisse le trouver séduisant, pensa Tyler avec acidité). Mais cela faisait trop artificiel pour retenir longtemps l'attention. L'œil cherchait vainement quelque chose d'intéressant auquel se raccrocher — des pattes-d'oie, des rides expressives —, n'importe quoi qui sorte de l'idée de la beauté masculine que se fait une femme assoiffée d'amour.

C'était une image qui fonctionnait mieux à distance. À la voir de près, Tyler ne fut pas surpris que le patron du Bella Vista ait eu des doutes quant aux rapports de l'homme avec Franny. Ses cheveux paraissaient teints, le bronzage était certainement faux, et son regard bleu pâle et nerveux ne vous fixait jamais pendant plus d'une seconde. Tyler dut faire un effort sur lui-même pour le considérer de manière objective — il était trop facile de se laisser influencer par les préjugés —, mais il n'en continuait pas moins à se sentir hérissé. Peut-être était-ce la lotion après-rasage.

Deux agents en uniforme, campés imperturbablement près de la porte, les bras croisés, s'écartèrent pour laisser entrer Tyler et Butler. Une longue table occupait le centre de la pièce, avec des blocs, des chaises alignées de part et d'autre, ainsi qu'une cafetière et des tasses à un bout. Townsend, manches retroussées, était assis à l'autre bout, une veste de costume étalée sur le dossier de sa chaise, un ordinateur portable ouvert devant lui, les nuages d'un économiseur d'écran tremblotant sur le moniteur.

« Inspecteur principal Tyler et sergent Butler... chargés de l'enquête sur la disparition d'Amy Biddulph », dit Tyler. Il tira une chaise à côté de l'homme et s'assit, jambes croisées, un coude posé sur la table. Butler prit la chaise de l'autre côté. « Merci d'avoir accepté de nous parler.

— Personne ne m'a dit que j'avais le choix. » C'était la même voix que sur le mobile, même si l'accent londonien était moins prononcé quand il s'exprimait directement. Cherchait-il aussi à cacher ses origines ? se demanda Tyler. C'était le parvenu dans toute sa splendeur : BMW, Rolex, costume Armani.

« C'est toujours difficile dans les affaires de ce genre, remarqua Tyler de manière ambiguë. Nous avons besoin d'un accès immédiat aux personnes susceptibles de nous donner un coup de main.

— Je ne demande pas mieux que de répondre à vos questions. Amy est une gosse adorable. Je ferais tout pour l'aider. J'ai seulement prié ces hommes » — il indiqua d'un geste les agents en uniforme — « de me laisser expliquer la situation aux autres participants de la réunion. Je ne crois pas que ce soit un motif de détention, n'est-ce pas, inspecteur ?

— Nous nous sommes chargés de les mettre au courant, répondit aimablement Tyler. Ils attendront volontiers que nous ayons fini. Ils sont tous d'accord que la vie d'une fillette vaut bien un léger retard. »

Le regard de Townsend se posa un bref instant sur lui. « Que leur avez-vous dit au juste ?

— Que vous possédiez des renseignements confidentiels sur Amy Biddulph et qu'il était important que nous puissions vous parler le plus vite possible.

— Quelle sorte de renseignements ?

— Concernant la période pendant laquelle sa mère et elle ont vécu avec vous. J'ai entendu dire que vous aviez fait un certain nombre de vidéocassettes d'Amy. Elles sont pour nous d'un grand prix. Un film nous serait bien plus utile que les portraits dont nous nous servons actuellement. Les gens arrivent mieux à reconnaître un enfant sur des images animées. »

Cela eut l'air de l'amuser. « Sauf qu'elles

n'existent plus. Laura les a coupées en petits morceaux qu'elle a éparpillés sur le plancher du salon avant de partir. Elle ne vous l'a pas dit ? »

Tyler sentit vaciller ses certitudes. Il n'y avait jamais assez de temps dans ce type d'enquête. On ne pouvait pas poser toutes les questions. « Non.

— Alors, je suis navré de vous décevoir. »

Tyler hocha la tête. « Comment savez-vous que Laura les a toutes trouvées ? Vous rappelez-vous combien vous avez fait de cassettes ?

— À vrai dire, oui. Je n'ai pas arrêté d'utiliser les trois mêmes. La seule raison pour laquelle j'ai filmé Amy, c'est qu'elle aime jouer la comédie et qu'elle voulait se voir à la télé.

— Alors pourquoi l'avoir filmée nue dans la baignoire ? »

Il laissa échapper un gloussement. « Une bonne acoustique et un luffa commode pour installer un micro. Elle chantait à tue-tête *Like a Virgin.* Drôlement bien, avec ça. C'est une petite chanteuse extraordinaire.

— Que sont devenues les cassettes que vous avez faites de Laura ? »

Townsend se remit à rire, ses yeux dessinant des plis malicieux. Il était extrêmement détendu. Charmant, même. « Voyons, inspecteur. Elles ne vous aideront pas à retrouver Amy. Laura a dû vous dire ça, au moins. Franchement, ce n'était pas le genre de films dans lequel on mettrait une gosse.

— C'est ce que j'ai cru comprendre. D'après la description donnée par Laura, c'était un outil de masturbation. Vous les avez gardées, j'imagine ? »

Il répondit sans hésiter. « Je ne garde jamais rien d'une relation terminée, inspecteur. Je m'en suis resservi.

— Dans quel but ? »

Il réfléchit un moment. « Probablement un terrain sur lequel nous construisons, à Guildford. Comme nous avons des problèmes de chapardage de matériaux, j'ai fait installer une caméra sur le chantier. Les ouvriers n'aiment pas beaucoup ça, mais je ne voyais pas ce que je pouvais faire d'autre si je ne voulais pas qu'on me vole impunément. »

Tyler n'ignorait pas que les terrassiers sont des gens au langage violemment homophobe, et qui ont pour habitude de vous regarder droit dans les yeux en vous parlant. Cela ne les rend pas plus francs ni honnêtes pour autant, seulement plus directs, et il se demanda ce que les employés de Townsend pensaient de lui. « Comment pouvez-vous être aussi catégorique à propos des vidéos d'Amy... et aussi incertain en ce qui concerne celles de Laura ?

— J'en ai fait davantage de Laura... la plupart avant qu'elle n'emménage. Avec Amy, il n'y a eu que ces trois-là. Ce qui relevait du passé ne l'intéressait pas... il fallait que tout ait lieu dans l'instant présent ou elle s'ennuyait. »

Il détacha sa Rolex et la posa sur la table, trahissant la même hâte d'en finir qu'avait montrée Martin Rogerson un peu plus tôt. « Encore une fois, je suis navré de vous décevoir. »

Tyler se souvint que cet homme persuadait des femmes de poser nues devant une caméra. Il avait sûrement une grande expérience pour ce qui est d'éluder les questions maladroites sur ses ex. Sa voix était peut-être crispée, mais il la maîtrisait parfaitement.

Tyler se pencha en avant. « Vous semblez très impatient, murmura-t-il. Pour quelle raison ? Cette enfant a les pires ennuis, et vous avez dit que vous vouliez l'aider. »

La réaction fut plus violente qu'il ne s'y attendait. Un éclair d'acier. « Certains d'entre nous ont l'obligation de gagner leur pain à la sueur de leur front à défaut de compter sur l'État pour les faire vivre, répliqua-t-il sèchement. Vous retardez ma réunion. J'en comprends les motifs, et c'est avec empressement que j'ai consenti à répondre à vos questions, mais je vous serais reconnaissant de faire preuve de promptitude. Que puis-je vous dire sur Amy que Laura et Martin ne sachent pas ? »

Tyler leva une main apaisante comme pour reconnaître ses torts. « On nous a dit qu'Amy avait passé un coup de téléphone en PCV à quelqu'un nommé Em il y a environ deux semaines. Savez-vous de qui il pourrait s'agir ?

— Non.

— Cela vous dérangerait-il de prendre un peu de temps pour y réfléchir ? A-t-elle mentionné, pendant qu'elle vivait avec vous, des amis appelés Em ou Emma ?

— Pas à ma connaissance. C'était un vrai moulin à paroles, et je n'écoutais pas toujours. Si quelqu'un est au courant, c'est sa mère. »

Tyler poussa un soupir de lassitude. « C'est important, Mr. Townsend. »

L'homme joignit ses doigts sous son nez et respira à fond. « Je m'en rends compte, et j'en suis navré. Lorsque sa mère s'est installée chez moi, Amy a débarqué aussi. J'ai été aimable avec elle, je lui ai parlé à plusieurs reprises quand elle n'était pas encore couchée ; je l'ai filmée deux ou trois fois en train de danser et de chanter, et j'ai pourvu à ses besoins dans la mesure de mes possibilités. Laura avait des raisons confuses de ne pas accepter les chèques de pension alimentaire de son mari... Elle parlait d'une rupture nette et sans appel, mais, en réalité, il s'agissait davantage de faire la nique à Martin. *Je peux très bien me débrouiller sans toi.* Ce genre de chose. Au bout de six mois, j'ai compris que je n'étais qu'un tremplin commode sur sa route vers l'indépendance. Nous avons eu une scène à ce sujet, et, le lendemain soir, Amy et elle étaient parties. Je n'ai eu aucune nouvelle depuis.

— Découper les enregistrements de sa fille et laisser les morceaux épars sur le parquet donnerait à penser qu'il y avait quelque chose d'un peu plus grave que cela. »

Townsend tapota les ailes de son nez avec ses index, et jeta un nouveau coup d'œil à l'inspecteur. « Que voulez-vous que je fasse ? Que je la traîne dans la boue ? Elle vient de perdre sa gosse, pour l'amour du ciel.

— Nous avons entendu sa version. J'aimerais entendre la vôtre. »

Il se prit la tête dans les mains pendant un moment. « Très bien. Elle était jalouse, déclara-t-il sans détour en relevant les yeux. Elle sortait d'un mariage où le père se moquait éperdument de sa fille, et elle pensait que ce serait agréable de mettre le grappin sur un homme qui traiterait Amy avec gentillesse. Cette phase a duré en tout et pour tout quatre mois. Quand elle vivait avec Martin, Laura avait la gamine pour elle toute seule, et elle n'a pas apprécié qu'Amy se mette à partager son affection avec moi. Elle est devenue complètement possessive, me reprochant la moindre prévenance que j'avais pour Amy, en particulier les vidéos, et elle a commencé à m'accuser d'avoir davantage le béguin pour la gamine que pour elle. Cela a continué tant bien que mal encore deux mois — pendant lesquels je snobais Amy pour ne pas contrarier sa mère... et la pauvre petite en était littéralement retournée —, puis j'ai dit que j'en avais assez. Fin de l'histoire. Laura a déguerpi le lendemain. »

Tyler hocha la tête. « Est-ce aussi ce qui est arrivé lors de vos deux mariages ? » demanda-t-il.

Il avait pris son interlocuteur au dépourvu. Celui-ci eut une seconde d'hésitation. « Qu'est-ce que mes mariages ont à voir avec Amy, nom d'un chien ?

— Simple curiosité. Ni l'un ni l'autre n'ont duré très longtemps. »

Townsend déplaça sa souris pour ramener les nuages sur l'écran. « J'ai toujours eu des aventures, dit-il d'un ton brusque. Cela ne plaisait guère à mes épouses. J'aurais fait la même chose avec Laura si elle n'était pas partie. Je n'ai pas l'étoffe d'un mari, comme la plupart des femmes que je connais vous le diront.

— Est-ce que Mr. Rogerson le sait ?

— Quel rapport ?

— J'ai comme dans l'idée que Laura et Amy étaient une sorte de prêt en attendant que votre emballement se dissipe. »

Nouvel éclair d'acier. « C'est insultant. »

Avec un haussement d'épaules, Tyler en revint au coup de téléphone. « Laura est persuadée qu'Amy a dit Ed et non Em, ce qui, paraît-il, est la manière dont elle vous appelait, Mr. Townsend. Les mots se ressemblent, et les adolescents qui ont entendu la conversation n'étaient pas particulièrement attentifs. »

Il secoua la tête. « Je vous ai déjà dit que je n'avais pas reparlé à Amy depuis son départ.

— Nous n'avons que votre parole. »

L'homme fixa Tyler pendant plusieurs secondes d'un regard étonnamment calme. Il n'y avait aucune sympathie dans les yeux bleu pâle, aucun sentiment particulier, en fait. « Pensez-vous que je sois pour quelque chose dans la disparition d'Amy ? interrogea-t-il. Est-ce la raison de ces questions ?

— Pourquoi supposer qu'un coup de téléphone remontant à quinze jours ait un rapport quelconque avec ce qui s'est passé hier, Mr. Townsend ? Tout ce que nous essayons de savoir, c'est ce qu'elle avait dans la tête. Elle était manifestement malheureuse car elle n'arrêtait pas de pleurer pendant la conversation, et il s'agissait de quelqu'un qu'elle connaissait bien car le PCV a été accepté.

— Eh bien, ce n'était pas moi. J'aurais certainement accepté un appel si elle avait essayé de me contacter. Bon sang, j'étais désolé pour cette gosse. Elle était complètement déboussolée. Ne savait pas si sa mère l'aimait... si son père l'aimait... n'avait aucun contact avec les autres membres de sa famille parce qu'ils étaient tous opposés à ce mariage. Est-ce que c'est une vie pour une gamine de dix ans ? »

Cela résumait tellement bien sa propre pensée que Tyler fut tenté d'en rester là. Il savait mieux que quiconque que c'était de la chansonnette, et que cela n'avait pas donné le plus petit résultat. « Seriez-vous prêt à le confirmer en nous donnant accès à vos notes de téléphone ? demanda-t-il. Si aucune taxation n'apparaît, alors c'est qu'il s'agissait de quelqu'un d'autre, et nous vous laisserons tranquille. »

Townsend acquiesça. « Bien sûr. Tout ce que vous voulez. » Il griffonna trois numéros sur le bloc devant lui. « Voici mes trois téléphones. À la maison. Au travail. Et celui du portable. Je vous autorise volontiers à consulter les factures. »

Tyler tendit le bras vers le bloc.

Gary Butler remua. « Vous avez cinq numéros distincts attachés à votre domicile, Mr. Townsend. J'ai fait faire une vérification hier soir pour voir s'il y avait un moyen de vous contacter. J'espérais pouvoir vous joindre sur votre portable. Manque de chance. L'un correspond à un fax, un autre à un modem et les trois restants sont des lignes d'appel. Il nous faut une autorisation administrative pour accéder à tous. »

Les yeux de Townsend glissèrent vers lui.

« Cela ne nous dérange pas de demander un mandat, poursuivit Butler sans animosité. Peut-être souhaiteriez-vous la présence d'un avocat pendant que nous vous expliquons la procédure ?

— Vous n'avez pas de motif justifiant un mandat. Je vous ai déjà dit que je n'ai pas parlé à Amy depuis qu'elle a quitté mon domicile.

— Une fillette répondant à la description d'Amy est montée à bord d'une voiture semblable à la vôtre devant l'église de Portisfield hier à l'heure du déjeuner. »

Aucune hésitation. « Ce n'est pas un motif, répondit-il avec vigueur. Je n'étais pas à Portisfield hier. »

Butler se tourna vers Tyler, qui lui fit signe de continuer. « Pouvez-vous le prouver ?

— Je peux certainement prouver que j'étais ailleurs à l'heure du déjeuner. »

Il farfouilla dans sa poche de veste à la recherche de son portefeuille et tira un ticket d'un des compartiments. « J'ai mangé à la station-service de Fleet sur l'A3. » Il regarda les deux hommes tour à tour d'un air indécis puis tendit le bout de papier à Tyler.

Celui-ci le posa sur la table et le défroissa. « Vous avez déjeuné tôt. Il est marqué 11 h 43.

— Je n'avais rien avalé depuis la veille au soir. J'allais à Guildford pour rencontrer mon contremaître.

— À quelle heure ?

— Pour autant que je m'en souvienne, environ 13 h 15. Il s'appelle Steve Ablett. Adresse : 12 Dock Way, Millbrook. Son numéro est dans l'annuaire. »

Voilà donc où il voulait en venir. L'alibi en béton.

Même Michael Schumacher aurait été incapable de se rendre de Fleet à Portisfield et ensuite à Guildford en une heure et quart. « Qu'avez-vous commandé, Mr. Townsend ?

— Lasagnes et café. »

Exact, mais pas spécialement difficile à retenir. *Lasagnes £6,25. Café £0,95.* Il y avait de légers plis sur la surface du papier comme s'il avait été chiffonné puis repassé. Tyler fit un hochement de tête à Butler, qui sortit son portable et quitta la pièce pour appeler Steve Ablett dans le couloir.

« Comment saviez-vous que l'heure du déjeuner était cruciale ? demanda-t-il à Townsend. Nous n'avons parlé que de dix heures, qui est le moment où Amy a été vue quittant la maison des Logan. Est-ce Martin Rogerson qui vous l'a dit ? »

L'homme secoua la tête. « Je n'en savais rien jusqu'à ce que le sergent en fasse mention.

— Gardez-vous tous vos reçus ?

— Tous ceux que je peux déclarer en frais.

— Montrez-m'en d'autres. »

Il fit mine de chercher dans son portefeuille. « Je l'ai vidé récemment. Je n'en ai pas sur moi. Il doit y en avoir quelques-uns dans la voiture.

— On ne peut pas déclarer un repas, Mr. Townsend. Chacun doit manger. Pourquoi conserver ce reçu ? Vous attendiez-vous à ce qu'on vous réclame un alibi ?

— C'est la dernière chose que j'ai payée. Je mets tous les reçus ici, et je les trie ensuite.

— Rouliez-vous vers le sud ou vers le nord sur l'A3 ?

— Le sud.

— Alors pourquoi avoir été jusqu'à la station-service de Fleet ? Le mieux pour aller à Guildford est de sortir à l'embranchement de Camberley... une bonne dizaine de kilomètres avant Fleet. Il y a plein de stations-service le long de la route, et elles vendent toutes des sandwichs.

— J'avais besoin de m'arrêter. » Il avait à nouveau l'air amusé. « Le lotissement est du côté Aldershot de Guildford. C'est presque aussi rapide de sortir à Hook... et la route est plus agréable. »

Tyler répondit par un sourire bonhomme puis se remit à observer le réseau de lignes sur le bout de papier. Il était clair qu'on l'avait roulé en boule et aplati ensuite. Il songea aux détritus qui s'entassent sur les parkings des stations-service. Il n'était pas totalement exclu que Townsend ait poussé jusque-là — *après* être allé à Guildford — afin de voir ce qu'il pourrait dénicher pour brouiller les pistes. Totalement indémontrable, toutefois, à moins que Fleet ne soit équipée de caméras en circuit fermé. Mais, même dans ce cas, il était peu probable que la plaque minéralogique de Townsend ait été enregistrée alors que le site était fréquenté chaque jour par des milliers de véhicules.

« Très bien. » Il se pencha à nouveau. « Où étiez-vous la nuit dernière, Mr. Townsend ? Vous ne l'avez pas passée chez vous car une voiture de police était stationnée devant depuis que Martin Rogerson nous avait donné votre adresse à neuf heures. Nous espérions qu'Amy était allée vous rejoindre.

— J'étais avec une petite amie.

— Puis-je avoir son nom ? »

Il secoua la tête. « Pas sans sa permission. Elle est mariée, et je ne tiens pas à la mêler à ça à moins que ce ne soit absolument nécessaire. Je vous ai donné l'alibi que vous demandiez, inspecteur. Si vous désirez autre chose, il vous faudra passer par mon avocat.

— Autrement dit Mr. Rogerson ?

— Bien sûr.

— Intéressant, cette relation. Pourquoi continue-t-il à vous représenter ? N'importe quel homme à sa place vous en voudrait de lui avoir volé sa femme. »

Il ne répondit pas immédiatement. « Je suis un bon client. Je représente un gros volume d'affaires pour Martin. À quoi lui aurait-il servi de scier la branche sur laquelle il est assis une fois que Laura l'avait quitté ? »

Tyler eut un petit rire. « L'homme n'est pas une créature purement rationnelle, vous le savez bien. Surtout quand il s'agit d'une histoire de passion. »

Son interlocuteur eut un haussement d'épaules. « Si Martin a jamais eu de la passion pour Laura, elle est morte depuis longtemps. Elle n'est pas facile à vivre, inspecteur. Beaucoup trop collante pour quelqu'un comme Martin, qui a besoin de son espace. C'est attirant au début. Les femmes vulnérables le sont toujours — elles donnent aux hommes un sentiment de puissance. Mais cela devient vite fatigant quand la jalousie se met de la partie. »

Tyler repensa à son propre mariage raté. Les raisons de ce fiasco n'étaient pas tellement différentes.

« Alors pourquoi avoir continué à faire appel à ses services ?

— Je ne comprends pas.

— Vous lui aviez volé sa femme et sa fille. Cela ne vous inquiétait pas ?

— Pourquoi aurais-je dû être inquiet ?

— Je ne voudrais pas d'un ennemi pour avocat. »

Il ne répondit pas.

« Mais peut-être n'est-ce pas un ennemi ? Peut-être avez-vous trop d'intérêts communs pour vous brouiller ? »

Townsend sourit. « Peut-être, en effet.

— Eh bien, de quoi s'agit-il ? Sur quoi portent toutes ces affaires que vous lui apportez ?

— La promotion immobilière.

— Vous parlez d'Etstone ?

— Oui.

— Mmm. » Il étudia un moment son interlocuteur. « Alors pourquoi Franny Gough m'a-t-elle dit que votre entreprise battait de l'aile ? D'après elle, quelqu'un vous volait et vous deveniez hystérique chaque fois que le sujet était abordé. »

Le regard de l'autre se remit à vagabonder dans la pièce, mais était-ce à cause de la mention de Franny Gough ou de l'allusion à l'état de la société, Tyler aurait été incapable de le dire. « Ce n'est un secret pour personne que nous cherchons de nouveaux investissements. D'où cette réunion. Je soupçonne Steve Ablett et son équipe de se servir au passage. C'est pourquoi je suis allé le voir hier. Je l'ai averti qu'il y aurait presque certainement des limogeages et des poursuites d'engagées dès que la société aurait retrouvé un équilibre. »

Étrange réponse, pensa Tyler. *Je soupçonne... ? Presque certainement... ?* « Avez-vous laissé vos bagages et votre caméscope chez votre petite amie, Mr. Townsend ? »

Le changement de cap était si abrupt que l'homme fut à nouveau pris de court. Encore une question à laquelle il n'était pas préparé. Tyler pouvait presque l'entendre jouer à pile ou face pour savoir s'il devait dire oui ou non. « Oui.

— Est-ce que son mari ne risque pas de se demander à qui ils appartiennent ?

— Il est absent, répondit-il sèchement.

— Alors vous comptez sans doute passer aussi la soirée avec elle. Vous aurez au moins besoin de votre brosse à dents et de votre rasoir. Accepteriez-vous qu'un de mes agents vous accompagne ? Tout ce que nous voulons, c'est une confirmation de votre emploi du temps d'hier soir... et, puisque le mari est absent, cela ne devrait pas poser de problème. »

Il secoua la tête, mais ne dit rien.

« Vous désirez peut-être consulter votre avocat ? »

À nouveau, Townsend ne répondit pas, et cette fois le silence s'étira interminablement. Tyler aurait bien aimé savoir pourquoi l'homme était si résolu à ne pas réclamer la présence de Martin Rogerson. Savait-il que Rogerson n'était pas là ? Avait-il deviné que ce n'était pas son avocat qui l'avait appelé sur son portable un peu plus tôt ? Ou ne voulait-il pas que Rogerson entende ses réponses ? Il s'écoula encore cinq minutes avant que Butler ne revienne, et il aurait été difficile d'affirmer lequel des deux hommes à la table était le plus soulagé de le voir. Tyler connaissait suffisamment son subordonné pour savoir qu'il lui aurait adressé un signe de tête s'il n'y avait plus eu de raison de questionner Townsend.

« Mr. Ablett se souvient qu'il était 13 h 20 », déclara Butler d'un ton monocorde. Il reprit posément sa place. « Il y a un message du commissaire, ajouta-t-il à l'adresse de Tyler en poussant un morceau de papier plié sur la table. Il veut une réponse tout de suite. »

Tyler le leva de sorte que Townsend ne pouvait pas le lire. « *Il ment. Il faut que je vous parle seul à seul.* »

« Désolé, dit-il à Townsend en fourrant le papier dans sa poche. Cela ne prendra qu'une minute. Je dois vous demander d'attendre encore un peu. »

Townsend serra les dents avec fureur. « Votre attitude n'est pas raisonnable, inspecteur. Je me bats pour la survie de ma société. Cette réunion m'est indispensable. Si l'un de ces bailleurs de fonds potentiels s'en va, Etstone risque d'être liquidée. »

Tyler resta assis. « Est-ce pour cela que vous êtes revenu aussi vite de Majorque ?

— Oui, répondit-il d'un ton brusque. Martin m'a téléphoné que la banque refusait de couvrir les salaires. C'est le thème de cette réunion. Depuis vingt-quatre heures, je me donne un mal de chien pour essayer d'éviter que tout s'écroule.

— Pourquoi ne pas avoir informé Mr. Rogerson que vous étiez de retour ?

— Je ne voulais pas le mettre dans une position délicate. Il y a des lois sur les entreprises en cessation de paiement. Il aurait pu estimer de son devoir d'agir dans l'intérêt des créanciers en fermant la boîte hier. »

Tyler jeta un coup d'œil au sergent et le vit incliner imperceptiblement la tête en direction de la porte. « Pourquoi avez-vous abandonné Franny Gough ? »

Une étincelle de colère brilla dans les yeux bleu pâle. « Elle était ivre. Je ne pouvais même pas la mettre debout, sans parler de l'emmener à l'aéroport.

— Elle était coincée là-bas. Vous êtes parti sans payer la note.

— Je n'avais guère le choix. Après le coup de fil de Martin, je craignais que les cartes de crédit n'aient été suspendues. Je lui ai conseillé de filer en douce, de prendre un taxi et de changer son billet une fois à l'aéroport. Elle avait assez d'argent pour ça. C'était le mieux que je puisse faire. Si elle était trop ivre pour rentrer, c'est son problème. »

Tyler n'essaya pas de cacher son scepticisme. « Si les choses vont aussi mal que vous le dites, pourquoi être allé à Majorque ? Pourquoi ne pas être resté pour chercher des solutions ? »

Il avait réponse à tout. « Je pensais l'avoir fait. Cela durait depuis des semaines. J'avais passé chaque heure de la journée à essayer de maintenir la société sur les rails. À la fin de la semaine dernière, j'avais obtenu la promesse d'un investisseur qu'un demi-million serait transféré lundi à l'ouverture des bureaux. Je croyais que c'était définitivement réglé, et, dans ces conditions, il me semblait qu'un peu de vacances ne me ferait pas de mal. Martin a téléphoné jeudi pour dire que l'homme n'avait pas tenu parole et que la banque avait retiré son autorisation de découvert. Je suis rentré par le premier avion. »

Tyler se leva en faisant signe à Butler. « Je vous demande de nouveau d'attendre, Mr. Townsend. »

Les dents se serrèrent de manière encore plus agressive. « Pourquoi ?

— Je ne suis pas satisfait de vos réponses. »

Débordant de colère, il abattit sa paume sur la table. « Alors c'est vous qui devrez attendre la fin de la réunion parce que je veux bien être pendu si je perds tout à cause d'une fichue tête de mule donnant dans l'abus de pouvoir.

— Souhaitez-vous consulter un avocat ?

— Oui, répondit-il brutalement en refermant d'un coup sec le couvercle de son portable et en saisissant sa veste. Absolument.

— Je vous prie de rester assis. Si vous tentez de quitter cette pièce avant que je ne revienne avec le sergent, vous serez détenu en vue d'un interrogatoire ultérieur et très probablement conduit au commissariat le plus proche. Pendant ce temps, ces messieurs » — il désigna les agents en uniforme — « vous aideront à trouver un avocat pouvant s'occuper de vous.

— Ne jouez pas au plus malin avec moi, inspecteur, répliqua-t-il, furieux. Je veux mon propre avocat.

— J'ai bien peur que Mr. Rogerson ne soit indisponible. Il est en état d'arrestation. »

« J'espère que c'est du solide », dit Tyler à Gary Butler dans le couloir. Il chercha son mouchoir et s'épongea le front. « Je ne fais que brasser du vent. Jusqu'ici, il n'a rien dit qui soit en contradiction avec les témoignages que nous avons recueillis. Que vous a raconté Steve Ablett qui fasse de Townsend un menteur ? »

Butler ne paraissait plus aussi confiant. « Rien d'extraordinaire, avoua-t-il, et, pour être franc, il n'a pas été très clair dans ses réponses. »

Avec un soupir, Tyler remit le mouchoir dans sa poche. « Bon, dites-moi ce que vous avez. »

Le sergent parcourut son calepin. « Concernant les caméras de sécurité sur le chantier : les bandes sont fournies par la société qui a installé l'équipement. Concernant l'état des affaires : c'est la merde intégrale. Presque tout le personnel a été licencié il y a deux semaines. Steve Ablett et trois autres font le nécessaire pour que les six maisons déjà vendues soient en conformité avec la législation. Les logements non finis et le reste du terrain sont bons pour les enchères. Il pense que c'est la raison de cette réunion, bien qu'on lui ait dit au siège qu'elle était fixée à samedi prochain. » Il indiqua la salle d'un signe de tête.

« Concernant la visite de Townsend sur le chantier hier : elle n'était pas prévue. À la connaissance d'Ablett, Townsend était à Majorque jusqu'à la fin de la semaine prochaine. » Il tourna une page. « Le type s'est amené sans crier gare vers 13 h 30. Ablett revenait à peine du siège à Southampton, où on l'avait averti que personne ne serait payé et que le bureau serait fermé à partir de midi. Il a dit à ses trois types de laisser tomber leur boulot et est retourné à la baraque de chantier pour prendre ses affaires personnelles et tirer le rideau de son côté. »

Il abaissa son doigt le long de la page. « Townsend est arrivé cinq minutes plus tard. Il a piqué une crise aussitôt. À traité Ablett de voleur... dit que c'était sa faute si le chantier était tombé à l'eau. Ablett est sorti en claquant la porte pour éviter de le frapper. Si l'affaire s'est cassé la figure, c'est parce que la banque a fermé le robinet et que tous les fournisseurs ont supprimé les facilités de crédit. » Il leva la tête. « Ablett était tellement hors de lui que ça m'étonne que vous ne l'ayez pas entendu de la pièce, patron. D'après lui, c'est la faute de Townsend si la banque a eu les foies car il a payé le terrain trop cher, et maintenant il essaie de rejeter la responsabilité sur son personnel. »

Tyler tira son mouchoir et s'essuya à nouveau le visage. « C'est à peu près ce que Townsend m'a lui-même déclaré — moins les détails à propos de la banque. Tout cela prouve seulement que c'est un mauvais homme d'affaires. »

Butler revint à son calepin. « Ablett prétend que Townsend n'avait aucune raison de proférer de telles accusations. Il y a eu quelques menus vols au démarrage du projet, qu'Ablett a résolus grâce aux caméras en circuit fermé. Deux ouvriers ont été renvoyés, et depuis il n'y avait plus aucun problème. D'après lui, Townsend voulait simplement faire une scène — se disputer avec la première personne qui lui tomberait sous la main — parce qu'il est furieux de la perte de cette affaire. Ablett faisait une cible facile vu que les créanciers attendaient au bureau depuis le matin en menaçant d'écharper Townsend s'ils le trouvaient.

— Mmm. » Tyler regardait fixement le bout du couloir, le front plissé, l'air pensif. « Sait-il pourquoi Townsend est allé à Majorque ? Je n'arrête pas de buter sur ce détail, Gary. Pourquoi être parti quand même ? Et pourquoi ne pas avoir vérifié que l'argent était en banque avant son départ ?

— Je ne lui ai pas posé la question, mais Ablett n'y a pas été avec le dos de la cuillère dans ses propres accusations de vol. » Il déplaça son doigt vers le bas de ses notes. « Townsend utilise un tas de combines pour éviter de reverser la TVA et les taxes. De plus, c'est un mauvais payeur, ce qui explique qu'il ne soit pas très regardant quant aux individus qu'il emploie. Bon nombre sont des clients réguliers de la prison de Winchester, et ils lui courent tous après pour tenter de récupérer leur argent pendant que c'est encore possible. » Il leva la tête. « Peut-être a-t-il décidé de se faire petit jusqu'à ce que les nouveaux fonds aient été virés sur le compte de sa société ? »

Tyler le regarda en fronçant les sourcils. « Ablett dit que la réunion a été avancée d'une semaine. A-t-il précisé pourquoi ?

— Parce que la banque refusait de payer les salaires.

— Comment Townsend savait-il qu'elle avait été avancée ? Son vol de retour était réservé pour le samedi suivant.

— Je suppose que Martin Rogerson l'a prévenu.

— Mmm. » Un long silence. « Townsend a parlé de quelqu'un d'autre au téléphone. Il a dit que John Finch l'avait mis au courant. »

Butler feuilleta son carnet. « Il y a un John Finch sur la liste pour la réunion. Présenté comme un actionnaire. Voulez-vous que je voie s'il est arrivé ?

— Pas encore. » Tyler fit claquer sa langue. « Townsend prétend avoir passé la nuit dernière avec une petite amie. Chez laquelle il a déposé caméscope et bagages. Pourquoi aurait-il fait ça ? Pourquoi ne pas s'être contenté de les laisser dans le coffre ? »

Le sergent tapa une phalange contre ses dents. « Parce qu'il s'attendait à être questionné à un moment ou à un autre ? suggéra-t-il. Seul un idiot se baladerait avec des cassettes vidéo de Franny Gough ressemblant à Amy Biddulph. Il doit avoir des accessoires dans ses bagages... perruques... vêtements de petite fille... et que sais-je encore.

— Il n'a pas eu l'air dérouté par les questions sur Franny Gough, donc il a dû deviner que nous l'avions interrogée... que nous savions quel genre de choses il avait filmé. Quoi qu'il en soit, comment a-t-il su à propos d'Amy ? Si c'est par la radio ou par la télévision, il n'a pu l'apprendre au plus tôt que vers 9 ou 10 heures hier soir. Alors comment se fait-il qu'il ait un alibi tout prêt pour l'heure du déjeuner ?

— Quelqu'un l'a mis en garde. Rogerson lui a téléphoné sur son portable.

— Il affirme qu'il a essayé de l'appeler, mais qu'il n'a pas réussi à le joindre.

— À supposer qu'il dise la vérité.

— C'est probable. Lorsque tout à l'heure au téléphone j'ai demandé à Townsend où il se trouvait, il a répondu : en Angleterre. Il ne l'aurait pas fait si Rogerson était déjà au courant de son retour. »

Le sergent eut un haussement d'épaules. « Alors c'est par la radio. Je ne vois pas le problème.

— La radio a déclaré qu'elle avait disparu à 10 heures. Cependant, ce type possède des alibis depuis environ 11 h 30 jusqu'à une "scène" providentielle à 13 h 30. Il savait que l'heure du déjeuner était importante. » Il marqua un temps d'arrêt. « Après ça, au lieu de rentrer à son domicile pour préparer la réunion d'aujourd'hui, il file retrouver une mystérieuse petite amie et laisse ses bagages. Pourquoi ne pas être passé chez lui les déposer ?

— Il l'a peut-être fait. Notre voiture n'était pas là avant 9 heures.

— Alors pourquoi ne pas le dire ? » Tyler n'attendait pas de réponse car il se plongea dans une délibération intérieure. « Ablett a-t-il dit s'il avait donné une raison pour justifier qu'il soit venu sans prévenir ?

— Non. Seulement que Townsend s'était lancé dans ses accusations de vol.

— Mmm. Histoire de créer un incident. » Nouvelle pause pour réfléchir. « A-t-il emporté quelque chose ? Des documents ? Des plans d'architecte ? Des bandes ?

— Je n'ai pas demandé. Vous voulez que je le rappelle ? »

Tyler hocha la tête. « On ne sait jamais. S'il est allé là-bas pour vider un placard, j'aurais l'air plutôt ridicule. Parlez-lui également de la voiture de Townsend. Est-ce qu'il l'a vue ? Est-ce qu'il y avait des bagages à l'intérieur ? »

Il attendit pendant que Butler composait le numéro, posait la première question et écoutait une minute ou deux avant de presser le micro contre sa veste. « Il dit que la baraque de chantier est pratiquement vide. Que les plans et les dossiers ont été transportés au bureau de Southampton pour les mettre à la disposition d'éventuels investisseurs. D'après lui, si Townsend était là, c'est uniquement parce qu'il avait envie de passer sa mauvaise humeur sur quelqu'un. Il raconte qu'il a renversé la table et cassé les tasses des ouvriers. Ablett est sorti juste après.

— Demandez-lui au sujet de la voiture. »

Nouveau temps d'écoute. « Elle était garée devant la baraque. Il dit qu'il y avait deux sacs sur le siège arrière. »

Tyler haussa les sourcils. « Quel genre de sacs ?

— Un noir et un marron.

— Selon Franny Gough, il n'en avait qu'un, et c'était un noir. Est-ce qu'ils occupaient tout le siège arrière ?

— La plus grande partie.

— Alors qu'y avait-il dans le coffre ? Non, ne demandez pas à Ablett... assurez-vous seulement que Townsend ne l'a pas ouvert devant lui. » Comme Butler secouait la tête, il pressa ses lèvres l'une contre l'autre dans un effort de concentration. « Townsend a-t-il dit où il allait ensuite ? »

Cette fois, la réponse fut plus longue et plus enflammée — d'où il était, Tyler percevait l'indignation dans la voix de l'homme. Butler plaqua à nouveau le téléphone contre sa veste. « Il est toujours aussi furieux à cause de la dispute qu'ils ont eue. Apparemment, ils se sont pas mal engueulés, chacun traitant l'autre de voleur. Ablett dit que Townsend est à peu près aussi digne de confiance qu'un serpent à sonnettes. Qu'on ne peut pas croire un traître mot de ce qu'il raconte. En ce qui concerne l'endroit où il allait... eh bien, d'après Ablett, ce n'était pas Southampton car Townsend s'est mis à rire en apprenant que les créanciers l'attendaient au siège pour lui casser la figure. Il s'est vanté de ne pas être stupide à ce point-là. Il n'avait pas l'intention d'aller à Southampton avant demain... c'est-à-dire aujourd'hui. Ablett a supposé qu'il parlait de cette réunion. » Il fronça tout à coup les sourcils comme s'il venait de penser à quelque chose.

Il se remit à parler dans le micro. « Qui commande ? Qui a avancé la réunion lorsque la banque a coupé les vivres ? » Il parut surpris. « Mr. Rogerson ? L'avocat ? » Le regard fixé sur l'inspecteur, il répéta ce qu'on lui disait. « Le bureau a été fermé sur ses instructions... le personnel a été avisé d'une possible opération de sauvetage aujourd'hui. » Un silence prolongé avant que Butler n'assourdisse à nouveau le micro.

« Rogerson possède une part importante de l'affaire. C'est son argent qui a permis à Townsend de se lancer il y a dix ans. La société aurait déjà dû déposer le bilan voilà quinze jours, mais il a usé de son influence pour la maintenir à flot. À présent, les employés ont la frousse qu'il ne s'en lave les mains à cause de la disparition d'Amy... et il est le seul à pouvoir sauver leurs boulots... »

Vingt-six

Samedi 28 juillet 2001 – à l'intérieur du 6 Bassett Road

Il possède une capacité de récupération remarquable, pensa Sophie en voyant Franek se démener pour se mettre en position assise. Il avait les mains et les pieds liés par des paires de collants appartenant à Clara Frensham, mais il n'en gardait pas moins assez de force et d'agilité pour soulever la moitié supérieure de son corps. Lorsque Clara leur avait ouvert sa porte, il avait franchi le seuil en titubant — le visage en sueur, la bouche s'efforçant d'aspirer de l'air —, et la réaction instinctive de la femme avait été d'avancer la main pour le soutenir. Les mots « pauvre homme » étaient sur ses lèvres quand Sophie l'avait écartée précipitamment.

« Restez loin de lui ! » s'exclama-t-elle d'un ton autoritaire.

La femme recula. « Mais il n'a vraiment pas l'air bien. S'il ne peut pas respirer, il risque de mou...

— Faites ce que je vous dis, Clara, grommela-t-elle entre ses lèvres toujours en sang. S'il doit mourir, il mourra. *Simplement-ne-vous-approchez-pas-de-lui !* »

En guise d'adieu, Jimmy lui avait coupé le souffle d'un coup de genou dans l'aine pour qu'il se tienne tranquille jusqu'à ce que Sophie ait fini de l'attacher. « Utilisez un machin en nylon, avait-il conseillé. Plus il se débattra, plus les nœuds se resserreront. »

À présent, Sophie faisait de son mieux pour ramener Nicholas à lui, mais c'était comme réveiller un mort. Elle regretta que Bob ne soit pas là. Il connaissait les déclics qui font qu'un homme se sent suffisamment en sécurité pour ouvrir les yeux. C'était sûrement ça, se dit-elle en passant ses doigts sur l'arrière du crâne. Il y avait une bosse là où Franek l'avait frappé avec la chaise, mais pas d'autres blessures apparemment. Peut-être percevait-il, de manière inconsciente, les bruits venant de Bassett Road, signe que le danger existait toujours.

Le téléphone avait sonné par deux fois dans la pièce de devant, mais Clara Frensham semblait trop secouée pour répondre. Âgée d'à peine quarante ans, elle avait toujours été une femme timide, et les effets dévastateurs d'une chirurgie de choc avaient anéanti le peu d'amour-propre qui lui restait. Recroquevillée sur une chaise, une main couvrant la prothèse en plastique qui masquait son nez ravagé, elle regardait tour à tour Sophie et Franek d'un œil apeuré, sans comprendre pourquoi leur visage était meurtri et ensanglanté. Sophie avait bien essayé de la rassurer, mais ses tentatives s'étaient heurtées au silence, et, avec un soupir, elle avait concentré ses efforts sur Nicholas. Elle ne voulait pas répondre au téléphone elle-même par crainte de ce que Franek pourrait faire ou dire à Clara en son absence.

« Allons, Nicholas, dit-elle d'une voix forte en le giflant, tout va bien. Nous sommes sortis de la maison et toujours entiers. Vous pouvez ouvrir les yeux maintenant.

— Pourquoi ne pas appeler la police... lui dire que nous avons besoin d'aide ? questionna Franek.

— Il n'y a aucune aide à espérer, répondit-elle sèchement. Nous sommes tout seuls.

— Alors appelez un autre docteur. Demandez ce qu'il faut faire. Je connais Milosz. Il peut rester comme ça une éternité, à moins que son papa le câline et lui parle.

— Si vous ne la bouclez pas, je vous fourre des chaussettes dans la bouche, répliqua-t-elle. Il a plus peur de vous que de n'importe qui. »

D'un ton doux et suppliant, le vieux s'adressa directement à Clara. « Vous, téléphonez, ma petite dame. Parlez à la police. Dites que c'est un mauvais docteur. Qu'elle veut la mort de Franek. Vous êtes témoin. Vous entendez comment elle parle quand vous essayez d'être gentille. Dites-leur que le nègre a frappé Franek. Que Franek ne peut pas respirer parce qu'il est attaché, et que Milosz est évanoui parce qu'il a peur. Demandez-leur d'obliger Sophie à détacher Franek pour qu'il puisse secourir son fils. »

La femme remua comme si la voix légère avec son mélodieux accent polonais avait quelque chose d'envoûtant. « Peut-être que je devrais, Sophie ? murmura-t-elle derrière sa main en prenant elle-même un ton suppliant. Il est important que la police le sache, vous ne pensez pas ? Je veux dire... euh... ce n'est pas bien d'attacher les gens... et ce Noir l'a effectivement frappé. »

Avec un rire jaune, Sophie s'assit sur ses talons pour regarder Franek. « Vous êtes vraiment étonnant, dit-elle avec une admiration peu enthousiaste. Est-ce une manière de noyer le poisson ? D'amener Clara à faire état de brutalités de ma part et de celle de Jimmy afin d'affaiblir mes arguments contre vous ? »

Un éclair d'admiration passa également dans le regard du vieux — l'ombre d'un sourire — ou peut-être était-ce de la jubilation devant son visage défiguré. « Quels sont vos arguments contre moi ? » Il inclina le menton pour montrer ses propres égratignures. « Vous m'avez attaqué en premier avec du verre cassé. Franek est un vieillard chétif. Vous une jeune femme robuste. Bien sûr que Franek s'est défendu. Milosz a tout vu. Il dira exactement ce qui s'est passé quand la police posera des questions. »

Elle se demanda si un mensonge aussi grotesque pouvait marcher. « Vous êtes très sûr de lui, dit-elle, levant le poignet de son fils pour vérifier à nouveau son pouls. Est-ce qu'il a déjà menti pour vous ?

— Je ne dis que la vérité. Cette dame est témoin. Elle a entendu ce que vous disiez... vu ce que le nègre a fait. »

Sophie jeta un coup d'œil à Clara. Elle ne voulait pas l'effrayer en lui disant qui étaient les Zelowski, mais elle ne voulait pas davantage laisser passer l'histoire de Franek sans problème. « Est-ce un téléphone sans fil, Clara ? » La femme fit signe que oui. « Alors pourquoi ne pas l'apporter ici ? Je suis d'accord avec vous. Il est important que la police soit au courant de la situation, mais j'aimerais pouvoir leur parler également, et il m'est impossible d'abandonner mon patient. »

Franek eut un hochement de tête approbateur. « C'est bien. Nous allons tous leur parler. De cette manière, ils sauront la vérité. »

Ils regardèrent la femme quitter la pièce.

« Pourquoi est-ce qu'elle tient son bras comme ça ? demanda le vieux. Qu'est-ce qu'elle a ?

— Ce ne sont pas vos oignons, répondit-elle brutalement, et si vous avez le malheur d'y faire allusion devant elle, je vous colle tellement de ruban adhésif autour de la tête que cela agrandira vos coupures quand on vous l'enlèvera. »

Il gloussa. « Qui est sadique ?

— En ce qui me concerne, vous n'avez encore rien vu. Je me moque qu'on vous fasse souffrir. Ça m'amuserait plutôt.

— Hah ! fit-il avec un nouveau gloussement ravi. Vous jouez les terreurs quand Franek est attaché... et vous n'êtes qu'une petite mauviette quand il a le dessus.

— Parce que vous, vous débordiez de courage, je suppose, en traversant les jardins d'un pas chancelant, répliqua-t-elle, se mettant à imiter ses consonnes gutturales. Vranek ne beut bas resbirer... Vranek a beur... Vranek evrayé.

— Vous, c'était pire. » Il prit une voix de tête. « Nicholas, aidez-moi... ce sale type m'a touchée... par pitié... par pitié... Nicholas... Nicholas. »

Sophie était sur le point de se lancer dans un nouveau round quand il lui vint à l'esprit qu'il y avait quelque chose de terriblement intime dans ce qu'ils étaient en train de faire. Cela lui rappelait ses chamailleries avec Bob. *Tu as dit ça... j'ai dit ça... tu as fait ça... j'ai fait ça...* C'était un peu comme si ce vieillard épouvantable avait libéré une partie d'elle-même restée longtemps enfermée à double tour, une partie d'elle-même capable de haïr avec frénésie — et, plus grave encore, de se délecter de cette haine. Qu'est-ce qui lui prenait ? Il avait voulu la violer, nom d'un chien, et voilà qu'elle se conduisait comme si elle le connaissait depuis des années, lui parlant comme elle n'aurait jamais parlé à aucun de ses proches — et cela de la façon la plus naturelle qui soit !

« Vous me confondez avec votre femme, dit-elle, impassible. J'imagine qu'elle a appelé Nicholas à de nombreuses reprises avant que vous ne la tuiez. »

Son humour disparut comme le soleil derrière un nuage. « Vous dites à nouveau des mensonges.

— Eh bien, prouvez-le à la police, Mr. Hollis, parce que je veillerai à ce qu'ils vous posent des questions sur elle.

— Le méchant, ce n'est pas Franek, protesta-t-il avec colère. Ce n'est pas moi qu'ils ont interrogé... pas moi qui figure sur leur liste de délinquants sexuels... pas moi qui ai causé tous ces ennuis.

— Le fait que votre fils ait été reconnu coupable

et pas vous ne vous rend pas innocent pour autant, répondit-elle.

— Maintenant, bouclez-la, s'écria-t-il, furieux.

— Cela vous rend encore plus coupable au contraire, continua-t-elle comme si de rien n'était. Vous êtes un pédophile de la pire espèce, celle qui utilise ses propres enfants pour ses plaisirs dépravés. D'abord vous avez traité votre femme avec une cruauté inimaginable, puis vous avez fait la même chose avec votre fils parce que vous saviez qu'il avait trop peur de perdre ses deux parents pour en parler. C'est vous qui l'avez fait, Mr. Hollis. Ses crimes sont les crimes que vous lui avez appris. »

Il détourna les yeux. « Vous vous en prenez toujours à moi. Mais est-ce que vous vous êtes demandé ce qui m'est arrivé quand j'étais petit ? Vous croyez que j'ai inventé la cruauté ? »

C'était la question évidente, mais Sophie n'éprouvait plus guère de compassion. « Alors pourquoi ne pas avoir brisé le cercle ? demanda-t-elle d'un ton glacial. Vous n'arrêtez pas de dire que vous n'êtes pas stupide, mais même le dernier des crétins se rendrait compte que ce n'est pas en les répétant qu'on élimine les comportements cruels et brutaux. Il n'est pas étonnant que vous ayez des crises d'affolement. Pendant toute votre existence, vous avez dû vivre dans la peur des conséquences de vos actes. » Elle marqua un temps d'arrêt. « En soixante et onze ans, vous n'avez réussi qu'à devenir un objet de haine pour des milliers de gens. Vous ne laisserez pas d'autre souvenir. C'est ce que vous vouliez, Mr. Hollis ? »

Il s'écoula quelques instants avant qu'il ne se retourne, et elle s'aperçut à sa grande surprise qu'il avait les cils humides. « Au moins, on se souviendra de moi. Vous aussi, ma petite. Vous penserez toujours à Franek. »

Centre de soins Nightingale

« Quelqu'un vient enfin de décrocher, annonça Jenny Monroe à Ken Hewitt d'une voix haletante. Mrs. Frensham ? Oui, ici le centre de soins Nightingale. Cela fait une éternité que nous essayons de vous joindre. Est-ce que le Dr Morrison est là ? Ah, Dieu soit loué ! » Elle écouta. « C'est à cause de l'émeute, Mrs. Frensham. Il est impossible de contacter la police pour le moment... Je comprends, mais il y a un agent ici avec nous. Son nom est Ken Hewitt. Je vais vous le passer. Il vous conseillera mieux que je ne pourrais le faire. Juste une seconde. »

Elle mit la communication en attente et s'adressa à Hewitt. « Elle veut parler à la police. Sophie a ligoté le père, qui supplie Mrs. Frensham de le détacher. Il prétend qu'il est en danger de mort, Sophie refuse de l'aider... et Mrs. Frensham a peur d'être complice d'un meurtre. » Elle tendit le combiné au policier et rétablit la communication. « À vous de jouer, murmura-t-elle. Mais n'essayez pas de lui refiler le bébé, ou je vous tords le cou. C'est vous qui êtes payé pour prendre des décisions... pas elle.

— Je ne suis pas votre ennemi, Jenny, dit Hewitt

d'une voix douce. Il se peut que je me trompe... que je ne sois d'aucune utilité... mais je suis de votre côté.

— Alors prouvez-le. »

Après avoir décliné son identité, il écouta patiemment quelques minutes. « Oui, je comprends. Vous dites que le Dr Morrison continue à perdre du sang, mais qu'elle est en état de parler ? Bon, pourriez-vous me la passer, s'il vous plaît ? Allô, docteur Morrison. Oui... nous imaginons assez bien. Je comprends. Vous ne voulez pas parler devant Mrs. Frensham. D'accord. Je vais vous poser quelques questions. Répondez par oui ou par non. Premièrement, nous pensons que la menace de viol venait de Mr. Zelowski père ? Oui. Deuxièmement, est-ce qu'il vous a... euh ? » Il regarda Jenny Monroe, les yeux écarquillés en une expression rassurante. « Bien. Mrs. Frensham dit que vous avez été rouée de coups ? Cela signifie probablement qu'il a essayé ? Oui. Et vous lui avez résisté ? Oui. Est-ce pour cette raison qu'il saigne ? Bien. Nous savons que Jimmy James vous a fait sortir — nous avons suivi la scène grâce à l'hélicoptère —, toutefois, afin que tout soit parfaitement clair, pouvez-vous me confirmer qu'il avait une bonne raison de frapper Mr. Zelowski ? Parfait. Préférez-vous que je demande à Mrs. Frensham de quitter la pièce ? Bon. Pouvez-vous me la repasser, s'il vous plaît ? Je vous reprends dans une minute. »

Clara Frensham décocha un regard craintif à Franek puis tendit le combiné à Sophie et sortit de la pièce en toute hâte. Ils entendirent des bruits de pas dans l'escalier, suivis du claquement d'une porte. « Elle est partie, annonça Sophie à Ken Hewitt. Non, cela vaut mieux ainsi. Elle est très fragile à l'heure actuelle. Je suis même surprise qu'elle nous ait laissés entrer. » Elle se tourna vers Franek. « Non, il n'a rien, à part quelques coupures au visage. C'est son fils qui a des problèmes. Il est tombé dans le coma, et je ne parviens pas à le ranimer.

— Elle ment, lança Franek. Franek ne peut pas respirer. Le nègre l'a frappé... Franek veut parler à la police. »

Sophie eut un léger sourire. « Au cas où il m'arriverait malheur, dit-elle lentement et distinctement dans le combiné afin que Franek saisisse chaque mot, je tiens à ce que Bob — mon fiancé — sache que ce salaud m'a frappée au moins vingt fois, sans parvenir à me faire plier. Que rien... au monde... n'aurait pu me forcer à céder à une espèce de pourriture qui a d'abord tué sa femme... puis détruit son fils. » Elle leva un index et le pointa dans la direction de Franek. « Et si je me rappelle quoi que ce soit — ou qui que ce soit — après cette épreuve, ce sera Jimmy, le copain de Mel, enfonçant la porte pour voler à mon secours avant que Mr. Zelowski père n'ait eu le temps de me violer et de m'assassiner... »

Un peu à l'écart du petit groupe entourant le téléphone, Fay Baldwin écoutait la voix de Sophie et, plus lointaines, les interjections furibondes de Franek s'échappant du haut-parleur. Elle entendit la jeune femme faire le récit détaillé de ce qui s'était passé, puis Harry donner un bref résumé du rapport psychiatrique sur Milosz Zelowski. « Il n'était pas considéré comme dangereux, conclut-il, mais un imbécile en a décidé autrement et révélé sa présence dans la cité. Nous avons déjà appris qu'un pauvre bougre avait succombé à ses brûlures, et Dieu sait combien il y en aura comme lui. »

Tous distinguèrent le soupir de Sophie, sonore et clair, dans l'amplificateur. « C'est Fay Baldwin, déclara-t-elle, sans savoir que celle-ci écoutait, mais j'ignore complètement comment elle a découvert qui étaient les Zelowski et où ils habitaient. » Nouveau soupir. « Et ce n'est pas totalement la faute de Fay non plus, Harry. Elle a essayé de me dire qu'il y avait un pédophile dans la rue, mais elle n'arrêtait pas de raconter que Melanie Patterson était une traînée, et je me suis méprise. Je croyais qu'elle accusait Mel et ses amants de maltraiter les enfants, alors je l'ai engueulée et elle a pris la mouche, et dit à Mel que des pervers n'attendaient que l'occasion de s'emparer de la petite Rosie. C'est probablement ce qui a déclenché l'émeute. Tout ça est tellement fou... Je n'arrête pas de me dire que, si seulement j'avais écouté cette idiote, rien ne serait arrivé. Étiez-vous au courant que Jimmy James a partagé une cellule avec Milosz ? Il aurait su son vrai nom, il aurait pu dire à Mel qu'il était inoffensif. » Elle se tut.

« Ce n'est pas votre faute, ni celle des Patterson, dit Harry d'un ton ferme. Melanie et sa mère n'ont fait qu'organiser une manifestation. Il y en a chaque jour de la semaine, et rien ne permettait de supposer que celle-ci serait différente des autres. On ne peut pas leur en vouloir si des émeutiers en ont profité pour provoquer une bataille rangée avec la police... et tout ça est trop bien coordonné pour être le fruit du hasard. » Il jeta un coup d'œil à Fay. « Ce serait arrivé de toute façon. C'est la copie conforme des bagarres aux cocktails Molotov survenues à Bradford et à Belfast le mois dernier. Il fait chaud, et les jeunes sont mécontents. Un mélange plutôt explosif. »

Sophie poussa un nouveau soupir. « D'après Jimmy James, Mel a tenté de calmer les esprits. C'est une fille épatante... elle fait toujours de son mieux, même quand ça tourne mal. Jimmy dit que si elle ne les avait pas empêchés de lancer des cocktails Molotov, nous aurions été brûlés vifs. Il est allé essayer de les tirer de là, elle et les petits.

— Nous le savons, répondit Harry. Le centre de contrôle recevant les images vidéo de l'hélicoptère nous tient informés. C'est comme ça que nous avons appris que vous étiez chez Mrs. Frensham. Ce que nous allons faire à présent, c'est trouver quelqu'un qui puisse surveiller Zelowski père à votre place pendant que vous vous occupez de Milosz.

— Pour l'amour du ciel, soyez prudent, s'écria-t-elle, soudain inquiète. Si jamais le bruit se répand qu'ils sont ici, nous allons tous nous retrouver assiégés dans cette maison. En repasser par là est au-dessus de mes forces, Harry. Est-ce qu'il ne vaut pas mieux attendre que Jimmy revienne avec Mel ? »

Harry se tourna vers Ken Hewitt, qui secoua la tête. « Il est possible qu'ils soient en difficulté, admit-il à contrecœur. Une partie de la foule a pris la maison d'assaut, et Melanie a été renversée dans la bousculade. À ce stade, on ne sait pas exactement ce qui se passe.

— Mon Dieu ! Elle risque de perdre le bébé, Harry. Pourquoi m'avoir envoyé Jimmy ? Il aurait dû aller la retrouver. C'est lui le père, bonté divine !

— Nous pensons que sa mère se trouve avec elle, ainsi que son frère. Jimmy très certainement. Il a été vu se précipitant par la porte de derrière. Il va la sortir de là, Sophie. »

Il y eut un silence. « J'y vais, dit-elle avec une brusque détermination. Je passe le téléphone à Franek. Il a les mains attachées devant lui de sorte qu'il peut le tenir. Parlez-lui, Harry. Ce sera sûrement instructif.

— Non, Sophie, attendez ! »

Mais elle était déjà partie, et une voix masculine se fit entendre sur la ligne.

« Qui est à l'appareil ? » demanda Franek.

Harry se redressa et fit signe à Hewitt de prendre le relais. « La police, Mr. Zelowski.

— Enfin ! C'est bien. Maintenant, je vais vous dire ce qui s'est vraiment passé. »

Avec un petit sourire, Ken Hewitt sortit son calepin. « Comme vous voudrez, mais je dois vous avertir que le Dr Morrison a porté des accusations graves contre vous... et que cette conversation a plusieurs témoins. Ce qui signifie que tout ce que vous direz pourra être retenu contre vous au cas où une arrestation et des poursuites s'ensuivraient. Peut-être préférez-vous garder le silence jusqu'à ce que vous ayez eu la possibilité de consulter un avocat. Avez-vous compris ce que je viens de vous dire ?

— Oui, j'ai compris. Vous croyez que Franek est stupide ? Je vais tout vous raconter, comme ça vous saurez que le vieux et frêle Franek a fait son possible pour sauver la vie de Milosz... »

Hôtel Hilton, Southampton

Tyler réquisitionna le bureau du directeur pour appeler le sergent de garde au commissariat central. « Je veux que vous ameniez Martin Rogerson au téléphone, lui dit-il. Il faut que je lui parle.

— Bon sang, qu'est-ce qui se passe ? demanda l'autre avec humeur. À moins que vous ne fournissiez un motif précis, il m'est impossible de le retenir plus longtemps.

— Je vous reprends une fois que j'aurai discuté avec lui. » Il attendit en pianotant sur le bureau. « Oui, ici l'inspecteur principal Tyler, Mr. Rogerson. » Il écarta le combiné de son oreille. « Vous serez relâché rapidement à condition que vous vous calmiez et que vous m'écoutiez, dit-il lorsque la tempête se fut apaisée à l'autre bout du fil. J'appelle de l'hôtel Hilton à Southampton, et, cette fois-ci, je vous saurais gré de votre totale coopération quant aux questions que je vais vous poser. Non. Ce n'est pas une menace. Mr. Townsend et un dénommé John Finch ont fait certaines déclarations concernant les raisons pour lesquelles Mr. Townsend était rentré de Majorque hier matin. Quelques-unes vous concernent. J'aimerais savoir si ces déclarations sont dignes de foi. »

Il consulta son carnet, ouvert devant lui. « Est-il vrai que vous ayez agi à l'insu de Mr. Townsend en fixant la date de la réunion à aujourd'hui ? » Il écouta la tirade à l'autre bout. « Vous dites que vous n'aviez pas le choix ? La banque lançait des ultimatums... Mmm... Dans ce cas, comment se fait-il que John Finch ait été en mesure de le contacter ?... Mmm... Sauf que Mr. Finch semble penser que c'est vous qui êtes à l'origine de la crise de confiance. » Il se mit à regarder fixement le mur comme des braillements lui martelaient les tympans. « Je l'ignore, Mr. Rogerson, murmura-t-il dans le silence qui suivit. Tout dépend, je suppose, de votre degré d'animosité... et de son degré de bêtise. Vous êtes mieux placé que quiconque pour le détruire. Vous avez été partie prenante de tous les sales petits secrets qu'il a pu avoir... »

Centre de soins Nightingale

Bob Scudamore franchit la porte de la réception et s'immobilisa devant l'étrange tableau formé par le petit groupe serré autour du téléphone. Harry fut le premier à s'apercevoir de sa présence. Il porta un doigt à ses lèvres pour lui dire de se taire puis lui fit signe d'approcher. « *Le père,* griffonna-t-il sur un bout de papier. *Sophie est saine et sauve. Battue et meurtrie, mais pas de viol. Elle lui a résisté. Le vieux est en train de se justifier. Complètement marteau !* »

Bob ferma les yeux de soulagement puis reporta son attention sur le monologue autosatisfait s'échappant du haut-parleur.

« ... elle est très arrogante... s'habiller de manière sexy pour que les hommes la remarquent. Si je vais parler à la foule, qu'elle prétendait, elle fera ce que je lui dis. Tout le monde me connaît... tout le monde m'apprécie. Surtout les hommes. Moi très jolie fille. Elle trouve Franek gentil... l'a encore répété il y a un instant devant la maîtresse de maison... vous êtes étonnant, Franek. Je lui dis : vous semblez très contente de vous-même, ma petite, alors elle se met en colère... casse le vase, taillade mon visage... essaie de dresser Milosz contre son papa. Elle parler tout le temps au fiston... regardez-moi, qu'elle disait... faites attention à moi. Mais Milosz pas intéressé... lui répond... »

Y en marre de cette connerie !

L'adrénaline s'était accumulée comme l'eau d'un barrage dans l'estomac de Bob depuis que Harry lui avait téléphoné. Le relâchement de la tension la fit se ruer dans ses veines. Il se pencha en avant, amenant ses lèvres à quelques centimètres du micro. « Je suis là », dit-il d'une voix âpre.

Une longue interruption. « Qui est-ce ?

— Le copain de Sophie.

— Où est la police ?

— Il n'y a que vous et moi, espèce de sale petit tordu.

— Je refuse de vous parler. »

Bob rit tout bas. « Attendez seulement que je m'occupe de vous, répondit-il. Vous ne serez plus capable de vous arrêter. C'est mon boulot... prendre la cervelle d'un type et la retourner comme un gant. Je parie que je sais ce que je trouverai dans la vôtre. Un petit avorton geignard qui avait une telle frayeur de son papa qu'il a mouillé le lit la première fois qu'il a essayé de faire l'amour avec une femme. Est-ce que j'ai raison ? »

Le silence devint oppressant. Jenny Monroe bougea comme si elle était sur le point de dire quelque chose, mais Bob lui fit signe de se taire.

« Je veux la police. Passez-moi la police.

— Je suis toujours là, Mr. Zelowski, dit Ken Hewitt.

— Vous avez entendu ? Cet homme m'a menacé.

— Cela doit être votre conscience qui vous joue des tours, répondit calmement le policier. Personne ici n'a rien entendu. »

POLICE DU DEVON ET DES CORNOUAILLES

>Enquête personne disparue – Amy Rogerson/Biddulph
>PERQUISITION IMMÉDIATE DEMANDÉE
>Rose Cottage, Lower Burton, Devon
>Autorisation reçue
>Détails complets suivront...

Vingt-sept

À l'intérieur du 23 Humbert Street

Comme Sophie, Gaynor ferait périodiquement des cauchemars remplis de sang. Jimmy aussi. Sous l'effet du traumatisme, ils se réveilleraient en sursaut au beau milieu de la nuit, le dos baigné de sueur, les yeux écarquillés fixant les ténèbres, les doigts cherchant fébrilement l'interrupteur. Tous refuseraient une assistance psychologique. Sophie, parce qu'elle avait Bob pour lui faire passer le cap avec patience ; Gaynor, parce qu'elle n'avait pas la force de revivre la culpabilité et l'angoisse terribles de cette journée ; Jimmy, parce qu'il avait besoin de la revivre encore et encore pour le cas où il oublierait ce qu'elle avait coûté en vies humaines.

En dépit de son malaise, Gaynor finit par se décider à s'approcher de l'arrière du 23. La porte de la cuisine était défoncée, mais Jimmy n'en aurait pas émergé si cela n'avait pas été une sortie, ne cessait-elle de se répéter, et tout ce qu'elle désirait, c'était gagner la rue. Jimmy en avait utilisé une un peu plus tôt lorsqu'il avait surgi à côté d'elle. Cela n'avait rien de différent.

Un rapide coup d'œil à travers la fenêtre de la pièce du fond lui montra qu'elle était inoccupée, tout comme la cuisine. Marchant dans de l'eau par terre, elle s'arrêta sur le seuil pour appeler.

« Ohé ! Il y a quelqu'un ? J'essaie de rejoindre Humbert Street. Je cherche mes enfants. »

Seul le silence lui répondit. S'il y avait quelqu'un dans la maison, il se tenait coi.

Elle essaya la porte de la pièce du fond — la pièce vide —, mais elle était fermée à clé, leva la tête vers l'escalier, puis s'immobilisa devant le salon. Elle embrassa tout d'un seul regard. La fenêtre fracassée. Les rideaux agités par le vent. Les meubles brisés. Les lampes renversées comme au jeu de massacre. Les briques et les pierres jonchant le sol. L'odeur moite, âcre, d'un feu éteint avec de l'eau.

... elle était dans la maison des pédophiles...

Instinctivement, elle voulut battre en retraite, mais, par la fenêtre, elle aperçut la silhouette imposante, reconnaissable entre toutes, de sa fille, debout, le dos tourné. À côté d'elle se trouvait Colin. Tandis qu'elle observait, les cris de la foule se transformèrent en railleries individuelles. Gaynor reconnut la première voix, mais sans pouvoir l'identifier.

« *On ne va pas attendre plus longtemps, salope !* »

« *Qu'est-ce qu'il fiche ton mec, Mel ? Il s'fait emmancher par les pervers ?* »

« *Peut-être qu'il aime pas les nanas avec un gros ventre. Tu devrais croiser les jambes la prochaine fois !* »

La même voix, plus forte et plus véhémente. Une voix de Noir. « *Il a pas intérêt à leur filer un coup de main, salope, ou on va te faire ta fête à toi et à ton chiard. Tu jouais les gros bras quand on fabriquait les bombes, Col, sauf que t'as oublié de dire que t'étais trop froussard pour t'en servir.* »

Wesley Barber, se dit Gaynor avec inquiétude. Le petit crétin qui prenait des amphés... et manifestement shooté jusqu'à la racine des cheveux. *Oh, mon Dieu!* Que faire ? Se joindre à Melanie et à Colin ? Dire à la foule que Jimmy n'était plus là ? *On ne la croirait pas.* D'ailleurs, où était-il allé ? Que faisait-il ? Où se trouvaient les gens qui l'accompagnaient ? Elle cherchait désespérément des réponses. S'agissait-il des pédophiles ? Mais qui était la fille ? Et que deviendraient Mel et Col si la foule apprenait que Jimmy avait aidé les pervers à s'échapper ?

Elle s'efforça de contrôler ses pensées. Une solution, c'était tout ce qui l'intéressait. Que Mel et Col gardent une maison vide ne rimait à rien. Mieux valait se glisser par la fenêtre pour leur dire de s'écarter et de laisser entrer Wesley. L'odeur de brûlé ne paraissait pas annoncer une menace. L'incendie était éteint, et les conséquences pour le reste de la rue si le 23 prenait feu étaient si peu une priorité dans l'esprit de Gaynor qu'elle n'y songea même pas. D'un pas précipité, elle grimpa l'escalier pour vérifier les chambres à coucher.

Elle se croyait immunisée jusqu'à ce qu'elle aperçoive le sang dans la chambre du fond. L'odeur corporelle — chaude, rance, répugnante — lui fit monter de la bile dans la gorge, et, plaquant une main sur sa bouche, elle dévala les marches, pleurant de peur. Comme son fils un peu plus tôt, elle était physiquement incapable d'absorber plus d'adrénaline sans que son corps ne proteste. Elle s'appuya au mur et se courba, secouée de haut-le-cœur.

« Qui êtes-vous ? » demanda une voix bougonne.

Elle leva vivement la tête. Un homme armé d'une machette se tenait à la porte du salon. Elle voulut dire quelque chose... donner son nom... mais la seule chose qui sortit de sa bouche, ce fut un hurlement.

Tout le monde à l'extérieur l'entendit.

Jimmy accéléra son allure à travers le jardin à l'arrière.

Melanie tourna un visage livide vers Colin.

Wesley cria à l'assaut et chargea.

« Salope ! » rugit-il en donnant un coup de poing dans le ventre de Melanie.

Il resta en suspens tandis qu'elle s'effondrait, faisant pivoter son couteau dans son autre main. Il était Wesley Snipes dans *Blade.* Un tueur de vampires pervers. *Blancs.* Telle était sa destinée. Oui, Wesley Snipes... et cela depuis qu'il l'avait vu pour la première fois dans *New Jack City.* Un putain de fumier noir capable de dominer le monde. Il y avait sûrement une raison à son nom. Ce n'était pas à cause de son père (Wesley Barber Senior). Son père était un raté. Un voleur de pacotille qui n'arrêtait pas de faire des allers et retours en prison.

Quelque part dans l'esprit confus, bourré d'amphétamines, de Wesley, la voix pieuse de sa mère se mit à résonner. *Tu es mauvais, mon garçon. Tu es le fils de ton père. Seul Jésus nous aime. Seul Jésus nous rend dignes. Laisse le Seigneur pénétrer ton cœur, et fais que ta mère soit fière de toi.*

« NON-NN ! » D'un revers, il abaissa son couteau, entaillant la joue de Colin, puis jambes écartées, ramena ses bras en croix devant lui. « ESPÈCE DE CONNARD ! Je suis BLADE ! »

Il franchit d'un bond l'appui de la fenêtre et s'avança dans le salon à pas feutrés.

À l'intérieur du 23 Humbert Street

Jimmy se figea dans l'embrasure de la porte de la cuisine. Devant lui, recroquevillée contre le mur, Gaynor s'efforçait de repousser son ami le soldat, qui se penchait pour l'aider à se relever. Le casque en fer-blanc du vieil homme était posé de travers sur sa tête et le short colonial laissait voir des jambes ressemblant à des brindilles noueuses. Il avait l'air de ce qu'il était. Un vieux timbré de corvée dans la jungle de Bornéo.

Le plus effrayant, c'était la machette. Il la balançait à son côté comme un contrepoids. La lame fendait l'air, en arrière puis en avant, depuis si longtemps inutilisée qu'elle était couverte de rouille. *Ou de sang ?* Même Jimmy, qui avait pourtant parlé avec l'homme, se posa la question. Il appela d'un ton rassurant.

« Tout va bien, Gaynor, je connais ce type. Hé, mon pote ! Faites-moi plaisir. Posez cette machette. Vous lui flanquez la frousse. »

Le soldat se redressa. « Ah, c'est vous, dit-il. Je vous ai suivi. Vous êtes entré ici pour voler. »

Jimmy leva les mains en signe de reddition. « Vous m'avez eu en flagrant délit. C'est bien moi. Jimmy James le voleur. L'ai toujours été. Et le serai toujours. Est-ce que vous voulez abandonner la dame pour m'emmener chez les flics ? » Il se signa. « Croix de bois, croix de fer, je vous promets de ne pas vous créer d'ennuis. »

Le vieil homme regarda à nouveau Gaynor d'un air perplexe. « Cette femme a besoin d'aide.

— Non, mon gars. Elle a des gosses dehors. Montre-lui que ça va, Gaynor. Remue-toi et ouvre la porte. Va dire à Mel et à Col de rentrer à la maison. Je vous retrouverai dès que je peux. D'accord, mon chou ? »

Gaynor inclina la tête et rampa vers la porte.

Jimmy leva les paumes et fit signe au soldat d'avancer. « Tirez-vous aussi, mon pote. Ce n'est pas sain par ici. Ces types dehors sont drogués aux amphés, et ils ne vont pas tarder à débouler par cette porte comme des missiles Exocet. J'ai beau être un nègre, je sais de quoi je parle. Croyez-moi. Il vaudrait mieux que vous ne soyez pas dans le coin quand ça arrivera. »

Le vieil homme le dévisagea. Dérouté. Effrayé. Mais décidé à lui faire confiance...

Il fit un pas en avant.

Trop tard...

Wesley sortit du salon.

« FONCE, GAYNOR ! » hurla Jimmy.

Centre de commandement – séquences transmises par l'hélicoptère de la police

La caméra de la police filma la porte d'entrée qui s'ouvrait, tandis qu'une femme, qu'ils crurent être Gaynor Patterson, sortait en trébuchant. Elle lutta pour garder l'équilibre, agitant les bras de manière frénétique, mais sa voix et ses gestes furent noyés par les trépignements des jeunes escaladant la fenêtre à sa gauche.

Entendit-elle quelque chose ? Aperçut-elle sur le sol quelque chose qu'elle connaissait ? Elle fonça comme une flèche dans la mêlée et se mit à donner des coups de poing et des coups de pied comme un loubard. On vit la femme noire qui s'était tenue à côté de Melanie surgir de l'extrême bord, écarter les adolescents avec ses mains immenses, les gifler et les repousser. Elle dut appeler à l'aide car une poignée de gens se détacha de la foule qui observait et courut vers elle.

Une vingtaine de jeunes avaient déjà franchi la fenêtre quand un demi-cercle se forma, révélant le fils et la fille de Gaynor étendus, enchevêtrés, dans l'herbe devant la maison. Même à travers l'œil froid et impassible de l'objectif de la caméra, la tentative faite par Colin pour protéger sa sœur était claire et déchirante. Il était à moitié allongé sur elle, lui entourant les épaules de ses bras minces et juvéniles, une joue pressée contre la sienne.

Étaient-ils en vie ? Les têtes se penchèrent vers les moniteurs, avec espoir, supplication, ferveur, tandis que Gaynor se jetait à genoux pour soulever les mains, caresser le visage, appeler ses enfants par leur nom. Mais il n'y eut aucune réaction. Seulement l'atroce détente de la mort.

À l'intérieur du 23 Humbert Street

Wesley poussa le vieux soldat devant lui, laissant les jeunes qui le suivaient pénétrer dans le couloir. Un de ses copains ferma la porte d'entrée d'un coup de pied pour atténuer le bruit. D'autres se mirent à grimper l'escalier. Wesley était plus intéressé par sa proie. Il piqua le bras du vieux soldat avec son couteau à cran d'arrêt et ricana lorsque celui-ci glapit de terreur.

« C'est lui le pervers ? » demanda-t-il à Jimmy en expédiant le vieil homme contre le mur et en tendant le cou pour l'examiner.

Jimmy resta où il était, sur le seuil de la cuisine, de peur que le moindre mouvement n'incite Wesley à se servir à nouveau de son couteau. « Non. Ce type habite Bassett Road.

— Alors qu'est-ce qu'il fabrique ici ? »

La seule réponse qui vint à Jimmy était la vérité. « Il pensait que je chapardais... il est entré pour m'arrêter.

— Et c'était le cas ?

— Ouais, et alors ? Il n'y a personne ici, Wesley. La maison est vide. » Il indiqua d'un signe de tête la porte de la pièce du fond. « Si ça t'intéresse, il y a tout un studio là-dedans. Un des pervers est musicien. »

Wesley étendit le bras pour arracher la machette au vieillard. « Pourquoi est-ce qu'il a ce truc ?

— Je suppose qu'il n'avait pas envie de m'alpaguer sans une arme. » Jimmy avança prudemment d'un pas. « Laisse-le partir, Wesley. C'est un vioque inoffensif qui essayait d'empêcher que les gosses ne soient piétinés à l'autre bout de la rue. Je te propose un marché. J'ai la clé de la pièce du fond dans ma poche. Je comptais revenir pour la vider avant qu'un autre ne fasse le coup. » Il ouvrit la fermeture Éclair de sa poche, prit la clé et la posa sur sa paume pour que Wesley puisse la voir. « Je te l'échange contre le vieux. Il y a pour une fortune en matos là-dedans.

— Il est en train de te rouler, Wes, railla un des jeunes. Ce n'est pas la bonne clé. Il en pince pour le pédé. »

Les yeux de Jimmy se plissèrent aussitôt. « Tu veux redire ça de plus près, espèce de connard ? » gronda-t-il, faisant un nouveau pas en avant, les poings serrés. Il étira ses lèvres comme le garçon reculait. « Parfait, je vais vous l'expliquer encore une fois bien clairement. Ce type n'est pas celui que vous cherchez. Les pervers se sont débinés en passant par-derrière. J'ai regardé dans toute la maison, et la seule pièce où il y ait quoi que ce soit à rafler, c'est celle-ci. Il y en a pour au moins une brique. C'est pourquoi j'ai fermé à clé. » Il leva le poing qui la contenait. « Puisque Wesley est trop stupide pour faire une affaire, je vais la lancer en l'air et celui qui l'attrapera aura gagné le jackpot. »

Wesley roula les yeux, s'efforçant de suivre le raisonnement. Il lâcha le vieil homme et se tourna vers ses copains pour les mettre en garde. À moins de deux mètres de distance à présent, Jimmy serra la main frêle et marbrée du soldat dans son énorme patte noire, prêt à le tirer vers lui, quand des pas retentirent dans l'escalier tandis qu'une voix effrayée criait : « Il a tué Amy ! Il y a du sang partout ! »

Il y eut un effleurement de doigts chauds, une expression de perplexité dans des yeux sans éclat, avant que la machette, fendant l'air, ne s'abatte comme une masse sur la tête de Jimmy.

Centre de commandement – séquences transmises par l'hélicoptère de la police

La séquence du meurtre du vieil homme était trop horrible pour être montrée en entier. Seules quelques rares personnes hors du centre de commandement la virent dans son intégralité. Parmi elles figuraient les douze membres du jury au procès de Wesley Barber, le juge ayant rejeté les objections de ses avocats qui tentaient de la retirer des pièces à conviction. Il était impossible de ne pas reconnaître le visage de Wesley. Il le leva vers l'hélicoptère en s'enduisant les joues du sang de sa victime, avant de se pavaner à la fenêtre du haut et de brandir le poing pour saluer la foule à la manière des Black Panthers.

Les jurés parvinrent à un verdict de culpabilité en

moins d'une demi-heure. Eux aussi se virent proposer une assistance psychologique.

Des drogues furent citées à titre de circonstances atténuantes. L'acide lysergique diéthylamide — appelé LSD ou acide. La méthédrine — appelée crystal meth —, la drogue de prédilection du meurtrier de Gianni Versace, Andrew Cunanan. Prises séparément, chacune était un facteur avéré d'angoisse, d'agressivité et de paranoïa. Prises ensemble, il était évident que n'importe qui sous leur influence perdrait forcément le contact avec la réalité. À plus forte raison quelqu'un d'aussi « inadapté socialement » et d'aussi attardé sur le plan intellectuel que Wesley Barber. Il était issu d'un milieu défavorisé. Il était maltraité. Il était noir.

C'était la faute des dealers. La faute de son père absent. La faute de sa mère dévote. La faute de son école qui l'avait laissé sécher les cours. La faute du climat de révolte régnant dans Bassindale. La faute de la foule qui incitait à l'action les êtres psychologiquement instables. La faute de ses complices qui avaient encouragé sa folie avant de se fondre dans l'anonymat des jardins, et qui ne furent jamais identifiés.

Avant de prononcer sa sentence, le juge, peu ému, félicita le jury pour sa décision. Il rappela à chacun que Wesley Barber s'était vu offrir, tout au long de cet après-midi, de nombreuses occasions de remettre son attitude en question. Plusieurs personnes courageuses avaient tenté de le raisonner, mais il avait choisi de ne pas les écouter. La drogue avait peut-être contribué à l'incroyable sauvagerie dont il avait fait preuve, mais rien ne permettait de supposer que Wesley ait été plus « inadapté socialement » que ses victimes.

« Aucune personne civilisée ne saurait comprendre, déclara-t-il, ce qui a conduit le jeune homme brutal que vous êtes à croire qu'il avait le droit de décider du sort d'autres êtres humains. Vous êtes un individu corrompu et dangereux. Au cours de votre brève existence, vous n'avez rien apporté à la société et vous n'avez rien appris d'elle. Je veux espérer qu'une longue période d'incarcération vous enseignera la sagesse. »

Cela avait été un lynchage par strangulation. Le corps avait été descendu au bout d'une corde par une fenêtre de l'étage, du sang ruisselant le long des jambes depuis l'endroit où les organes génitaux avaient été tranchés avec une machette émoussée. Le vieil homme dansa quelques instants alors que le nœud se serrait autour de son cou.

La foule au-dessous riait pendant que Wesley se pavanait.

Putain... ! C'était marrant... !

Le Noir poussait sans arrêt des gloussements comme une poule...

Le pédophile portait un casque qui se baladait d'un côté à l'autre tandis qu'il s'agitait légèrement dans son nœud coulant...

Vingt-huit

Samedi 28 juillet 2001 – Rose Cottage,
Lower Burton, Devon

Le battant s'entrouvrit à peine en réponse aux coups sonores du policier et à ses avertissements répétés qu'il allait enfoncer la porte. Son collègue et lui avaient entrevu un mouvement à la fenêtre du salon au moment où la voiture s'arrêtait. Un éclair de cheveux blonds tandis qu'une tête se baissait subitement.

« Que voulez-vous ? dit une voix apeurée.

— Tu es bien Amy Biddulph ? » demanda-t-il en appuyant sur la porte pour l'écarter davantage. Il existait une certaine ressemblance entre cette fille et la photo, mais très légère. On aurait dit une sœur plus âgée.

Elle leva le menton avec méfiance. « Et alors ?

— Puis-je entrer ?

— Je ne dois parler à personne. »

Tiens, tiens ! « Nous sommes de la police, Amy.

Nous te cherchions. Ta maman est au trente-sixième dessous. »

Elle remua les épaules avec agacement. « C'est ce qu'elle dit. Si elle ne s'en fichait pas, elle ne m'aurait pas laissée avec Barry et Kimberley.

— Allons, mon petit. Elle est très inquiète. Elle craint qu'il ne te soit arrivé quelque chose.

— Je ne vois pas pourquoi. Je peux très bien me débrouiller toute seule. »

Ils furent rejoints par le collègue du policier, qui s'était posté à l'arrière pour empêcher toute tentative de fuite par le jardin. Ils avaient d'abord pensé qu'une autre personne était impliquée mais, en entendant le bruit de la conversation, le policier était revenu. À la vue du visage maquillé de la gamine, des cheveux décolorés, du haut moulant et de la minijupe ultracourte, il leva un sourcil. « À ce que je vois, tu as pris du bon temps, Amy », fit-il observer. Plus vieux que son camarade, il avait lui-même des filles. Il reconnut aussitôt les symptômes de l'esprit rebelle, même si, à dix ans, la gosse était diablement jeune pour ça.

« Ce n'est pas défendu, dit-elle en bombant sa poitrine inexistante. Les enfants aussi ont des droits, vous savez.

— En tout cas, pas celui de faire perdre son temps à la police, répliqua-t-il d'un ton sévère. Tu n'as pas regardé la télévision ? Tu ne sais pas qu'on te recherche dans tout le pays ? »

Un étrange petit sourire passa sur les lèvres peintes. « Alors je suis plutôt célèbre.

— C'est certain, répondit le policier d'un ton ironique. Et tu le seras encore plus si les photographes te prennent dans cet accoutrement. Il ne s'agissait donc que de cela, Amy ? Un quart d'heure de gloire ? Peu importe que ta mère en ait le cœur brisé ? »

Elle ne comprit pas le quart d'heure de gloire. À dix ans, encouragée par les réactions que suscitaient ses numéros de danse, elle rêvait de toute une vie d'adulation. Elle remua à nouveau les épaules. « Elle ne m'aime pas. Elle est jalouse de moi. Ça lui plaît pas que des hommes s'intéressent plus à moi qu'à elle. »

Si Tyler avait été là, il y aurait vu un écho de ce que lui avait dit Franny Gough, et il se serait demandé comment de telles idées pouvaient venir à des enfants. Le policier le plus âgé lui fit signe de sortir. « Il est temps de rentrer à la maison, Amy. »

Elle recula derrière la porte. « Je ne veux pas. Je veux rester ici. »

Le jeune agent secoua la tête. « Tu n'as pas le choix, mon petit. »

Elle fit un écart au moment où il avançait la main pour lui empoigner le bras. « Je dirai que vous m'avez peloté les seins, lança-t-elle.

— Dieu tout-puissant ! grommela son collègue, se penchant par la vitre de la voiture vers la radio. Où est-ce que ces gamines peuvent bien apprendre des trucs pareils ? » Il donna son indicatif. « Oui, elle est là. Vivante... habillée comme une putain... et refusant de s'en aller. Elle menace de nous accuser d'attentat à la pudeur. Oui... des femmes policiers et une assistante sociale. » Il lança un regard à l'enfant. « Une vraie petite mijaurée... Je n'envie pas sa pauvre mère, c'est sûr. La mioche se prend pour Lolita... mais elle ferait davantage penser à Macaulay Culkin en travesti. Vous voyez ce que je veux dire... *Maman, j'ai raté l'avion...* et s'en délectant par-dessus le marché. »

Fax adressé au sergent Gary Butler
à l'hôtel Hilton de Southampton

Message téléphonique

Pour :	Inspecteur principal Tyler
De :	Mrs. Angela Gough
Pris par :	Agent Drew
Date :	28.07.01
Heure de l'appel :	16 h 15

Mrs. Gough se demande à présent si l'intérêt que portait Edward Townsend à Francesca ne cachait pas une histoire de chantage. Au cours d'une seconde conversation avec sa fille à Majorque, celle-ci lui a expliqué le voyage en ces termes : « Ed disait toujours que le meilleur moyen de mesurer l'amour de quelqu'un, c'est de voir combien il est prêt à dépenser pour vous. » Francesca pensait qu'il parlait des billets d'avion et de la note d'hôtel. Ça lui en a fichu un coup qu'il ne l'aime pas autant qu'elle l'imaginait. À la réflexion, Mrs. Gough se dit qu'il projetait sans doute une forme rudimentaire de chantage – à savoir payer ou les photos de votre fille nue paraîtront dans *News of the World.* Mrs. Gough se décrit comme « relativement riche ».

G. Drew

Vingt-neuf

Samedi 28 juillet 2001 – bureau du directeur, hôtel Hilton, Southampton

Dès son arrivée à l'hôtel, Rogerson fut informé que sa fille était saine et sauve. Tyler lui apprit la nouvelle dans le bureau du directeur puis attendit qu'il retrouve son calme. Il était difficile de dire si ses larmes étaient sincères, mais c'est ce que pensa Tyler. L'homme était beaucoup moins insensible qu'il ne le paraissait.

Il insista sur le fait qu'il ne savait pas, et qu'il lui aurait été impossible de savoir, que sa fille avait été enlevée par son client. Il s'était mis à coopérer pleinement dès qu'on eut attiré son attention sur certaines questions, et avait aussitôt révélé à Tyler l'adresse d'une seconde propriété que possédait Townsend. Rogerson admit qu'il avait des capitaux investis dans Etstone à l'époque où sa femme l'avait quitté, mais il se refusa à dire combien. C'était effectivement une somme substantielle, et il était dans son intérêt comme dans celui de Townsend que tous deux restent en bons termes après le départ de Laura pour Southampton.

Tyler en fut amusé. Pour jouer au cheval de Troie ? demanda-t-il. Patienter, faire semblant de battre en retraite et prendre sa revanche dès que l'ennemi regarderait ailleurs ?

Rogerson, également amusé, répondit que, sans vouloir parler à la place de son client, il avait été surpris de l'empressement de Townsend à croire qu'il lui était possible de prendre la femme d'un autre impunément. Il en parla comme du syndrome Jeffrey Archer/Bill Clinton. « Certains hommes finissent par se convaincre qu'ils sont à l'abri de tout », murmura-t-il.

Cependant, il nia catégoriquement avoir manigancé l'effondrement d'Etstone. Certes, en tant que conseiller juridique, il connaissait le directeur de l'agence bancaire de la société, mais il réfuta toute insinuation selon laquelle il lui aurait fait savoir qu'il était sur le point de retirer le prêt qu'il avait consenti à Townsend une dizaine d'années auparavant. Il ignorait complètement si le directeur était franc-maçon, et était incapable de dire s'il l'avait rencontré dans une réunion de loge. Les difficultés de la société étaient le fait de Townsend et non le sien.

De l'avis de Rogerson, comme de la majorité des actionnaires, l'affaire n'était viable que si les parts de Townsend étaient rachetées et la société restructurée. C'étaient les erreurs de jugement de Townsend qui avaient conduit à une perte de confiance dans le projet immobilier de Guildford. Il avait payé le terrain trop cher, et les urbanistes avaient refusé le permis pour des logements haut de gamme. On privilégiait à présent les pavillons moins coûteux pour permettre aux revenus modestes de devenir propriétaires. Dès lors, le projet de Townsend n'était plus rentable, et la banque lui avait coupé les vivres.

À l'évidence, la valeur d'Etstone était bien moindre maintenant qu'avant la débâcle de Guildford, ce qui rendait l'avenir de Townsend des plus incertains. Sa maison de Southampton aussi bien que sa villa dans le Devon avaient été prises en nantissement pour garantir les prêts, et il était à deux doigts de la ruine. Rogerson n'en éprouvait aucun plaisir. Il n'était pas du genre vindicatif et avait toujours établi une séparation entre ses affaires et sa vie privée.

Townsend était-il, à son avis, quelqu'un de vindicatif ? Amy constituait-elle un prix de consolation ou une monnaie d'échange ? À cela, il n'avait aucune réponse. Il se borna à répéter avec vigueur qu'il n'avait jamais eu de raison de penser que Townsend fût un pédophile.

Laura Biddulph n'arrêtait pas de pleurer au téléphone « Dieu soit loué... Dieu soit loué... Dieu soit loué... », fut tout ce qu'elle réussit à dire.

Tyler lui expliqua que l'enfant était indemne, même si elle n'avait pas encore été examinée par un médecin. « Elle affirme de façon formelle qu'Edward Townsend ne l'a jamais touchée de manière indécente, continua-t-il, et, si cela peut vous rassurer, l'assistance sociale du Devon pense qu'elle dit la vérité. Elle la trouve très mûre pour son âge et estime qu'elle est capable de faire la distinction entre des gestes appropriés et ceux qui ne le sont pas.

— Alors pourquoi l'a-t-il enlevée ?

— Nous ne lui avons pas encore demandé. » Tyler marqua un temps d'arrêt. « D'après Amy, s'il est venu la chercher, c'est parce qu'elle lui a dit qu'elle était tellement malheureuse qu'elle allait se tuer. »

Nouveaux sanglots. « Pourquoi ne m'en a-t-elle pas parlé ?

— Peut-être parce que vous aviez trop peur de lui poser la question et pas lui », répondit Tyler avec douceur.

Voiture de police en provenance du Hilton de Southampton et se dirigeant vers le commissariat central du Hampshire

Bien qu'informé de ses droits, Townsend tenait à se justifier. Assis à l'arrière, il parlait avec conviction à Tyler installé sur le siège du passager. Gary Butler, qui conduisait, observait ses changements d'expression dans le rétroviseur.

« Je n'ai jamais maltraité Amy. Je ne suis pas du genre à abuser d'une gamine, inspecteur. Jamais je ne l'aurais forcée à faire quelque chose qu'elle n'aurait pas voulu. Je l'aime trop pour ça... contrairement à ses parents, qui ne voient en elle qu'une marchandise. Son père l'utilise comme une arme. Sa mère pour raffermir son amour-propre. »

Tyler se tourna pour le regarder. « Et vous, vous avez juste envie de coucher avec elle ?

— Je ne suis pas un abject violeur d'enfants. Si c'était le cas, elle ne serait jamais venue avec moi. Tout ce que j'ai fait, c'est avec son consentement. Sans quoi je m'y serais refusé. »

Tyler avait l'impression de l'entendre réciter une sorte de credo pédophile. *Je ne suis pas du genre à abuser d'une gamine... Je ne suis pas un violeur... Tout ce que j'ai fait, c'est avec son consentement...* « Vous allez bientôt me dire que c'est elle qui a commencé.

— C'est vrai. Elle a appris de sa mère ce qui plaît à un homme. Il est parfois difficile de résister. Elle est curieuse des choses du sexe. Comme la plupart des enfants. »

Tyler secoua la tête et se retourna pour regarder par la fenêtre. « Elle a dix ans, Mr. Townsend. Bien sûr qu'elle est curieuse. Cela ne veut pas dire pour autant qu'elle sache ce qu'elle fait. Un consentement suppose d'être averti, et une enfant de l'âge d'Amy est incapable de comprendre que, quand un pédophile la touche, les sentiments qu'elle suscite en lui sont différents de ceux qu'éprouve un autre homme.

— J'ai conscience de... »

Tyler passa outre. « Sa mère l'a assez bien exprimé hier soir. Kimberley Logan l'accusait apparemment de régenter la vie d'Amy, et Laura lui a répondu que si Amy n'arrivait même pas à choisir entre des bâtonnets de poisson et des saucisses, comment aurait-elle pu décider de son avenir ?

— Je n'ai jamais abusé de ses sentiments pour moi.

— Vous l'avez kidnappée.

— Je l'ai secourue ! Elle disait qu'elle se tuerait si je ne l'emmenais pas loin des Logan. »

Tyler vit passer une voiture pleine d'enfants, riant et se poussant sur le siège arrière. « Selon les policiers qui l'ont retrouvée, elle était habillée comme une putain, avec les cheveux décolorés et des tartines de maquillage. Qui a eu cette idée ?

— Elle. J'ai seulement acheté les affaires. Elle voulait se vieillir. Je n'y suis pour rien. Pour ma part, je la préfère telle qu'elle est.

— À les en croire, c'était un excellent déguisement, notamment les cheveux blonds. Ils ne l'auraient pas reconnue d'après sa photo s'ils l'avaient croisée dans la rue. » Il secoua la tête. « Que comptiez-vous faire d'elle ? La cacher dans le Devon jusqu'à la fin de ses jours ?

— Je n'ai pas pensé aussi loin. Je l'ai fait, c'est tout. J'espérais, je présume, que nous pourrions passer inaperçus un moment, après quoi nous recommencerions de zéro ailleurs. J'ai entendu parler d'un instituteur qui était parti avec une de ses élèves en Italie, où ils avaient vécu un an avant d'être découverts. Cela semblait valoir la peine de tenter le coup.

— Vous deviez bien vous douter que vous seriez pris.

— Pas vraiment. » Il contempla, par-delà Butler,

l'horizon devant la voiture. Son regard avait une expression vague. « Il me paraissait plus probable qu'elle se lasserait et voudrait rentrer à la maison. Je lui ai dit dès le début que je la ramènerais chez sa mère à la minute où elle changerait d'avis.

— Quel début, Mr. Townsend ? Comment vous êtes-vous mis dans cette situation ?

— Vous voulez savoir ce qui fait qu'un homme tombe amoureux d'une fillette de dix ans ?

— Non, répondit l'inspecteur, avec un léger amusement. Ça, je vous l'accorde, même si c'est une chose que je ne comprendrai jamais. J'aime les femmes. Si je pouvais en trouver une avec de la cervelle, des nichons et le sens de l'humour, qui aime mon métier et mes petits plats, je serais au septième ciel. Une morveuse de dix ans plate comme une limande et sans la moindre conversation m'ennuierait à mourir... à moins qu'elle ne soit ma fille. Et alors je serais probablement fasciné par ses progrès hésitants vers l'état d'adulte. Mais toujours est-il que je n'aurais pas un instant le désir — quelles que soient les circonstances — de coucher avec elle. »

Butler vit une lueur ironique briller dans les yeux bleu pâle. « Comment le savez-vous puisque vous n'avez jamais eu de fille ? Vous ne passeriez peut-être pas à l'acte, inspecteur, mais vous y penseriez certainement au moins une fois dans votre vie. »

Tyler lança un regard à son subordonné, qui gardait les yeux rivés sur la route. « Vous dites qu'Amy a menacé de se tuer, enchaîna-t-il. Dans ce cas, pourquoi l'avoir abandonnée pour aller à Majorque avec Franny ?

— Je ne l'ai pas abandonnée. Je lui ai acheté un portable et j'ai programmé mon numéro afin qu'elle puisse m'appeler quand elle voulait. »

Ce n'était qu'une moitié de réponse, mais Tyler n'insista pas pour le moment. « Ce Em ou Ed auquel elle a téléphoné d'une cabine, c'était vous ?

— Oui.

— Pourquoi a-t-elle dû appeler en PCV si elle avait un portable ?

— Elle ne l'avait pas encore à cette époque-là.

— Vous avait-elle déjà appelé ? »

Il hocha la tête. « Chaque jour, en rentrant de l'école.

— Et quand Laura et elle habitaient à l'hôtel ?

— Il y avait une cabine téléphonique au coin de la rue. Elle sortait en cachette pendant que Laura dormait.

— Alors qu'est-ce qui a fait que la situation a changé ?

— Les vacances. Elle était sans arrêt en larmes... détestait les Logan... détestait les brimades... détestait sa mère qu'elle accusait d'être une ratée... détestait son père. Je la voyais aussi souvent que je le pouvais, mais, malgré ça, c'est devenu de plus en plus inquiétant.

— Une coïncidence troublante, vous ne trouvez pas ?

— Laquelle ?

— Qu'au moment où le père annonce qu'il va retirer son argent, vous vous mettiez à passer du temps avec la fille. Prétendez-vous qu'il n'y ait aucun rapport entre ces deux faits ?

— De mon côté, assurément. » Nouveau haussement d'épaules désabusé. « Elle ne voulait pas partir de chez moi, inspecteur. Elle a besoin d'être aimée. Les enfants ne sont pas stupides. Ils savent très bien ce qui les rend heureux.

— Où la conduisiez-vous tous les jours ?

— À la campagne. Au bord de la mer. Là où un père emmène son enfant se promener. Mais ce n'était pas tous les jours. Trois ou quatre... pas plus.

— Et les autres jours, où allait-elle ? »

Il eut un petit rire. « Nulle part, autant que je sache. Elle m'a téléphoné plusieurs fois de sa chambre... Elle disait que les gosses Logan étaient tellement bêtes qu'ils n'y voyaient que du feu. Elle avait pris l'habitude de se cacher sous son lit et de lire des livres. Ça l'amusait de leur faire croire qu'elle avait une amie dont ils ignoraient tout. Il lui suffisait de se glisser en bas pendant qu'ils regardaient la télévision et de claquer la porte... ils se disaient qu'elle était sortie... surtout si elle faisait semblant d'être en colère ou vexée. »

Tyler se souvint des paroles de Kimberley. *Je te parie qu'elle se planque quelque part pour faire semblant d'avoir des copains.* Le revers de la médaille. « Quand avez-vous acheté le téléphone portable ?

— Après ces coups de téléphone dont les gosses Logan ont été témoins. Je ne tenais pas à ce qu'ils racontent à Laura ce qu'elle fabriquait. Amy n'arrêtait pas de répéter qu'elle se tuerait si on lui interdisait de me voir... » Sa voix s'étrangla.

Tyler trouva cet attendrissement aussi faux que le

bronzage. « J'espère que vous n'avez pas l'intention de vous décrire à l'audience comme un saint Eddy ayant sauvé une gamine du suicide, répliqua-t-il sèchement. L'enlèvement d'enfant est un délit grave, Mr. Townsend.

— Je sais... Mais qu'est-ce que je pouvais faire d'autre ? »

Tyler poussa un grognement sarcastique. « Je doute qu'un jury soit impressionné par votre brusque voyage à Majorque pour faire des galipettes avec une réplique d'Amy pendant que celle-ci implorait votre aide.

— Je n'avais guère le choix. J'avais les créanciers sur le dos. John Finch était là pour s'en s'occuper pendant mon absence.

— Pourquoi emmener Franny avec vous ?

— Cela paraissait une bonne alternative.

— À Amy ?

— Oui... jusqu'à ce qu'elle s'enivre. » Il regarda fixement ses mains. « Je ne suis pas fier de tout cela, inspecteur. »

Tyler tourna son visage vers la fenêtre du passager, de sorte que Townsend ne put pas voir son expression. « Pourquoi ne pas avoir averti Laura que sa fille était suicidaire ?

— Elle a emmené Amy parce qu'elle était jalouse de l'intimité existant entre nous. Que croyez-vous qu'elle aurait fait si je l'avais appelée pour lui dire qu'Amy préférerait se tuer plutôt que de vivre sans moi ? Elle aurait empêché tout contact téléphonique, après quoi elle aurait fait une dépression nerveuse en rentrant à la maison pour trouver sa fille pendue à la rampe d'escalier. » Butler le vit lever une main comme pour supplier qu'on le croie puis la laisser retomber. « Elle disait qu'elle ferait ça le matin pendant que Miss Piggy et Jabba dormaient, et qu'elle espérait que tout le monde pleurerait sa mort, parce que la seule personne à avoir pleuré sur ses malheurs quand elle était en vie, c'était elle-même.

— Les enfants parlent souvent comme ça.

— Je la croyais. »

Tyler le regarda à nouveau. « Pourquoi ne pas en avoir parlé à son père ? demanda-t-il ironiquement.

— Il l'aurait reprise sur-le-champ.

— Pour quelle raison ? Vous n'arrêtez pas de dire qu'elle lui était indifférente.

— Oui. C'est Laura qu'il veut, de préférence à genoux, réclamant sa gosse. Il est comme ça. Dominateur... possessif... Il ne peut pas lui pardonner d'avoir eu le courage de partir. Il la punirait jusqu'à la fin des temps s'il en avait les moyens. Regardez ce qu'il m'a fait. »

Tyler eut un hochement de tête. En dehors même des indices laissant supposer que Rogerson avait sabordé la société de Townsend, Tyler était convaincu que l'homme était profondément rancunier. *Mais...* « Dans ce cas, pourquoi lui voler sa femme ? demanda-t-il impitoyablement. Vous deviez bien vous douter de ce qui arriverait.

— Non. Pas à ce moment-là. J'étais habitué à la manière dont il lui parlait... dont il traitait Amy... comme un moustique agaçant. Il ne m'est jamais venu à l'esprit qu'il serait jaloux si elles s'en allaient. En tout cas, c'est Laura qui a pris l'initiative. Je ne me serais pas tracassé s'il n'y avait pas eu Amy.

— Vous ne trouviez pas Laura attirante ?

— Pas particulièrement.

— Alors pourquoi avoir fait des vidéos d'elle ? Pourquoi avoir fait des vidéos des femmes dont les enfants vous plaisaient ?

— Cela les rendait moins suspicieuses. »

Butler leva la tête, pour s'apercevoir que Townsend le regardait dans la glace, et, comme l'inspecteur, il se mit à douter de la sincérité de telles réponses. Elles témoignaient d'une réelle assurance, mais qu'un homme puisse se peindre si aisément sous les traits d'un pédophile, voilà qui le dépassait.

« Laura était-elle au courant des autres vidéos ? questionna Tyler. Celles que vous aviez faites de votre épouse et de votre belle-fille ? Est-ce que Martin lui en avait parlé ?

— Je ne pense pas.

— Martin ne vous a pas dit de garder vos distances avec Amy ?

— Non. »

Il se tourna. « Vous est-il arrivé de discuter de votre pédophilie avec lui ?

— Non. » Nouvelle lueur d'amusement. « Ce n'est pas le genre.

— Est-ce le genre à télécharger des images obscènes d'enfants ? »

Townsend secoua la tête. « Pas d'enfants.

— De femmes ? »

Un signe de tête. « Vous m'avez demandé tout à l'heure ce qu'étaient devenues les vidéos que j'ai faites de Laura... C'est Martin qui les a. Ç'a été son cadeau d'adieu. "Tu pourras les ajouter à ta collection, lui a-t-elle dit. Me montrer à je ne sais quelle écervelée afin de lui donner assez d'enthousiasme pour coucher avec toi." »

Tyler esquissa un sourire. « Vous vous doutez bien que nous examinerons vos ordinateurs à la recherche de pornographie, Mr. Townsend, en particulier de pornographie enfantine, qu'elle ait été téléchargée par vous ou qu'elle figure dans des sites que vous contrôlez. Souhaitez-vous nous faire gagner du temps en nous disant quoi chercher ?

— Il n'y a rien à chercher. Je ne fais pas dans la pornographie sur le Net. »

Tyler se remit à contempler le paysage qui défilait. En son for intérieur, il ne pouvait pas s'empêcher d'éprouver une certaine admiration pour l'adresse de son interlocuteur. Jusqu'au public qui serait de son côté en apprenant que l'enfant était vivante et qu'elle n'avait pas été molestée. Sans doute compatirait-il avec son dilemme. Secourir ou ne pas secourir ? Pour sa part, il en aurait peut-être éprouvé de la compassion s'il avait pu penser que Townsend était capable d'aimer quelqu'un d'autre que lui.

« Vous vous payez ma tête, laissa-t-il tomber au bout d'un moment. Je veux bien croire que vous soyez obsédé par la jeunesse — il me suffit de vous regarder pour en être convaincu —, mais vous ne me ferez pas avaler que vous iriez jusqu'à coucher avec des gosses de dix ans. Que vous ayez le désir de les exploiter, je n'en doute pas une seconde, par contre je ne vous vois pas vous embarquer dans des relations illicites. Vous êtes comme un vendeur d'héroïne... content d'écouler sa cochonnerie, mais pas assez stupide pour la consommer lui-même.

— Je ne trafique pas avec les enfants.

— Bien sûr que si. Et avec les femmes aussi. Vous êtes un maquereau d'Internet. Et nous le prouverons... Cela prendra peut-être du temps... nous ne découvrirons peut-être pas tout... mais je vous aurai, Mr. Townsend. À vue de nez, je dirais que cela a commencé avec votre première épouse, qui avait probablement la même passion que vous pour les jeux de caméra, ce qui explique qu'elle ait fait l'effarouchée au moment du divorce. Après ça, vous avez cherché des femmes et des gamines qui éprouvaient du plaisir à s'exhiber. Cela facilitait les choses.

— C'est insensé, dit l'autre sans fièvre. Où est l'argent ?

— Où vous voulez. De nos jours, il est possible d'en envoyer aux quatre coins du monde. » Il se tourna avec une expression interrogatrice. « Peut-être ce demi-million errant en fait-il partie ? Que lui est-il arrivé ? Quelqu'un d'autre a mis la main dessus ? ou n'a-t-il jamais existé ? »

Townsend posa la tête contre le dossier de son siège et se mit à regarder le toit de la voiture.

Tyler eut un petit rire. « Vous n'êtes pas plus attiré que moi par les enfants. Vous voulez seulement nous en persuader. Un pédophile repentant, confessant ses fautes, n'ayant jamais eu de condamnation — qui n'a pas abusé de la fillette qu'il avait enlevée — ni d'aucune autre fillette confiée à ses soins — se verrait infliger une peine infiniment plus légère qu'un homme ayant kidnappé une mineure pour extorsion. »

Townsend continua à regarder fixement le plafond. « Vous perdez votre temps, inspecteur.

— Vous gardiez gentiment Amy à disposition jusqu'à ce que vous ayez besoin d'elle. Cette mise en scène était sans doute prévue pour le week-end suivant, quand vous avez reçu un message de John Finch vous prévenant que Rogerson avait avancé la réunion. Du coup, vous êtes revenu la chercher à toute vitesse. Je parie qu'il y a une vidéo captivante de la fille de Rogerson jouant les putains dans votre ordinateur portable. Je parie aussi que vous étiez sur le point de la lui montrer avant la réunion, ce qui expliquerait que vous ayez été si secoué en apprenant qu'il était en état d'arrestation. Quelle devait être la menace s'il ne s'allongeait pas ? La vendre au plus offrant ? La placarder sur le Net ?

— Tout ce que vous dénicherez dans mon portable, c'est un tableau sur Etstone, répondit-il d'un ton égal.

— On ne pense jamais à tout, Mr. Townsend. Nous finirons bien par trouver.

— Encore une fois, il n'y a rien à trouver. Demandez à Amy. Tout était très innocent.

— Pour le moment, elle dira ce que vous lui avez demandé de dire... mais cela ne durera pas. Quand bien même vous ne l'auriez pas touchée, il ne faudra pas longtemps à un professionnel pour savoir si vous l'avez persuadée de baisser sa culotte pour montrer à son père à quel point vous aviez barre sur elle. Franchement, je pense que vous êtes une jolie fripouille, mais vous n'êtes pas un satyre. Pas plus que Martin Rogerson. Comme vous le déclarez, il préfère les femmes... ce qu'il dit également de vous. » Il se remit à rire devant l'expression de son interlocuteur. « Je préférerais vous épingler pour kidnapping et extorsion. Cela représente un fameux séjour derrière les barreaux. Vous ne devriez pas exploiter l'amour des gens pour leurs enfants, Mr. Townsend.

— Quel amour ? Qu'est-ce qui vous fait penser que Martin aurait changé d'avis à cause d'une vidéo ? Tout le monde sait qu'il se fiche complètement d'Amy.

— C'est ce que vous ne cessez de prétendre, murmura l'inspecteur, et, si vous le répétez suffisamment longtemps, vous réussirez peut-être à convaincre un jury. Mais ça ne marchera pas en ce qui concerne Laura. Personne ne croira qu'elle n'aimait pas sa gamine. » Il pointa un doigt vers son interlocuteur. « C'est même pour ça que je vais m'acharner contre vous. Parce que vous avez fait croire à une enfant déjà mal dans sa peau que sa mère ne l'aimait pas. Je me suis entretenu avec cette femme... je lui ai arraché ses tristes petits secrets... j'ai vu sa souffrance... j'ai entendu ses remords. Et cela n'avait rien d'agréable, nom d'un chien ! Elle sait qu'elle est pleine de défauts... qu'Amy aurait souhaité qu'elle soit différente... mais cela ne donne pas pour autant à un enfoiré comme vous le droit de manipuler l'affection de sa fille. »

Trente

Samedi 28 juillet 2001 – à l'intérieur du 23 Humbert Street

Sophie s'était agenouillée à côté du corps prostré de Jimmy. Le tiers supérieur de l'oreille avait été détaché du cuir chevelu, mais il était en vie. Il gisait en travers du seuil de la cuisine, marmonnant contre le sol, de la salive lui coulant de la bouche. Il n'y avait personne en bas. La porte de la pièce du fond était ouverte, mais le seul bruit dans la maison semblait provenir de l'étage. Des rires et des chants. Sophie put discerner quelques mots.

« ... on a gagné... on a gagné... on est les champions du MONDE... »

Des pieds martelaient le plancher comme un tambour. *D'allégresse ? Dévalant l'escalier ?* Elle n'en savait rien. Elle retourna Jimmy, le gifla brutalement. « Réveillez-vous, bon Dieu ! dit-elle aussi fort qu'elle l'osait, dans son oreille sanguinolente. C'est Sophie ! Mel a besoin d'aide. »

Il ouvrit les yeux, et elle le gifla à nouveau. « Fichez le camp, je suis fatigué », grommela-t-il.

Cette fois, elle le saisit par les épaules et le secoua. « Mel a des ennuis, expliqua-t-elle d'une voix pressante. J'ai besoin que vous veniez avec moi. Il y a des gens en haut. Vous comprenez ? »

Le mouvement lui donna mal à la tête, et il mit une main sur son oreille déchirée. « Ah, mer-r-rde ! Qu'est-ce que c'est que ce bordel ?

— Réveillez-vous ! répéta-t-elle en le giflant une nouvelle fois. J'en ai assez des types qui me font le coup de tomber dans les pommes ! »

Il s'assit brusquement tandis que ses souvenirs lui revenaient... Wesley... la machette... le soldat. Il regarda autour de lui. « Où est Wesley ?

— En haut, répondit-elle, lui prenant la main et l'obligeant à se lever. Il faut nous en aller.

— Et le vieux ?

— Sain et sauf, dit-elle, croyant qu'il parlait de Franek. Allons... venez. » Elle l'escorta le long du couloir en direction de la porte d'entrée. « D'après Harry, Mel est tombée sous les pieds de la foule. Nous devons à tout prix la tirer de là. Je suis inquiète pour le bébé. Il vous faudra la porter. »

Comme elle étendait le bras vers la clenche, elle fut prise d'un terrible pressentiment. Cela lui rappelait la dernière fois où elle s'était tenue près de cette porte... quand elle aurait pu sortir... mais qu'elle ne l'avait pas fait... parce que le fils d'un patient lui avait dit merci et qu'elle s'était arrêtée pour lui sourire. Elle se tourna péniblement vers Jimmy. « J'ai peur.

— Ouais, moi aussi. » Il lui saisit la main et la tira derrière lui. « Ça ne m'inspire rien de bon, chuchota-t-il. C'est trop sacrément tranquille. »

Elle s'agrippa à sa veste. « Que devons-nous faire ? »

Il respira à fond et tourna la clenche. « Nous tenir prêts à cavaler », répondit-il en ouvrant doucement la porte.

Centre de commandement – séquences transmises par l'hélicoptère de la police

Les policiers auraient pu calculer à la seconde près le temps qu'il avait fallu pour passer du rire à la stupéfaction devant la bestialité du lynchage. Presque tous les visages étaient levés vers la fenêtre tandis que Wesley exhibait son trophée. Un vieil homme, son short sur les chevilles, du sang lui dégoulinant le long des jambes et un nœud autour du cou. Les expressions étaient frappantes. Avides. Réjouies. Comprenaient-ils ce qui arrivait ? L'approuvaient-ils ? Les films les avaient-ils rendus insensibles à la réalité ?

Qui sait ?

Le trajet jusqu'à la stupéfaction ne fut pas moins frappant. Peut-être pensaient-ils qu'il s'agissait d'un mannequin que Wesley avait jeté si négligemment de la fenêtre qu'il dansait au bout de sa corde, car une vague d'hilarité se répandit sur les visages. Peu après, les sourires tournèrent à la perplexité. Certains continuèrent à regarder Wesley se pavaner devant son public, mais la plupart baissèrent les yeux. Dans un élan spontané, tous reculèrent. Une fille tomba à genoux et vomit sur le trottoir. Au pourtour, la foule commença à s'éclipser par les sorties.

Ce n'était pas leur faute. Ils n'y étaient pour rien si ce garçon noir se comportait comme un fou à lier. C'était plutôt moche, ce qu'il avait fait, mais enfin... il ne s'agissait que d'un fumier de pédophile !

À l'extérieur du 23 Humbert Street

Gaynor releva son visage baigné de sueur en apercevant Jimmy, mais sans interrompre ses tentatives pour ranimer Colin. Bras tendus, elle lui faisait un massage cardiaque. « Un — deux — trois — quatre — cinq. » Elle se courba pour lui insuffler de l'air dans la bouche. « Mel semble être en vie — trois — quatre — cinq. » Nouveau bouche-à-bouche. « Je vous en prie, aidez-moi — trois — quatre — cinq. »

Sophie s'agenouilla à côté de la Noire qui tenait le poignet de Melanie. « On a réussi à la sauver, balbutia-t-elle, des larmes roulant sur ses joues. Regardez. C'est comme dans *Urgences*. Elle respire. Son cœur bat. Pas vrai ? »

Sophie pressa ses doigts contre le cou de la jeune femme. « Oui, répondit-elle. Oh, mon Dieu ! Mon Dieu ! Merci ! » Elle tourna vers Jimmy son propre visage mouillé de larmes. « Parlez-lui, mon vieux. Dites-lui que vous l'aimez. Plus vite vous lui ferez reprendre connaissance, mieux cela vaudra. Faites en sorte qu'elle vous écoute. C'est votre voix qu'elle entend tout le temps, Jimmy. Pas une autre. Elle n'a pas cessé de me dire combien elle vous aime. »

Jimmy se mit à genoux et posa une main sur la joue de son amie. « Allez aider Gaynor, dit-il. Col est aussi son enfant. »

Mais Col était mort.

Lundi 30 juillet 2001

NOTE

De : Inspecteur principal Tyler
À : Commissaire Hamilton
Date : 30.07.01
Objet : Charges relatives à l'enlèvement d'Amy Biddulph/Rogerson

Selon dernières informations :

• Aucune preuve d'inceste contre Martin Rogerson. Laura et Amy nient toutes les deux l'existence de tels rapports intimes. Laura a confirmé l'intérêt de Rogerson pour la pornographie soft.

• Rogerson reconnaît que, si Townsend l'avait menacé d'envoyer à ses collègues et clients des vidéos de sa fille « posant devant la caméra », il se serait peut-être montré « plus compréhensif » quant à un report de la faillite de Townsend. « Un homme dans ma position ne peut pas se permettre de scandale. » Curieusement, paraît moins préoccupé par l'utilisation d'images sur le Net. « Personne n'aurait su qui elle était. »

• Rogerson admet être dépité et irrité par ce que Townsend a persuadé Laura de faire devant la caméra. « J'étais jaloux. Elle ne l'a jamais fait pour moi. » Laura reconnaît lui avoir donné les cassettes vidéo. « Je voulais le blesser. »

• Il semble clair que Rogerson a toujours été plus intéressé par sa femme que par sa fille.

S'agissant de Martin Rogerson, suis d'avis de s'en tenir là.

Concernant Edward Townsend

• Ordinateurs en cours d'examen – durée approximative des investigations : 2 à 3 semaines.
• Nie avoir filmé Laura Biddulph/Franny Gough/femmes/enfants à des fins pornographiques.
• Nie toute implication dans la pornographie sur Internet.
• Nie avoir enlevé Amy dans un but d'extorsion/chantage/rançon.

L'interrogatoire se poursuit.

Inspecteur principal Tyler

P.-S. Le salopard mentait. Et vous en aurez bientôt la preuve !

Trente et un

Lundi 30 juillet 2001

Il fallut vingt-quatre heures à la police pour vérifier l'identité du pendu — le caporal Arthur Miller, vétéran de la Seconde Guerre mondiale, et veuf —, mais la presse manifestait une étonnante réticence à en faire état. Elle avait publié des articles à tour de bas dans les heures qui avaient suivi le Samedi sanglant, interprétant le refus officiel de livrer un nom comme une confirmation de ce que l'on chuchotait dans les rues d'Acid Row. La victime était un pédophile.

Mais dans les éditions du lundi, même les directeurs de tabloïds regimbèrent devant des manchettes du genre « *Un soldat égorgé parce qu'on l'avait pris pour un détraqué sexuel* », de peur d'avoir l'air d'exonérer le lynchage comme méthode de traitement des déviants. La plupart préférèrent des titres plus anodins, comme : « *Le drame du vieux soldat* » ou « *Un meurtre commis au hasard* ».

Les journalistes sautèrent sur leurs stylos lorsque

le ministère de l'Intérieur annonça qu'un délinquant sexuel fiché avait été relogé incognito dans Humbert Street pour éviter des représailles. L'ordre fut donné de ne pas citer son nom dans l'intérêt de la sécurité publique, mais les détails de sa condamnation ne furent pas soumis aux mêmes restrictions, le ministère de l'Intérieur souhaitant mettre l'accent sur le fait que la police locale avait eu raison de déclarer qu'il n'était pas dangereux.

Un certain nombre de journaux y virent la preuve que, si son homosexualité avait été rendue publique conformément à la loi Megan aux États-Unis, les événements du Samedi sanglant n'auraient pas eu lieu. C'est le mystère l'entourant qui avait conduit la foule à se révolter. Son nom et la nature de son délit auraient été largement connus, les habitants d'Acid Row auraient compris qu'un homme réservé, arrêté pour des infractions mineures relatives à des adolescents de seize et dix-sept ans, ne pouvait guère constituer une menace pour leurs enfants.

D'autres affirmèrent avec force que révéler l'identité ou l'adresse d'un pédophile ne pouvait qu'attiser le genre de haine qui s'était manifestée au cours du Samedi sanglant. L'homme en question avait déjà été chassé d'une cité, alors même que les détails de sa condamnation avaient été publiés à côté de sa photo. Le problème, c'était le terme « pédophilie ». Dans l'esprit de la plupart des gens, il était synonyme de mal absolu, et bien peu étaient prêts à faire la distinction entre des individus inhibés ne cherchant que des attouchements et des psychopathes malmenant et tuant des enfants pour le plaisir.

Les politiciens s'efforcèrent d'esquiver la question en imputant les émeutes à la culture contemporaine de la drogue.

Par contraste, la réaction de l'opinion — démocratique — fut sans équivoque. En apprenant qu'un vieux soldat n'ayant plus toute sa tête avait été sauvagement assassiné à la place d'un maniaque, des gens venus des quatre coins du pays entassèrent des bouquets de fleurs aux entrées d'Acid Row.

Toutefois, pendant les vingt-quatre heures où ils crurent qu'il s'agissait d'un obsédé sexuel démoniaque, aucune fleur ne fut déposée.

Mardi 2 octobre 2001
(deux mois plus tard)

Trente-deux

Mardi 2 octobre 2001 – cité de Bassindale

D'après Eileen Hinkley, Jimmy fit un tas de manières lorsqu'il sortit de son sac en plastique une couverture aux couleurs vives dont il lui entoura les genoux dans le fauteuil roulant. « C'est un cadeau, expliqua-t-il avant de disparaître dans la chambre à coucher et de se mettre à farfouiller dans les placards.

— Si vous cherchez quelque chose à voler, vous perdez votre temps, lança-t-elle gaiement. Le seul objet de valeur que je possède, c'est ma bague de fiançailles... et, pour l'avoir, il vous faudra me couper le doigt. »

Il revint dans le salon avec une série de chapeaux à la main. « Je sais, répondit-il. Je m'en suis rendu compte au premier coup d'œil. » Il montra un béret rouge. « Que diriez-vous de celui-ci ? Non ? Alors celui-là. » Abandonnant les autres sur le canapé, il posa un chapeau en feutre brun, selon un angle un tantinet désinvolte, sur les cheveux blancs et ternes. « Parfait.

— Pourquoi dois-je mettre un chapeau ? » demanda-t-elle avec méfiance, tandis qu'il faisait pivoter le fauteuil et la poussait vers la porte d'entrée.

« Il fait froid dehors. »

On avait lavé et repeint l'ascenseur que l'agent Hanson avait souillé de son sang. Il n'en demeurait pas moins aussi capricieux, et les jeunes du coin continuaient à vider leur vessie à l'intérieur le week-end, mais les locataires avaient établi un roulement pour le nettoyage, et cela sentait plus souvent le désinfectant que l'urine. Il y avait d'autres petits changements. Quelqu'un avait installé des plantes en pot dans le hall, et les mégots étaient régulièrement balayés. Il n'y aurait pas longtemps à attendre, se disait fréquemment Jimmy, avant qu'on voie arriver moquettes et rideaux.

Il fit franchir les portes à Eileen, la poussant dans l'après-midi venteux d'octobre. « Où allons-nous ? demanda-t-elle en agrippant son chapeau.

— Pas loin. »

Elle serra la couverture sous ses jambes. « Est-ce que je vous ai dit que Wendy Hanson était passée me voir l'autre jour ?

— La femme policier ?

— Oui. Elle reprend des cours à l'université pour devenir puéricultrice. Elle pense qu'elle aura plus de succès avec les moins de cinq ans.

— C'est votre avis ? »

La vieille femme pouffa de rire. « J'en doute. Ils

lui flanqueront une peur bleue dès qu'ils se mettront à se taper dessus. Elle va trop au cinéma. Elle s'est fourré dans la tête que les bambins sont des petits anges et que la corruption ne commence qu'à partir du collège.

— Est-ce qu'elle continue à voir le vieux chnoque qui l'a frappée ? »

Eileen maugréa, incrédule. « C'est une masochiste... elle prétend qu'il a un Alzheimer gros comme une montagne... qu'il ne sait même pas qui elle est... mais qu'elle se sent l'obligation envers lui de gaspiller une heure par semaine à la maison de santé. Avez-vous déjà entendu des absurdités pareilles ? Il a bien failli la tuer, et elle est persuadée que c'est sa faute s'il est dérangé. Elle aurait dû être bonne sœur. Elle a le goût du martyre et de la sainteté. »

Jimmy sourit. « Elle s'est bien fait avoir. Il paraît que l'avocat du vieux a demandé le placement pour éviter des poursuites. Je veux dire : s'il avait vraiment la maladie d'Alzheimer, il n'aurait pas été capable de la mettre dans l'ascenseur ni d'accrocher un écriteau marqué "En panne". Ça tombe sous le sens. »

Ils passèrent devant la Coop, également repeinte et réaménagée. De jeunes arbres avaient été plantés aux abords, devenus depuis peu piétonniers, et de nouvelles boutiques — épaulées par des subventions municipales — avaient ouvert leurs portes, donnant au quartier un air d'embourgeoisement. Eileen fit observer que cela devenait vraiment joli à regarder, avant de tendre l'oreille pour écouter le bruit de bulldozers au loin. « Ils ont déjà commencé dans Humbert Street ?

— Ouais. La première maison est tombée hier.

— Tout va vraiment disparaître ?

— Jusqu'à la dernière brique. Bassett Road aussi. Ils vont dégager toute la zone entre Bassindale et Forest, et recommencer à zéro.

— Il était grand temps, dit-elle d'un ton acerbe, encore qu'il aurait mieux valu soigner le mal avant qu'il se déclare. Vous êtes bien dans votre nouvelle maison, Jimmy ?

— Sûr. C'est un palais comparé à la précédente. On a même un vrai jardin cette fois-ci, sans compter qu'on nous a donné le choix entre rester et emménager dans une des nouvelles quand elles seront finies. On attend de voir la touche qu'elles auront pour se décider. »

Elle se retourna pour le regarder. « C'est là que nous allons ?

— Je ne vous le dis pas.

— Est-ce qu'il y aura des gens ? C'est pour ça que vous m'avez emmitouflée dans une couverture et que vous m'avez mis un chapeau sur la tête ? Vous avez honte de moi, Jimmy ? »

Il lui serra l'épaule. « Je suis fier de vous. Comme tout un chacun. Vous êtes la vieille dame la plus célèbre d'Acid Row. Tout le monde pense que vous avez sauvé plus de vies que quiconque en persuadant vos copines et leurs relations d'ouvrir leurs portes.

— Pas assez cependant, murmura-t-elle avec tristesse. Je ne peux pas m'empêcher de songer à ce pauvre Arthur Miller et au jeune Colin. Quel horrible gâchis, Jimmy. Vous croyez que Gaynor s'en remettra ?

— Non, répondit-il avec franchise, mais elle n'a plus guère le temps d'y penser depuis que vous l'avez nommée ambassadrice du Téléphone de l'amitié. Elle emmène Johnnie, Ben et Rosie avec elle, et les vioques sont ravis. La moitié d'entre eux sont tellement gagas qu'ils les prennent pour leurs propres petits-enfants... mais, au moins, ça leur donne l'impression de faire à nouveau partie d'une famille.

— Et vous, Jimmy ? Est-ce que vous vous en remettrez ?

— Je suppose, répondit-il d'une voix maussade. Quand j'arrêterai d'avoir envie de zigouiller Wesley Barber et cette garce de conseillère familiale. Elle continue de raconter qu'elle a dit à Mel que Milosz n'était pas dangereux... que ce n'est pas sa faute si Mel est tellement bouchée qu'elle a compris de travers. »

Elle tourna à nouveau la tête. « Personne ne la croit, mon ami. Les gens se jugent à leurs actes, et Miss Baldwin a toujours été quelqu'un de mesquin. Chacun par ici peut en témoigner. C'est un être stupide. On récolte ce que l'on sème, et elle est en train de récolter pas mal d'animosité. D'après Wendy Hanson, ses ex-collègues en ont par-dessus la tête de ses jérémiades. Ils envisagent même de l'inculper pour incitation.

— Ça ne tiendra jamais, dit Jimmy.

— Possible, mais ça lui ouvrira peut-être les yeux

sur ce qu'elle a fait. Il y a trop de fauteurs de troubles en ce monde, et pas assez de pacificateurs. » Elle passa une main par-dessus son épaule pour tapoter la sienne. « Quels que soient vos défauts, Jimmy, vous êtes un pacificateur. C'est une espèce rare et précieuse. Même au plus fort de la colère, il ne faut jamais l'oublier. »

Il posa un baiser sur les doigts noueux. « Comment ça, des défauts ? Je suis le grand Jimmy, souvenez-vous. Le supermec. Héros des heures sombres. Dans le droit chemin pour la première fois de sa vie. »

Elle pouffa de rire à nouveau. « Comment ça marche ?

— Comme on peut s'y attendre quand on paie un type des queues de cerises pour s'occuper d'une maison de jeunes complètement délabrée. Je passe l'essentiel de mon temps à me donner des allures de King Kong pour empêcher les différentes bandes de s'entre-tuer. N'empêche, il y a de bons musiciens dans le lot.

— Est-ce là qu'est allé tout ce matériel audio ?

— Quel matériel audio ?

— Les affaires qui ont mystérieusement disparu du 23. »

Il poussa un grognement amusé. « Il n'y a aucun mystère. Milosz me l'a cédé pour lui avoir sauvé la vie. J'ai le papier qui le prouve.

— Sophie prétend qu'il est resté dans le coma pendant trois jours. »

Jimmy sourit. « Je suis passé le voir à l'hôpital plusieurs fois pendant qu'on opérait Mel. Il a eu un court instant de lucidité à deux heures du mat et s'est redressé pour signer le document. Prenez tout, et bonne chance, qu'il m'a dit. »

Eileen émit un gloussement. « Et mon cul, c'est du poulet ! répliqua-t-elle joyeusement. Vous vous êtes débrouillé pour le faucher avant les autres. Dolly Carthew dit que vous l'avez sorti par l'arrière pendant que la police montait la garde devant, et que vous l'avez stocké pendant une semaine dans une de ses pièces vides.

— Voyons, madame Hinkley, quel langage !

— Le fait est que vous avez une très mauvaise influence sur moi, Jimmy. Voilà que je me mets à jurer... à me rendre complice de délits... et que je ne m'étais pas sentie aussi utile depuis des années. »

Le rire communicatif de Jimmy résonna au-dessus de sa tête. « Je continue à penser que j'aurais mieux fait de filer d'ici avec Mel et les enfants. Je gagnerais cent fois plus de pognon en vendant de la drogue à des morveux de Londres qu'en remontant les bretelles aux jeunes d'Acid Row.

— Vous en êtes incapable, dit-elle à son aise. Ce n'est qu'une autre forme de sévices infligés aux enfants. Vous prenez les choses trop à cœur, c'est votre problème. Sans quoi vous n'auriez pas envoyé Milosz sur les roses.

— Comment le savez-vous ?

— C'est Sophie qui me l'a raconté. » Une étincelle brilla dans les yeux de la vieille femme, mais il ne pouvait pas le voir. « Apparemment, vous avez fait plusieurs fois allusion à Armaguedon, débité tout un discours sur le thème... la prochaine fois que le bien et le mal se feront la guerre devant ta porte, tâche d'avoir le courage de te mettre du côté des anges au lieu de te réfugier dans la lâcheté... ou quelque chose d'approchant.

— Ouais, eh ben, j'avais eu le temps d'y réfléchir, et je trouvais ça puant qu'un mec laisse son père tabasser une femme parce qu'il a peur de lui. D'accord, il a eu une enfance pourrie, mais comme un tas d'entre nous. Dans la vie, il faut faire des choix... et le seul choix qu'il ait fait, c'est de rendre le vieux encore pire qu'il n'était. Il prétend que les choses auraient été différentes s'il avait su que son père avait tué sa mère » — il eut un haussement d'épaules — « mais je pense qu'il ment. C'est pour ça qu'il la bouclait et qu'il ne parlait jamais d'elle. Il savait qu'elle était morte, peut-être même qu'il se trouvait là... et est-ce qu'il a jamais levé le petit doigt ? »

C'était plus ou moins ce qu'avait déclaré Sophie, mais, curieusement, sans que cela suscite ni chez l'un ni chez l'autre la moindre compassion pour Milosz. « Cela a dû être une épreuve terrifiante pour un petit garçon, fit valoir Eileen.

— Sûr, répondit Jimmy, mais il a grandi, pas vrai ? Il n'est jamais trop tard pour bien faire. Voilà belle lurette qu'il aurait dû dénoncer son paternel au lieu de retourner vivre avec lui. C'est ce qui en fait un authentique enfoiré, même s'il a confirmé la version des événements donnée par Sophie. Il aurait dû empêcher que ça arrive... empêcher son père de tabasser les prostituées. Qu'un type ait la frousse, c'est pas une excuse... et taper sur des femmes, c'est répugnant. »

C'était à proprement parler un doux géant, pensa Eileen. Dur comme du marbre à l'extérieur, tendre comme de la guimauve à l'intérieur. Son affection pour lui menaçait de jaillir de sa poitrine. « Sophie et vous êtes du même tonneau, dit-elle d'un ton bourru. Le cœur sur la main... tolérance zéro pour les pécheurs.

— Tout dépend de quel péché on parle, répondit-il. Col était un voleur... mais je l'aimais bien. Et Sophie a plus de cran que je n'en aurai jamais. J'aurais été incapable de passer devant monsieur le maire en ayant l'air d'Elephant Man. C'est ce qu'on appelle de la classe. Elle en a à revendre, et celui qui prétend le contraire n'a qu'à aller se faire voir... c'est son style à elle. Moi, je suis un vaniteux. Le jour où je me marierai, je veux qu'on dise : “Vise un peu ! Quel mec !” »

Eileen se mit à rire. « On le dira quelle que soit la tête que vous aurez. Ce qui fait un homme, c'est son comportement, Jimmy, pas la beauté de son visage. »

Il tourna dans Carpenter Road et s'arrêta à la hauteur de la troisième maison. Puis il s'agenouilla devant elle, les mains sur ses genoux. « Prête ? demanda-t-il.

— Pour quoi ? »

Il indiqua la porte d'un signe de tête. « Pour rencontrer ma fille. Sophie l'a mise au monde, à la maison, dans notre lit, ce matin à trois heures. C'est le plus joli bébé que vous ayez jamais vu. »

Les yeux fatigués d'Eileen brillèrent d'excitation. « Oh, Jimmy, c'est merveilleux ! s'exclama-t-elle en battant des mains. Comment s'appelle-t-elle ?

— Colinna Gaynor Eileen Sophie Melanie James », dit-il avec un sourire.

Elle gloussa. « Vous croyez qu'elle s'en souviendra en entier ?

— Elle a intérêt. » Il saisit les poignées et la poussa le long de l'allée. « Ce sont les premiers mots de son histoire. »

www.pocket.fr
Le site qui se lit comme un bon livre
POCKET
Informer
Toute l'actualité de Pocket, les dernières parutions collection par collection, les auteurs, des articles, des interviews, des exclusivités.
Découvrir
Des 1ers chapitres et extraits à lire.
Choisissez vos livres selon vos envies :
thriller, policier, roman, terroir, science-fiction...
POCKET
Il y a toujours un Pocket à découvrir
sur www.pocket.fr

Impression réalisée sur Presse Offset par

BRODARD & TAUPIN

GROUPE CPI

29636 – La Flèche (Sarthe), le 10-06-2005
Dépôt légal : mars 2004
Suite du premier tirage : juin 2005

POCKET – 12, avenue d'Italie - 75627 Paris cedex 13
Tél. : 01.44.16.05.00

Imprimé en France